파저

소설로 읽는 세종의 여진 정벌기

파 저

오규원 지음

21세기북스

일러두기

이 책은 《조선왕조실록》을 바탕으로 쓴 소설이다. 역사에 익숙지 않은 독자를 위해
주석을 달았고, 임금의 호칭은 사후 시호를 따랐다.

등장인물

태종太宗   조선 3대(재위 1400~1418년) 국왕. 정안대군 이방원李芳遠. 셋째 아들 충녕에게 왕위를 물려준 뒤 연화방 세자전에서 보국保國, 나라를 지킴의 지혜를 가르친다.

세종世宗   조선 4대(재위 1418~1450년) 국왕. 충녕대군 이도李祹. 아버지 태종에게 군왕 교육을 받고 병법을 연구한다. 즉위 14년 가을에 여진 야인들이 여연을 침구하자 신료들의 반대를 극복하고 정벌을 단행한다.

변계량卞季良   판부사. 학식이 뛰어난 노신으로 세종과 병법 논쟁을 벌이고 군왕에게 병법이 필요한 이유를 깨우쳐준다.

윤소종尹紹宗   병조판서. 조선을 염탐하러 온 명나라 사신 탈환불화에게 정안대군 방원과 함께 위계를 펼친다.

신상申商   예조판서. 신중하고 판단이 정확해서 나라에 큰일이 생길 때마다 세종에게 조언한다.

최윤덕崔閏德   도절제사 겸 중군원수. 세종에게 여진 정벌의 불가함을 아뢰었으나 세종은 불가론에 담긴 속뜻을 읽고 그를 정벌군 수장으로 삼는다.

김소소金小所   어려서 여진에 끌려갔다가 성인이 돼 돌아온 조선 백성으로, 훗날 김자환金自還으로 개명했다. 파저강 정벌에 참가해 공을 세운다.

왕가인王可仁   이성계의 여진 출신 무장. 명황제의 초환 명령에 어쩔 수 없이 요동으로 돌아가나 황제가 조선을 넘보고 있는 정황을 파악해 위기 때마다 이방원에게 알려준다.

태조 고황제太祖 高皇帝　　명나라 건국 황제(재위 1368~1398년)인 주원장朱元璋. 천인 출신으로 홍건적에 가담해 황제가 됐으나 이성계에게 당한 굴욕을 잊지 못하고 호시탐탐 침공 기회를 엿본다.

건문황제建文皇帝　　건문제. 명나라 2대(재위 1398~1402년) 황제. 태조 고황제의 손자로, 권력을 강화하기 위해 무리하게 친족 제거를 추진하다가 친숙부 주체朱棣의 반란으로 권좌에서 쫓겨난다.

영락황제永樂皇帝　　영락제. 명나라 3대(재위 1403~1424년) 황제 주체. 달단족(몽고) 정벌에 앞서 조선을 묶어둘 속셈으로 여진을 조선 견제 세력으로 키운다.

탈환불화脫歡不花　　여진 출신 명나라 무장. 과거에 이성계에게 당했던 모욕을 갚으려고 황제 사신을 자청해 조선에 온다.

동맹가첩목아童猛哥帖木兒　　함경도 일대에 거주하던 여진 야인의 우두머리. 복종과 배반을 반복해 세종이 경계하는 인물이 된다. 훗날 청나라를 건국한 태조 누르하치의 6대 조상이다.

이만주李滿住　　파저강 상류 오녀산성 지역에 거주하는 여진족 우두머리. 평안도 여연 일대를 침구해 세종이 분노한다.

심타납노沈吒納奴　　여진 야인 족장. 이만주와 함께 여연을 침구한다.

임합라林哈剌　　여진 야인 족장. 이만주와 함께 여연을 침구한다.

1

용간 전쟁

"갑사甲士는 평복에 칼을 차고 행수行首는 말을 타고 뒤따르게 하시오."

세종다운 하명이었다. 매일 아침 호위 무사에게 갑옷을 입게 하고 나이 든 행수에게 먼 길을 걷게 하는 것이 마음 편치 않았다. 때늦은 더위 탓도 있었지만, 무엇보다도 격식에 찬 위엄이 그랬다.

지신사知申事, 비서실장가 화들짝 놀란 얼굴로 말했다.

"전하, 의례에 따른 거둥舉動, 임금의 행차 절차이옵니다. 명을 거둬주시옵소서."

"의례가 과하오. 강무講武, 군사 훈련를 나가는 것도 아닌데…."

"하오나 어찌 행수가 말을 타고 뒤를 따르겠사옵니까."

"말을 탔으니 뒤를 따르라는 것이요. 아니면 어가御駕, 임금이 타는 수레 앞에서 말을 타고 가야겠소?"

"그런 것이 아니오라 행수는 어가를 인도하는 자이온데 어찌 뒤를 따르라 하시옵니까…."

"허허, 어렵게 생각할 것 없소. 마음 같아서는 오지 말라 하고 싶지만 그럴 수 없으니 뒤를 따르라는 것뿐이오. 더는 말하지 말고 오늘부터 그리 하도록 하오."

"전례에 없는 일이옵니다, 전하…."

"지금 의례를 고치고 있지 않소? 상왕전 문안 행차에만 그러라는 것이니 괘념치 마시오."

"전하…."

"서두르시오."

세종이 웃음을 지어 보였다. 지신사는 몸 둘 바를 몰라 하다가 서두르라는 말에 마지못해 물러갔다.

제왕에게는 자기 땅을 지키고 백성을 다스릴 수 있는 지혜가 필요하다. 세상 이치를 깨닫고 정도에 따라 나라를 다스리면 대대손손 복이 될 것이나 과해서 오만하면 폭군이 되고, 부족해서 옹졸하면 나라를 지킬 수 없다. 충녕(세종)은 어려서부터 배우기를 좋아하고 어질고 총명해서 왕세자가 됐지만, 군왕 교육은 받지 못했다. 경사經史. 유학 경전과 역사서를 두루 읽었다 하나 나라를 다스릴 지혜는 서책만으로 채워지는 것이 아니다.

태종은 세자에게 궁궐 밖의 세상 경험이 부족한 것을 안타깝게 생각했다. 하지만 누구를 탓하겠는가. 임금 된 아비로서 강무 한 번을 데리고 나간 사실이 없고, 저잣거리 나들이조차 못마땅하게 생각한 것은 바로 자신이었다. 후회가 큰 만큼 염려도 깊었다.

'세자에게 권도와 상경[1]을 가르치고 이 나라의 백 년, 천년을 내다보게 할 자가 누구인가….'

한 사람 한 사람을 떠올려봤다. 세자 스승은 문리文理만 터득한 자여서는 안 된다. 경사에 능할 뿐 아니라 생사를 걸고 산과 강을 넘나들며 지친 말에 몸을 맡겨본 자라야 한다. 몇 날 며칠을 두고 고민했지만, 마땅히 떠오르는 신료는 없었다. 그들은 대개 문文이 차면 무武가 부족했고, 무武가 능하면 문文이 거칠었다.

답답했다. 차라리 내가 했으면 하고 생각하다가 문득 깨달았다. 맞다. 세자에게 가장 적합한 스승은 바로 자신이었다. 어찌 이제껏 그 생각을 못 했을까 하고 허탈하게 웃다가 이내 다음 문제에 부딪혔다. 조정 대신들에게 알릴 방법이 마땅치가 않았다. 스스로 스승이 되겠다고 나서는 것은 모두가 뒤돌아서서 비웃을 일이다. 자신이 세자에게 권신權臣. 권세 있는 신하들 쥐어짜는 방법을 전수하고 있다고 생각할 것이다. 물러가는 자신이야 상관없지만 이제 막 왕업을 이루려는 세자에게 그런 오명을 남겨줄 수는 없었다. 답을 구하지 못한 채 안타까운 날만 지나갔다.

세자가 아침 문안을 왔다. 언제부터인지 날이 밝아오면 은근히 세자의 방문을 기다렸다. 충녕을 세자로 삼은 뒤부터 생긴 버릇이었다. 대화는 밤새 안부로 시작해서 종종 나랏일로 이어졌다. 이야기를 나

---

1 권도權道는 제왕이 일의 형편에 맞게 임기응변으로 융통을 부리는 일이고, 상경常經은 원칙을 따르는 것을 말한다.

누다가 예상치 않게 총명한 답을 들을 때는 기쁘기도 했다. 종일이라도 곁에 두고 싶었지만 그럴 수는 없었다.

세자가 문후를 마치고 방을 나갔다. 아쉬운 마음에 멍하니 장지문을 바라보다가 무릎을 탁 쳤다.

'그래, 문안이다!'

빙그레 웃음이 나왔다. 스스로 생각해도 묘안이었다. 자식이 부모에게 안부를 여쭙는 건 지극히 당연한 일이다. 문안하는 자리이니 신료들이 함께 있어야 할 이유가 없고, 신료들이 없으니 눈치 볼 것도 없이 무엇이고 편하게 이야기를 나눌 수 있다.

지신사를 불렀다.

"새 전각은 언제 완성되는가?"

"사오 개월은 걸릴 듯한데 재촉도록 하겠사옵니다."

"아니다, 서두를 필요 없다."

사오 개월이 남았다니 그나마 다행이다. 지체 없이 자리를 물려주고 궁궐 밖으로 거처를 옮기면 몇 달은 편히 훈사訓辭, 가르침를 내릴 수 있을 것이다. 지신사가 의아하다는 표정을 보이자 별것 아니라는 듯이 손짓하고 물러가도록 했다.

사방침(팔베개)에 턱을 괴고 생각했다.

'어디가 좋을까…'

너무 멀거나 가까워도 안 되고, 작지만 편안한 곳이어야 한다. 이곳저곳을 떠올리면서 은근히 마음이 들뜨는 것을 느꼈다.

다음 날 아침, 태종은 대신들을 불러 세자에게 임금 자리를 물려주고 상왕으로 물러앉겠다고 선언했다. 모두가 놀랐다. 임금이 팔팔해서 생각지도 못한 일이었다. 신료들이 명을 거둬달라고 간청했지만, 태종은 자식에게 자리를 물려주는데 무엇이 문제냐고 도리어 꾸짖었다. 과거에 있었던 양위 소동[2]과는 분위기가 사뭇 달랐다.

세자가 목이 메도록 대성통곡하고, 뒤늦게 소식을 듣고 몰려온 대소신료들이 편전 앞마당에 엎드려 울며 소리쳤다. 소용없었다. 대궐 안팎이 종일토록 시끄러웠다.

상왕으로 물러나겠다고 했으니 새 임금에게 궁전을 내주는 건 당연한 순서였다. 내간을 불러 연화방蓮花坊에 있는 옛 세자전으로 이어移御, 임금의 거처를 옮김하겠다고 명을 내렸다. 왕비에게는 단 한마디 상의도 없었다. 무슨 일이 벌어졌는지 뒤늦게 알게 된 왕비가 가슴을 치며 하소연했지만, 태종은 듣는 시늉도 하지 않았다.

갑작스레 임금의 거처를 옮기는 건 쉬운 일이 아니었다. 연화방은 연화방대로, 궁궐은 궁궐대로 난리를 피우다가 오후부터 이사를 시작했다. 경복궁에서 연화방으로 이어지는 길에는 밤늦도록 횃불이 꺼지지 않았다.

하늘이 무너진 듯했던 소동도 며칠 지나자 수그러들었다. 밤을 새워가며 이사를 했을 정도니 상왕의 뜻을 받아들이는 것 말고는 다른 수가 없었다. 느닷없이 옥좌를 물려받은 세종은 종묘에 제사를

---

2 태종 6년(1406년)에도 큰아들 이제李禔에게 양위讓位하는 소동이 있었는데, 이때는 신료들의 충언을 받아들여 오래 끌지 않고 거둬들였다.

지내거나 군사 훈련을 친람親覽. 직접 관전하는 날 등을 제외하고 거의 매일 연화방으로 문안 행차를 했다.

안부를 나누고 나면 두 임금은 자연스레 나랏일을 논했다. 중요한 사안은 그날의 대화 주제가 됐고, 그럴 때마다 태종은 자신의 지혜와 경험을 빠짐없이 전했다. 스승 자격으로 치자면 고려조 우왕 때 불과 16세로 문과에 급제한 수재였고, 말 위에서 아버지를 도와 나라를 세운 무장이기도 했다. 어디 그뿐인가. 개국 초에 명나라와 오해가 생겨 나라가 위태로운 지경에 처했을 때는 목숨을 걸고 경사京師. 중국의 수도에 들어갔다. 궁궐을 떠나던 날, 평생 전장을 누비던 아버지가 다시는 못 볼 자식이라며 눈시울을 적시기도 했다. 하지만 죽지 않고 살아 돌아왔다. 그리고 하늘의 뜻에 따라 분노하고, 하늘의 뜻에 따라 기다리며 임금 자리에 올랐다.

이보다 더 절절한 스승이 있겠는가.

세종은 아버지의 학식과 무공, 겪어온 삶을 잘 알기에 단 한마디도 허투루 듣지 않았다. 말씀이 길어지는 날에는 저녁 수라를 상왕전에서 들었다. 어떤 날은 오전, 오후 두 번씩이나 행차하기도 했다. 조정에서 시급히 아뢸 일이 생기면 육조 대신이 직접 상왕전으로 말을 타고 달렸다. 젊은 세종에게는 일생일대의 소중한 시간이었다.

세종이 예를 올리고 자리에 앉자 태종이 먼저 말을 꺼냈다.

"울산진에 왜구들이 나타났다고요?"

"그러하옵니다, 아바마마."

"거긴 거주하는 백성이 너무 적소."

태종의 말투가 달라졌다. 이제는 세자가 아니라 임금이니 상왕이라 해도 하대를 할 수는 없었다.

"관찰사도 그 점을 염려하고 있사옵니다."

태종이 사방침을 톡톡거렸다. 고려 말엽부터 빈번해진 왜구 침략은 상왕에게도 속을 썩이는 일이었다.

"관찰사가 누구지요?"

"신상이옵니다."

"신상…."

"관찰사가 울산진에 다시 병마사를 두자는 의견이온데…."

세종이 말끝을 흐리다가 의심난 표정으로 물었다.

"하온데 왜구들이 인적도 없는 곳을 염탐하는 까닭이 무엇이옵니까?"

"분명히 이유가 있지 않겠소? 굳이 사람 없는 곳을 살피고 있다면 사람이 없기를 바라고 살피는 것이겠지요."

"무슨 말씀이시온지요?"

"은밀히 배 댈 곳을 찾는 것일 게요."

"아…."

"염탐하던 마을 부근에 귀화한 왜인들이 거주하고 있는지 확인해 보시오. 아니면 과거에 왜인들과 접촉했던 백성이 있거나…."

"하오면 그곳 백성과 연결이 있을 거라 여기시옵니까?"

"귀화한 왜인들이 살고 있다면 당연히 그럴 것이요. 사실로 확인되면 가벼이 넘겨서는 안 될 일이고."

"배가 바닷가에서 멀리 떨어져 있었다 하옵는데…."

"육지에서 멀다고 연결이 안 되는 것은 아니지요."

"사람이 보이옵니까?"

"꼭 사람을 봐야만 하오? 배가 어두워질 때까지 머물러 있었다면 서로 간에 횃불을 썼을 것이오."

"아…. 횃불을…."

세종이 탄식했다. 관찰사의 짧은 계문啟聞, 임금께 올리는 보고만으로는 무슨 일이 벌어질지 상상해내기 어려웠다.

"적의 무리 속에 내 사람이 숨어 있다면 싸움의 승기를 잡을 수 있소."

"용간用間, 첩자를 부리는 일을 말씀하시옵니까?"

"그렇소…."

태종이 고개를 끄덕이다가 먼 곳으로 시선을 돌렸다. 세종은 다음 말이 궁금해서 자기도 모르게 몸을 앞으로 기울였다.

"주상은 윤이와 이초³를 아시오?"

"자세히는 모르오나 난을 일으키려 했던 자들로 알고 있사옵니다."

"왕가인은?"

"모르겠사옵니다."

---

3 공양왕 2년(1390년) 5월, 중랑장 이초李初와 파평군 윤이尹彝가 명나라에 숨어들어 이성계가 명나라를 침벌할 계획을 세우고 있으며, 이성계에 의해 실각된 재상들이 명나라에서 고려를 토벌해주기를 바라고 있다고 황제에게 고한 사건을 가리킨다.

"생각해보니 주상이 열두어 살 때 마지막으로 그의 이름이 거론됐을 것 같구려."

"하오면 들었어도 기억에 담지 못했을 것이옵니다."

"그럴 수도 있겠소. 그 얘기를 하자면 좀 긴데…. 전조(고려) 때 윤이·이초가 명나라에 숨어 들어가 고황제(명나라 태조)를 만난 일이 있었소."

"예? 난을 일으키려 한 자들이 어찌 황제를 만날 수 있었사옵니까?"

"대담한 자들이지요. 할아버님이 명나라를 치려 한다고 밀고하니까 고황제가 놀라서 불러들였소."

"그런 황당한 말을…."

세종이 어이없다는 표정을 지었다.

고려 말, 이성계가 폐위된 창왕昌王의 후계자로 정원부원군 왕균王鈞의 아들 왕요王瑤를 추대했다. 하지만 반대파에서 왕요의 추대를 거부하면서 몰래 윤이·이초를 명나라에 보내 '이성계가 명나라를 치려고 준비하고 있다'고 밀고했다. 자신들의 힘만으로는 이성계를 막기가 어렵다고 판단되자 명나라를 끌어들여 판을 뒤집을 속셈이었다. 때마침 고황제는 고려군이 위화도에서 회군한 이유를 의심하고 있어 이들의 말에 귀가 솔깃했다.

태종이 말을 이었다.

"더 어이없는 일은…."

"…."

"윤이·이초는 목은 이색도 왕요의 즉위를 반대했다고 밀고했는데, 왕요가 왕실 후손이 아니라 우리 이씨 가문 혈족이라 반대했다는 거요. 왕실 피는 한 방울도 섞이지 않았는데 성씨가 같다는 이유로 할아버지가 모두를 속이려 했다는 것이지요. 그렇게 해서 뒤에서 권력을 잡으려고 했다고 말이오…."

"하면 왕요가 참으로 우리 가문이옵니까?"

"무슨 말씀이시오? 허황한 얘기지. 왕요의 아버지 정원부원군은 전조 신종神宗. 고려 20대 왕의 후손이고, 목은은 그런 말을 한 적도 없었소."

"예? 그런 말을 한 적이 없다니요?"

"목은이 할아버지를 반대하기는 했지만, 왕요가 왕실 혈족이 아니라고 말한 사실도 없고, 우리 가문 혈족이라고 말한 사실도 없었다는 것이오. 애초부터 윤이·이초가 고황제를 끌어들이려고 거짓으로 꾸며낸 말이라는 것이지요."

"어이가 없사옵니다. 하면 고황제가 그 말을 믿었사옵니까?"

"아뢴다고 다 믿을 수는 없지 않소? 중요한 일이니 확인해봐야지. 한데 당시 조정(고려)에서 왕요가 즉위한 사실을 알리려고 왕방과 조반을 명나라에 보냈는데 그때 막 경사에 도착했지요."

"때마침이요…."

"그렇소. 해서 황제가 두 사람을 불러 그 말이 사실이냐고 물으니까 조반이 펄쩍 뛰었지요. 그러면서 함께 온 왕방이 왕족이니 윤이·이초와 대질시켜주면 진실을 밝힐 수 있다고 황제에게 간청했소."

"들어주었사옵니까?"

"들어줬소. 조반이 중국말을 잘한 이유도 있겠지만 황제도 진실이 뭔지 궁금했겠지요."

"천만다행이옵니다."

"하하하."

갑작스러운 상왕의 웃음소리에 세종이 눈을 크게 떴다.

"어이 웃으시옵니까?"

"천만다행이라니, 세상일이 그리 간단한 게 아니오."

"서로 마주 보고 얘기하면 누가 거짓을 했는지 바로 드러나는 것이 아니옵니까?"

"생각과 현실은 다르오. 윤이·이초는 황제 앞에서 왕방과 조반을 마주했지만 한 치도 물러서지 않았소. 해서 누구 말이 옳은지 판가름이 나지 않은 겁니다."

"이해가 되지 않습니다. 어찌 그럴 수가 있사옵니까?"

세종이 고개를 갸웃하자 태종은 빙그레 웃으며 말을 이었다.

"윤이·이초는 왕방의 꾸짖는 소리를 들은 척도 하지 않았소. 개경이었다면 있을 수 없는 일이 벌어진 거지요. 오히려 대놓고 무시하면서 왕방과 조반이 할아버지와 함께 가짜 왕을 옥좌에 앉혀놓고 그걸 고하러 온 거라고 황제에게 참소讒訴. 거짓으로 모함하는 일를 해댄 거요."

"허!"

"주상이라면 누구 말을 믿겠소?"

"…"

세종이 대답을 못 하고 머뭇거렸다.

"쉽지 않지요?"

"예. 윤이·이초가 참으로 교묘하게 둘러댔사옵니다."

"그래서 생각과 현실이 다르다고 한 것이오. 왕방과 조반도 윤이· 이초가 그런 꾀를 부릴 것이라고는 미처 생각지 못했을 겁니다. 조반이 왕실 혈통이 맞다고 호소했지만, 황제는 믿어주질 않았소."

"난감했겠사옵니다…."

"증명할 자료가 없었으니 어쩔 수 없지 않소? 해서 황제가 판단을 미루고 있었는데, 엉뚱하게도 윤이·이초가 할아버지께서 살해한 조정 대신들이라고 거짓 명단을 만들어서 바쳤지요."

"살아 있는 사람들을 말이옵니까?"

"살아 있다뿐이요? 패당을 지어서 매일 몰려다녔는데…."

"명단에 누가 있었사옵니까?"

"오래돼서 기억은 잘 안 나지만 목은과 권근, 조민수 등 10여 명은 이미 죽었다고 했고, 우현보 등 9명은 귀양을 갔다고 했지요."

"그렇게나 많이요?"

"어지간한 조정 중신들을 다 올렸다고 봐야지요. 한데 고황제는 자기도 익히 알고 있는 목은이 죽었다고 하니까 깜짝 놀란 거요."

"예? 고황제가 목은을 어찌 알았사옵니까?"

"목은은 원나라 과거에도 합격하고 전조(고려) 향시에도 합격한 수재였소. 해서 창툴. 33대 창왕이 왕위에 올랐을 때 그것을 고하려고 명나라에 갔는데 그때 고황제가 목은의 명망을 듣고 환대했던 일이 있었지요."

"원나라 과거에 합격했다는 말 때문에 그랬는가 보옵니다…."

"그랬을 겁니다. 흔치 않은 일이었으니까. 어쨌든 황제는 목은이 죽었다고 하니까 왕방에게 목은이 죽었는지 살았는지 확인하고 왕요가 고려 왕실 혈통이라는 증거를 가져오라고 명을 내렸지요."

"조정에서 많이 놀랐겠습니다."

"얼마나 놀랐으면 그때 막 왕위에 오른 공양(왕요, 34대 공양왕)이 자기가 직접 가겠다고 했겠소?"

"하면 갔사옵니까?"

"직접 가지는 않았지요. 그해 말에 삼봉三峰. 정도전이 증거를 가지고 들어가 왕요가 왕실 혈족이 맞고 목은은 잘살고 있다고 해명하고 돌아왔소. 그런데 문제는, 황제가 '의심이 풀렸으니 조선은 아무 걱정하지 말라'고 답을 내려놓고도 무슨 꿍꿍이속인지 윤이·이초를 개경으로 돌려보내지 않았다는 것이오."

"벌을 받지 않았다는 말씀이옵니까?"

"그건 아니고, 황제가 자기 땅 남방으로 유배를 보냈다고 나중에 통보를 받았소."

"예? 유배로 끝날 죄가 아니지 않사옵니까?"

"그렇소. 황제를 농락했으니 유배가 아니라 참수斬首. 목을 뱀에 처할 죄였지요. 한데 그자들을 참수시키지 않은 이유에 바로 황제의 음흉한 속셈이 들어 있는 것이오."

"아…. 황제의 속셈이요…."

세종이 놀란 눈을 했다. 황제를 농락하고도 살아남는다는 것은 불가능한 일이다. 스치는 말로도 들어본 적이 없고, 비슷한 글귀조차 읽어본 적이 없었다. 의구심 가득한 표정으로 물었다.

"하면 그 속셈이 무엇이옵니까?"

"그걸 말하기 전에 먼저 알아야 할 게 있는데…. 주상은 고황제가 어떤 인물인지 알고 있지요?"

"예, 본래 이름은 주원장이옵니다."

"홍건적 출신이라는 사실도?"

"알고 있사옵니다. 가난한 농군 자손으로 태어나 부모가 일찍 죽자 절에 들어가 탁발승을 하다가 홍건적에 가담했사옵니다…."

"그렇소. 일개 병사로 싸우다가 홍건적 두령 곽자흥郭子興의 눈에 들어 승승장구하던 중에 곽자흥이 병들어 죽고, 그의 아들도 갑자기 죽으니까 예상치 않게 일인자가 됐소. 아마도 그게 하늘의 뜻이었던 것 같소. 그렇게 해서 잡은 병권으로 중원中原, 황허강 일대 중국 중심부을 차지하고 명나라를 세워 황제가 된 게 아니오."

"그러하옵니다…."

"그런데 고황제는 중원에서 싸웠지만, 북쪽에서 원나라와 싸우던 홍건적이 또 있었는데 그것도 아시오?"

"알고 있사옵니다. 그들이 싸움에 패해 밀려 내려오다가 엉뚱하게 고려로 쳐들어와서 개경을 점령했는데, 그때 할아버지께서 제일 먼저 그들을 격파하고 개경에 입성하셨사옵니다."

"맞소. 한데 그 일로 인해 두 가지 문제가 생겼지요. 첫째는 그 전투에서 할아버지께서 홍건적 두목인 사유沙劉와 관선생關先生을 죽였는데 그게 고황제 뇌리에 남았다는 거요. 고황제가 살아생전에 두 사람 제사를 거르지 않고 지냈다니까 그 둘의 죽음을 어떻게 여겼는지 짐작할 만하지요."

"결의를 나눈 사이라도 됐던가 보옵니다."

"허허, 그럴지도 모르지요. 여하튼 전장에서 죽은 장수가 한둘이 아닌데 유독 그 두 사람의 죽음을 잊지 않고 복수하겠다는 말을 여러 차례 했다는 것이오."

"원한을 품은 게 맞는 것 같사옵니다…. 하오면 그다음 문제는 무엇이옵니까?"

"고려에 패한 것을 분하게 생각했다는 거지요."

"아, 이해가 되옵니다. 중원에 여러 나라를 무너뜨리고 황제가 됐는데 소국인 고려한테는 패했으니까요."

"그렇소, 황제가 얼마나 분하게 생각했는지 고려 얘기만 나오면 얼굴이 벌겋게 달아올랐다는 거요. 해서 황제가 그 두 가지 일로 늘 복수를 하고 싶어 했는데 걸림돌이 하나 있었소. 바로 고려군이 20만이었다는 거지요."

"20만 군이요…."

"그렇소. 그건 지금의 명나라도 쉽지 않은 숫자요."

"하오면 전조에서는 어찌 그 많은 군사를 모았사옵니까?"

"하하, 실제로 모았다고 보기는 어렵지요."

"예?"

"기가 막힌 얘기요. 병든 자와 늙어서 군역이 해제됐던 자들까지 살아서 걸을 수 있는 자는 모조리 명단에 넣어서 수를 채웠다 하오. 심지어는 엊그제 죽은 사람이라도 이름만 대면 모두 포함시켰다는 소문까지 있었다 하니 홍건적 20만 군이 쳐들어온다고 하니까 부랴부랴 숫자를 채운 게 아니겠소?"

"어떤 형편이었는지 상상이 되옵니다."

"한데 주상이 알아야 할 건 실제로 전쟁이 벌어지면 병사들 숫자보다 동원되는 백성들 숫자가 더 많다는 사실이오."

"예? 그렇게나 많이 필요하옵니까?"

세종이 놀란 눈을 하자 태종은 짐작하고 있었다는 듯이 고개를 끄덕이고 말했다.

"생각해보시오. 병사들이 전국에서 모였을 테니 경상도나 전라도 끝에서 출발했다면 개경까지 가는 데만도 보름은 걸릴 게 아니겠소?"

"그렇사옵니다…."

"굶지 않고 가려면 식량도 있어야 하고, 계절에 맞는 여분의 의복과 침구나 신발서껀 살아가는 데 필요한 건 모두 있어야지요. 한데 그걸 모두 등에 지고 갈 수 없으면 수레에 실어야 할 텐데 전장에 나가는 병사가 수레를 끌고 다닐 수는 없지 않소?"

"…."

"하면 누군가의 도움이 있어야지요? 결국에 이런저런 이유로 백성이 동원되는 건데, 그건 일개 병사의 경우지만 나라 입장에서도 마찬가지요. 전쟁이 얼마나 오래갈지 모르는데 주상이라면 군량미를 얼마나 조달하겠소? 한 달 치요, 아니면 일 년 치요?"

"…."

"천 섬이든 만 섬이든 마소를 동원해야 옮길 수 있을 텐데, 하면 마소의 먹이는 누가 마련하고 누가 죽지 않게 돌보겠소? 옷을 깁는 자야 바늘과 실만 있으면 그만이지만 창과 칼이 망가지면 화덕과 불무(풀무)가 있어야 하고, 우마차를 고치는 자는 여분의 바퀴도 필요하지 않겠소? 그뿐이요? 병사들이 잠잘 군막軍幕도 있어야 하지만 밥지을 솥단지에 그릇도 있어야 하고 소금과 장醬 항아리도 있어야지요. 그러는 중에 혹여 아프고 다치면 누가 돌보겠소?"

"…."

"백성이 필요한 이유를 다 말하자면 끝도 없을 게요. 해서 10만이니 20만이니 군왕 앞에 늘어서서 출정을 고하는 군사들만 전쟁에 나서는 게 아닌 것이오."

세종은 무안해서 고개를 숙였다.

"소자가 미처 깨닫지 못했사옵니다, 아바마마…."

이따금 강무를 떠나는 아버지의 위용을 보고 존경스럽다는 생각은 했어도 도성 밖으로 줄지어 나가는 수레의 노고는 생각해본 적이 없었다. 강무에 늘어선 수레가 그러할진대 전쟁이야 오죽하겠는가. 무심했던 자신이 부끄러웠다.

태종이 말을 이었다.

"병가兵家들은 전쟁에서 이기려면 아군의 숫자가 적군보다 5배는 많아야 한다고 했으니 고려군이 20만이면 명나라 군사는 100만이 있어야 하오. 하면 황제가 동원할 백성들 숫자는 얼마나 되는 것이오?"

"너무 많아서 상상하기도 어렵사옵니다."

"그렇지요. 고황제는 그렇게 큰 공력이 들어간다는 걸 잘 아니까 군사를 일으키지 못하고 있었는데, 생각지도 않게 윤이·이초가 제발로 걸어와 솔깃한 얘기를 해주었소."

"대단한 일이었나 보옵니다."

"대단하다기보다는 상황에 잘 맞은 거지요. 고려군이 몇만 안 된다고 했으니 황제가 그 소릴 듣고 얼마나 반가웠겠소?"

"그랬겠사옵니다."

"게다가 그자들은 황제가 관심을 보이니까 있지도 않은 사실까지 부풀려 알려주었소."

"그게 무엇이옵니까?"

"모두 허황한 얘기요만, 흉년이 너무 오래돼서 군량미가 다 떨어졌다거나, 개경 성곽이 무너졌는데 다시 쌓을 엄두도 못 내고 있고, 병사들은 장수의 명命도 서지 않는 오합지졸이라서 황제군이 가기만 하면 바로 무너뜨릴 수 있다고 부추긴 거요."

"철저히 배반했사옵니다."

"제 놈들 부귀영화를 누려보겠다고 나라를 팔아먹은 셈이지요. 그러면서 자기들 말이 사실인지 확인하고 싶으면 개경에 가서 직접 물어보라고 했소."

"아무한테나 물을 수는 없는 일이 아니옵니까?"

"당연하지요. 그 여우 같은 자들이 말하기를, 밀서를 써줄 테니 자신들이 일러주는 대신을 찾아가 확인해보라고 한 거요. 할아버지 쪽 대신들에게 물으면 바른말을 하지 않을 것이라고 하면서 말이오."

"참으로 교활하옵니다."

"꾀가 대단한 자들이었소. 황제 입장에서는 그럴듯하게 들렸을 거요. 게다가 사신이 개경을 다녀오면 모든 게 드러날 텐데 설마 거짓을 아뢰랴 싶었겠지요."

"의심하기 어려웠겠사옵니다."

"그렇지요. 황제는 드디어 복수의 길이 열리는가도 싶었을 거고,

한편으로는 고려군 실태가 궁금하기도 했을 겁니다. 그러면서 윤이·이초의 말이 사실로 확인되면 그 둘을 앞세워 고려를 치겠다는 속셈이 있었던 거지요. 해서 참형에 처하지 않고 살려둔 것이었소."

"아… 황제의 복수심이 대단했사옵니다."

세종은 비로소 궁금증이 풀렸다는 듯이 고개를 끄덕였다. 한편으로는 놀랍기도 했다. 자신이 알고 있던 것처럼 단순히 '난을 일으키려 했던' 자들로 기억될 수준이 아니었다.

잠시 생각하다가 물었다.

"하면 왕요가 실제로 왕실 혈족인가 하는 것은 큰 관심사도 아니었을 듯한데 무슨 이유로 왕방과 조반을 개경까지 보내 증거를 가져오라 한 것이옵니까?"

"그야 정벌에 나설 명분으로 쓰려던 게 아니었겠소? 왕요가 왕실 혈족이 아닌 것으로 확인되면 모반 세력을 징벌한다는 구실로 말이오. 한데 삼봉의 해명으로 정통성이 확인되고 나니까 더는 필요가 없게 된 거지요…"

"그 후로는 적통嫡統 시비가 일어나지 않았사옵니까?"

"시비는 일어나지 않았지만, 황제의 속셈이 무엇이었는지 은연중에 드러난 일은 있었소."

"허…"

"당시에 밀직부사를 지낸 강회백姜淮伯이 명나라에 다녀와서 황제의 말을 전했는데, 황제가 말하기를 '왕을 세우는 것도 저희 맘대로 하고, 폐위도 저희 맘대로 하니 중국은 아예 간여하지 않겠다'고 했다는 거요."

"애초부터 관심사가 아니었군요."

"그렇소. 오직 고려에 대한 복수심만 있었을 뿐이오."

"생각해보면 무서운 일이옵니다. 고황제가 그토록 고려를 칠 생각에 집착했다는 게 말이옵니다."

"어이없지요. 우리가 자기들 땅을 침범한 것도 아니고, 자기들이 쳐내려 왔다가 패한 것일 뿐인 데도 그랬으니 말이오."

"아바마마 말씀을 돌이켜보면 20만이라는 숫자가 큰 방패 역할을 한 것이옵니다."

"큰 역할을 했지요. 나중에 알게 된 일이지만, 고황제가 얼마나 부담스럽게 생각했는지 연왕燕王에게 내린 명에서도 알 수 있었소. 당시에 연왕이 누구였는지 아시지요?"

"지금 황제 자리에 있는 주체가 아니옵니까."

"맞소. 황제가 연왕으로 봉직할 때 북평(북경)에 궁궐을 짓느라고 대대적인 역사役事. 건축 공사를 벌였소. 일이 한참 진척되고 있었는데 뒤늦게 고황제가 그걸 알고 크게 노해서 '20만 고려군이 언제 쳐들어 올지 모르는데 그런 일을 벌이고 있느냐'고 당장 그만두라고 호통을 쳤다는 거요."

"참으로 두려워했군요."

"그렇소. 해서 곧바로 역사를 중단했고, 그 말이 개경까지 전해질 정도였으니 얼마나 두려워했는지 알만 하지 않소?"

"적을 속이는 게 참으로 중요하옵니다."

"중요하지요. 하지만 적도 똑같이 주상에게 그럴 수 있다는 것을 잊어서는 아니 되오."

"명심하겠사옵니다. 하오면 윤이·이초가 써준 밀서는 전달됐사옵니까?"

"사신이 개경으로 가져가기는 했는데 엉뚱하게도 조정에 밀서를 보여줄 사람이 없어졌소."

"예? 사람이 없어지다니요?"

"하하, 그렇게 됐지요. 그때는 윤이·이초와 공모한 자들이 밝혀졌을 때였소. 주모자가 절제사 김정연金正連이었는데, 김정연은 왕방과 조반이 명나라에서 돌아와 윤이·이초 사건을 아뢰니까 놀라 도망가 숨어버린 거요."

"밀서가 김정연에게 전달될 것이었군요."

"그렇소. 김정연은 윤이·이초가 명나라에서 대군을 이끌고 오면 개경에서 군사를 모아 합세하기로 했던 자였소."

"나름대로 계획은 철저했사옵니다?"

"물론이지요. 다만 일이 성사되기도 전에 발각될 것은 미처 생각지 못한 거지요. 그렇게 김정연이 숨어버려서 사신이 밀서를 내밀 수 없게 됐던 겁니다."

"…"

"사신은 명나라로 돌아가 김정연이 도망갔다고 사실대로 고했소. 하니 윤이·이초가 난감하게 된 거지요. 자기네 일파 중에 누가 조정에 남아 있고, 누가 발각됐는지 알 수가 없었으니까."

"일이 어렵게 됐습니다."

"그렇지요. 죽거나 유배를 갔다는 자들에게 밀서를 보여주라고 할 수는 없으니까 한마디로 일이 꼬인 겁니다."

"일을 거짓으로 꾸미면 끝까지 짜맞추기가 쉽지 않사옵니다."

"그렇기는 하지만 거기서 끝난 게 아니오. 그자들이 또 꾀를 냈소."

"예? 또요?"

"김정연이 도망을 갈 정도로 할아버지가 반대파를 처형하고 있으니 자기들 말이 맞지 않느냐고 주장한 거지요."

"하면 황제가 또 속았사옵니까?"

"속았지요. 삼봉이 그자들의 말이 모두 거짓이라고 했는데도 황제는 군사와 군비만큼은 사실이라고 믿은 거요."

"그것참…."

"윤이·이초는 황제가 자기들 말을 믿고 있다는 것을 눈치채고, 누구에게 밀서를 전해줘야 할지 알 수 없으니 조정에 남아 있는 대신들 명단을 구해달라고 했소."

"잔꾀가 끝이 없사옵니다."

"그렇지요. 하지만 황제 자신도 고려군의 실상이 궁금하니까 누구를 보낼까 고심하다가 찾아낸 게 바로 왕가인이었소."

"아, 왕가인이요…."

"용간 얘기는 이제부터 시작이오."

세종이 눈을 크게 떴다. 지금까지도 긴장하고 들었는데 용간 얘기가 이제야 시작된다는 말에 정신이 번쩍 들었다. '적의 무리 속에 내 사람이 숨어 있는 용간'을 얘기하다가 여기까지 왔음을 퍼뜩 깨달았다.

어느새 점심때가 됐다. 태종은 왕가인 이야기가 길어질 것이라며 훈사를 중단하고 내금위장을 불러 병조판서에게 울산진에 대한 명을 전하도록 했다. 잠시 후 상왕전에서 내온 점심 수라를 들고 부자가 함께 뜨락을 거닐었다.

태종이 걸음을 멈추고 말했다.

"추수가 끝나면 강무를 해야 하지 않소?"

"유념하고 있사옵니다. 지난해에는 아바마마께서 9월 말에 이천과 미원(경기도 양근의 옛 지명)에서 강무를 하셨사옵니다."

"그걸 기억하고 있구려. 한데 금년에는 주상이 할 일이 많으니 어려울 거고…. 명년 봄에 나와 함께 가는 것이 어떻겠소?"

"그리하겠사옵니다."

세종이 기쁜 마음으로 답했다.

아버지와 함께 강무를 나가본 적이 없었다.

두 임금이 다시 자리에 앉았다.

태종이 입가에 웃음을 지으며 말문을 열었다.

"왕가인 얘기를 했었지요?"

"예, 황제가 왕가인을 찾아냈다는 말씀을 하셨사옵니다."

"맞소. 명나라는 윤이·이초를 유배 보내 일을 마무리한 것처럼 보이려고 했지만, 실상은 그럴 수가 없었소."

"황제가 고려군 실태를 알고 싶어 하지 않았사옵니까."

"그렇지요. 해서 고황제가 개경에 보낼 인물로 찾아낸 게 바로 요동에 있던 왕가인인데…."

"요동이요?"

"왜 놀라오?"

"어째서 황실 신하가 아니라 요동 사람이옵니까? 황궁에도 신하들이 많지 않사옵니까?"

"그럴 만한 이유가 있지요. 왕가인은 본래 우리 집안 가신家臣이었소. 한때는 할아버지를 그림자처럼 따라다니며 모셨는데 황제가 그걸 역이용하려 한 거지요."

"허… 놀랍사옵니다. 요동 사람이 우리 집안 가신이었다는 것도 그렇고, 황제가 역이용하려 했다는 것도 그렇사옵니다. 할아버님을 모셨다는데 소자는 이름자도 들은 기억이 없사옵니다?"

"그럴 만도 하지요. 그때는 주상이 어리기도 했고, 조정 일에 관여를 안 했으니 말이오. 신료들도 그가 무슨 일을 했는지 잘 모르니까 언급할 일도 없었을 겁니다."

"그런가 보옵니다."

"아무튼 작은 나라가 큰 나라를 대적하려면 용간을 써야 하오. 물론 큰 나라도 마찬가지요. 꼭 전쟁이 아니더라도 말이요."

"고황제라 해도 그렇사옵니까?"

"이르다 뿐이요? 고황제는 전쟁터에서 건국 기반을 다졌으니 더욱 그렇소. 싸움을 하려면 적을 알아야 하는데, 염탐 없이 적을 알 수 있소? 하니 전쟁을 많이 했다면 누구보다도 용간에 능할 수밖에 없는 것이오. 윤이·이초를 봐도 그렇지요, 황제가 용간을 생각지 않았다면 바로 참수했을 겁니다."

"참으로 용의주도한 사람이옵니다."

"그러니 나라를 세우고 황제 자리까지 오른 것이 아니겠소. 하나 황제에게 윤이·이초가 있었다면 우리에게는 왕가인이 있었던 겁니다. 만일 왕가인이 없었다면 우리는 고황제의 침략을 피하지 못했을 것이오."

"전쟁을 막았다는 말씀이시옵니까?"

"그렇소, 전쟁을 막은 것이오."

"허! 참으로 놀랍사옵니다."

"생각하면 등줄기가 서늘해질 일이지요. 어찌해서 전쟁을 막았다고 하는지 얘기해줄 테니 들어보시오."

"정말 궁금하옵니다."

세종은 잔뜩 긴장됐다. 유학 경전을 비롯해서 수없이 많은 서책을 끼고 읽었지만, 이런 이야기는 처음이었다. 한 사람의 힘으로 전쟁을 막을 수 있었다는 게 굉장히 놀라웠다.

태종이 차를 한 모금 마시고 말을 시작했다.

"전조 때 할아버지께서 요동성을 함락시키셨는데 그걸 아시오?"

"예, 요동성도 함락시켰지만 어떤 싸움에서도 패하지 않으셨다고 들었사옵니다."

"맞소. 홍건적이 개경을 함락시켰을 때는 불과 2,000 기병으로 격파하셨고, 원나라가 덕흥군德興君을 앞세워 평안도에 침략했을 때는 의주에서 물리치셨소. 그뿐만이 아니오. 왜군이 해풍(개풍의 옛 이름)까지 쳐들어와서 개경을 위협했을 때 최영崔瑩이 막으려다가 위기에 빠졌는데 할아버지께서 격퇴하셨고, 왜군이 전라도 지역으로 쳐들어왔을 때는 운봉(남원)에서 섬멸시키셨소."

"적장을 활로 쏘아 죽였다는 황산대첩을 말씀하시옵니까?"

"그렇소. 왜장 아지발도阿只拔都가 기세등등한 걸 보고 할아버지께서 활을 쏘아 투구를 벗겨버렸소. 그리고 바로 다음 화살로 쏘아 죽이니 왜적들이 단번에 기가 꺾여 섬멸됐지요."

"정말 대단하셨사옵니다."

"아지발도가 군선 500척으로 쳐들어왔다가 살아 도망간 자가 100여 명도 안 됐다는 것도 아시오?"

"그런 정도였사옵니까?"

세종이 놀라 되물었다. 황산대첩(1380년)에서 크게 이겼다는 얘기는 들었지만 그런 사실까지는 몰랐다. 어린 시절부터 왕세자였다면 귀에 딱지가 앉도록 들었을 것이다. 하지만 군주가 될 가능성이 없는 셋째 아들이었기에 할아버지께서 크게 이기신 전쟁이라는 말을 듣고 뿌듯함만 느꼈을 뿐이었다. 나랏일을 자세히 알려고 하는 건 위험을 살 수도 있는 그런 어린 시절을 보냈다. 다른 사람도 아닌 바로 앞에 앉아 있는 아버지 때문이다.

세종은 자기도 모르게 몸을 앞으로 기울였다. 본궁(경복궁)으로 돌아가는 건 까맣게 잊었다. 긴장한 채 다음 말을 기다렸다.

"왕가인은 할아버지께서 요동성을 함락시켰을 때 항복했던 적군 장수였소."

"아, 요동군이었군요."

"그렇소. 그때 왕가인이 할아버지 인품에 탄복해서 수하가 되기를 청했는데, 할아버지께서도 한눈에 사람됨을 알아보시고 거둬주셨소.

그는 무예가 뛰어나 할아버지와 함께 전장에 나가 선봉에 섰고, 돌아와서는 할아버지 뒤를 그림자처럼 지켰소. 훗날 할아버지의 천거로 밀직부사까지 됐으니 신임이 얼마나 두터웠는지는 짐작할 수 있을 거요."

"어떤 인물인지 알겠사옵니다. 하온데 아바마마…."

세종이 편치 않은 표정으로 머뭇거렸다.

"무엇이오? 말씀해보시오."

"할아버지께서 왕가인을 거둬주셨다는 것은 알겠사오나 고려군이 점령한 요동이 어찌 명나라 땅이 됐사옵니까?"

"허…."

태종이 헛웃음을 웃고 말했다.

"질문을 잘하셨소. 기회가 되면 그 얘길 해주려고 했는데, 주상이 꼭 알아둘 것이 있소."

"궁금하옵니다."

"당시 할아버지는 동북면 원수였고, 요동 정벌을 지휘하는 도통사(총사령관)는 따로 있었지요."

"알고 있사옵니다."

"요동성을 함락시킨 날 참으로 어처구니없는 일이 있었는데 그때는 동짓달(11월)이었소. 병사들은 싸우는 동안에는 모르고 있다가 전투가 끝나고 해가 지니까 추워진 거요. 해서 나뭇가지를 모아 불을 피웠는데 갑자기 강풍이 불어 창름倉廩, 곡식 보관 창고으로 불이 옮겨 붙었소. 병사들이 놀라서 끄려 했지만, 사방 천지에 물이 모두 꽁꽁 얼어붙어 어찌할 수가 없던 겁니다. 결국에 손도 쓰지 못한 채 군량미가 다 타도록 지켜본 거지요."

"허! 어찌 그런 일이요…"

"어처구니없지요. 한데 고려군 군량軍糧이 요동성에서 이틀거리에 있는 나장탑에 있었소."

"처음 듣는 지명이옵니다?"

"나장탑은 의주에서 요동성으로 가는 길에 있는데, 압록강 건너 서둘러 가면 닷새 길이지요. 나장탑에서 요동성은 이틀거리고…"

"어디쯤인지 이해하겠사옵니다."

"한데 문제는 고려군이 요동성 공략에 나설 때 나장탑에서 이레 치 식량만 가지고 떠났다는 것이지요."

"예? 어찌해서 그렇사옵니까?"

"그건 잘못된 게 아니오. 옛적부터 적지로 출병해 전쟁할 때는 무기와 장비는 자기 나라 것을 가져다 쓰지만, 군량만큼은 적지에서 조달하오. 군량을 옮기는 게 힘든 일인 데다가 군량 때문에 내 백성이 피폐해져서 그렇지요. 한데 요동성 백성들은 북방 오랑캐들이 성을 차지하고 있는 걸 못마땅하게 생각해서 고려군이 오기를 기다리고 있었소. 해서 군량미를 다른 곳으로 옮기지 않고 창름에 그대로 놔두고 있었고, 고려군도 그런 사정을 이미 알고 있어서 요동성만 함락시키면 군량 걱정은 없던 터였지요."

"이해가 되옵니다. 하온데 어찌해서 무기나 장비는 자기 나라 것을 가져가 쓴다고 하시옵니까?"

"의문을 가질 만하오. 첫째는 아군에게 새로운 무기가 있을 수 있어서이고, 둘째는 무기가 병사들 손에 익어야 해서요. 아무리 좋은 적군 무기를 빼앗았다 해도 손에 익지 않으면 자기 것을 쓰는 것만 못하오. 무기를 다루는 데는 훈련이 필요하니까."

"알겠사옵니다."

세종이 비로소 깨달았다는 듯이 깊이 고개를 숙였다.

태종은 한마디도 흘려듣지 않는 임금 모습이 보기 좋았다. 흐뭇한 마음으로 말을 이었다.

"그리해서 이레 치 식량만 가지고 공략에 나섰던 건데, 느닷없이 곡식이 다 타버리니 어쩔 수 없이 성城을 나와야 했던 거요"

"예?"

"왜요? 성을 내줘서 그러시오?"

"그렇사옵니다. 어렵게 차지한 성을 왜 내주었는지…"

"생각해보시오. 나장탑에서 요동성까지 가는 데 이틀이 걸렸고, 성을 함락시키는 데 이틀이 걸렸으니 사흘 치 식량만 남지 않았소?"

"그렇사옵니다."

"식량이 사흘 치밖에 없는데 오랑캐 나하추[納哈出]가 군사를 이끌고 와서 성을 둘러싸면 어쩔 셈이오?"

"아…"

생각이 거기까지 미치지 못했다.

허를 찔린 듯했다. 경전 말고도 임금이 익히고 알아야 할 게 한둘이 아니었다. 갈 길이 멀었다.

고려군은 요동성을 나와 나하추 군과 맞서기 좋은 곳에 진을 쳤다. 그리고 오랑캐 고가노를 공격하려고 석성石城으로 출병한 장수

배언裴彦의 군사들이 돌아오기를 기다렸다.

그날 저녁, 서쪽 하늘에 붉은 기운이 서렸다. 처음에는 작은 기운이 오르는가 싶더니 날이 어두워지자 검붉은 구름이 점점 두껍게 깔리면서 온 하늘을 뒤덮었다. 군사들이 요기妖氣라고 수군거렸다. 양곡이 모두 타버려 불안을 느끼던 차에 모양도 흉측한 적기赤氣. 붉은 기운를 봤으니 어쩌면 동요하는 것이 당연하기도 했다.

진영에 소란이 일자 일관日官. 천기를 살피는 관원이 군막에서 나와 천기를 살폈다. 심상치 않았다. 팔괘를 벌여 길흉을 살피다가 도통사에게 서둘러 군영을 옮겨야 대길할 것이라고 건의했다. 그러면서 적기의 징험徵驗. 징조의 경험을 제대로 받으려면 400리 길은 옮겨 가야 한다고 덧붙였다.

도통사는 군량미만 있다면 나하추든 누구든 두려울 것이 없었다. 400리면 군량미가 있는 나장탑도 넘는 거리다. 더 멀리 갈 것도 없이 나장탑까지만 가겠다고 생각했다. 배언의 군사도 기다리지 않고 다음 날 아침에 바로 철군을 명했다.

그리고 원나라 군사의 추격을 따돌리기 위해 이틀이면 갈 거리를 나흘이나 걸리는 우회로를 택했다. 장수들이 식량 부족 등의 이유로 반대했지만 듣지 않았다. 추위와 굶주림에 시달리며 퇴각하던 중에 나장탑에 대기하고 있던 나천서羅天瑞가 식량을 가져와 겨우 살아날 수 있었다. 행군 도중에 쓰러져 죽은 병사 숫자는 미처 다 헤아릴 수가 없었다.

태종이 씁쓸한 듯 입맛을 다셨다. 세종도 허탈해서 소반 위에 놓인 찻잔을 멍하니 바라보았다. 잠시 침묵이 흘렀다.

"훗날 내가 천문서를 뒤져봤소. 〈천문지天文志〉[4], 〈천관서天官書〉[5]뿐 아니라 당나라 《천지서상지天地瑞祥志》[6]까지 구할 수 있는 건 모두 말이오. 한데 밤하늘 붉은 기운이 대길하다는 말은 어디서도 못 봤소. 아니, 《천지서상지》에 밤하늘 붉은 기운의 길흉이 나오기는 하는데 그건 신하가 임금을 배반할 징조라고 했으니, 군영을 옮겨야 길하다는 징험과는 아무 관계가 없지요. 지금 생각해보면 천상 변화가 아주 크니까 일관이 길흉을 점쳤던 게 아닌가 하오."

"아…."

"도통사는 나하추가 추격해 올 건 분명한데 군량미가 떨어져 불안하던 차에, 일관이 진영을 옮기면 길하니 어쩌니 그런 말을 해대니까 그걸 핑계 삼아 바로 철군한 게 아니겠소."

"그렇사옵니다."

"병법에도 없는 얘기요. 어찌 해 질 녘 구름 그림자 따위로 전쟁의 승패를 살피겠소? 혹여 밤하늘에 성변星變, 별자리 변화의 길흉이 있다 해도 내 군사에게 무슨 문제가 있는지를 살피는 게 우선이지, 사리 분별도 없이 일관이 던진 한마디에 덜컥 철군할 일이 아니었던 거요. 지혜로운 장수는 천기나 점복占卜, 점치는 일 따위에 연연하지 않소. 고사에 보면 주周나라 무왕[7]이 강상姜尙, 강태공과 함께 상나라를 정벌할 때

---

4 반고가 지은 《한서》에 수록된 편명으로 천문의 발달 과정을 담았다.

5 사마천이 지은 《사기史記》에 수록된 편명으로 별자리에 대한 기록을 다뤘다.

6 666년에 편찬된 천문과 기후의 여러 현상의 길흉을 풀이한 책이다.

7 무왕武王은 중국 고대 주周나라 2대 왕으로 상商나라를 무너뜨리기도 했다.

도 그런 일이 있었소. 주상은 그 고사를 아시오?"

"잘 모르옵니다."

"그렇구려. 점복에 관한 얘기니 들어보시오."

"예."

"주나라 무왕이 상나라 정벌 준비를 마치고 출병 직전에 거북점과 산가지점을 보았지요. 무왕은 준비를 철저히 했으니까 당연히 점괘가 좋게 나오리라 예상했는데 의외로 불길하게 나온 거요. 술사術士, 점쟁이가 말하기를 '이번 출병에서는 많은 군사가 죽고 승리를 장담하기 어려우니 다음을 기약하는 것이 낫다'고 하니까 머뭇거리게 된 거지요. 하지만 강상은 천하를 얻을 기회를 놓칠 수 없다고 강하게 밀어붙였소."

"하면 믿지도 않을 점괘를 왜 보았사옵니까?"

"본래 강상이 본 게 아니요. 주나라 왕조는 정책을 결정하는 마지막 순간에 항상 길흉을 점쳐서 강상은 왕가의 관례를 무시하지 않은 것뿐이지요."

"서로 다른 입장이었군요."

"그런 셈입니다. 한데 주상은 강상이 《육도六韜》[8]를 지었다는 건 알고 있지요?"

"예, 그건 알고 있사옵니다."

"강상은 자신의 병법 전략에 따라 몇 년 동안 상나라 조정을 염탐하다가 마침내 때가 됐다고 판단되니까 정벌 계획을 세웠던 것이오.

---

8 태공망 강상(별칭 강태공)이 지은 병법서로 알려져 있다.

그러니 점복이 필요 없던 거지요."

"병법가답사옵니다."

"그렇소. 해서 강상은 기회를 놓칠 수 없다고 무왕을 설득해 겨우 출병하게 됐는데, 상나라 땅 목야牧野로 진군하던 중에 폭풍우가 몰아쳐 무장한 전차들이 물에 잠기고 군기가 부러진 거요."

"쇠로 만든 것이 아니니까요."

"허허, 옳은 말씀이오. 깃대야 나무로 만든 것이니 언제라도 부러질 수 있는 거고, 갈아 끼우면 그만일 뿐인데 장수들이 그걸 불길하게 생각하니까 병사들까지 따라서 동요가 일어난 것이오. 무왕도 출병 직전에 본 점괘가 떠올라 불길한 마음이 드니까 강상에게 진군하는 게 옳으냐고 다시 물었지요."

"사기는 한 번 떨어지면 회복하기가 쉽지 않사옵니다."

"하지만 강상은 뜻을 굽히지 않았소. 천하는 쇠퇴한 난세를 타고 일어나니 점복에 기대서는 천하를 얻을 수 없다고 간절히 아뢨지요."

"…"

"그러면서 천도天道, 하늘의 뜻는 눈에 보이는 것이 아니니까 적이나 아군이나 하늘의 뜻을 모르기는 마찬가지고, 오로지 믿을 것은 지리와 사람이라고 설득한 것이오. 결국에 무왕이 강상의 주장을 받아들여 군사를 독려해서 상나라를 무너뜨렸지요."

"무왕이 강상을 믿은 것이옵니다."

"그렇지요. 하니 적을 마주하고 있는 장수가 왜 점복 따위에 기대면 안 되는지 이유를 알겠소?"

"알겠사옵니다. 점복이 아니라 철저한 준비가 필요하옵니다."

"좋은 말씀이오. 하지만 방심하지 마시오. 언젠가 주상에게도 점복이나 성변을 들고 와서 주상의 판단을 흐리려는 성호사서城狐社鼠[9] 같은 자들이 있을 것이오."

"…"

세종이 갑자기 말을 멈추고 머뭇거렸다.

"왜 그러시오? 그 말이 거슬리오?"

"어찌 성호사서라 하시옵니까. 거슬린다기보다 소자가 신료들을 가까이하지 못하게 되오니…."

"허허허…."

상왕이 낮은 소리로 웃었다. 임금이 아직 유가儒家. 유학자의 품성에서 벗어나지 못하고 있다. 어진 것만으로는 나라를 다스릴 수 없다. 이제는 사직과 백성을 생각해서 그 틀을 깨고 나와야 한다. 불현듯 오래전에 자신이 성변 때문에 신료들에게 휘둘렸던 기억이 되살아났다.

태종은 일관이나 술사가 성변과 기양祈禳. 복을 비는 것을 아뢰면 굳이 거스르지 않았다. 임금 자리에 오르기까지 피할 수 없었던 크고 작은 원한과 희생에 대한 기억 탓이다. 물론 자신은 하늘의 뜻에 따라 옳은 일을 행한 것이라고 생각했지만 진정 하늘도 그렇게 여기는지는 알 수 없는 노릇이다.

---

9 성안에 숨어든 여우와 사직단에 숨어 있는 쥐로, 충신 얼굴을 하고 임금을 가까이 모시고 있으나 교묘하게 군주를 희롱하고 해를 끼치는 간신을 의미한다.

즉위한 지 몇 해가 지나 임금 자리에 익숙해져가던 어느 날, 술사가 불길한 성변이 일어났다며 액막이를 위해 피방避方. 거처를 옮김 해야 한다고 아뢰었다. 태백성太白星. 금성이 대낮에 나와 헌원성軒轅星[10]을 침범해서 피방하지 않으면 궁궐에 벼슬 가진 여자가 나라를 훔치는 액운이 따른다는 것이었다. 술사가 눈치를 보면서 돌려 말하기는 했지만, 궁궐 안에 벼슬 가진 여자란 왕비인 원경왕후를 의미했다.

'그럴 리가 있나….'

고개를 갸웃하고 애써 부정하려 했지만, 마음 한구석이 편치 않았다. 임금의 표정이 어두워지자 일부 대신들이 술사의 말대로 피방을 권했다. 하지만 냉철한 언관言官들은 요망한 점쟁이의 터무니없는 말일 뿐이라고 적극적으로 반대했다. 양쪽 주장이 팽팽히 맞섰다. 태종은 어느 쪽 의견도 선뜻 택할 수 없었다.

그날 밤, 태종은 여느 날과 달리 일찍 주변인들을 물리고 홀로 오봉 촛대를 마주하고 앉았다. 머릿속이 혼란스러웠다. 골똘히 생각하다가 벌떡 일어나 방 안을 서성거리기도 하고, 앉았다가 다시 일어나 서성거렸다. 밤새 고민했지만 끝내 우려를 떨쳐내지 못했다. 날이 새자 대신들을 불러 피방을 떠나겠다고 말했다.

피방처는 안암동에 있는 호조전서典書[11] 집으로 정했다. 공사가 시작됐다. 목수가 집 안 구석구석을 돌며 낡고 부서진 곳을 말끔히 고치고, 누렇게 바랜 창호를 새로 발랐다. 석공은 끝이 부서진 댓돌을

---

10 별자리 28수 중 궁궐 내에 벼슬을 가진 여자, 즉 왕비를 의미한다.
11 조선 초기 각 조의 장관(정3품) 명칭인데, 태종 때 판서(정2품)로 바꾸었다.

새것으로 갈고, 안뜰 흙도 새로 깔고 모난 돌을 골라내고 다졌다. 하인들은 대청마루를 단내가 나도록 문질렀다. 대신들과 회의할 장소까지 완성되자 부산을 떤 지 열흘 만에 임금이 이어했다.

아닌 밤중에 홍두깨라더니 이런 이유로 사가私家에서 잠을 자게 될지는 몰랐다. 마음을 진정시키려고 서책을 펼쳤다가 이내 접었다. 눈에 들어오지 않았다. 거처를 옮기고 나면 마음이 편해질까 했는데 전혀 그렇지 못했다. 잠시만 넋을 놓고 있으면 술사의 괴이쩍은 말이 머릿속 빈자리를 파고들었다.

'왕후가 나라를 훔치다니…'

무심코 고개를 가로저었다. 경솔하게 움직인 게 아닌가 해서 문득 후회가 들기도 했다. 백성들이 이런 사정을 알면 뭐라 할까. 믿고 따를 수 있는 어버이의 모습으로 비춰질 것인가. 생각이 꼬리를 물었다. 밤이 깊어갈수록 정신이 또렷해졌다. 뜬눈으로 밤을 새우고 날이 밝자 번민을 떨쳐내려고 동교로 매사냥 구경을 나섰다. 하지만 머리가 맑아지는 건 그때뿐이었다.

사흘째 되던 날, 술사가 다시 성변을 아뢰었다. 이번에는 대낮에 태백성이 나타나 태미원太微垣[12]으로 들어갔다는 것이다. 징험이 무엇이냐고 묻자 술사는 형벌이 제대로 이뤄질 길한 징조라고 답했다.

"길한 징조라고?"

---

[12] 별자리 구역 세 개 중 하나로, 천자의 궁궐 뜰을 의미한다.

순간 태종의 미간이 찌푸려졌다. 피방 사흘 만에 왕후가 나라 훔칠 생각을 접었단 말인가. 어이없다는 생각이 들었다. 술사를 쏘아보다가 자기도 모르게 비웃음을 흘렸다. 정적이 흘렀다. 임금의 입에서 아무 말도 나오지 않자 납작 엎드린 술사의 이마에서 땀이 비 오듯이 뚝뚝 떨어졌다. 피방을 두둔하던 대신들도 긴장한 채 아무 말도 하지 못했다. 사방이 쥐 죽은 듯 조용했다.

"환궁 채비를 해라!"

태종이 짧게 말했다.

"명심하오. 세월이 흐르면 알게 되겠지만 멀리 있는 자는 주상에게 그런 말을 하지 못하오. 언제든지 주상과 마주할 수 있는 자, 사직지신社稷之臣[13] 얼굴을 하고 있는 자 중에서 주상의 판단을 흐리려 하는 자가 나올 것이오."

세종은 잠시 생각하다가 조심스럽게 물었다.

"하오면 그걸 어찌 가려낼 수 있사옵니까?"

"어렵지 않지요. 한 가지만 잊지 마시오. 성변은 주상이 베푼 정사의 증험證驗, 증거가 되는 경험이 아니오. 나라를 잘 다스렸는지 못 다스렸는지는 백성에게 나타나는 것이지 성변으로 나타나는 게 아니라는 말씀이오. 무슨 뜻인지 아시겠소?"

"아…."

충격이었다. 나라를 다스린 증험이 하늘이 아니라 백성을 통해서

---

13 나라와 왕실의 안위를 지키는 신하를 말한다.

나타난나는 말은 처음 들었다. 하지만 분명히 옳은 말이 아닌가. 그것이 바로 백성을 하늘로 여기고 두려워해야 할 명백한 이유였다. 문득 앞에 앉은 아버지가 마치 성인이라도 되는 것처럼 느껴졌다.

"하오면 성변은 살펴볼 필요가 없다는 뜻이옵니까?"

"그렇지 않소. 성변을 살펴야 할 이유가 두 가지 있소. 첫째는 신하가 임금에게 다가갈 기회를 준다는 것이오."

"임금에게 간언할 기회를 이르시옵니까?"

"그렇소. 누구라도 자신이 사리에 밝은 임금인지는 스스로 알 수 없소. 하니 누군가 성변을 이유로 가까이 오면 막지 말고 잘 듣되 휘둘리지 말라는 것이오. 반드시 그런 일이 있을 테니 부디 잊지 마시오."

"명심하겠사옵니다, 아바마마…."

든든한 무기라도 건네받은 느낌이었다. 스승을 통해서는 들을 수 없는 훈사였다. 성호사서를 불편하게 여겼던 자신의 시각이 얼마나 좁았던가를 다시 생각했다.

"다음 이유는 성변을 잘 살펴야 절기를 알고 절기를 잘 살펴야 때를 놓치지 않고 농사를 지을 수 있어서요. 백성들이 농사를 잘 짓는 것만큼 중요한 일이 또 있겠소?"

"그렇사옵니다."

"〈천관서〉를 읽어보았지요?"

"《사기》〈천관서〉를 이르시옵니까?"

"그렇소."

"읽어보았사옵니다."

"거기에 이런 말이 나오지요. 성변보다 중요한 건 군주가 덕을 닦는 일이고, 다음은 선정을 펼치는 것, 다음은 백성을 구제하는 것, 다음은 귀신에게 비는 것이라고 말이요."

"제일 어리석은 일은 그 모든 걸 다 무시하는 것이라 했사옵니다."

"허, 그걸 기억하고 있구려. 주상 말씀처럼 귀신에게 비는 것조차 무시하고 아무것도 행하지 않는 것은 나라를 보전할 생각이 없다는 뜻이지요."

"그렇사옵니다. 군주가 귀신에게 비는 것은 신통한 조화를 바란다기보다는 백성의 지친 마음을 달래는 뜻이 담겨 있사옵니다."

"허허, 옳은 말씀이오."

태종이 웃으며 고개를 끄덕였다. 자신은 귀신에게 비는 이유까지 생각하지는 않았다. 하지만 자기 앞에 앉아 있는 젊은 임금은 백성 보듬어주는 방법을 알고 있다는 생각이 들었다. 마음이 흐뭇했다.

"이제 요동성을 내주게 된 이유를 알겠소?"

"알겠사옵니다. 도통사가 일관의 점괘만 믿고 퇴군을 결정했다는 게 참으로 안타깝사옵니다…."

"어이없는 일이지요. 결국 고려군이 퇴각하고, 나중에 명나라가 요동성을 탈환해 오늘에 이르게 된 건데, 우리는 명나라를 막을 힘이 없어서 지켜보는 수밖에 없었소."

"때를 놓쳤사옵니다."

"군주가 지인지감知人知鑑, 인물을 알아보는 능력을 소홀히 해서 어리석은 자를 구별해내지 못하면 그처럼 제 것도 지키지 못하는 것이요."

"지인知人, 신하를 알아보는 것은 군주가 할 일이고, 지사知事, 일을 아는 것은 신하가 할 일이라 했사옵니다."

"그렇지요."

"하오면 왕가인은 어찌 됐사옵니까?"

"맞소, 왕가인 얘기를 했었지요…. 왕가인은 우리 군이 요동성에서 철군할 때 할아버지를 따라나섰소."

"거짓이 아니었군요."

"아무렴요, 그는 우직하고 충성스러운 사람이었소. 한데 그가 할아버지 휘하에 들어온 지 몇 해가 지났을 때 생각지도 않게 요동도사遼東都司가 소환을 한 거요."

"무엇 때문이옵니까?"

"위화도 회군 때문이지요. 할아버지께서 2차 요동 정벌에서 회군을 단행하시지 않았소?"

"그러하옵니다."

"고황제는 고려군이 요동을 치러 왔다는 말에 화들짝 놀란 거요. 회군해서 전쟁이 일어나지는 않았지만, 고려군이 쳐들어왔다는 것만으로도 놀랐던 거지요."

"그때도 고황제가 고려군을 두려워하고 있었사옵니까?"

"그렇다마다요. 전조 말엽부터 우리 조선이 개국한 이후까지 꽤 오랫동안 그랬지요. 무엇보다도 공요군攻遼軍, 요동을 공격하는 고려 군대 수장이 할아버지라는 것을 알았을 테니 고황제 심경이 어땠을 것 같소?"

"복잡했을 것이옵니다. 할아버지 손에 죽은 사유와 관선생 생각도 났을 것이고…."

"그랬겠지요. 한데 고황제는 위화도 회군을 속임수라고 생각했소.

다른 속셈이 있어서 회군하는 척하는 거라고 여긴 거요. 해서 그 이유가 뭔지 캐보려고 찾아낸 인물이 왕가인이었지요."

"아, 그렇군요. 한데 황제가 왕가인을 어찌 알았사옵니까?"

"왕가인의 아버지 왕만승이 요해(요동해) 지역 천호[14]였지요. 요동도사는 자기 관하에 있는 천호의 아들이 할아버지 휘하에 부장으로 봉직하고 있는 것을 알고 불러들인 적이 있었는데 왕가인이 안 가겠다고 거부한 일이 있었소."

"아…."

"그러던 차에 고황제가 적당한 사람을 찾으라고 명을 내리니까 요동도사가 바로 왕가인을 아뢴 거지요."

"고황제가 운이 좋았군요."

"운이 좋다? 글쎄요…."

태종이 빙그레 웃자 세종이 의아하다는 듯이 물었다.

"왕가인이 할아버지 휘하에 부장으로 있었으니 필요한 인물을 제대로 찾은 것이 아니옵니까?"

"하하하, 얼핏 생각하면 그렇게 보이겠지만 황제가 왕가인을 부른건 큰 실수였소."

"예? 무슨 말씀이시온지…."

"왕가인이 누구 사람이오? 황제 사람이 맞소?"

"하면 왕가인이 요동으로 돌아가지 않았다는 말씀이옵니까?"

"아니, 돌아가긴 했지요."

---

14 천호千戶는 만호萬戶, 백호百戶와 더불어 거느리는 백성의 가구 숫자에 따라 붙인 관직명이다.

왕가인은 요동도사로부터 두 번째 초환문招還文. 소환장을 받고 불같이 화를 냈다. 그도 그럴 것이 고려에 귀화해서 관직을 받은 요동 출신자들이 여럿 있었지만, 누구도 받지 않는 초환문을 자신만 두 번씩이나 받아서다. 게다가 자신은 고려 최고의 실권자인 이성계를 배후에 두고 있지 않은가. 머뭇거릴 것도 없이 돌아가지 않겠다고 의사를 밝혔다. 이성계도 돌아갈 필요가 없다고 두둔했다.

얼마 후 명나라로 떠나는 사신 편에 왕가인이 돌아가지 않을 것이라고 통보했다. 그리고 두 번 다시 같은 얘기를 하지 말라고 요동도사에게 못을 박았다. 그렇게 해서 일이 끝날 줄로 알았는데 거기서 그치지 않았다. 이번에는 요동도사가 아니라 황명皇命이라고 초환문이 날아온 것이다. 모두가 놀랐다. 황제가 변방국의 일개 부장 이름까지 거명하면서 불러들이는 게 의심스럽기는 했지만 엄연한 사실이었다. 이성계도 고집을 피우기가 어렵게 됐다. 왕가인으로 인해 전쟁을 할 수는 없었다. 분했지만 이성계도, 왕가인도 무릎을 꿇고 말았다.

귀환을 앞두고 사소한 논란이 일었다. 대체 왜 황제가 왕가인을 소환하려고 하는가. 명나라에 장수가 모자라서? 아니, 왕가인 만큼 훌륭한 장수가 없어서? 분명 그런 이유는 아니었다. 이성계와 가신들은 몇 날 며칠을 두고 이유를 추측해봤지만 밝혀내지 못했다. 결국 왕가인이 경사로 돌아가 이유를 알아내기로 했다.

추운 겨울이 지나고 꽃망울이 생기려던 즈음, 이성계와 가신들은 언제 다시 볼 수 있겠냐고 안타까워하며 밤늦도록 이별의 술잔을 나났다. 왕가인이 눈시울을 붉히며 이성계 앞에 무릎을 꿇고 영원히 변치 않을 것을 맹세했다. 이성계도 아쉬움을 표했다. 언제든지 사인을 통해서라도 연락할 수 있도록 방원과 표식을 주고받도록 했다. 며칠 후 왕가인은 가솔(가족)을 이끌고 개경을 떠났다.

"하면 왕가인이 황제를 알현했사옵니까?"

"알현은 했지만, 황제 뜻대로 되지는 않았지요."

"예?"

"황제가 위화도 회군의 진실을 캐물었는데 그가 고려국 말을 몰라서 깊은 사정은 모른다고 한 거요."

"하하하…."

두 임금의 웃음소리가 상왕전 뒤뜰까지 울려 퍼졌다.

"다시 생각해봐도 통쾌한 일이지요."

"하오면 왕가인이 정말 우리말을 몰랐사옵니까?"

"왜 몰랐겠소? 그의 아내가 금군(궁궐 수비군) 장수의 여식이고 전조에서 밀직부사까지 지냈는데…."

태종이 박장대소로 고인 눈물을 닦으며 말을 이었다.

"그가 황제에게 아뢰기를, 고려 말을 몰라 위화도 회군의 이유는 잘 모르지만, 고려군이 늘 훈련을 해서 강한 것은 알고 있다고 얼버무렸다는 거요."

"그건 윤이·이초와 반대되는 말이 아니옵니까?"

"윤이·이초가 명나라에 들어가기 전인데 무슨 문제가 되오. 그때는 황제가 위화도 회군의 이유가 궁금해서 불렀던 거니까."

"아…. 그렇사옵니다."

"어쨌거나 왕가인은 고려국 말을 몰라서 할아버지가 시키는 일만 했다고 하니 황제는 더는 할 말이 없던 거지요."

"기지를 발휘했사옵니다."

"그렇소. 그리고 나서 왕가인이 자기 아버지가 있는 요동으로 돌아 갔는데 그 후로 윤이·이초가 명나라에 숨어든 것이오."

"일이 벌어진 순서를 알겠사옵니다."

"한데 그때까지만 해도 왕가인은 고황제의 생각을 제대로 알 수가 없었지요. 해서 고려 출신 환관에게 은밀히 접근해 비단과 인삼 등을 주고 친분을 쌓았소. 황궁 사정을 알 수 있는 길을 터놓은 셈이 지요. 그리고는 황제가 고려에 대해 품고 있는 생각을 상세히 알아보 라고 부탁을 했소."

"용간이옵니다."

"그렇지요. 그게 바로 용간입니다. 환관은 고향 땅에는 부모 형제 가 살아 있고, 귀한 선물까지 받았으니 왕가인의 청을 거부할 이유가 없던 거지요."

"이해가 되옵니다. 해서 황제가 왕가인을 불러들인 게 실수였다고 하신 것이옵니다."

"그렇습니다."

왕가인은 요동으로 돌아가 아버지 휘하에서 부장으로 봉직했다. 무장으로서는 나무랄 데 없었지만, 속마음은 늘 이성계를 향해 있었 다. 그가 황제의 속셈을 알아내 이성계에게 알리려던 즈음, 윤이·이초가 명나라에 숨어들어 황제를 알현했다는 첩정(牒呈)을 받았다. 첩정을 보내온 이는 바로 고려 출신 환관이었다. 왕가인은 예상치 못한 소식에 개경으로 보내려던 사인의 출발을 중지시키고 상황을 지켜보기로 했다.

며칠 후 환관에게서 다시 첩정이 왔다. 황제가 고려국에 사신을 보낼 것인데 자신이 역인(통역관)으로 따라가게 됐으니 요동에서 은밀히 만나자는 내용이었다. 고려 말을 모르는 명나라 관료가 사신으로 가게 되는 경우에는 으레 고려 출신 환관들이 역인으로 따라갔다. 환관들은 그런 기회를 통해 고향에 있는 부모 형제와 만날 수 있었다.

환관은 경사와 개경을 오가는 길에 요동에서 묵는 날이면 은밀히 일행을 빠져나와 왕가인과 만났다. 그때마다 왕가인에게서 옥과 은붙이 등 부피가 작고 귀한 것들을 받았다. 환관은 그 값을 톡톡히 했다. 덕분에 왕가인은 자신이 요동으로 불려 오게 된 이유부터 위화도 회군에 대한 황제의 생각과 윤이·이초 사건까지 알게 됐다.

그로부터 얼마가 지나 왕가인이 다시 황제전으로 불려갔다. 황제는 고려 조정 관직자 명단을 파악해 오라고 명을 내렸다. 그 명단이 왜 필요한지는 말해주지 않았다. 다만 시간이 걸리더라도 은밀히 파악할 것만을 주지시켰을 뿐이었다.

왕가인은 황궁을 물러 나와 숙소에서 환관을 기다렸다. 밤이 되자 평복으로 갈아입은 환관이 왕가인의 숙소를 찾아왔다. 하인이 물러가자 환관은 목소리를 낮춰가며 황제가 고려 조정 대신들의 명단을 구하려는 이유를 설명했다.

왕가인은 이야기를 다 듣고 미간을 찌푸리며 물었다.

"내가 고려 조정 대신들 명단을 확인해서 황제에게 알려주면 고려가 위험에 빠지는 것이 아니요?"

"당연히 위험에 빠지게 되지요."

"허…."

"걱정 마시오. 내가 아무 대책도 없이 왔겠소?"

환관은 빙그레 웃으며 품에서 작은 비단 주머니를 꺼내 건넸다.

"이건 윤이·이초가 총제사 대감(이성계)이 살해하거나 유배를 보낸 사람들이라고 황제께 바친 명단이요."

"허! 이걸 어떻게 손에 넣었소?"

"하하, 몰래 베끼느라고 시간이 좀 걸렸지요. 개경에 도착하면 이걸 총제사 대감께 드리시오."

왕가인의 얼굴에 화색이 돌았다. 얼른 비단 주머니를 끌러 종이를 펼쳤다. 낯익은 이름들이 보였다. 이미 죽었다는 사람과 유배를 갔다는 사람들 이름이 가지런히 적혀 있었다. 환관은 그 명단을 어떻게 활용해야 하는지 자세히 설명하고 숙소를 떠났다.

태종이 진지한 표정으로 말을 이었다.

"윤이·이초 사건으로 한바탕 난리가 있고 얼마가 지났는데 한날 저녁에 낯선 이가 날 찾아와 왕가인의 표식을 내밀었지요."

"아바마마와 나눠 가졌다는 바로 그 표식이옵니까?"

"그렇소, 바로 그 표식이었소."

"놀라셨겠사옵니다?"

"놀랍기도 하고 반갑기도 했지요. 그가 말하기를, 조만간에 왕가인이 황제 사신으로 개경에 올 것인데 도착할 날짜를 차후에 알려줄 것이니 그날 밤에 잡인들이 없는 자리를 마련해달라고 한 거요."

"은밀한 일이라서 그랬나 보옵니다."

"그렇지요. 그리고 약속된 날짜에 왕가인이 왔소. 그는 개경에 도착해 사신관으로 가서 여장을 풀고 밤늦은 시각에 은밀히 숙소를 빠져나와 할아버지를 찾아왔지요."

"참으로 반가웠겠습니다."

"왜 아니겠소. 어려운 시절을 함께했으니 더욱 그렇지요. 왕가인은 소회의 눈물을 흘린 후에 그동안 요동과 황제전에서 있었던 일들을 소상히 말했소. 황제가 위화도 회군의 속뜻을 의심하고 있고, 윤이·이초가 황제에게 밀고한 내용과 사신이 윤이·이초의 밀서를 가지고 개경에 왔는데 김정연이 도망가서 일이 틀어지게 됐다는 것, 자신은 황궁 환자를 통해 황제의 속셈을 염탐하고 있으며, 이번에 조정 대신 명단을 구해 오라는 명을 받았는데 황제가 명단을 구하려는 이유가 무엇인지 등을 밤이 새도록 설명했지요."

"놀랍사옵니다."

"왕가인이 아니었다면 알아낼 수 없는 일들이었지요. 그렇게 해서 그동안 궁금했던 일들을 모두 알게 됐는데, 그에 못지않게 중요한 건 황제가 왕가인의 속을 몰랐다는 게 아니겠소?"

"그렇사옵니다. 황제는 왕가인이 그렇게까지 할아버지 사람인 줄은 꿈에도 몰랐겠지요."

"아무리 용의주도하다 해도 방심하면 그런 불찰이 생긴다는 것을 잊지 마시오."

"명심하겠사옵니다, 아바마마…. 하오면 환관이 건네준 명단을 받았사옵니까?"

"받았지요, 그 비단 주머니."

"어찌 답을 내리셨사옵니까?"

"왕가인이 말하기를, 황제가 윤이·이초의 밀고 중에서 왕요의 혈통 문제는 거짓으로 알고 있지만, 군사에 관한 건 사실로 받아들이고 있다는 것이오. 해서 어떻게든 황제가 그자들의 말을 믿지 않게 할 묘책이 필요하다는 거였지요."

"그렇사옵니다."

"그러면서 윤이·이초가 죽거나 귀양 갔다고 밀고한 신료들이 잘살고 있는 것으로 명단을 만들어 보내면 어떻겠냐는 제안을 했소. 애초부터 죽거나 귀양 간 신료가 없었다고 하면 황제가 윤이·이초의 말을 더는 믿겠냐는 것이지요."

"허…."

"묘책이었소. 해서 두 번 생각할 것도 없이 죽은 김정연만 빼고 나머지는 모두 잘살고 있는 것으로 명단을 만들어 보냈지요. 게다가 높은 관직에 있는 것으로 해서 말이오."

"하면 실제로 처벌받은 신료들이 있었사옵니까?"

"있었지요. 모의를 주도한 김정연은 도망갔다가 잡혀 와서 옥에서 자결했고, 목은과 권근도 사건에 연루된 것으로 의심받아 청주옥에 갇혀 있었으니까."

"아니 권근 대감은 좌명공신佐命功臣[15]이 아니옵니까?"

"그건 반대파에서 할아버지 세력을 무너뜨리려고 참소讒訴, 모함한 때문이오. 나중에 혐의가 풀리긴 했지만 어쨌든 모두 자리를 잘 보전하고 있는 것으로 명단을 만들어 보냈지요."

"놀라운 위계僞計, 적을 속이는 계략이옵니다."

"그렇소, 황제를 속여 혼란에 빠뜨렸으니 위계라고 할 수 있지요."

"하면 두 사람은 어찌 됐사옵니까?"

"바로 참수됐지요. 한데 황제가 윤이·이초를 참형에 처한 이유가 하나 더 있었소."

"그게 무엇이옵니까?"

"왕가인이 경사에 도착해서 황궁에 들어갔더니 황제가 다짜고짜 개경 성곽이 보수됐더냐고 물었답니다."

"개경 성곽이요?"

"질문이 좀 엉뚱하지요? 왕가인은 황제가 무슨 뜻으로 물은 건지를 몰라 어리둥절하다가 흙으로 만든 토성에 보수할 일이 뭐가 있겠느냐고 답을 했다는 거요."

"예? 토성이요?"

"그렇소. 개경성은 성문 주변은 돌로 쌓은 석성이지만 멀리 시야에서 벗어난 곳은 흙으로 쌓은 토성이었소. 왕가인은 자신이 개경에 살 때 늘 봐왔던 것이니 별다른 뜻 없이 토성이라서 보수할 일이 없다고 답을 한 건데 그게 황제의 분노를 일으킨 거지요."

---

15 태종이 방간의 난을 진압하는 데 기여한 신료들에게 내린 칭호를 가리킨다.

"아니, 그게 왜 분노를 일으킬 말이옵니까?"

"황당한 얘기요마는, 애초에 윤이·이초가 황제에게 밀고할 때 개경성이 무너졌는데 보수도 못 하고 있다고 했지요. 황제는 그 말을 듣고 개경성이 돌로 쌓은 석성이라고 생각했던 거요. 해서 성곽을 보수했는지 궁금해서 물었는데, 왕가인이 흙으로 쌓은 토성에 무너질 일이 뭐가 있냐고 답을 하니까 황제가 속았다고 생각한 겁니다."

"아… 윤이·이초가 앞뒤 생각 없이 했던 말이었군요."

"그런 셈이지요. 한데 때마침 왕가인의 명단과 윤이·이초의 명단을 대조하던 환관이 윤이·이초의 명단이 모두 거짓이라고 아뢰니까 황제의 분노가 폭발해서 바로 참수를 시킨 겁니다."

"어이없기도 하고 놀랍기도 하옵니다."

세종이 멍한 표정으로 아버지를 바라보았다. 사람의 죽음을 재촉한 우연이 겹친 것도 어이가 없었지만, 용간과 위계의 위력을 새삼 깨닫게 돼 놀랍기도 했다. 왕가인을 소환한 것이 황제의 실수였다는 아버지의 말을 실감할 수 있었다.

명나라와 고려가 암투를 벌이고 있던 1392년(공양왕 4년) 늦여름, 무너지는 왕조의 끝자락에서 가까스로 자리를 보전하고 있던 공양왕이 이성계와 동맹을 맺는다는 맹세문을 발표했다. 신하가 군주에게 충성을 맹세하는 일은 있어도 군주가 신하와 동맹을 맺는 일은 있을 수 없는 일이다. 마지막 몸부림이었다. 근신들은 전례 없는 일이라고 말렸지만, 벼랑 끝에 선 공양왕에게 다른 길이 없었다. 맹비난이 일었다. 신흥 세력들은 때를 놓치지 않고 왕대비(공민왕비)전으로 몰려가 군왕이 도를 잃었다며 폐위를 상소했다. 왕대비도 대세의 흐름을 막을 수가 없었다. 마침내 공양왕이 폐위되고, 군왕의 상징인 대보大寶가 왕대비전으로 옮겨졌다. 하지만 민심을 잃은 대보는 어느 곳에 자리하든 의미가 없었다. 왕대비도 그것을 알았다. 왕조의 운명을 다했음을 통감하고, 건국 475년 만에 새 왕조에 대보를 넘겨주었다.

고황제는 고려가 망했다는 소식에 많이 놀랐다. 예상치 못한 일이었다. 나라가 망했다면 혹시나 군병 체계가 무너진 게 아닌가 의구심이 들었다. 윤이·이초를 너무 성급하게 참수한 건가. 지금이라도 출병해서 사유와 관선생의 복수를 하는 게 맞지 않을까. 역모 세력을 응징한다는 명분처럼 좋은 기회가 또 오겠나. 답도 구하지 못할 문제로 혼란을 느끼고 있을 때, 황제의 심중을 눈치챈 측근 대신들이 신중을 기해야 한다고 충언했다. 퍼뜩 정신이 들었다. 고려 장수 이성계가 임금 자리에 오른 것을 잠시 잊고 있었다. 마음을 진정시키고, 군병 실정을 확인한 후에 정벌 여부를 결정하기로 했다. 그러면서도 끊임없이 트집을 잡아 언제든 침공할 수 있는 빌미를 만들었다.

"들을 만하오?"

"어찌 그런 말씀을 하시옵니까. 소자는 아바마마의 다음 말씀을 기다리고 있사옵니다. 하오면 왕가인 말씀은 끝이옵니까?"

"하하, 이제까지는 시작에 불과하지요. 더 큰 일이 있었소."

"예? 그렇사옵니까?"

세종이 놀란 눈으로 태종을 바라보았다.

태종은 빙그레 웃으며 천천히 말을 이었다.

"그러니까 윤이·이초 사건이 끝나고, 할아버지께서 조선을 건국하신 그해 가을에 왕가인이 첩정을 보내왔지요."

"무슨 내용이옵니까?"

"고황제가 우리 조선군의 실상을 확인한 후에 승산이 서면 곧바로 출병할 거라고 한 것이오. 하니 전쟁을 피하려면 미리 대처를 해야 한다고 말이오."

"허! 놀랍사옵니다."

"황제의 태도가 과거와 상당히 다르다는 것을 느꼈지요. 한데 그 땐 우리 조정에서도 여차하면 싸우자는 말이 나오고 있어서 전쟁이 날지도 모르는 분위기였소."

"하면 무척 긴장됐겠사옵니다?"

"왜 아니겠소? 황제가 협박할 때마다 진짜인지, 겁을 주려는 건지 몰라 전전긍긍하던 중에 첩정이 왔으니 더욱 긴장했지요."

"상황이 이해가 되옵니다."

"한데 왕가인이 하는 말이, 조만간에 황제가 사신을 보낼 예정인데 그 사신이 개경에 머물면서 우리의 군사 상황을 염탐할 것이라고 한 것이오. 실태를 거짓 없이 파악하기 위해서 황제가 직접 사신을 선택해 보낼 거라고 하면서 말이지요."

"아…"

"그러면서 전조(고려) 군사가 20만이라고 했으니 조선군도 그만큼은 돼야 황제가 헛된 생각을 버릴 것이라 한 거요."

"하면 실제로는 얼마나 됐사옵니까?"

"기껏 해봐야 4만…. 최대한 끌어모은다 해도 5만도 어렵지요."

"그걸 어찌 수십만 군으로…."

"그러니 난감한 일이 아니겠소."

"하온데 황제가 사신을 직접 선정하겠다고 하면 명나라 관료가 우리말을 아옵니까?"

"모르지요. 하니 사신만 황실 관료로 고른다고 해서 황제 뜻대로 되는 건 아니요."

"우리와 명은 항상 소통에 문제가 있사옵니다."

"그렇지요. 어쨌든 중요한 건 조선군이 수십만이라는 사실과 군비가 충만함을 염탐꾼에게 보여주어야 한다는 거였소."

"그걸 어떻게…."

"할아버지께서는 큰 시험에 들게 되신 거지요. 그런 데다가 문제가 또 하나 있었는데, 왕가인에게서 온 첩정을 조정 신료들과 의논할 수 없다는 것이오."

"예? 어째서 그렇사옵니까?"

세종이 의아해서 물었다. 그토록 중차대한 일을 신료들과 의논할 수 없다는 말이 언뜻 이해가 되지 않았다.

태종은 씁쓸한 듯이 입맛을 다시고 말했다.

"명심하시오. 우리만 명나라에 간자間者, 간첩를 대고 있는 게 아니요. 주상도 차차 알게 되겠지만 우리 조정에도 명나라 간자들이 있소. 서로 간에 용간 전쟁을 하고 있는 것이지요."

"용간 전쟁이요…."

"그렇소. 그러니 대소신료를 모두 모아놓고 첩정을 논의하면 황제 귀에 들어갈 것이고, 왕가인이 경사로 돌아가면 죽는 건 불을 보듯 뻔한 일이 아니겠소?"

"왕가인이 위험에 처하게 되는군요."

"그렇지요, 해서 신료들과 논의할 수 없었던 것이오."

"아…"

세종이 탄식을 했다. 이제까지 자신이 보고 들어온 것과는 전혀 다른 세상이 존재한다는 사실을 깨달았다. 눈으로 본다고 다 본 게 아니고, 귀로 듣는다고 다 들은 게 아니었다. 유학 경전조차 세상일의 일부일 뿐이고, 서책에조차 담을 수 없는 또 다른 세상이 있다는 것을 비로소 알게 됐다.

2

정안대군 방원

조선 개국(1392년) 한 해 전, 태조 이성계의 첫째 부인인 한씨(훗날 신의왕후)가 병을 얻어 세상을 떠났다. 개경 남쪽에 있는 해풍군海豐郡 치속촌治粟村 산자락 언덕에 묏자리(훗날 제릉)를 마련하고 장사를 지냈다. 한씨 소생으로 아들 여섯이 있었지만 다섯째 아들인 정안대군 방원(태종)이 묘소 옆에 초막을 짓고 홀로 여막살이[16]를 시작했다. 거친 나물로 찬을 삼아 소식하고 매일 곡을 하는 고행길이었다. 그래도 방원은 어려움을 말하지 않았다.

세상과 단절된 채로 살았지만, 이따금 형들이 찾아왔고, 부득이한 일이 생기면 잠저潛邸[17] 하인들이 여막으로 올라와 말을 전하기도 했다. 부득이한 일이란 대개 아버지와 관련된 일이거나 시급한 나랏일, 혹은 남이 대신 할 수 없는 일 등 아주 제한적인 것들이었다. 그 안에

---

16 부모의 묘소 옆에 초막을 짓고 삼년상을 치르는 일을 말한다.

17 왕위에 오르기 전에 살던 집을 말한다.

는 왕가인에 관한 일도 있었다.

　여막살이가 일 년가량 돼갈 즈음, 공양왕이 폐위되고 조선이 개국
됐다. 방원도 아버지의 부름을 받고 초막에서 내려와 건국을 도왔다.
가문의 생사가 걸린 일에 여막살이만 하고 있을 수 없는 까닭이었다.
하지만 아버지가 왕위에 오르고, 개국의 공을 나누는 잔치가 벌어지
자 방원은 바로 치속촌 여막으로 돌아와 베옷으로 갈아입었다.

　흐트러진 마음을 추스르고 안정을 찾아가고 있던 어느 날 저녁, 잠
저 하인이 숨을 헐떡이며 초막으로 올라왔다. 그처럼 늦은 시각에 하
인이 올라오는 것은 예사롭지 않은 일이 있다는 뜻이었다. 하인은 요
동에서 왕가인의 사인이 왔다고 전했다. 미룰 수 없는 일이었다. 서둘
러 숭교리崇敎里 잠저로 내려와 사인을 맞았다. 방원은 그가 내민 밀서
를 펼쳐 읽고 놀랍기도 하고 황당하기도 해서 한동안 아무 말도 할
수 없었다.

　날이 밝자 서둘러 임금(태조 이성계)께 밀계密啓를 올렸다. 임금도
방원의 서신을 읽고 적잖이 놀랐다. 바로 내관을 보내 궁궐이 조용해
질 초경(밤 7~9시)쯤에 은밀히 들라고 명을 내렸다.

　밤하늘 별자리가 또렷해질 무렵, 종일토록 두문불출하던 방원이
호위병 몇만 데리고 조용히 잠저를 나섰다. 길에는 인적이 끊겼다. 궁
궐에 도착하자 기다리고 있던 내관이 종종걸음으로 호롱불을 앞세웠
다. 대궐 안은 곳곳마다 관솔불이 밝았다.

　침전 앞에 당도해 내관이 아뢰었다.

"전하, 정안군 입시入侍이옵니다."

"어서 들라 해라."

재촉하는 목소리였다. 태조는 왕가인의 첩정 때문에 심기가 복잡해져 초저녁부터 방원을 기다리고 있었다. 개국 직후에 고황제는 나라의 흥망은 하늘의 뜻이라면서 백성들이 새 왕조를 신망으로 받들고 잘살고 있다면 천명을 받은 것이니, 명나라에 대해 다른 마음을 가지지 말고 강역疆域을 잘 다스리라는 말을 전해왔다. 예상외로 시비의 뜻이 들어 있지 않아 다소 당황스럽기까지 했다. 신료들도 놀라기는 마찬가지였다. 황제의 의중을 놓고 의견이 분분했지만, 다른 해석은 하지 않기로 했다. 그렇다고 그 말을 그대로 믿은 건 아니었다. 그날 이후로 황제가 다른 뜻을 보이지 않아 지난 일을 덮고 잘 지내자는가 싶었는데 기어코 검은 속셈을 드러내고 만 것이다.

'어찌 황제를 믿으랴…'

태조는 마음이 무거웠다.

방원이 숙배肅拜를 올리고 자리에 앉자 바로 물었다.

"고황제가 승산이 서면 바로 출병한다고?"

"그러하옵니다, 아바마마…"

"하면 뭘 보고 승산을 판단해?"

"우선은 우리 군사 숫자를 확인할 것이고, 다음으로 군기와 군비를 염탐하지 않겠사옵니까."

"군사 숫자?"

"그렇사옵니다."

"얼마로 알고 있기에?"

"일전에 왕가인이 말하기를, 황제가 전조(고려) 군사를 20만으로 알고 두려워했다고 했사옵니다. 하오니 우리 조선도 그 정도는 돼야 하지 않겠사옵니까."

"…."

태조가 눈을 감았다. 자신은 누구보다도 그 20만 군의 실체를 잘 알고 있었다. 이 땅의 백성으로는 모으기 불가능한 군사 숫자다.

잠시 후 미간을 찌푸리며 물었다.

"한데 어찌 가인이 오지 않고 사인을 보냈다더냐?"

"자세한 설명은 없사오나 황제가 염탐할 사신을 보낸다 하니 그것을 서둘러 알리려 했던 것으로 보이옵니다."

"가인이 보낸 자는 맞느냐?"

"맞사옵니다. 소자와 나눠 가진 표식을 가져왔사옵니다."

"…."

태조가 어두운 얼굴로 생각에 잠겼다.

방원이 조심스럽게 태조의 안색을 살피고 말했다.

"아바마마…. 고황제가 호시탐탐하는 모양인데 소자에게 복안이 하나 있사옵니다."

"복안이?"

"예, 아바마마께서 개국 직후에 종친과 공신들에게 각 도道를 나눠 주고 군병을 정비하라 명을 내리지 않으셨사옵니까?"

"그랬지."

"하오나 지금까지 관리가 제대로 이뤄지지 않고 있사옵니다."

"하면?"

"마침 농사일을 끝낸 때이오니, 중앙군(개경 친군위)과 각 도의 군사를 개경으로 불러 대열大閱을 행하시옵소서."

"대열을?"

태조가 흠칫 놀란 얼굴을 했다. 대열이란 사열査閱과 진법陣法으로 군기를 점검하는 것인데, 동원하는 군사 규모가 크고 진법 훈련을 병행하면 '대열'이라고 부르고, 규모가 작고 진법 훈련을 병행하지 않으면 '사열'이라고 불렀다. 태조가 놀란 이유는 지방군을 개경으로 불러들여 대열을 하게 되면 비용과 수고가 많이 들어서다. 개국 초의 조선은 재화 비축이 그리 넉넉지 않았다.

방원이 차분한 표정으로 말을 이었다.

"아바마마…. 기강이 흐트러진 지방군을 정비하려면 반드시 한 번은 해야 할 일이옵니다. 무엇보다도 장수들이 나랏밥 먹는 병사들을 개인 농장에서 사노비처럼 부린다는 소문이 파다하옵니다."

"나도 들었다."

"비록 전조 때부터 있었던 일이라 하나 그대로 놔둘 수는 없사옵니다. 방치하면 병폐가 점점 더 커지지 않겠사옵니까? 하오니 아바마마께서 대열을 행하겠다 하시면 훈련을 시작해야 할 것이고 그리되면 자연스레 병폐도 끊어질 것이옵니다."

"일리가 있다…."

"한데 훈련을 하려면 지방군을 먼저 하시옵소서."

"어째서?"

"사신에게는 중앙군을 보여야 하지 않겠사옵니까?"

"그렇겠지. 아무래도 지방군은 위엄이 떨어지니까."

"한데 친군위 훈련을 먼저 하면 백성들이 또 난리가 나는가 해서 동요할 수도 있사옵니다. 하오니 지방군으로 시작해서 사신 도착 즈음에 친군위로 바꾸면 백성들 동요도 막을 수 있고, 훈련 의도도 알아채지 못할 것이옵니다."

"그래, 의도를 알아채면 안 되겠지. 하나 황제가 알고 싶어 하는 건 군기가 아니라 군사 숫자가 아니냐?"

편치 않은 표정으로 방원을 쳐다봤다. 태조의 그림자 진 얼굴은 불편한 속내를 그대로 드러내고 있었다.

방원은 물러서는 기색 없이 말했다.

"그것도 방안이 있사옵니다."

"그래?"

"아바마마, 근래에 왜적 출몰이 잦지 않사옵니까? 하오니 왜적 방비를 핑계로 전국에 군적軍籍 점고點考를 실시하는 것이옵니다."

"군적 점고? 그런다고 군사가 늘어나느냐?"

"할 수 있사옵니다. 지방에 절제사(군사 책임자)를 보내고, 안렴사(도지사)까지 동원해서 군적 점고를 소문나게 한 다음 전국에서 군적이 올라오면 필요한 대로 숫자를 짜맞춰 사신에게 흘리면 되옵니다."

"숫자를 짜맞춰서 흘려?"

"예, 병사를 직접 동원하는 것이 아니지 않사옵니까? 하오니 전국에 군적 점고를 한다고 알리고, 결과를 만들어서 사신의 귀에 들어가게 하면 되는 게 아니겠사옵니까?"

"그게 가능해? 사신에게 수족같이 구는 자들이 궁궐 안팎으로 널렸는데 그자들을 모두 속일 수 있겠느냐?"

"할 수 있사옵니다, 아바마마. 각지에서 올라온 점고 결과는 병조에서만 흘리지 않으면 다른 사람들이 알 수가 없사옵니다. 하면 병조 말고 누가 전체 군병 숫자를 알 수 있겠사옵니까?"

"쉽지 않을 텐데…."

태조가 미덥지 않다는 듯이 고개를 갸웃했다. 의심스러운 눈도 많지만, 입이 가벼운 자들도 너무 많다. 만에 하나라도 거짓이라는 게 드러나면 안 하느니만 못하게 될 것이다.

방원이 확신에 찬 표정으로 말했다.

"아바마마, 황제가 황실 대신을 사신으로 보내겠다는 건 우리말을 모르는 자를 보내서 우리와 내통하지 못하게 하겠다는 속셈이 아니겠사옵니까."

"그렇지…."

"그게 오히려 더 좋은 기회이옵니다."

"더 좋아?"

"그렇사옵니다. 황실 대신이 사신으로 오면 반드시 역인이 곁에 있어야 하지 않사옵니까."

"그렇지."

"염탐 오는 사신은 우리 조정 대신들이 군적 점고 결과를 흘려도 쉽게 믿으려 하지 않을 것이옵니다. 하오나 역인의 말까지 안 들을 수는 없사옵니다. 하오니 왕가인을 시켜 사신단을 따라오는 역인이 누구인지만 미리 알아내면 방법이 있지 않겠사옵니까?"

"…."

태조가 말없이 고개를 끄덕였다. 일리가 있는 말이었다.

역인으로 따라오는 자는 우리 땅 출신 환관이다. 사신단이 황궁을 떠나 요동에 도착하면, 왕가인이 역인에게 접근해서 조선 땅 어디에 살던 누구라는 것만 알아내면 된다. 역인은 왕가인의 물음에 거부할 이유가 없다. 보통 작은 규모의 사신단에는 역인 한둘이 따라오는데, 개경까지 왔다고 해도 우두머리 사신이 고향에 다녀오는 것을 허락하지 않으면 부모 형제도 못 본 채 다시 경사로 돌아가야 한다. 그러니 왕가인이 부모 형제를 개경으로 불러줄 테니 고향을 알려달라고 하면 얼마나 고마운 일이겠는가. 다만 사신들 모르게 진행해야 한다는 위험이 있지만, 성사만 되면 역인은 자연스럽게 조정 뜻대로 움직이게 될 것이다.

태조는 슬그머니 걱정이 풀렸다. 방원의 말대로 황제의 잔꾀가 오히려 길을 열어준 것처럼 여겨졌다. 염려가 사라지자 문득 빈틈없이 챙기고 싶은 마음이 생겼다.

"하면 그것이면 다 되겠느냐?"

"아바마마, 고황제의 의지를 완전히 꺾으려면 군비까지 보여야 할 것이옵니다."

"군비를?"

"그렇사옵니다. 지난번에 왕가인이 와서 말하기를, 윤이·이초가 군량미가 다 떨어졌다고 황제께 밀고했다 하지 않았사옵니까."

"그랬지."

"황제는 분명히 사신에게 군량미와 병장기를 염탐하라고 명을 내릴 것이옵니다."

"그렇구나. 하면 방법이 있겠느냐?"

"우선은 창름에 보관 중인 곡식을 다른 곳으로 옮기면서 사신에게 비축된 군량미를 보이겠사옵니다."

"군량미를 옮겨?"

"그러하옵니다."

"이유도 없이 곡식을 옮기면 말이 나지 않겠느냐?"

"아니옵니다, 아바마마. 지난 추수 때 장패문 대의창大義倉¹⁸에 곡식을 저장하면서 창름에 보수가 필요하다는 말을 들었사옵니다. 임시로 조치했다 하오니 어차피 한 번은 옮겨야 하옵니다."

"하면 어디로 옮기려고?"

"선의문 밖에 용문창龍門倉¹⁹으로 옮기도록 하겠사옵니다."

"용문창? 대의창에서 용문창으로 옮기면 개경을 가로질러 가는 것이 아니냐? 못 돼도 10리 길은 될 터인데?"

"멀어도 그리해야만 하옵니다."

"그건 수고가 너무 크지 않느냐?"

"아니옵니다, 아바마마. 지도를 보고 말씀드리겠사옵니다."

방원은 미리 준비해 온 두루마리를 펼쳤다. 지도에는 개경 성곽과 성문 25개, 궁궐 위치와 큰길 이름, 개경을 동서로 나누는 배천[白川], 병기고와 곡식 창고, 성곽 밖에는 좌청룡 부흥산과 우백호 만수산, 북쪽 송악산과 남쪽 용수산, 그 밖의 크고 작은 산과 강 등이 표시돼 있었다. 노안이 된 태조를 위해 큰 글씨로 새로 만든 지도였다.

---

18 개경 동쪽 문인 장패문長覇門 안쪽에 있던 곡식 창고를 가리킨다.
19 개경 서쪽 문인 선의문宣義門 밖에 있던 곡식 창고를 가리킨다.

방원이 손가락으로 짚어가며 말했다.

"여기가 동쪽 장패문이고, 대의창이 여기에 있사옵니다."

"그래, 이게 배천이고 이건 개국사開國寺를 표시한 것이로구나."

"예, 여기 선의문 밖에 용문창이 있사옵니다."

"알겠다. 그러니 너는 여기 동쪽 끝에서 서쪽 끝으로 곡식을 옮기겠다는 것이 아니냐. 왜 굳이 그리 멀리 옮기려 하느냐?"

"아바마마, 군량미를 두 번 옮길 수 없으니 사신에게 보여줄 기회는 오직 한 번뿐이옵니다. 사신이 못 보았다고 해서 다시 할 수는 없지 않사옵니까."

"그렇지. 백성들도 이상하게 생각할 거고…"

"하오니 실패하지 않으려면 사신이 순천관順天館, 명나라 사신관을 나와서 남대가 시전 길을 따라가다가 십자 교차로에서 군량미 우마차와 마주치게 해야 하옵니다."

"…"

태조가 천천히 지도를 들여다보았다. 방원의 말대로 남대가 길이 아닌 다른 길들은 안쪽으로 또 다른 갈래 길이 있어서 어디로 가게 될지 예측하기 어려웠다. 고개를 끄덕이다가 물었다.

"하면 무슨 구실로 순천관 밖으로 나오게 할 셈이냐?"

"그것도 할 수 있사옵니다. 순문사巡問使, 지방 순찰 관리를 의주에 보내 사신이 언제쯤 개경에 도착할 거라는 전갈을 보내오면 아바마마께서는 사신 도착 직전에 온천 행차를 떠나시옵소서."

"온천 행차를?"

"그러하옵니다. 사신이 개경에 와서 아바마마를 알현치 못하면 아

72

무엇도 하지 못하고 있을 것이 아니옵니까?"

"그렇겠지."

"몇 날 며칠을 아무것도 하지 못하게 막고 산천 구경도 나가지 못하게 잡아두었다가 답답함이 무르익을 때쯤 은밀한 구실로 순천관 밖으로 끌어내겠사옵니다."

"그래…."

끝까지 듣지 않아도 무슨 뜻인지 짐작할 수 있었다. 끌어내는 방법이야 여러 가지가 있을 것이다. 고개를 끄덕이다가 다음 질문을 했다.

"하면 병장기는?"

"병장기는 소자가 여막에 머물고 있던 탓에 병조 사정을 확인치 못한 게 몇 가지 있사옵니다. 하오니 병조전서와 의견을 나눈 뒤에 다시 아뢰도록 하겠사옵니다."

"그리하거라. 하면 내가 언제쯤 종친, 대신들에게 명을 내리면 되겠느냐?"

"지방에서 대열을 준비하려면 시간이 꽤 걸리오니 가급적 빨리 명을 내리시는 게 좋을 듯하옵니다. 자세한 것은 왕가인의 전갈을 받고 다시 아뢰도록 하겠사옵니다."

"그래, 어쨌든 네가 좋은 계책을 마련했구나."

"송구하옵니다, 아바마마…."

잠시 대화가 끊겼다.

태조가 낮은 목소리로 물었다.

"여막살이가 힘들지 않느냐."

"아니옵니다, 아바마마…."

"조석으로 추워지기 시작했는데…."

"어찌 소자가 어머님을 두고 따뜻한 곳을 그리겠사옵니까."

"알겠다."

태조가 말끝을 흐렸다. 볼수록 신중하고 지혜로운 아들이라는 생각이 들었다. 이제껏 따뜻한 말 한마디를 건네지 못한 것이 후회스럽기도 했다. 거기에는 자신이 선뜻 품어주지 못한 탓도 있었지만 좀처럼 사욕을 드러내지 않는 아들의 곧은 성품도 한몫했다.

방원이 머뭇대다가 말했다.

"소자는 이만 물러가 사신이 언제쯤 개경에 도착할지, 역관은 누가 오는지 알아내도록 하겠사옵니다."

"그리하거라…."

뭔가 아쉬움이 남아 있었지만, 말을 길게 하지 못했다. 방원이 두루마리를 접은 후에 예를 올리고 방을 나갔다. 태조는 한동안 멍하니 장지문을 바라보았다.

자시(밤 12시경)가 훌쩍 넘었다.

며칠 후 좌우시중左右侍中[20]과 육조전서六曹典書[21], 각 도의 군사 책임을 맡은 종친과 공신들이 모두 조정에 모였다. 정해지지 않은 날의 갑작스러운 회의였다.

"무슨 일로 상上. 임금께서 갑자기 소집을 명하셨소?"

---

20 조선 개국 초 문하부 종1품 최고위직으로 좌시중과 우시중을 의미한다.

21 전서는 개국 초 여섯 관부官府의 수장을 가리킨다. 훗날 판서로 명칭이 바뀌었다.

"나도 까닭을 모르겠소이다."

모두가 고개를 가로저었다.

잠시 후 태조가 편전에 들어와 용상에 앉았다. 평소에도 말수가 적고, 몸가짐이 진득해서 주변인들에게 어려움과 두려움을 주었는데, 이날 따라 굳은 표정으로 들어서자 모두 심상치 않음을 느끼고 바짝 긴장했다. 아니나 다를까, 여느 때와 달리 신료들을 격려하는 말을 빼고 바로 본론을 말했다.

"과인이 즉위 초에 여러 종친과 공신에게 지역을 나눠주고 군기를 바로 세우라고 일렀다. 왜구와 여진 침구侵寇, 침범해 노략질함가 계속되니 흐트러진 군기로는 강역疆域을 지키기 어려워서가 아니겠는가. 하나 과인이 지난여름에 명을 내렸거늘, 어제 확인해보니 전조의 혼미에서 한 발짝도 벗어나지 못했다. 대체 어찌 된 일인가?"

"…"

전각 안에 싸늘한 공기가 돌았다.

노기 서린 음성이 이어졌다.

"공훈을 논할 때는 서로 지지 않으려 하더니, 어찌 나랏일에는 누구도 앞서 나서지 않는가?"

"…"

"지금 전국 각 익翼²²에 탐욕스러운 천호, 만호가 자신의 농장에서 병사를 노비처럼 부리고, 창름에는 물이 새서 양곡 관리도 안 되고, 각 도에서 제련했다는데 병기 수량이 어찌 됐는지 어느 누구도 아뢴

---

22 지방 주둔 군대의 부대 단위를 가리킨다.

일이 없다. 그뿐인가. 수령의 사리사욕을 견디지 못한 백성들이 국경 넘어 도망가는 일이 비일비재하다니 대체 어찌 된 일인가? 이 일에 답할 신료가 있는가!"

태조가 분노한 듯 용상 팔걸이를 쿵 내리치고 좌중을 쏘아봤다.

"전하…."

신료들은 한마디 변명도 하지 못하고 고개를 바닥에 묻었다. 등줄기에 식은땀이 흘렀다.

임금이 좌중을 쏘아보고 엄명을 내렸다.

"병조전서는 지역을 맡은 종친, 공신들과 의논해서 개경에서 대열을 행하고, 지방군 후에는 친군위도 행하도록 하라!"

태조는 말을 마치자 용상에서 벌떡 일어나 전각을 나갔다. 신료들은 어리둥절했다. 어명이 너무도 급작스럽고 두루뭉술해서 어찌해야 할지 갈피를 잡을 수가 없었다. 한동안 웅성대다가 하나둘씩 자리에서 일어섰다.

"병조로 갑시다."

신료들은 삼삼오오 소곤거리며 걷던 중에 임금의 의중에 대해 한마디씩 했지만 아무도 제대로 답을 하지 못했다.

병조전에 들어서자 좌시중이 먼저 말을 꺼냈다.

"전하께서 갑작스레 명을 내리신 이유를 아는 사람 있소이까?"

"…."

"하면 아는 사람이 아무도 없소이까?"

좌시중이 재차 묻자 병조전서가 불만 가득한 목소리로 말했다.

"전하의 의중이 따로 있겠습니까. 노여워하실 만했지요."

"그게 무슨 말씀이요?"

"지금 여기에 계신 종친, 공신 중에 만호는 그렇다치고, 천호 이름 석 자를 제대로 아는 분이 계시오? 그렇다고 비가 새는 창름을 언제 수리하겠다, 어떤 병장기를 얼마나 늘리겠다고 아뢴 사실이 있소?"

병조전서의 말에 좌중에서 불만 섞인 목소리가 나왔다.

"아니, 병장기야 병조전서 소관이 아니요?"

"병장기야 병조 소관이지만 나는 제련을 말한 게요. 지난번에 전하 께서 전국 각지에 제련을 늘리라 명하셨으니 지방에서 제련을 늘렸으 면 무슨 병장기를 만들었는지 아뢨어야 했다는 말씀이요."

"그건 병조전서 말씀이 옳소."

누군가 전서를 두둔했다.

또 다른 목소리가 나왔다.

"지난번에 정안군(방원)이 장패문 대의창을 고쳤냐고 물었다 하더 이다."

"아니 정안군이 왜 그런 말을 해요?"

"그야 창름에 비가 샌다는 걸 다 아는데 풍저창豊儲倉[23]에서 조치를 내렸는지 궁금해서 한 말이 아니겠소."

"하긴 그럴 만도 하지요. 누가 물었느냐가 중요한 게 아니라…."

여기저기서 신료들이 끼어들어 한마디씩 했다.

"얼마 전에는 개경에 노야爐冶. 대장간를 늘려야 하지 않겠냐고 했답 디다."

---

23 국가 재용財用의 수입과 지출을 관장하는 관청을 가리킨다.

"여막살이 하는 정안군이 말이요?"

"그렇소. 아무리 여막살이를 해도 귀가 있으니 들을 건 듣지 않겠소."

"맞는 말씀이오. 때마다 모여서 제사를 올리는데 여막에 있다고 세상 돌아가는 사정을 모를 수가 있겠소? 듣는 건 당연하지요."

"한데 무슨 이유로 갑자기 노야를 늘려야 한다는 것이요?"

"아, 그야 제련을 했으니 병장기를 더 만들자는 게 아니겠소."

"여막살이 하는 대군도 그렇게 생각하는 판이니 어찌 전하께서 역정을 내지 않으시겠소이까…."

임금이 노여워한 까닭이 하나둘씩 드러났다. 모두 전전긍긍하면서 서로를 원망하기도 하고 두둔하기도 했다.

우시중이 나섰다.

"자, 상께서 노여워하신 이유를 충분히 알았으니 모두 그쯤 하시고… 무엇보다 우리가 대열을 논해야 하지 않소?"

"맞습니다. 더 따질 거 없이 군사를 얼마나 동원할 것인지, 언제, 어느 도부터 사열할 것인지 그것부터 빨리 결정합시다."

"하면 군사를 얼마나 동원할 수 있을지 지금 알 수 있소?"

"…."

"북쪽 변경과 남쪽 해안에는 군사를 얼마나 남겨놓아야 할지도 모르고, 농사일은 끝났지만 실제로 동원할 수 있는 군사가 얼마인지도 모르니 이 자리에서 결정할 수는 없지 않소?"

"맞는 말씀이오."

"하면 각각 지역 사정을 확인해서 병조에 알려주면 그때 다시 논의합시다. 그게 어떻겠소, 병조전서?"

"좋습니다. 다만 모두 아시다시피 전하께서 몹시 노여워하고 계시 니 서둘러주셔야 합니다."

어수선했던 분위기가 가라앉고 회의가 끝났다. 지역을 맡은 종친, 공신이나 지역을 맡지 않은 신료들이나 모두 무거운 마음으로 병조를 나왔다. 이들은 불과 몇 달 전에 자신들이 전조의 혼미를 지탄했던 사 실을 그제야 새삼 떠올렸다.

다음 날, 병조전서 윤소종이 임금을 알현하고 방원에게 만나자고 전갈을 넣었다. 방원이 여막살이 중인 점을 배려해서 사저로 찾아가 겠다고 했다. 방원은 병조전서로부터 연락이 올 것을 미리부터 알고 있었다. 전갈을 받자 바로 사저로 내려왔다.

대문을 활짝 열고 전서를 맞았다.

"어인 일로 전서께서 누추한 곳을 찾으셨습니까?"

"아니, 내가 못 올 곳을 왔다는 말은 아니지요?"

"하하하, 무슨 말씀을 그리 야속하게 하십니까."

방원이 큰 소리로 웃었다. 윤소종은 태조나 방원이 은밀한 대화를 나눌 수 있는 몇 안 되는 신료 중 하나였다. 그는 위화도에서 회군한 태조를 찾아가 〈곽광전〉[24]을 바쳤는데, 거기에는 정통성 없는 우왕을 폐위하고 새 왕을 옹립하라는 숨겨진 의미가 있었다. 태조는 자신의 심중을 꿰뚫어 본 윤소종에게 놀랐다. 그가 세상의 흐름을 읽어 자신

---

24 《한서》의 〈곽광전霍光傳〉을 이르는 것으로, 곽광이 불과 5세로 등극한 창읍왕 유하를 폐위 한 것처럼 이성계에게도 우왕을 폐위시키라고 제안했다.

과 뜻을 같이하고 있음을 알고 머뭇거림 없이 받아들였다. 지혜와 신의 있는 자가 필요하던 때였다. 그 후로 신중하고 은밀한 일에는 그가 빠지지 않았다. 개국 공로를 논할 때, 태조는 그가 비록 말을 달려 건국을 돕지는 않았어도 계책을 도운 숨은 공로가 크다고 인정해 원종공신原從功臣으로 삼았다. 새 왕조의 사직지신으로 삼기에 한 치의 부족함도 없었다.[25]

두 사람이 자리에 앉자 기다렸다는 듯이 잘 차린 다과상이 나왔다. 맞이할 준비를 하고 있었다는 의미였다. 윤소종은 방원의 속심에 감탄했다. 기다리고 있었으니 나랏일을 에둘러 말할 필요도 없고, 뭐든 감출 필요도 없다는 뜻이었다. 자신보다 20살 여나 어린 방원이었지만 국가 대사를 논할 만한 인물이라고 생각했다.

윤소종이 먼저 말을 꺼냈다.

"얼굴이 많이 상했소이다."

"허허, 그럴 리가 있겠습니까. 부끄럽게도 세끼를 꼬박 챙기는데요."

"그래도 몸 생각은 하셔야지요."

"고맙습니다, 전서…"

방원이 정중히 예의를 표했다. 윤소종은 6형제 중 가장 뛰어난 방원이 혼자 여막을 지키고 있는 것이 안쓰러웠다. 아버지 옆에 붙어서 공명만 좇는 형들을 마땅치 않게 여겼다.

---

25 병조전서 윤소종은 세종 때 대제학을 지낸 윤회尹淮의 아버지로, 이해 늦가을에 48세를 일기로 병사했다.

두 사람은 몇 마디 인사말로 서로의 믿음을 확인했다. 국가 대사를 논할 차례였다.

윤소종이 먼저 말했다.

"왕가인의 사인이 왔었다고요?"

"전하께서 그 말씀을 하셨습니까?"

"하시다 뿐이요? 첩정이 왔다고 대군과 의논하라 하시었소."

"하하, 그러셨군요. 전하 말씀대로 엊그제 왕가인의 사인이 왔었지요. 첩정으로 몇 가지 알려왔는데, 무엇보다도 황제가 우리 군이 20만이 되는지를 궁금해하는 것 같습니다."

"20만 고려군 말이오?"

"그렇습니다."

"하하하, 산전수전 다 겪은 고황제가 아직도 그렇게 생각하고 있다는 건 참으로 황당한 얘기요."

윤소종이 어이없다는 듯이 껄껄 웃었다.

방원이 따라 웃다가 함에서 비단보를 꺼냈다. 윤소종은 기다렸다는 듯이 첩정을 받아 펼쳤다. 그리고는 이내 표정이 어두워졌다.

"허… 이것 참…."

"황제의 태도가 전과 다른 것 같지요?"

"그렇소. 기어코 침공해 올 것처럼 보이는구려…. 한데 황제가 이렇게까지 원한에 찰 이유가 있나? 참으로 이해가 되지 않소."

"제 생각도 그렇습니다. 우리가 명나라 땅을 침범한 것도 아니고, 윤이·이초의 밀고도 거짓이라는 걸 알았으면서 무슨 미련이 아직도 남아 있는 건지 대체…."

"어쨌든 황제를 포기시켜야만 할 텐데, 대군께 묘수가 있겠소?"

"허허, 묘수라고 내세울 건 못되지만 그저 몇 가지 생각해본 것은 있습니다."

긴 얘기가 시작됐다. 방원이 아버지에게 계책을 설명하고 난 후에 다시 가다듬은 자신의 생각을 소상히 얘기했다. 윤소종은 더러 놀라기도 하고 때로는 고개를 끄덕이기도 하면서 신중히 경청했다. 임금이 방원을 찾아가 보라고 한 이유를 충분히 알만 했다.

윤소종이 흐뭇한 표정으로 말했다.

"참으로 묘책이요, 대군…."

"과찬이십니다. 한데 무엇보다 중요한 건 20만 군을 만드는 일이 아니겠습니까?"

"그렇지요. 하니 지역에 보낼 인물들을 신중히 결정해야지요. 갑자기 군적 점고를 하겠다고 하면 반드시 염탐하는 자가 있을 것이고, 그 자를 속이는 게 중요하니…."

"하면 우리 뜻에 잘 따를 젊은 신료가 어떻겠습니까?"

"좋지요. 하지만 백성들에게 신망 있는 중신들도 끼워 넣어야 합니다. 그래야 염탐꾼들을 감쪽같이 속일 수 있을 테니 말이요."

"하하, 역시 전서십니다."

"당연한 일이지 않소. 한데…, 대군이 노야 얘기를 꺼냈다던데 갑자기 무슨 이유요?"

"사신이 지나가는 길목에 노야를 만들어서 날 시퍼런 칼과 창을 쌓아놓고 보게 하자는 거지요."

"허! 그거참 놀라운 생각이오."

"때마침 지방에서 제련만 하고 아직 병장기를 만들지 않았으니 기회가 딱 맞은 게 아니겠습니까?"

"그렇지요. 하늘이 돕고 있는 겁니다. 한데 대군…, 노야를 새로 만드는 것도 좋지만 철동鐵洞 마을에 노야가 늘어서 있는데 그걸 그냥 놔두면 아깝지 않소?"

"저도 그 생각을 해봤는데 사신을 철동 마을 앞으로 데리고 갈 명분이 마땅치가 않습니다…."

"명분이야 만들면 되지 않겠소?"

"묘책이 있으십니까?"

"대군은 진봉산 언덕에서 매사냥을 안 해보셨소?"

"해봤지요."

"진봉산으로 매사냥을 가려면 철동 마을을 거쳐서 갈 수도 있지 않소? 물론 빠른 길도 있지만…."

"하, 그렇군요. 그 길은 미처 생각지 못했습니다. 사신은 초행길이니 지름길이 있다는 것을 모르겠지요."

"그렇습니다. 하인들 입조심만 시키면 되지요."

"하하."

두 사람이 함께 웃다가 윤소종이 문득 뭔가를 생각했다.

"그런데 말이오, 명분은 매사냥이면 되는데…."

"예, 전서…."

"다시 생각해보니 사신이 갈지 안 갈지도 불확실하고, 혹시나 매사냥을 즐기지 않는 사신이 오면…."

"저도 그게 마음에 걸립니다. 지금으로서는 누가 사신으로 올지도 모르고, 매사냥을 좋아하는지 어떤지도 알 수 없으니 말이지요.”

“아무래도 철동 마을만 믿고 있을 수는 없겠소.”

“그렇지요? 하면 어디가 좋겠습니까?”

“내 생각에는 사신이 벽란도 길을 따라오다가 선의문으로 들어올 테니 선의문 대로에 하나 만들고, 남대가 시전 거리를 지나야 순천관으로 갈 수 있으니 시전 거리에도 하나 만들면 어떻겠소? 그렇게 하면 안 볼 수가 없을 것 같은데….”

“하하하, 제 생각과 똑같습니다.”

방원이 반갑다는 듯이 웃자 윤소종도 따라 웃었다.

“그건 그렇고, 대군….”

“말씀하시지요.”

“대열 준비 말이오, 지방군을 먼저 하는 것이 옳겠소?”

“무슨 말씀이시온지?”

“지방군을 먼저 하게 되면 본보기가 없어서….”

“그런 우려가 있기는 합니다.”

“지방군들은 어찌 훈련을 해야 할지 모를 거요. 그러니 종친, 공신들을 모두 모이게 해서 친군위 대열을 먼저 보게 하고, 그걸 본 삼아 준비하라고 하면 정신이 번쩍 날 것 같은데….”

“제 뜻은 갑자기 친군위 훈련을 하면 백성들이 또 난리가 나는가 해서 소란이 일까 봐 그런 것이지요.”

“글쎄요…. 지금쯤은 도성 백성들도 전하께서 조목조목 진노하신 걸 다 알고 있지 않겠소? 부족하면 시전 거리에 소문을 더 내도록 하면 될 것 같은데?”

"하하, 듣고 보니 그게 좋겠습니다. 하면 전하께서는 어느 훈련을 보시는 게 좋겠습니까?"

"친군위 때만 보시고 지방군은 그 수준에 맞춰 준비하라 명하셔도 될 것 같지 않소?"

"옳으신 말씀이십니다."

방원이 흡족한 얼굴로 고개를 끄덕이다가 물었다.

"그런데 동군 서군으로 나눠 싸우는 응전應戰 훈련을 하면 대열이 흐트러져서 위용이 떨어지지 않겠습니까?"

"그럴 수 있지요. 어수선하고, 통제가 잘 안 될 수도 있고…. 하면 대군에게 다른 생각이 있으시오?"

"제 생각엔 사열을 마친 후에 진법만 펼쳐 보이면 어떨까 싶습니다. 그러면 아주 정렬돼 보이지 않겠습니까?"

"좋기는 하오만 그건 대열도 아니고 사열도 아니지 않소?"

"이름이야 아무려면 어떻습니까. 우리가 원하는 대로 가기만 하면 되지 않겠습니까?"

"하기는 그것도 일리가 있소."

"사신이 지나다가 봐도 훈련을 처음부터 끝까지 지켜보지는 않을 것입니다. 그러니 굳이 흐트러진 모양을 보일 필요는 없지요."

"맞소. 전하께 미리 윤허를 받으면 가능할 것이오. 반대하실 것 같지도 않고…"

"하면 내일이라도 전서께서 아뢰시지요?"

"그럽시다."

윤소종이 고개를 끄덕였다. 뜻이 맞는다는 게 바로 이런 것이었다.

대화는 밤늦게까지 이어졌다.

다음 날 아침, 윤소종은 태조를 알현하고 친군위 대열 문제와 군적 점고, 새로이 노야를 여는 일 등을 모두 아뢰었다. 태조는 흡족해했다.

개경 선의문 밖 서교西郊 들판에서 의흥친군위 대열 훈련이 시작됐다. 서교 들판은 예성강 벽란도에서 개경성으로 이어지는 큰길에 접해 있는데, 길가에서 한눈에 내려다보여 위용을 드러내기에 안성맞춤이었다. 무엇보다도 벽란도 뱃길을 이용하는 상인과 백성들의 발길이 끊이지 않아서 입소문을 내기에 적합했다. 방원과 병조전서는 의도적으로 그곳을 택했다. 본래 군사 훈련은 비밀이므로 평소에는 인적이 뜸한 들판이나 산중에서 진행했고, 그나마도 임금의 사냥으로 위장해 군기와 위력을 보이지 않도록 했지만, 지금은 사정이 달랐다. 가능한 한 많은 백성이 봐야 했고, 위용이 대단하다는 소문이 장안에 퍼져야만 했다.

친군위는 마군馬軍 2,000, 보군 3,000으로 5,000 군사를 동원했다. 그들은 개경에 머무는 중앙군의 일부로 유사시에 대비한 병력과 성곽을 지키는 병력 등을 남겨두고 정예로 선발된 인원이었다.

병조전서는 대열을 앞두고 군사들을 개경성 북동쪽 탄현문 밖 호숫가에 풀어놓고 병장기를 갈고닦게 했다. 깃대 창끝과 장창은 날 끝이 섬뜩하도록 갈았고, 쇠붙이로 된 말 장식 등은 모두 반짝반짝 빛이 나도록 닦았다. 색이 바랜 것들은 다시 칠하고, 칠로도 어려운 것은 새로 만들어 끼웠다. 첫날 통과하지 못한 군사들은 숙소로 돌아가지 못하고 호숫가에서 밥을 지어 먹으며 하루를 묵었고, 다음 날도 마치지 못한 병사는 하루를 더 묵었다.

그로부터 며칠 후, 훈련 준비를 마친 군사들이 탄현문 밖에 모였다가 개경 중심부를 가로질러 서쪽 선의문으로 행군했다. 백성들은 임금이 대열을 친람할 것이므로 준비가 예사롭지 않을 것이라는 소문은 들었지만, 막상 눈앞에 벌어진 행렬의 위용에 입을 다물지 못했다.

울긋불긋 휘황찬란하게 새로 만든 기마대 깃발이 어지럽게 펄럭이고, 키 큰 말들이 끝없이 이어지면서 온갖 쇠붙이 장식들이 햇빛에 번쩍거려 두려움을 일으킬 지경이었다. 그 뒤로 다시 보군 깃발이 이어지고, 수천 군사가 북소리에 맞춰 발걸음을 옮길 때마다 온몸에 붙은 철 장식이 철컥철컥 소리를 냈다. 소리가 얼마나 크고 요란했던지 노변에 구경하던 백성들은 귀가 멍할 정도였다.

방원은 행렬 속도가 빠르지 않도록 주문했다. 염탐꾼이든 누구든 충분히 위용을 느끼게 할 심산이었다. 예상은 들어맞았다. 친군위 행렬을 구경한 백성들은 며칠을 두고 입에 올리며 이야깃거리를 삼았고, 전해 들은 사람들이 오히려 더 놀라워했다. 곧 나라 안에 소문이 퍼질 것이다. 소문이란 한 다리를 건널 때마다 더해지기 마련이다.

서교 들판의 훈련 상황은 매일매일 태조에게 계주啓奏. 보고됐다. 하지만 태조는 친람하겠다는 명을 내리지 않았다. 신료들은 의아하게 생각했다. 오가는 사람들이 많은 서교 들판에서 공개적으로 훈련하는 것도 흔치 않은 일이고, 한 달이 넘도록 임금이 행차하지 않는 것도 흔치 않은 일이었다. 대개는 훈련 하루 이틀 전에 병사들을 소집한 후에 대열장에 어소御所, 임금이 머물 곳를 설치하고 신료들의 자리를 마련하고 나면 바로 다음 날 나가는 것이 상례였다.

아무런 명도 없이 달포가 지나자 지방군을 맡고 있는 종친, 공신들 사이에서는 임금이 친람하지 않을 것이라는 말까지 나돌았다. 훈련이 길어지는 것은 그만큼 그들에게 부담이었던 까닭에 자신들이 원하는 소문을 만들어낸 것이었다. 하지만 그건 그들의 희망 사항에 불과했다. 철 조각 소리를 크게 낼 심산으로 보군 숫자를 3,000명까지 늘려 잡은 것이나 임금의 친람 날짜를 기약도 없이 늦춘 것 등은 모두 방원의 생각이었다. 병조전서도 방원의 설명을 듣고 흔쾌히 동의했다. 온갖 소문이 무성하던 끝에 훈련을 시작한 지 두어 달 만에 태조가 거둥 준비를 하라고 명을 내렸다.

그동안 병사들은 민첩하게 다듬어졌다. 진을 벌여 공격과 수비로 응전하는 훈련은 빼고, 진법 훈련에만 집중하자 병사들은 들판을 날아다녔다. 발을 구를 때마다 경쟁하듯이 쇠붙이 소리를 크게 내려 애썼고, 진법 대형을 알리는 북소리와 대각 소리를 노랫가락처럼 즐기며 뛰어다녔다.

벽란도 길을 지나던 상인과 백성들은 병사들의 일사불란한 모습이 신기하기도 하고 놀랍기도 해서 모두 한마디씩 했다. 어떤 백성은 아예 아침부터 먹을 것을 싸 들고 나와 자리를 잡고 삼매경에 빠지기도 했다. 백성들은 병사들의 훈련 얘기로 침이 마르도록 수다를 떨었다.

임금 행렬이 대열장에 도착했다. 황금 갑옷을 입은 태조가 대가大駕, 임금이 타는 수레에서 내려 병조전서의 안내에 따라 악차幄次, 임금이 머무는 천막로 들어갔다. 잠시 후 임금이 악차에서 나와 관람용 용상에 앉자 병조전서가 신호를 보냈다.

통찬通贊, 행사 진행자이 외쳤다.

"재배하라!"

좌우로 늘어선 신료들이 임금을 향해 두 번 절했다. 중군장中軍將의 신호에 따라 깃발들을 앞으로 숙이고, 병사들도 북쪽에 마련한 임금의 용상을 향해 네 번 절했다. 다시 기를 세우자 기병이 말에 오르고 보군도 따라 일어섰다. 뒤를 이어 대각 소리가 묵직한 저음으로 깔리고 북소리가 둥둥 울렸다. 진법 훈련을 알리는 신호였다. 각 대열에서 상호군 이상의 장수들이 민첩하게 중군장 앞에 정렬했다.

위엄에 찬 중군장의 목소리가 쩌렁쩌렁하게 울렸다.

"지금부터 진법을 훈련할 것이다! 군령에 따라 진법 대형을 펼치되 명에 따라 움직이면 상을 내릴 것이요, 명을 어기는 자에게는 엄한 벌을 내릴 것이니 모두 전력을 다해 훈련에 임하도록 하라!"

중군장의 호령이 끝나자 상호군은 재빠르게 자기 대열로 돌아갔다. 태조는 묵묵히 사열장을 바라봤다. 때마침 바람이 불었다. 동서남북을 상징하는 청룡, 백호, 주작, 현무기와 대열 안쪽 사방에는 고초기高招旗, 이십팔수기二十八宿旗, 십이신장기十二神將旗, 대장수를 의미하는 대독기大纛旗와 그 아래로 중독기中纛旗, 소독기小纛旗 등 온갖 군기가 경쟁하듯이 위용을 드러내며 힘차게 나부꼈다. 5,000 군사를 인도하는 깃발이 휘날리고 병사들의 장창, 투구 끝을 장식한 삼지창 등이 햇빛에 번쩍거려 위세가 더욱 세차게 드러났다.

진법 대형이 펼쳐지기 시작했다. 마병이 먼저 나섰다. 북소리가 울리고 깃발이 수도 없이 오르락내리락했다. 그럴 때마다 마병들은 흩어졌다가 모이기를 반복하며 대형을 펼쳤고 뒤를 이어 보군의 방진, 원진, 곡진, 직진, 예진 등이 차례대로 펼쳐졌다. 흐트러지는가 싶으면 모이고, 길을 잃었는가 싶으면 정렬하는 모양은 마치 군사들이 악대 소리에 맞춰 군무를 추는 듯했다.

태조는 진법과 신호 체계를 무엇보다 중요하게 여겼다. 실전을 겪어본 장수라면 그 중요성을 아주 잘 안다. 멀리 있는 병사들을 통제하기 위해 깃발을 사용하고, 말소리가 들리지 않는 병사들을 통제하기 위해 대각과 북과 징을 사용한다. 지휘하는 장수의 명에 따라 빈틈없이 움직이는 군사는 무서운 힘을 발휘할 수 있다. 사열과 진법이 군사 훈련의 기본이 되는 이유였다.

중군장의 새로운 명이 떨어질 때마다 묵직한 북소리가 둥둥 울리고, 평생 듣도 보도 못한 진법들이 일사불란하게 펼쳐지자 바라보는 백성들은 모두 감탄을 토했다. 태조는 보일 듯 말 듯 입가에 웃음을 흘렸다. 임금의 용안을 올려다본 신료는 아무도 없었다.

시간이 갈수록 종친, 공신들의 얼굴이 굳어졌다. 전 왕조가 무너진 이후로 사병 숫자를 늘리거나 공훈을 다투는 데만 관심을 두었지 개국한 나라를 위해 쏟은 정성은 별로 없었다. 자신의 관하 군사를 친군위처럼 훈련하는 것이 어렵다고 느끼는 신료일수록 얼굴색이 어둡게 변했다. 저것이 진정 조선의 군사인가 하고 내심 놀라기도 했다.

사열과 진법은 한 시진(두 시간)이 넘어서야 끝이 났다.

태조는 만족스러웠다.

좌중을 둘러보고 말했다.

"옛 병법에 정렬된 깃발과는 대적하지 말고 정돈된 진지陣地는 공격하지 말라고 했으니, 그 말이 바로 오늘을 이름이 아니겠는가."

"병조전서가 훌륭히 해냈사옵니다, 전하."

"옳다. 지금의 군세를 잃지 말고 다음을 기약하도록 하라."

태조는 엄히 명을 내린 후에 훈련을 이끈 신하들에게 상을 내리고 병사들에게 술과 고기를 내렸다.

개국의 한 해가 넘어갔다. 조정은 여전히 분주했다. 새 왕조가 세워져 4대조까지 추존해 제사 지내고, 문무백관 관제도 새로 만들었다. 그런 와중에도 명나라에 사신 보내는 것을 잊지 않았다. 고황제가 겉으로는 조선 개국을 인정한다면서도 호시탐탐 침공 기회를 노리고 있다. 그의 이중성을 경계할 수밖에 없다. 사은사에게 들려 보내는 표문表文. 외교 문서에 황제의 은덕에 탄복해서 눈물을 흘리고 있다고 애절하게 썼지만, 그 말을 얼마나 믿어줄지는 알 수 없는 노릇이었다.

얼었던 압록강이 풀릴 때쯤, 왕가인의 사인이 도착했다는 전갈을 받고 방원이 여막에서 내려왔다. 낯익은 얼굴이 다시 온 까닭에 믿음이 더했다. 사인을 쉬게 하고 비단보에 싸인 첩정을 꺼내 펼쳤다. 조선을 염탐하러 오는 사신이 누구인가.

화들짝 놀랐다.

'탈환불화!'

잘못 본 게 아닌가 해서 눈을 크게 뜨고 다시 보았지만 '탈환불화' 네 글자가 선명했다.

'이자가…'

놀라워서 한동안 멍했다. 뒤통수라도 한 대 얻어맞은 것 같았다. 왕가인이 잘못된 첩정을 보낼 리가 없다. 그는 누구보다도 황제 사신의 중요성을 잘 아는 사람이다.

'대체 무슨 속셈이지?'

황실 대신이 아닌 여진 야인을 사신으로 선택한 황제의 속셈을 가늠하기 어려웠다. 방 안을 서성거리다가 윤소종의 사저로 하인을 보냈다. 아직은 병조전서가 궁궐에 있을 시간이라는 것을 알면서도 마음이 급했다. 해가 뉘엿해서야 하인이 윤소종의 퇴궐을 알려왔다. 첩정을 품에 넣고 서둘러 집을 나섰다.

윤소종이 반갑게 맞았다.

"어인 일이시오, 대군?"

"못 올 곳을 왔다는 말씀은 아니시지요?"

"하하하."

두 사람은 껄껄 소리 내어 웃었다. 윤소종이 방원의 집을 찾았을 때 윤소종이 했던 말을 그대로 따라 해서다. 방원은 자리에 앉자마자 품에서 비단보를 꺼냈다.

"대감, 왕가인이 이걸 보내왔습니다."

"오! 첩정이구려."

윤소종도 왕가인의 회신을 기다리던 중이었다. 서둘러 밀서를 펼쳤다. '탈환불화' 네 글자가 한눈에 들어왔다.

"아니, 이자는 황실 대신이 아니지 않소?"

"그렇습니다."

"대군은 이자를 아시오?"

"자세히는 모르지만, 전하께서 동북면에 계실 때 변경 주변에 살던 야인으로 알고 있습니다."

"그런 자가 어떻게 황제 사신이 됐지요?"

"저도 궁금합니다. 전하께서 가장 잘 아실 텐데 지금이라도 전하께 아뢰는 건 어떻겠습니까?"

"그럽시다. 침소의대(잠옷)로 갈아입으시기 전에…."

윤소종이 바로 동의했다. 서둘러야 할 만큼 시급한 일은 아니지만 아무도 예상치 못한 일이어서 임금도 놀랄 것이다. 이제까지 여진 야인이 황제 사신으로 오는 경우는 없었다.

태조는 저녁 수라를 물리고 차를 마시고 있었다. 예고도 없이 두 사람이 들이닥치자 놀란 얼굴을 했다.

"어인 일인가, 이 시각에?"

"아바마마, 왕가인이 첩정을 보내왔사옵니다."

"그래? 무슨 일로?"

"탈환불화가 황제 사신으로 온다는 전갈이옵니다."

"탈환불화?"

"예, 아시는 자이옵니까?"

"허…. 알다 뿐이냐. 내가 동북면에 있을 때 자기를 거둬달라고 찾아왔었는데 받아주지 않고 돌려보낸 일이 있었다."

"그런 일이 있었사옵니까?"

"너희들은 잘 모를 것이다. 무도하고 탐욕스러운 자야. 그자의 사람 됨을 알기에 받아주지 않았는데, 내가 개경에 온 후로 황제가 부르니까 뒤도 돌아보지 않고 요동으로 갔다고 하더라."

"오히려 더 잘됐다고 생각했겠습니다?"

"그랬겠지. 언젠가 황제를 등에 업고 해코지할 자라 여겼는데 이런 일이 생길 줄은 몰랐구나."

"하오면 억한 감정이라도 품고 있을 거라는 말씀이시옵니까?"

"그러지 않겠느냐. 다른 자들은 받아들이면서 자기만 거부했다고 생각했을 테니까…. 허허, 이제는 자기가 황제 사신입네 하고 나를 모욕주려 하겠구나."

"예? 어찌 그런 말씀을 하시옵니까, 아바마마? 저희가 그 지경이 되도록 가만히 보고만 있겠사옵니까?"

방원이 발끈했다.

윤소종이 뒤를 이어 목소리를 높였다.

"전하! 황제 사신이 아니라 더한 뭣이 온다 해도 용납지 않을 것이옵니다. 어찌 감히 야인 주제에 제 분수도 모르고 경거망동토록 놔두겠사옵니까?"

"허허, 너희들 충정은 알겠다. 그래도 명색이 황제 사신이니 시비를 일으키지는 말거라…. 하고, 첩정에 다른 말은 없느냐?"

태조는 이의를 달지 못하게 화두를 바꿔버렸다.

방원이 속을 가라앉히고 말했다.

"그자가 자기 관하 여진인들을 데려가겠다고 했사옵니다."

"자기 관하 여진인? 그런 귀화자가 있느냐?"

"이치에 맞지도 않는 말이옵니다. 귀화자 중에 탈환불화 관하에서 왔다고 밝힌 자는 없었사옵니다."

"그러하옵니다, 전하. 게다가 귀화 여진인들은 먹을 게 없어서 죽을 고비를 넘겨가며 제 발로 찾아온 백성들이옵니다. 하오니 설사 과거에 탈환불화 관하에 있었다 해도 이제 다시 따라나설지는 알 수 없사옵니다."

"하면 무슨 그런 허무맹랑한 소릴 하느냐. 괘씸한 놈…."

"아바마마, 소자 생각에는 탈환불화가 황제를 속인 것 같사옵니다. 그자가 조선에 귀화한 여진인들을 데리고 오겠다고 하니까 황제가 그자를 발탁한 게 아닌가 싶습니다."

"그럴지도 모르겠다. 황제가 수시로 전쟁을 해대니 백성을 데리고 오겠다는 말에 혹했을 수도 있지."

"생각해보면 탈환불화가 귀화한 여진인들 때문에 조선에 반감이 있는 자이기도 하고, 우리말을 모르니 내통할 염려도 없는 자가 아니겠사옵니까? 하니 황제는 황실 대신들보다 탈환불화가 더 적격이라고 생각했을 것 같사옵니다."

태조가 고개를 끄덕이며 듣다가 갑자기 눈을 휘둥그레 했다.

"그자가 우리말을 모른다고?"

"예? 왜 그러시옵니까?"

"왠지 일이 틀어지는 것 같구나…."

"무슨 말씀이시온지요? 그자가 우리말을 안다는 말씀이시옵니까?"

"그게 아니고… 그자 주변에는 우리말을 아는 여진인들이 많다."

"하오면…."

방원이 뒷말을 잇지 못했다. 윤소종도 잘못됐다는 것을 퍼뜩 알아채고 표정이 굳었다.

태조가 낮은 목소리로 말했다.

"아무래도 그자가 환관 역인을 데려오지 않을 것 같다. 너희라면 제 사람을 두고 굳이 낯선 사람을 데리고 오겠느냐?"

맞는 말이다. 자기 수하라면 마음대로 부릴 수 있지만, 황실 사람이라면 아무래도 부리기가 불편할 것이다. 그뿐만이 아니라 개경을 다녀오는 동안에 불만이 쌓이면 엉뚱한 뒷말을 만들어낼 수도 있다. 그런 염려까지 있는데 굳이 제 사람을 두고 황궁 환자를 데려다 쓰겠는가. 태조의 의구심에는 답이 필요 없었다.

환관 역인을 이용하려던 계책이 졸지에 허사가 됐다. 중간 역할자 없이 탈환불화를 위계에 빠뜨리기는 어렵다. 황제가 이런 상황까지 예측하고 탈환불화를 사신으로 삼은 건 아니겠지만, 어쨌든 결과는 그 모양이 됐다. 세 사람은 황당해서 아무 생각도 할 수 없었다. 차선책을 생각해두지 않은 건 게을러서가 아니라 다른 방도를 찾아내지 못해서였다. 침묵이 오래 지속됐다.

한동안 생각에 잠겼던 방원이 갑자기 고개를 들었다.

"아바마마…. 소자가 생각해보니 환관 역인이 오지 않는다 해도 탈환불화를 속일 방법은 있사옵니다."

"어떻게?"

"탈환불화에게 가장 필요한 것은 군사 숫자가 아니겠사옵니까?"

"그렇지. 그걸 염탐하러 오는 거니까."

"하오니 우리가 군적 점고한 사실을 알게 되면 결과가 어떻게 나왔는지 궁금하지 않겠사옵니까? 한데 병조에서 그 결과를 밝히지 않고 감추면 어찌 되겠사옵니까?"

"글쎄다···. 결과가 궁금하기도 하고, 왜 감추는지도 의심스럽겠지."

"기다려도 답이 나오지 않으면 결국 자기가 나서서 알아보려고 하지 않겠사옵니까?"

"하면 어떻게 하려고?"

"그자는 병조에 손을 뻗어 알아보려 할 것이옵니다. 하오니 그럴 때를 대비해서 적합한 자를 병조에 넣어두고 기다리자는 것이옵니다."

"적합한 자?"

태조가 반문하자 윤소종이 거들고 나섰다.

"전하, 대군의 말에 일리가 있사옵니다. 탈환불화는 황실 연고자 중에 조정을 드나드는 자를 찾을 것이옵니다."

"그렇사옵니다, 아바마마. 하오니 그런 자를 찾아내 병조에 배속시켰다가 탈환불화와 연결되면 그자를 속이자는 것이옵니다."

"덫을 놓자는 게로구나."

태조가 고개를 끄덕였다. 병조에서 군적 점고 결과를 공개하지 않으면 조정 관리의 도움 없이는 알아낼 방법이 없다. 환관 역인의 역할을 병조 관리로 바꾸자는 것이다. 괜찮은 방법이었다. 고개를 끄덕이다가 문득 의문이 하나 떠올랐다.

"한데 말이다···."

"예, 아바마마···."

"나라가 시끄럽도록 군적 점고를 해놓고 그 결과를 감추면 모양이 이상하지 않느냐?"

"아예 감추는 것은 아니옵니다. 대소신료를 모두 불러 어전 회의를 열고 군적 점고 얘기가 나오게 만든 후에 병조전서가 마지못한 듯이 '신료들이 모두 있는 자리에서 점고 결과를 아뢰기에는 문제가 있다' 하고 아바마마께만 따로 아뢰겠다고 하면 되옵니다."

"아니, 그건 더 이상하지 않느냐?"

"이상하기는 하지만 아바마마께서 병조전서의 말을 따르겠다 하오면 대신들은 더는 요구하지 못할 것이옵니다. 하나 회의를 파하면 대신들이 병조전서에게 항의는 하겠지요."

"당연히 그러겠지."

"그때 전서가 답을 애매하게 해야 하옵니다. 젊은 신료들이 엉뚱한 소리를 할까 봐 그랬다고 얼버무리고, 아바마마의 하명을 기다려보자고 하는 것이옵니다."

"그 말도 황당하지 않느냐?"

"아바마마, 소문이 퍼지기를 바라면 사리에 맞지 않는 것이 더 낫사옵니다. 옳은 것 같기도 하고 아닌 것 같기도 하고, 과하든지 부당하든지 해야 빠르게 퍼질 것이옵니다."

"…."

태조는 아무 말도 하지 않았다.

윤소종이 거들고 나섰다.

"전하, 대군의 계책이 참으로 절묘하옵니다. 젊은 신료들이 경솔하게 굴까 봐 공개할 수 없다고 하면 병사 숫자가 많다는 의미가 되고,

전하께서 공개를 허락지 아니하시면 그 숫자를 인정하는 모양이 되옵니다."

"그렇구나."

"하면 탈환불화는 더욱 궁금해서 무슨 수를 써서라도 점고 결과를 알아내려 하지 않겠사옵니까?"

"맞는 말이다. 한데…."

"예, 전하…."

"하면 그리 어렵게 수고할 게 아니라 대신들을 통해서 은근히 군적 점고 숫자를 흘리면 될 게 아니냐?"

태조의 허를 찌르는 듯한 질문에 방원이 나섰다.

"아바마마…. 소자 생각은 조금 다르옵니다."

"달라?"

"예, 애초에 황제는 전조(고려) 군사를 20만 군으로 알고 있었는데, 갑자기 윤이·이초가 나타나 아니라고 하니까 실제 숫자가 궁금해진 것이 아니옵니까."

"그렇지."

"한데 윤이·이초가 우리 쪽 신료들은 바른말을 하지 않을 것이고, 우리 조정은 믿을 수 없다고 밀고한 사실이 있지 않사옵니까?"

"있었지."

"황제는 지금까지도 그 말을 믿고 우리와 내통하지 못하게 하려고 탈환불화를 택한 것이옵니다. 그렇지 않다면 멀쩡한 황실 대신을 두고 야인을 사신으로 택한 이유가 무엇이겠사옵니까?"

"…."

"황제는 탈환불화에게 믿을 만한 근거도 가져오라 했을 것이옵니다. 하오니 어찌 조정 대신들을 통해 가벼이 흘리겠사옵니까? 탈환불화가 황제께 아뢰게 하려면 확신을 갖도록 해야 하고, 그러려면 병조가 감추고 있는 비밀을 캐낸 것 정도는 돼야 할 것이옵니다."

"맞는 말이다. 어설프게 할 일이 아니구나."

태조가 고개를 끄덕였다. 방원이 황제의 심중을 정확히 꿰뚫어 보고 있다. 더 이상 의구심이 들지 않았다.

방원이 말을 이었다.

"하오니 전국 방방곡곡을 빠짐없이 점고했다는 사실이 그자 귀에 들어가야 하고, 탈환불화와 연결할 자도 찾아내 미리 병조에 배속해야 할 것이옵니다."

"그래…. 그리하면 제 놈이 대단한 염탐이라도 한 줄 알겠구나. 한데 병조에 황실 연고자는 있느냐?"

윤소종이 아뢰었다.

"소신이 확인해보고 없으면 적합한 자를 찾아 배속시키겠사옵니다. 염려하실 일이 아니옵니다."

"소리 나지 않게 할 수 있겠느냐?"

"마침 지금 친군위 대열을 마치고 전체 병조 배속을 정리 중인데 일이 커져서 손이 필요하옵니다. 하오니 그 일을 시킨다는 빌미로 전속을 시키면 될 것이옵니다."

"잘됐구나. 하면 그리하거라."

"하온데 전하…."

"무엇이냐?"

"탈환불화가 탐욕스러운 자라 하셨사오니 어찌 응대를 해야 하겠사옵니까? 환대를 해야 하옵니까?"

"환대하면 기고만장하고도 남을 놈이다."

"하오면 박대를 하라는 말씀이시옵니까?"

"글쎄다…. 너는 어찌 생각하느냐?"

태조가 방원을 보고 물었다.

"아바마마, 소자 생각에는 박대했을 때 생기는 문제가 무엇인가를 따져보고 결정하면 어떨까 하옵니다."

"하면?"

"박대했을 때 그자가 부릴 수 있는 몽니가 무엇이겠사옵니까?"

"그야 황제에게 우리 조선에 대해 나쁘게 말하는 거겠지."

"소자 생각도 그렇사옵니다. 해서 우리가 염려할 문제는 크게 두 가지라고 생각하옵니다. 첫째는 군사 숫자 문제이온데, 탈환불화가 병조를 염탐해서 군사 숫자를 확인했다면 황제에게 제 맘대로 숫자를 줄이거나 늘여서 아뢰지는 못할 것이옵니다."

"어째서?"

"만일 탈환불화가 황제께 거짓으로 아뢸 것으로 의심되면 그자가 경사로 돌아가고 난 후에 적당한 때쯤 군적 조사 결과를 궁궐 밖으로 흘리시옵소서."

"하면?"

"우리로서는 20만이든 30만이든 부풀려진 숫자가 세상에 알려진다고 해도 꺼려질 이유가 없사옵니다. 하지만 탈환불화가 숫자를 조작해 황제께 아뢰면 다른 사신들도 개경에 와서 숫자를 알게 될 테니 거짓이 드러날 것이옵니다. 하오니 어찌 제 마음대로 조작을 하겠사옵니까?"

"그렇구나. 그자만 사신으로 오는 게 아니니까…. 다음은?"

"둘째는 귀화 여진인 문제인데, 탈환불화가 황제께는 거짓으로 아뢰었다 해도 우리에게는 맘대로 요구하지 못할 것이옵니다."

"그렇겠지. 사실이 아니니까."

"그럼에도 그자가 여진인 문제로 억지를 피우면 황제께 직접 아뢰겠다고 하면 될 것이옵니다. 그렇게 되면 오히려 자신에게 불리한 것을 깨닫게 되지 않겠사옵니까."

"그것도 옳은 소리다."

태조가 고개를 끄덕였다. 황제가 조선 측 말만 믿지는 않겠지만 탈환불화도 의심을 받게 될 것이다. 바보가 아니라면 어찌 그런 상황을 깨닫지 못하겠는가.

"하오니 여진 문제는 그자가 우리에게 어떤 요구를 하느냐에 따라 대처할 일이옵니다."

"그렇구나."

"그 밖의 자잘한 것은 몽니를 부린다 해도 크게 염려할 바는 아니라고 생각되옵니다."

"전서 생각은 어떠하냐?"

"대군의 판단이 옳은 것 같사옵니다. 큰일만 아니라면 문제 될 것이 무엇이겠사옵니까. 하오니 정해진 절차에 따라 대접하되 환대를 피하고 절차를 엄중히 지켜 탈환불화를 옥죄는 것이 좋을 듯하옵니다."

"옥죄다니?"

"전하, 일전에 대군이 아뢴 것처럼 탈환불화가 개경에 도착할 즈음에 전하께서는 온천 행차를 떠나시옵소서. 그런 후에 그자가 아무것도 하지 못하게 사신관에 꽁꽁 붙잡아 둘 것이오니 전하께서는 시일만 늦춰 환궁하시면 되옵니다."

"허허…."

"탈환불화는 황실 대신이 아니옵니다. 황제를 알현하고 나면 바로 요동으로 돌아가야 하니 우리 조선에 대해 나쁘게 고자질할 틈도 없을 것이옵니다. 하오니 뒤탈을 염려할 필요도 없이 몇 날 며칠이고 순천관에 가둬두고 박대하는 것이 맞사옵니다. 전하를 업신여기려는 자를 어찌 그대로 두고 볼 수가 있겠사옵니까? 황제 사신만 아니었다면 벌써 매달자고 했을 자이옵니다."

"하하, 그래도 시비를 일으키지는 말거라."

태조가 흡족해서 웃었다. 사냥이나 하면서 생계를 이어가던 야인에게 황제 사신이라고 고개 숙이고 대접해야 한다는 것은 모욕이었다. 그자가 온다는 말을 처음 들었을 때는 난감했지만 방원과 윤소종의 말을 듣고 나니 안심이 됐다.

다음 날부터 동반東班 문관은 말할 것도 없고, 서반西班 무관까지 포함해서 황궁 환관과 궁녀의 친인척 중에 관직을 가진 자를 모두 찾아냈다. 소리 내지 않고 은밀히 하느라고 예상보다 시간이 꽤 걸렸다. 모두 전조(고려) 때에 환관과 궁녀로 선발돼 갔던 자들의 친인척이었다. 빠짐없이 찾아내 그중에서 문자를 모르는 자는 제외하고 황궁과 연락 중인 자를 다시 확인했다. 한 명만 병조에 배속시키려 해서 숙고를 거듭했다.

며칠 후 윤소종과 병조정랑이 방원의 집을 찾았다. 정랑은 윤소종과 함께 탈환불화 일을 추진하고 있는 또 한 명의 병조 관리였다.

방원이 정랑을 보고 반가운 낯빛으로 말했다.

"정랑도 왔는가."

"오늘은 대군을 댁에서 뵙습니다."

정랑이 빙그레 웃으며 고개 숙여 답했다.

윤소종이 말했다.

"오늘은 대군이 정랑 말을 직접 들어야 할 것 같아서 함께 왔소이다. 정랑이 기막힌 자를 찾았다 하오."

"그렇습니까? 하면 어서 말해보시게, 정랑."

"예, 대군. 지난여름에 전하의 즉위를 고하기 위해 지중추원사가 경사(중국)에 다녀오지 않았습니까."

"그랬지."

"그때 예조에 문반 잡직으로 있는 김병언이라는 자가 수행원으로 따라갔다가 요동에서 탈환불화를 만났다고 합니다."

"황궁과 연고가 있는가?"

"황궁 환관의 사촌이라 합니다."

"허⋯. 그래서?"

"탈환불화가 사신관에서 수행원을 불러내 전하께서 즉위하신 경위를 물었다고 하는데⋯"

"그자가 그때부터 흑심을 품었구먼."

"그렇소, 대군. 내가 보기에도 그때부터 조선에 오려고 한 것 같소."

정랑이 말을 이었다.

"제가 조정에서 황실 연고자를 찾던 중에 바로 그 김병언이 탈환불화와 얼굴을 익혔다는 걸 알게 된 겁니다."

"하, 기가 막히군⋯."

"하하하. 그렇소, 대군?"

"그렇지 않습니까. 복잡하게 다른 자를 더 찾을 것도 없겠습니다."

방원이 환하게 웃으며 정랑에게 물었다.

"그자 혼자만 탈환불화를 만났던가?"

"아닙니다. 김병언 말고 한 사람이 더 있는데 그자는 글을 깨우치지 못했습니다."

"하면 김병언은 글을 깨우쳤다는 말인가?"

"예조에서 문서 관리를 담당하고 있습니다."

"허, 문서 관리라니 하늘이 돕는 게 아니겠습니까, 전서?"

"하하하, 내 말이 그 말이요."

세 사람은 서로를 쳐다보며 껄껄 웃었다. 글을 모르면 문서를 흘려줘도 분간을 못 할 것이다. 문서의 의미를 모르면 어찌 탈환불화에게 수십만 군을 알리겠는가. 불과 몇 달 전에 탈환불화와 얼굴을 익혔다는 것이나 황실 환관의 사촌이라는 것, 예조에서 문서 관리를 하고 있다는 것 등은 모두 하늘에서 뜻을 내린 거라고 생각할 수밖에 없었다.

방원이 들뜬 목소리로 윤소종에게 물었다.

"하면 언제 병조로 전속시키겠습니까?"

"배속 정리를 일부러 늦추고 있었는데 더는 미룰 이유가 없지요.

안 그런가, 정랑?"

"그렇습니다, 전서 어른."

"들었지요? 당장 내일 전하께 병조 배속을 아뢰겠소."

"좋습니다. 하면 어떤 방법으로 흘리시겠습니까?"

"나보다 정랑 의견은 어떤가? 병조 살림살이를 구석구석 잘 알고 있지 않은가."

"잘 알지는 못합니다만 제 생각을 말씀드리자면, 우선은 군적 문서를 모두 취합하면 양이 방대합니다."

"어째서?"

방원이 의아해서 물었다.

"군적 문서 원본은 본래 단순하지가 않습니다. 장정 이름과 나이, 부친이 누구인지, 가솔은 어떻게 되는지, 출신 고을이 어디인지부터 시작해서 배속 부대와 계급, 잘 쓰는 게 창이냐 칼이냐 아니면 활이냐, 힘이 세냐, 약하냐, 키는 얼마나 되고 얼굴에 흉터나 수염, 신체 특징이 뭔지 등을 상세히 기록하지요. 병조에는 정리한 것만 보관하니 본래 문서가 얼마나 많은지는 일을 맡은 관리가 아니면 잘 모릅니다."

"개경만 해도 문서의 양이 어마어마하겠구먼…."

"그렇습니다. 하니 지방 군적까지 다 모인다면 보통 일이 아니지요."

"그걸 다 모으면 안 되지."

"하하, 당연하지요. 어쨌든 병조에서 취합하는 문서가 적당히 많으면 그걸 정리한다는 이유로 임시로 김병언을 끌어올 수 있습니다."

윤소종이 끼어들었다.

"정랑 말을 듣고 보니 그렇군. 우리 병조에서 그자를 계속 잡아둘 필요가 없지. 임시로 불렀다가 일이 끝나면 돌려보내는 거야."

"그렇습니다, 전서 어른."

"하면 김병언을 병조로 끌어온 다음에는?"

방원이 궁금한 듯 재촉했다.

"예, 지방에서 올라오는 문서는 모두 비관祕關. 비밀 공문으로 올리라 해서 전서 어른과 저 외에 다른 사람은 못 보게 하고, 적절히 가필한 후에 그자에게 문서 관리를 맡기는 것입니다."

"그자는 눈치를 못 채겠지?"

"여부가 있겠습니까? 김병언은 전서 어른과 저의 손을 거쳐 간 문서만 관리하게 될 것이옵니다."

"하하, 그렇지."

방원이 흐뭇한 표정으로 웃었다. 드러날까 봐 염려할 필요도 없고, 진행하기도 어렵지 않다. 조만간에 조선군은 몇 배로 커질 것이다.

탈환불화를 맞기 위한 계책을 차근차근 진행했다. 방원은 표면에 나서지 않았다. 치속촌 여막살이가 끝나지 않은 이유도 있었지만, 만에 하나라도 왕가인의 존재가 드러나거나 탈환불화의 귀에 거꾸로 들어갈까 해서 매사를 조심했다. 특히 왕가인의 사인이 개경에 도착해서 방원의 사저를 방문할 때는 사람들 눈을 살폈고, 심지어는 집안 하인들조차 무슨 일로 찾아온 객인지 모르게 했다. 그런 이유로 방원과 윤소종은 대부분 해가 진 후에 은밀히 만났고, 밖에서 진행하는 일은 윤소종이 혼자 나섰다.

그동안 개경 성내 두 군데에 노야를 설치하고 군량미를 옮길 것에
대비해서 새로 가마니를 짜게 하거나 우마차를 정비토록 했다. 신료
들은 동분서주하는 윤소종의 속뜻을 알지 못했다. 단지 임금의 불호
령이 있어 그런가 했고, 종친 공신들 또한 자기가 책임 맡은 지방군을
훈련하거나 지역에서 제련한 철을 개경으로 옮겨 오느라고 분주했다.

고려 말부터 극성을 부리던 왜구 침탈이 그치지 않자 경상도 안렴
사로부터 절제사를 보내달라는 계문이 올라왔다. 태조는 심각성을 인
식하고 서둘러 교주강릉도, 서해도, 경기좌우도 등에 안렴사를 내려
보내고 특히 왜구 침탈이 잦은 경상, 양광, 전라 3도에는 절제사를 보
내기로 했다.

태조가 윤소종에게 물었다.

"전라도에 왜구 침탈이 빈번하니 병마 사정을 정확히 알아야겠는
데 누구를 보내면 좋겠느냐?"

"전하…. 황공하오나 정안군(이방원)이 적합할 것이옵니다. 마침
군적 점고를 하려 하오니 정안군을 보내 점고 방법에 대해서도 알려
주고 병마 상황도 확인하는 것이 좋을 듯싶사옵니다."

"정안군을?"

태조가 의아하다는 표정을 지었다.

"왜 하필 여막살이 하고 있는 정안군이냐?"

"전하, 일전에 정안군이 왜구 때문에 전라도 군비 실태가 어떤지 걱
정이라는 말을 하기도 했고, 사실 정안군보다 조밀하게 실태를 파악
할 신료도 없사옵니다."

"…"

"하오니 지금 비록 여막에 있다 해도 전하를 알현하지 않고 바로 다녀오도록 하면 말 많은 자들의 눈을 피해 조용히 다녀올 수 있을 것이옵니다."

"…"

태조가 잠시 생각하다가 물었다.

"능히 가려고 하겠느냐?"

"정안군의 나라 걱정하는 마음을 누가 따라가겠사옵니까? 소신이 잘 설득하겠사오니 명을 내려주시옵소서."

"전라도 절제사는 누굴 보내기로 했지?"

"진을서陳乙瑞이옵니다."

"진을서…. 이전에 전주 절제사를 했었지?"

"그러하옵니다."

"네가 방원이 없이도 군비를 준비하는 데 지장이 없겠느냐?"

"불과 며칠 다녀오는 것이니 괜찮사옵니다."

"하면 진을서와 함께 출발하도록 하거라. 정안군에게는 각별히 주의하라 이르고…."

태조가 허락했다. 방원이 공개적으로 나랏일을 하는 것은 대신들 눈에 띌 일이었다. 임금의 명이니 못할 일도 아니었지만 여막살이를 하는 중이니 보기 좋은 모양새가 아니었다. 방원은 임금을 알현하지 않고 군사 몇만 데리고 조용히 출발했다. 그런 덕분에 방원이 전라도 일대를 돌며 군비를 살피고 군적 점고를 독려하면서 소문이 나도록 유도했다.

그럭저럭 한 달이 지났다. 탈환불화가 개경에 들어올 날짜가 가까워오자 윤소종과 정랑이 다시 방원을 찾았다. 다른 것은 모두 계획대로 진행이 됐지만, 병장기를 만드는 일에 차질이 있었다.

윤소종이 말했다.

"노야에서 칼을 하루에 두세 자루 만들기도 벅차니 어찌하면 좋겠소? 날짜는 다가오는데…."

"하면 노야가 다 그렇습니까?"

"철동 마을은 본래부터 병장기를 만들고 있었으니 문제 될 건 아닌데, 남대가 시전과 선인문 노야가 부족한 게 눈에 띄니 말이요."

"선인문 노야라면 제일 중요한 곳이 아닙니까? 탈환불화가 개경에 들어서면 맨 처음 목격할 곳인데…."

"그렇다고 다른 노야에서 칼과 창을 빌려 올 수도 없지 않소? 그건 백성들도 이상하게 생각할 거고, 게다가 각각의 노야에서도 창과 칼을 벌여놓아야 하니…."

윤소종의 말에 방원이 탄식했다.

"시작이 너무 늦었습니다."

"어쩔 수 없지 않았소. 지역에서 철을 옮겨 오는 데 시간을 너무 허비해서 말이오."

"그렇지요. 어쨌든 그런 속도로는 탈환불화를 겁주기에 턱도 없겠습니다."

"일할 사람을 늘리는 데도 한계가 있고…. 참으로 난감하오, 대군…."

"그러게 말입니다. 전하께는 이미 아뢰었는데…."

두 사람의 대화를 듣고 있던 정랑이 나섰다.

"제 생각을 말씀드려도 되겠습니까?"

"말씀해보시게."

"칼을 만드는 건 아무래도 시간이 상당히 걸리지 않습니까? 창을 만드는 것보다 몇 곱절은 더 걸리지요."

"그렇지."

"칼 하나 만들 시간이면 창은 몇 자루를 만들 것입니다."

"하면 묘책이 있는가?"

"좀 엉뚱하기는 하지만, 회빈문會賓門 밖에 솜씨가 대단한 단청장이 살고 있습니다."

"단청장? 갑자기 단청장은 왜?"

방원과 윤소종은 무슨 소리냐는 듯이 빤히 쳐다봤다.

정랑이 머뭇거리듯이 말했다.

"훈련용 목검을 진검처럼 칠을 하면 어떻겠습니까?"

"목검에 칠을?"

"그렇습니다. 그 단청장이 워낙 솜씨가 뛰어나 멀리서 보면 진검처럼 보이게 칠을 할 수가 있습니다."

"얼마나 잘하기에 진검처럼 보이게 할 수 있다는 건가?"

"예, 일전에 친군위 훈련 때 병사들에게 긴장감을 주려고 목검에 칠을 하게 했는데 모두 놀랐지요. 30보 이상만 떨어진다면 진검과 구분이 어려울 것입니다."

"허, 그런 일이…. 전서도 아셨습니까?"

"허허, 난 모르고 있었소이다. 병사들이 목검으로 훈련하는 건 알았지만 목검에 칠을 한다는 건 처음 듣는 얘기요."

정랑이 빙그레 웃으며 말했다.

"전서 어른께서는 모르는 게 당연합니다. 불과 얼마 전에 있었던 일이니까요. 해서 장창은 직접 두드려 만들고, 칼은 목검에 칠을 해서 수효를 채우면 어떻겠습니까?"

"하하, 그거 기발하군. 속아 넘어가겠는가?"

"지나가면서 눈으로 확인할 수 있는 곳에는 진검을 늘어놓고, 목검은 멀리 떨어져 진열해놓으면 충분히 가능할 것입니다."

"그럴듯해 …. 하면 전서께서는 어찌 생각하십니까?"

"한번 해봅시다. 한데 백성들이 엉뚱한 소문을 내서 일을 망칠까 염려가 되기는 하오만."

"전서 어른, 그때는 훈련을 실감 나게 하려고 그런 거라고 하면 됩니다. 이미 그렇게 알고 있는 백성도 있습니다."

"그 수밖에 없겠소. 하니 정랑, 선인문 노야를 병사들이 지키게 해서 백성들이 가까이 가지 못하게 하고, 단청장 작업도 백성들 눈에 띄지 않게 하게. 어찌 될지는 하늘에 맡겨봄세."

"알겠습니다. 입단속을 철저히 시키겠습니다."

정랑이 의연한 목소리로 말했다.

3

탈환불화

서북면 순문사로부터 황제 사신 탈환불화가 의주에 도착했다는 치보馳報, 급한 알림가 올라왔다. 왕가인이 첩정으로 알려온 지 세 달도 넘은 때였다. 평소대로라면 아무리 늦어도 한 달 전에는 왔어야 했다.

윤소종이 말했다.

"이자가 꽃놀이나 다니려고 작정을 한 게 아니겠소?"

"우리 조정을 하찮게 여기는 겁니다."

"그게 분명하오. 제 부족도 내팽개치고 도망간 놈이 사신이라고…. 오기만 하면 내가 아주 개망신을 줄 셈이오."

"하하, 전서께 좋은 방법이 있습니까?"

"궁리 중이니 기다려보시오. 한데 전하께서 언제쯤 온천 행차를 떠나시는 게 좋겠소?"

"글쎄요…. 그자가 평양에 도착했을 때쯤 출발하시면 되지 않겠습니까? 다른 변수만 없다면 말입니다."

"내 생각도 그렇소. 전하께서 미리 가실 필요는 없을 것 같소. 그건 그렇고, 나는 그자가 개경에 도착하고 사흘째쯤에 순천관으로 찾아갈까 하는데 어찌 생각하시오?"

"전서께서 직접 가시려고요?"

"아무래도 내가 김병언을 대면시키는 게 좋지 않겠소? 탈환불화가 알아보는지만큼은 내 눈으로 직접 봐야 할 것 같아서 말이오."

"그렇습니다. 그 일은 다른 사람을 시키기가 곤란하지요."

"문제는 그다음인데…. 그자가 사신관에 며칠쯤 갇혀 있으면 답답하겠소?"

"평생 말을 타고 내달리는 족속들이니 여독만 풀리면 하루만 지나도 안달이 날 겁니다."

"하면 시간을 늦추면 안 되겠구려. 바로 잡아둬야지."

"하하, 그러시지요."

탈환불화가 평양부에 당도했다. 이제 그는 황주와 봉산, 평주(평산의 옛 이름)를 거쳐 나흘 후면 개경에 도착할 것이다. 윤소종은 태조를 알현하고 다음 날 아침에 바로 온천으로 출발해야 한다고 아뢰었다. 하루도 늦출 수가 없었다. 온천은 평주에서 해주 방향으로 50여 리 떨어진 사천대司天臺에 있는데, 임금의 출발이 늦어지면 평주에서 탈환불화와 마주치는 불상사가 일어날 수도 있다.

다음 날 아침, 궁궐 광화문 앞에 친군위 군사와 대신들이 정렬하고 어가가 나오기를 기다렸다. 신료들은 온천에는 따라가지 않고 선의문까지만 배행키로 했다. 평소에도 온천 행차에 많은 신료가 따라간 것은 아니었지만 이번에는 숫자를 더 줄였다.

황금 장식의 대가가 광화문을 나왔다. 대소신료와 호종하는 군사들이 엄숙히 예를 올렸다. 이어서 친군위장의 출발 신호가 내려지고, 행렬이 움직이기 시작했다. 윤소종은 말 위에 올라 대가 옆에 바싹 따라갔다.

　날씨가 더할 나위 없이 좋았다. 4월(양력 5월)의 따사로운 햇볕은 수목들을 연초록으로 물들였고, 겨우내 그늘졌던 구석구석까지 파고들었다. 임금 행차를 알리는 황룡 깃발이 눈부신 아침 햇살과 잘 어울렸다. 잠시 후 행렬이 시전 거리에 들어섰다. 거리는 아직 한산했다. 장사를 준비하던 부지런한 백성들이 길가에 엎드려 임금 행차가 지나기를 기다렸다.

　이각(삼십 분)이 조금 지나 선인문에서 멀지 않은 곳을 지날 때였다. 수레 창문을 열고 봄 풍경을 즐기던 태조가 갑자기 대가를 멈추게 했다. 윤소종이 급히 말에서 내려 임금 앞으로 다가갔다.

　태조가 거두절미하고 물었다.

　"저것이 네가 말한 노야였더냐?"

　"그러하옵니다, 전하."

　"하면 저기 늘어세운 칼들이 그간에 만든 것들이냐?"

　"황공하오나 저 칼들은 목검이옵니다."

　"목검?"

　"황공하옵니다, 전하. 노야 앞에 세운 것은 진검이옵고, 뒤편 울타리 안에 세운 것은 모두 목검이옵니다."

　"날이 서 보이는데…."

　태조가 혼잣말을 하다가 물었다.

"한데 칼은 어찌하고 목검을 세웠느냐?"

"전하…."

윤소종이 송구한 마음을 감추지 못하고 그간의 경위를 설명했다. 태조는 눈을 가늘게 뜨고 듣다가 간간이 고개를 끄덕였다. 윤소종이 말을 마치자 얼굴을 치켜들고 말했다.

"그런 일이 있었구나. 한데 내 눈으로 보았으면 좋겠다."

"그리하시옵소서, 전하."

윤소종이 허리를 깊이 숙였다. 노야 앞에는 대장장이와 일꾼 몇이 엎드려 있다. 임금이 행차 중에 보자고 할지 몰라 미리 대령케 한 것이었다. 태조가 노야 앞에 놓여 있는 진검을 살피고 윤소종의 인도에 따라 뒤편으로 갔다. 울타리 출입구를 지키던 병사들이 예를 올리고 황급히 길을 열었다.

마당에는 길이가 10척(3미터)쯤 되는 가로대 수십 대가 놓여 있고, 각각의 가로대에는 장검들이 가지런히 세워져 있다. 얼핏 보아도 몇백 자루는 됨직해 보였다. 이런 칼을 휘두르는 장수가 몇백이라면 병졸은 얼마나 많겠는가. 태조는 호기심 가득한 얼굴로 가로대 앞으로 다가가 칼을 집어 들었다. 칼날 양면을 번갈아 가며 세심히 들여다봤다. 분명 목검인데 놀라운 눈속임이었다.

"저 백성이 만든 것이냐?"

태조가 작업장 앞에 엎드린 백성을 가리키며 물었다.

"그러하옵니다."

"재주가 대단하구나."

윤소종이 단청장을 가까이 오게 했다.

태조가 물었다.

"모두 칠을 한 것이냐?"

"칠을 하면 시간도 오래 걸릴 뿐 아니라 면이 고르지 않아 호분 주머니를 두드리기도 하옵니다."

"호분 주머니?"

"안료를 넣은 주머니를 이르옵니다."

"그렇구나."

태조가 신기하다는 듯이 고개를 끄덕였다.

"전서는 내가 행차에서 돌아오거든 잊지 말고 아뢰거라. 후히 상을 내릴 것이다."

"황공하옵니다, 전하."

칼을 잘 아는 임금이 속을 정도면 탈환불화도 속을 것이다. 태조는 가로대 사이를 돌며 목검을 살펴보고 발길을 돌렸다. 잠시 후 대가가 다시 출발했다. 전서를 비롯한 대소신료는 선인문에서 숙배를 올리고 돌아왔다.

윤소종이 방원을 찾았다.

"하하하, 전하께서 목검을 진검으로 아셨소."

"허…. 그러셨습니까?"

"전하께서 그냥 지나치시면 어떡하나 염려했는데 다행히 노야 앞에서 어가를 세우셨소."

"울타리가 넓으니 눈에 안 띌 수는 없지요. 한데 목검에 대해서 다른 말씀은 없으셨는지요?"

"왜 없으셨겠소. 처음에는 목검이라 하니 많이 놀라셨소."

"그러셨을 겁니다. 저도 보고 놀랐으니까요."

"해서 그간의 경위를 말씀드렸더니 전하께서도 바로 이해하시고 단청장에게 후한 상을 내리겠다고 하셨소."

"다행입니다."

"아침까지만 해도 전하께서 노야를 못 보고 지나치시면 어쩌나 하고 걱정했었소. 한데 돌아오는 길에 생각해보니 탈환불화 때는 굳이 염려하지 않아도 될 것 같소이다."

"무슨 말씀입니까?"

"탈환불화가 개경에 도착할 때는 아직 해가 있지 않겠소?"

"그렇겠지요. 평주에서 아침에 출발할 테니까."

"하면 그 시간에는 노야에서 쇠마치 소리가 날 테니 노야도 보게 될 것이고, 뒷마당에 칼도 보게 되겠지요. 오늘 아침에는 전하 행차가 있어서 쇠마치 소리를 내지 못한 것뿐이고…"

"하하, 그렇습니다."

"그리고 백성들도 염려하지 않아도 되겠소."

"그건 또 무슨 말씀입니까?"

"목검에 칠을 한 거 말이요. 병사들이 울타리를 지키고 있어서 백성들이 가까이 갈 수 없지 않소?"

"그렇지요."

"백성들 사이에 진짜 칼이라는 소문이 돌고 있다는 거요."

"하하, 대감께서 단속하신 게 잘 들어맞았습니다. 며칠만 잘 보내면 탈환불화 목이 서늘해지겠습니다."

"하하하…."

두 사람은 큰소리로 웃었다. 웃음소리가 마당까지 울려 퍼졌다.

탈환불화가 평주에 도착했다. 그는 전날 태조가 평주를 거쳐 간 사실은 알지 못한 채 숙소에 들었다. 내일이면 개경에 들어간다고 생각하자 은근히 가슴이 설렜다. 불현듯 지난 일들이 떠올랐다. 이성계 장군을 만났던 기억이 어제 일처럼 생생했다. 충성을 맹세하면 당연히 받아들일 것으로 알고 무릎을 꿇었는데 받아주지 않았다. 황당했다. 얼마 후 장군이 자신보다 작은 부족을 이끌고 있던 우두머리를 받아들였다는 얘기를 듣자 분이 머리끝까지 차올랐다. 부장도 화를 참지 못하고 이성계를 치자고 했지만 싸움 상대가 되지 않았다. 훗날을 기약하며 다른 부족들을 끌어모으던 중에 황제의 부름을 받았다. 앞뒤를 잴 것도 없었다. 자신을 따르는 부장 몇과 식솔을 거느리고 요동으로 건너갔다. 언젠가 복수할 날이 있을 것이라며 이를 악물었는데 황제 사신이 된 것이다.

'날 보면 어떤 표정을 지으려나, 흐흐….'

탈환불화는 혼자 생각에 빠져 음흉한 웃음을 흘렸다.

평주에서 사신로를 따라 내려오던 탈환불화 일행이 개경성으로 이어지는 벽란도 길에 접어들었다. 일각(십오 분)이나 지났을까. 어디선가 모깃소리만큼 가늘게 함성이 들려왔다. 탈환불화는 몽상에 빠져 함성을 의식하지 못했다. 대열장에 가까워지자 일시적으로 끊겼던 소리가 다시 터졌다. 심상치 않은 소리임을 깨닫고 귀를 기울였다. 초록 들판에서 들려오는 함성은 낯설었다.

"이게 무슨 소리냐?"

"알아보겠습니다."

잠시 후 역인이 와서 말했다.

"군사들 훈련하는 소리랍니다."

"갑자기 무슨 훈련을 해?"

"갑자기가 아니라 몇 달 전부터 하고 있답니다."

역인은 아무렇지도 않다는 듯이 대답했다.

"그래? 어서 가보자."

탈환불화가 행렬을 재촉했다. 대열장에 가까이 가보니 놀라운 광경이 펼쳐졌다. 수레를 멈추게 하고 내렸다. 길 변에서 구경하던 사람들이 사신단이라는 것을 알아채고 자리를 내주었다. 좁지 않은 자리였음에도 부장이 사람들을 더 멀찍이 물러나게 했다. 수행원이 의자를 놓자 탈환불화가 거들먹거리며 앉았다. 팔짱을 끼고 미간을 찌푸린 채 들판을 바라보았다. 예사롭지 않다. 자신도 요동에서 군사 훈련을 했지만, 이들처럼 일사불란하게 움직이지는 못했다.

'대체 훈련을 얼마나 했기에…'

혼자 중얼거렸다. 사각형의 방진方陣을 이뤘던 군사들이 대각 소리, 북소리, 깃발 신호에 따라 둥글게 원진圓陣을 펼치고 방패로 둘레 벽을 쌓았다. 그리고는 적을 마주하고 있는 듯이 창으로 찌르며 한 발짝 한 발짝 전진했다. 좌우 병사 간에 간격이 벌어지면 뒤에 있던 병사가 재빨리 틈을 메우고, 그 뒷자리는 다시 그 뒤에서 메우고, 한 걸음 후퇴하면 끼어든 병사가 재빨리 뒤로 빠졌다. 마치 종자 좋은 옥수수 알갱

이처럼 한 치의 빈틈도 없이 둥근 진형이 커졌다가 작아졌다가 신호에 따라 움직이는 모습은 거의 신기에 가까웠다. 이렇게 일사불란한 군사들은 처음 봤다. 신묘하다 할 정도로 병사들 훈련이 잘돼 있었다.

황제는 조선군의 군기가 어떤지 알아보라고 했다. 개경으로 오는 동안 무엇으로 그것을 알아보랴 했는데 좋은 판단거리를 찾은 것 같았다. 하지만 놀라웠다. 자고로 장수의 명을 잘 따르고, 진법에 능한 군사와는 싸움을 피하라고 했다. 황제는 조선군의 군기가 어떨 거라고 상상하고 있을까? 아니, 어떠하길 바라고 있을까? 지금 보는 것만으로 군기를 다 알았다고 할 수는 없지만, 결코 만만찮다는 느낌이 들었다.

한동안 진법을 지켜보다가 수레에 올랐다. 예상치 못한 광경에 머릿속이 혼란해서 자리에 깊숙이 눌러앉았다. 자신이 알고 있던 예전의 고려군과는 확연히 달랐다. 저토록 진법 신호를 잘 따른다면 어떤 적을 만나더라도 겁날 게 없을 것이다.

이 생각 저 생각하던 중에 수레가 선인문 앞에 당도했다. 수문장이 행렬을 확인하고 가운데 대문을 활짝 열었다. 대문은 임금이나 명나라 사신에게만 열어주는 특별한 문이다. 백성과 신하들은 좌우에 있는 쪽문으로 다닌다. 조선 땅을 밟으면서 자신이 황제 사신이라는 사실을 깨닫고 흐뭇하기는 했지만 개경성에 당도해 왕이 드나드는 대문을 지나게 되자 더욱 실감이 났다. 조금 전까지 머릿속을 메우고 있던 무거운 생각은 한순간에 싹 사라졌다.

'이성계 장군이 드나드는 문…'

왕이라도 된 듯싶었다. 특히나 행렬 저 앞에서 말 타고 호종하는 장수와 수레 좌우에 따르는 병사들의 의장을 보니 더욱 그렇게 느껴졌다. 어깨를 으쓱하고 몸을 틀어 의젓한 자세로 고쳐 앉았다.

'내가 황제 사신이야.'

위엄 있게 보여야겠다는 생각이 들었다. 창밖을 내다봤다. 개경은 처음이다. 멀리 민가가 보이기 시작했다. 무심히 좌우를 살피던 중에 마을 쪽에서 쇳소리가 들려왔다. 가까이 다가가자 윗도리를 벗은 장정이 어린아이 머리만 한 쇠마치를 두들기는 게 보였다. 노야였다. 소리가 점점 크게 들렸다. 멈출 기미도 보이지 않았다. 시끄러운 쇳소리가 근엄한 사신 행차를 방해하고 있다는 생각이 스쳤다.

"어서 지나거라!"

행렬을 재촉했다. 창문 가까이했던 몸을 뒤로 기대는 순간 노야 뒤편 마당이 얼핏 눈에 들어왔다. 멀어서 구분은 되지 않았지만 무언가 가지런히 널려 있었다. 매우 낯선 풍경이었다.

'뭘 널어놓은 거야? 물고기가?'

이상한 광경이라고 생각하면서도 대수롭지 않게 여겼다. 개경이 바다에서 멀지 않으니 길쭉한 생선을 널어놓은 건가 했다. 거리가 가까워지자 아무 생각 없이 다시 밖을 내다봤다.

'허!'

섬뜩했다. 잘못 봤나 싶어 머리를 내밀었다. 분명 칼이었다. 눈을 비비고 다시 살폈다.

'저거 모두 칼이 아닌가?'

한두 자루도 아니고 몇백 자루는 돼 보이는 칼들이 긴 가로대에 가지런히 세워져 있었다. 근엄한 표정이고 뭐고 조금 전의 생각을 싹 잊었다. 말을 타기 시작하면서 칼을 휘둘렀고, 좋은 칼을 보면 욕심을 내기도 했다. 기회만 생기면 칼 구경을 했지만, 세상 어디에서도 이렇게 많은 칼을 한꺼번에 늘어놓은 것은 본 적이 없었다. 섬뜩하기도 하고, 놀랍기도 해서 행렬을 멈추게 하려다가 아차 싶어 그만두었다. 명색이 황제 사신인데 노야에서 칼 만드는 것을 보고 놀라 행렬을 멈추게 했다는 말이 나오게 할 수는 없었다.

수레가 노야 앞에 당도했다. 밖을 내다봤다. 문 옆에는 작업이 끝난 것처럼 보이는 몇 자루의 칼이 날 시퍼렇게 세워져 있고 누군가가 그 옆에서 열심히 칼을 갈고 있다. 웃통을 벗은 장정이 시뻘겋게 달아오른 쇠막대를 모루 위에 놓고 마치질을 한다. 시선이 뒤편 마당으로 돌아갔다. 가로대에 가지런히 세워져 있는 칼들이 다시 보였다. 입이 벌어졌다. 황제에게 뭐라고 아뢰어야 할지 적합한 말이 떠오르지 않았다.

"온천 행차를 떠났다 했소?"

"그렇소. 병환이 계셔서 행차하셨소이다."

"어디로?"

"평주 온천이요."

"평주? 내가 묵었던 평주를 말하는 것이오?"

"평주가 그곳 말고 또 있겠소?"

"언제?"

"정사正使, 사신 가운데 우두머리보다 하루 앞서 거쳐 가셨소."

"이런!"

탈환 불화가 이이없다는 듯이 탁자를 쿵 하고 내리쳤다. 통역하고 있던 여진인이 움찔하고 놀랐다.

분노에 찬 얼굴로 눈을 치켜뜨며 물었다.

"내가 온다는 것을 알면서 행차를 떠났단 말이오? 그것도 하루 차이를 두고?"

"그야 병환이 있어서 그리한 것이니 어쩌겠소? 정사가 시기를 잘 못 택한 것이지."

"…"

"노여워할 것 없소. 전하께서 사신이 온다는 것을 알고 떠나셨으니 오래지 않아 환궁하실 게요. 내가 술과 고기를 준비해 왔소. 수행원들과 잘 드시고 여독이나 푸시오."

시중이 자리에서 일어났다. 무례하다는 생각이 들자 대화하고 싶은 마음이 없어졌다. 임금이 개경에 계셨다면 자기가 올 자리도 아니었다. 전서들이나 왔어야 할 자리에 와서 모욕을 당한 셈이다. 야인 주제에 황제 사신이라고 위압적으로 구는 꼴이 아니꼬웠다.

'감히 내 앞에서 책상을 치다니…'

다음 날 예빈시禮賓寺 판사가 탈환불화를 찾았다. 예빈시는 명나라 사신 접대를 맡고 있는 부서인데, 도제조都提調. 우두머리를 판사라고 불렀다. 늘 사신들을 접대하다 보니 그들의 속을 훤히 꿰뚫고 있었다.

궁궐에서 출발하기 직전에 병조전서 윤소종이 찾아와 몇 가지 당부를 했다. 무슨 사정인지는 알 수 없으나 이 일과 관련해서 어명이 있었다는 말을 전해 들었다. 어려운 요구가 아니라서 어찌해야 할지 바로 계산이 섰다.

　탈환불화가 술이 덜 깬 얼굴로 의관을 갖추고 나왔다. 역인이 탈환
불화 뒷자리에 앉았다.

　판사가 먼저 말했다.

　"먼 길 오느라 고생이 많으셨소. 밤새 잘 쉬셨소이까?"

　"잠이야 잘 잤지만 대체 전하께서는 언제 환궁하시는 거요?"

　"오래야 걸리겠소? 하루 이틀 여독을 푸시다 보면 곧 알현하게 될
테니 조급하게 마음먹지 마시오."

　"정말 그렇소?"

　"당연하지요. 사신이 왔다는 걸 알면서 어찌 환궁을 늦출 수 있겠
소? 우리 조선에 그런 무례는 없소이다."

　탈환불화는 고개를 갸우뚱하면서도 판사의 말을 들으니 꼬였던 속
이 풀리는 듯했다. 아무럼 임금이 자기를 안 만나려고 온천으로 피했
겠나. 병환이 났다고 하지 않는가. 판사의 말에 자신의 생각을 보태
스스로 위안을 삼았다. 한 번 마음이 기울기 시작하자 괜히 술을 퍼
마셨는가 싶었고, 엉뚱한 생각이 슬금슬금 피어올랐다.

　"좋소, 그 말을 믿고 기다리겠소. 그런데…."

　"말씀해보시오."

　"조선에 금강산이 그리 좋다 하던데…."

　"허…. 그 말을 들었구려. 죽기 전에 꼭 한번 봐야겠다고 오는 사신
이 한둘이 아니오. 하하하."

　"정말 그렇소?"

"이를 말이요? 그런 질문을 하는 사신은 정사가 처음이요. 개경에 도착하자마자 금강산뿐만이 아니라 여기저기 가겠다고 목록부터 들이미는 사신도 있는데."

"하…. 하면…."

"또 어디가 좋으냐?"

"그렇소."

"우선 가까운 곳에 박연폭포가 있소. 꽃 피는 계절이면 천하절경을 이루는 신선로를 따라가다가 산속에서 느닷없이 나타나는 폭포 줄기를 한번 보면 죽을 때까지 잊지 못할 거요. 그 아래 술상을 펴고 앉아 한 잔 따르면 개경으로 돌아올 생각이 나겠소?"

"허…. 그렇겠구려."

"이왕 조선 땅을 밟았으니 자질구레한 거 다 치우고 금강산 유람부터 가는 것도 좋은 방법이오."

"하…."

"조선에 오는 사신들이 가장 가고 싶어 하는 곳이 금강산이요. 기암괴석 천하 절경은 세상 어디에도 비할 데가 없고, 물소리 좋은 곳에 자리를 펴고 섬섬옥수 여인이 금강산 이슬로 만든 감로주를 따르면 세상에 무엇이 부럽겠소?"

"…."

통역하던 여진인이 넋을 잃었다. 판사의 달콤한 말에 홀려 무슨 말을 들었는지 기억하지 못하고 다시 묻자 탈환불화가 통역을 노려보았다. 분위기가 잠시 어색했다.

탈환불화가 소리가 나게 침을 삼키고 물었다.

"하면 언제 떠나면 좋겠소?"

"떠나다니요?"

판사는 무슨 말인지 모르겠다는 듯이 능청을 떨고 되물었다.

"금강산 유람 말이요…."

"그야 전하께서 환궁하시면 언제라도 떠날 수 있지 않겠소?"

"하…. 환궁…."

크게 낙담한 듯 탈환불화가 한숨을 내쉬었다.

"전하만 알현하고 나면 언제든지 유람을 떠날 수 있도록 준비해놓을 테니 편히 쉬고 계시오."

"…."

"어찌 답이 없으시오? 아니면 알현도 하지 않고 유람부터 떠날 생각이시오?"

"아니, 그건 아니요."

"아무렴 그렇지요. 해봐야 하루 이틀 차이일 텐데, 사신이 황명도 거행치 않고 유람부터 다녔다고 소문이 나면 되겠소?"

판사가 손을 휘저어가며 말했다. 콧바람을 있는 대로 불어넣고 꽁꽁 묶었다. 사신을 안달 나게 했다가 옴짝달싹 못 하게 묶어달라는 병조전서의 요청을 들어준 것이다.

탈환불화는 금강산 이슬로 빚었다는 감로주와 섬섬옥수 여인의 손길이라는 말이 귓가에서 떠나지 않았다. 태조의 환궁이 애타게 기다려졌다.

다음 날은 윤소종이 방문했다. 윤소종은 김병언에게 하인들을 인

솔해 음식을 가져오라 하고 자신은 호위대와 먼저 출발했다. 김병언과 시간차를 두고 사신관에 도착해야 자신의 계획대로 될 것이다.

인사를 나누고 마주 앉았다.

윤소종이 먼저 말했다.

"노독은 좀 풀리셨습니까?"

"풀리고 말 게 있소. 나야 말 타고 다니는 무장인데."

"허허 그렇구려."

"그런 건 문제가 아니고, 전하께서 환궁하신다는 기별이 있소?"

"아직은 없지만 이제 곧 오시겠지요."

"언제쯤 기별이 오겠소?"

"그걸 내가 말하기는 어렵지 않겠소?"

"…"

탈환불화가 실망하는 기색을 보였다.

잠시 머뭇대다가 말했다.

"엊그제 선인문을 지나오다 보니 노야에서 칼을 만들고 있습디다. 웬 칼을 그리 많이 만드는지 의아했소. 전쟁 준비라도 하시오?"

"그걸 보셨구려. 머리가 아픕니다."

"머리가 아프다니요?"

"말도 마시오. 왜구들이 쳐들어와 노략질하고 백성을 해치는 통에 나라가 조용할 날이 없소."

"왜구들이요…"

"얼마 전에도 장수가 병선을 3척이나 빼앗겨 국법에 따라 참수하려다가 전하께서 특별히 용서하신 일이 있었소."

"허…."

"참, 지난번에 수주(평북 정주)까지 올라온 왜구와 싸우다가 명나라 사람을 포로로 잡아 요동으로 보냈는데 아시지요?"

"모르겠소."

"모르다니요?"

"아니, 난 못 보고 왔소."

"허, 지난달에 보냈는데?"

윤소종이 어이없다는 듯이 쳐다봤다. 사실 말이 지난달이지, 불과 10여 일 전에 보냈으니 그보다 먼저 요동을 출발한 탈환불화가 모르는 건 당연했다. 그런 사정을 뻔히 알면서도 병장기를 만드는 게 왜구 때문이라는 핑계를 대려고 과하게 너스레를 떤 것이다.

내친김에 은근히 몰아붙였다.

"이제는 왜적도 모자라 명나라 백성까지 왜구 행세를 하고 있으니 이게 무슨 경우란 말이오?"

"허…."

"그런 걸 보면 우리 조선은 명나라에 할 만큼 하는데, 황제 폐하께서는 참으로 무심한 듯싶소."

"그게 무슨 소리요?"

"아니, 모르시겠소? 우리 조선이 왜구를 막아 명나라가 평안한데 황제 폐하는 무엇 하나 도와줄 생각도 안 하지 않소? 우리는 병장기 하나, 병사 한 명을 더 모으려고 애쓰고 있는데…."

"병사를 모아요?"

탈환불화가 지나치지 못하고 물었다. 윤소종은 그가 '병사'라는 말에 민감하게 구는 것을 보고 속으로 웃었다. 역시 그렇구나 싶었다. 깊이 언급하지 않는 것이 좋을 것 같았다.

"그야 병사가 모자라니 그러는 게 아니겠소. 하니 지금이라도 우리 사정을 안다면 폐하께서 뭐라도 지원해줘야 하는 게 아니요?"

"허…. 뜻은 알겠소만 그건 어렵지요. 전조에서 요동을 치려고까지 했는데 폐하께서 그리하시겠소?"

"그건 전조에서 있던 일이고, 우리 조선이야 사대의 예를 다하고 있는데 어찌 그런 섭섭한 말씀을 하시오?"

"아니, 내 말은 황제 폐하께서 오해를 풀어가는 중이시니 아직은 어렵지 않겠느냐는 말씀이오."

"결국 황제께 아뢸 수 없다는 말씀이구려."

"오해하지 마시오. 앞으로 두 나라가 잘 지내다 보면 서로 도울 일이 있지 않겠소…."

황명을 숨기려니 의도치 않게 조선을 달래는 꼴이 됐다. 하지만 그건 탈환불화 자신의 뜻이 아니었다. 다음 말이 궁색해지고 있던 차에 방문 밖에서 인기척이 났다.

"전서 어른, 김병언이옵니다."

"왔는가, 어서 들게…."

방으로 불러들였다. 김병언이 들어와 공손히 인사를 올렸다. 윤소종은 은근히 두 사람 표정을 살폈다. 어찌 되려나 하는데 탈환불화가 먼저 김병언을 알아보고 멈칫했다.

윤소종이 능청스럽게 물었다.

"왜 그러시오, 정사? 아는 얼굴이요?"

"아니, 내가 어찌 알겠소?"

탈환불화가 정색하며 손을 내저었다. 그러는 사이에 김병언도 탈환불화를 알아보고 놀라서 슬며시 얼굴을 돌렸다. 서로 아는 척을 하지 않았다. 예상했던 일이다. 두 사람이 요동에서 얼굴을 마주한 건 은밀하게 이뤄진 일이었다. 사신단 수행원이 개인적으로 중국 관리를 만나 대화하는 경우는 거의 없다. 혹시나 일이 있어서 그런 경우라면 사신단 우두머리인 정사에게 보고하는 것이 원칙이다. 탈환불화도 그런 사정을 알기에 수행원 중에서 황실 친인척이 누구인가를 알아내 김병언과 또 다른 수행원을 은밀히 불러냈던 것이다.

윤소종은 두 사람 관계가 더는 궁금하지 않았다.

편한 마음으로 물었다.

"정사께 올릴 민어를 잘 보관하라고 일렀는가?"

"그리했습니다."

"알았네. 그만 물러가서 살펴보게."

김병언이 방을 나가자 윤소종이 호들갑스럽게 물었다.

"정사는 민어를 드셔보셨소?"

"아니오, 못 먹어봤소."

"그럴 것 같아서 내가 특별히 마련했소이다."

"하…. 고맙소."

"민어는 황제 폐하께 올리는 진상품이요. 폐하께서 우리 조선에서 올리는 민어만 찾는다고 하시는데 경사까지 가져가려니 민어를 말려서 가져가지 않겠소? 해서 폐하께서도 펄펄 뛰는 민어는 못 드셔보셨는데, 정사가 먹을 복이 있는지 때 이르게 민어가 잡혀 가져왔소이다.

정사를 위해 특별히 마련한 것이니 오늘 저녁이라도 맛을 보시오.”

“하하, 황제도 못 드시는 걸 내가…”

탈환불화가 좋아서 입을 다물지 못했다. 속마음은 민어가 아니라 임금의 환궁을 더 바랐지만 그렇다고 귀한 대접까지 싫은 건 아니었다.

잠시 대화를 이어가다가 윤소종이 자리에서 일어섰다. 탈환불화가 순천관 앞마당까지 따라 나왔다. 윤소종은 말 위에 오르면서 김병언에게 뒤처리를 잘하고 오라 일렀다. 남겨두고 가면 두 사람은 분명히 대화를 나눌 것이었다. 회심의 미소를 지으며 순천관을 출발했다.

윤소종이 시야에서 사라지자 탈환불화가 김병언을 불렀다. 통역인이 방으로 따라 들어왔다.

의아해서 물었다.

“네가 나를 기억하느냐?”

“기억합니다.”

“어찌해서 병조전서를 따라 왔느냐?”

“지난여름에 정사를 뵐 때는 예조 소속이었는데 최근에 병조에 일이 많아져서 자리를 옮겼습니다.”

“그렇구나…. 그런데 무슨 일이 많아졌다는 것이냐?”

“왜구들 때문에 군적 점고를 하고 있습니다.”

“군적 점고를?”

탈환불화가 눈을 크게 뜨고 되물었다. 병조전서가 병사를 모으고 있다고 해서 무슨 뜻인가 했었는데, 김병언에게 다시 들으니 귀가 솔깃해진 것이다.

"군적 점고라면 장정을 하나하나 세고 있다는 말이냐?"

"그렇습니다."

"언제부터?"

"달포도 넘었습니다."

"쉽지 않을 텐데?"

"쉽지 않은 일이지요. 그래서 조정 중신들까지 직접 지방에 내려가서 점고를 하고 있는데…."

"그런데?"

"얼마나 꼼꼼하게 따지는지 거짓으로 고하는 자들을 찾아내 곤장까지 치고 있다고 합니다."

"참말이냐?"

"제가 뭣 때문에 거짓을 말하겠습니까? 원주와 충주에서 장날 백성들이 보는 데서 볼기를 쳤다는 소문이 장안에 쫙 퍼져 있습니다."

"사실인가 보구나. 하면 조선 군사가 얼마나 되느냐?"

"아직은 모릅니다. 지방에서 모두 올라와 봐야 알지요."

"언제쯤이면 올라오겠느냐?"

"글쎄요… 열흘이 걸릴지 보름이 걸릴지…."

탈환불화가 고개를 끄덕였다.

잠시 후 진지한 표정으로 물었다.

"그건 그렇고 성문 밖 들판에 병사들이 훈련을 하고 있던데, 그건 언제부터 하는 것이냐?"

"몇 달은 족히 됐지요."

"몇 달? 무슨 훈련을 그리 오래 하느냐?"

"팔도 지방군을 모두 불러서 하다 보니 그렇게 된 겁니다."

"전국 병사들을 모두 다 한단 말이냐?"

"그렇습니다. 한꺼번에 하는 게 아니라 교대로 하는 것이니 결국엔 모두 다 하게 될 겁니다."

"그렇구나…. 하면 내가 오던 날은 어느 군이냐?"

"수시로 바뀌어서 확인해봐야 알 수 있습니다."

"진법을 제법 잘 펼치던데?"

"그것만으로는 어느 도인지 구분하기 어렵지요. 지방군도 그렇고 중앙군도 그렇고 모두 엇비슷해서…."

"허…."

탈환불화가 짧게 탄식을 했다. 비슷하다는 말은 지방군들도 모두 훈련이 잘돼 있다는 의미다. 조선에 와서 보니 자신이 생각했던 것들과 뭔가 많이 달랐다. 문득 김병언을 잡아두어야겠다는 생각이 들었다.

표정을 편히 하고 물었다.

"황실에 있는 자가 네 사촌이라고 했지?"

"그렇습니다."

"지난번에는 잘 보았느냐? 내가 황궁에 미리 연락을 해줬는데?"

"보았습니다."

김병언은 탈환불화가 미리 얘기를 해주었다는 말을 확인할 길은 없었지만, 사촌을 잘 만나고 온 건 사실이었다.

"내가 경사로 돌아가면 황제 폐하를 알현하고 네 사촌이 더 높이 될 수 있도록 도와주마."

"고맙습니다, 정사 어른…."

김병언이 넙죽 엎드렸다.

사촌의 지위가 올라가면 그 소식이 조정에도 전해질 것이고 그리되면 자신의 품계도 올라갈 수 있다. 어쩌면 말단을 면할 수 있을지도 모를 일이다.

탈환불화가 헛기침을 하고 말했다.

"하면 너도 황제 폐하를 위해 뭔가를 해야 하지 않겠느냐?"

"예? 제가요?"

"그렇게 놀랄 거 없다. 내가 개경이 초행길이라 모르는 게 많으니 언제든지 와서 묻는 말에 대답만 해주면 된다."

"무슨 말씀인지는 알겠는데 보는 눈이 많아서…."

"뭐가 걱정이냐. 염려되면 낮에 올 필요도 없다. 해가 진 후에 와서 술이나 한잔하고 가거라."

"…."

"허허, 누가 널 지켜보겠느냐."

"…."

김병언이 선뜻 답하지 못하고 머뭇거렸다.

탈환불화가 김병언을 다독이다가 역인에게 뭔가를 지시했다. 잠시 후 역인이 작은 비단 주머니를 가져왔다.

김병언에게 건네며 말했다.

"이걸 네 처에게 주어라. 다음에는 큰 상을 내리도록 하마."

주머니 안에는 은가락지 한 쌍이 들어 있었다.

열흘이 훌쩍 지나갔다. 그동안 조정 대신들은 탈환불화를 찾지 않았다. 단지 행수를 시켜서 임금의 환궁 소식을 차일피일 미루도록 했다. 김병언은 하루건너 한 번씩 순천관을 찾아왔고, 경위를 알 수 없이 연결된 여진 귀화인 몇 명도 수시로 방문했다. 행수는 매일 아침 일찍 윤소종의 집으로 찾아가 전날 있었던 일들을 상세히 보고했다.

탈환불화의 불평은 나날이 더 심해갔다. 부장도 마찬가지였다. 하지만 임금의 환궁 소식이 없으니 별다른 도리가 없었다. 화를 식힌다고 순천관 안을 돌면서 씩씩대다가 저녁이면 둘이 함께 술에 취했다.

윤소종이 방원을 찾았다.

"대군, 우리 뜻대로 된 것 같소. 김병언이 하루건너 은밀히 탈환불화를 찾고 있다 하오."

"하하, 결국 그렇게 됐습니다."

"그런데 귀화 여진인들 말이오…."

"예? 무슨 일이 있습니까?"

"무슨 일까지는 아니고, 그자들이 탈환불화의 염탐을 도와주고 있는 것 같다고 하는데, 큰 문제는 아니겠지요?"

"염려하실 일은 아닐 겁니다. 훈련이나 군적 점고가 사실인지 그런 걸 확인하는 것이겠지요."

"나도 그리 생각하는데, 그렇다면 오히려 귀화인들이 우리를 돕고 있는 게 아닐까 하오."

"하하하, 그렇습니다."

두 사람은 통쾌하다는 듯이 웃었다.

윤소종이 말했다.

"탈환불화가 매일 폭음을 하고 있다 하오."

"하면 때가 된 게 아닙니까?"

"나도 그런 생각이 들어서 온 것이오. 해서 내일 일을 벌일까 하는데 대군 의견은 어떠시오?"

"준비는 잘됐겠지요?"

"행수가 얼마든지 끌어낼 수 있다고 자신합디다. 하하."

대화를 마치자 윤소종은 서둘러 방원의 집을 나왔다. 풍저창을 점검하고 행수를 불러 다음 날 계획을 다시 한번 확인했다.

탈환불화는 화가 치밀어 뜰로 나왔다. 바람이라도 쏘이면 마음이 진정될까 싶었는데 살랑거리는 봄바람을 타고 꽃향기가 날아오자 다시 열이 올랐다. 문득 조선 예법에 그런 무례가 없다는 예빈시 판사의 말이 떠올랐다. 새빨간 거짓이다. 문득 임금께 병환이 났다는 말도 의심이 들었다.

'아무래도 이자들이 날 속이고 있는 것 같아…'

생각이 거기까지 미치자 가뜩이나 틀어진 속이 완전히 꼬였다. 불 끈 불기둥이 솟는 것 같았다. 사환을 불러 주안상을 올리라고 했다. 대낮부터 술을 마시는 게 체통은 서지 않지만 취한 김에 예빈시 판사든 누구든 불러 호통이라도 쳐야 속이 풀릴 것 같았다. 더는 참을 수가 없었다. 하루 이틀 미룬 게 벌써 며칠째인가. 부장을 불렀다. 부장이 불만 가득한 얼굴로 들어왔다.

잠시 후 사환이 음식을 가져오고, 행수가 따라 들어왔다.

부장은 행수를 보자 잘 만났다는 듯이 소리쳤다.

"행수!"

"예…"

행수는 순천관에 오래 봉직한 탓에 중국말을 잘했다.

"전하께서는 언제 환궁하시는가?"

"제가 어찌 알겠습니까."

"하면 누가 안단 말이냐!"

사실 행수가 답할 수 있는 일은 아니었다. 임금이 환궁하실 날짜를 사신관 행수가 어찌 알겠는가.

부장이 화가 난 얼굴로 탈환불화에게 말했다.

"정사 어른, 이거 뭐가 크게 잘못되고 있는 거 아닙니까? 열흘이 넘었는데 황제 사신을 이따위로 대접하다니요?"

"나도 생각이 있다."

탈환불화는 한마디 내뱉고 술잔을 가득 채워 단숨에 들이켰다.

"너도 마셔라."

"예!"

부장도 큰 잔에 술을 가득 따라 단번에 털어 넣었다.

행수가 두 사람의 안색을 살피면서 마치 비밀이라도 털어놓으려는 것처럼 목소리를 낮게 깔고 말했다.

"하면 말입니다."

"하면?"

"진봉산에 매사냥이라도 가면 어떻겠습니까?"

"매사냥을?"

"전하께서 언제 환궁하실지도 알 수 없고, 이 좋은 날에 사신관에만 있을 수도 없으니…"

탈환불화가 갑자기 쿵 소리가 나게 탁자를 내리쳤다.

"어찌 나가느냐! 네가 몰라서 하는 말이냐?"

술잔이 엎어지고 안주가 쏟아졌다. 행수가 놀란 표정을 하면서 황급히 사환을 불러 정리하도록 했다.

잠시 후 눈치를 살피면서 퉁명스러운 목소리로 말했다.

"아니 어찌 그리 역정을 내십니까? 하면 조선 백성 옷으로 갈아입고 나가면 되지 않겠습니까?"

"조선 백성 옷으로?"

"아니, 여태 그걸 모르고 계셨습니까?"

"처음 듣는 말인데 어찌 지금껏 말하지 않았느냐!"

"저야 정사께서 다 알고 오셨을 거라 생각했지요. 한데 정말 그걸 모르고 오셨습니까?"

행수의 능청맞은 다그침에 탈환불화가 쭈뼛거렸다.

"난 금시초문이다. 조선 백성 옷으로 갈아입는다는 말은…"

"허 참…. 관복 차림으로 나가면 어떻게 시전 청루靑樓에서 재미를 보겠습니까? 조선 사람처럼 옷을 입어야지…"

"청루?"

"아니, 그 유명한 개경 술집 청루를 못 들어보셨습니까?"

행수가 비웃듯이 되물었다.

"청루? 난 처음 듣는데? 거기가 좋은가?"

"좋다 뿐이겠습니까. 청루를 못 잊어서 다시 오겠다는 명나라 관료들이 얼마나 많은데요.”

“허…. 어찌 나는 못 들어봤을꼬?”

“답답하십니다. 옷을 갈아입고 나갔다면 누가 갈아입고 나갔다고 얘기할 것이며, 청루에서 밤이 새도록 놀았다면 누가 밤을 새워가며 놀았다고 얘기를 하겠습니까? 눈치가 빨라야지…. 다른 사신들은 다 알고 오던데.”

탈환불화가 기가 죽은 채로 물었다.

“어찌하면 되겠는가?”

“뭘 어찌합니까? 옷 갈아입고 나가면 되지. 다만 경사로 돌아가시면 목에 칼이 들어와도 관복을 벗고 놀이를 즐겼다는 말만 하지 마십시오. 하면 정사가 무얼 했는지 누가 알겠습니까? 어딜 가서 무슨 재미를 보든 모두 정사 맘대로지요.”

“허! 정말 다른 사신들이 다 그런다는 말인가?”

“당연하지요. 환관만 아니라면….”

“허…!”

탈환불화가 입을 벌리고 감탄했다. 자신은 초행길이라 몰랐는가 싶었다. 듣고 보니 이치에 맞는 말이었다. 누가 경사로 돌아가서 관복을 벗고 기생놀이를 즐겼다고 떠들고 다니겠는가. 자기 주변에 사신으로 다녀온 자가 없어서 그런 말을 듣지 못한 것 같다고 여겨졌다. 예빈시 판사를 부르니 어쩌니 했던 생각을 접고 행수의 말을 따르기로 했다. 부장도 좋다고 어깨춤을 췄다.

“지금 당장 가자!”

“안 됩니다.”

행수가 손사래를 치며 말렸다.

"무슨 소리냐! 옷을 가져오거라!"

"정사 어른, 기약도 없이 무작정 가면 정사께서 들어갈 방이 없습니다. 모처럼 작정하고 가셔서 술 취한 한량 패거리들 속에 끼였다가 올 작정이십니까? 흐드러지게 놀다 오시는 게 아니고요?"

"허…."

"그럴 수는 없지요. 제가 오늘 연락해서 내일 저녁에 갈 수 있도록 해놓을 테니 하루만 기다리십시오."

"허…. 알았다. 그럼 그러자꾸나."

탈환불화가 입맛을 다셨다. 갑자기 분위기가 좋아졌다. 이번에는 흥에 겨워서 술잔을 가득 채우기 시작했다. 부장이 싱글벙글 입을 다물지 못하고 좋아하다가 행수에게 술을 권했다. 행수는 몇 번 사양하다가 마지못해 한 잔 마셨다.

행수가 답례를 하듯이 말했다.

"하면 내일 낮에는 진봉산 언덕으로 매사냥이나 나가시지요?"

"매사냥? 좋지, 무얼 망설이겠느냐?"

"하면 들어보시지요. 순천관에서 진봉산까지는 반 시진(한 시간) 거립니다. 하니 아침에 출발해 진봉산 언덕에서 매사냥을 한 후에 점심을 드시고 오후에 순천관으로 돌아오면 될 텐데 그리하리까?"

"이를 말인가. 술안주도 준비하게."

"당연하신 말씀입니다. 하면 이목이 많으니 나가는 사람 숫자를 줄여야 합니다."

"몇이 좋으냐?"

"역인을 데리고 가시겠습니까?"

"행수도 같이 가는가?"

"제가 아니면 누가 매사냥꾼을 불러오겠습니까? 정사께서 결정을 내리시면 내일 아침에 진봉산으로 오라고 미리 연락을 놓을 겁니다."

"그리하게. 하면 심부름시킬 사환이 하나 있어야 하니 겸사겸사해서 역인을 데려감세."

"알겠습니다. 그러면 정사 어른과 부장, 저와 역인까지 모두 4명입니다."

"알았네."

"그리고 잡인들 눈을 피해 조용히 나가려면 말을 타고 가기가 꺼려집니다. 게다가 시전 거리도 구경을 하시려면…."

"걸어가세. 반 시진 거리라니."

행수는 콧노래를 부르며 방을 나왔다. 밤늦게까지 떠드는 소리와 웃음소리가 방문 밖으로 새어 나왔다. 행수는 윤소종에게 사람을 보내 계획대로 됐다고 알려주었다.

다음 날 아침, 짐꾼들이 식사거리와 술동이, 안주, 돗자리 등을 노새 등에 싣고 먼저 진봉산 언덕으로 출발했다. 탈환불화와 부장, 역인은 조선인 옷으로 갈아입고 사람들 눈을 피해 순천관을 빠져나왔다. 탈환불화는 어쩐지 의복이 맞지 않는 듯했다. 길을 걷던 중에 몇 번이나 옷매무새를 만지고 고정립(양반 모자)을 고쳐 쓰자 행수가 한 바퀴 돌면서 잘 맞는다고 추켜세웠다. 그런가 보다 했다. 아무려면 어떠랴. 사신관을 벗어나는 것만으로도 살 것 같지 않은가. 임금만 환궁하면 화려하게 차려입고 나갈 것이다.

탈환불화가 흥에 겨운 목소리로 말했다.

"오늘은 매사냥을 가고, 내일은 박연폭포에 가자."

"하하, 오늘 저녁에는 청루도 가야 합니다."

"여부가 있겠느냐. 내일 밤에도 가자."

두 사람 대화 중에 행수가 불쑥 끼어들었다.

"한데 모두 잘 들으시오."

"뭔가?"

"시전 거리에 가면 되도록 말을 하지 마시오. 사람들 사이에서 갑자기 명나라 말을 해대면 모두 쳐다볼 게 아니겠소. 굳이 시선을 끌어서 좋을 게 없다는 말입니다. 조용히 다녀오는 게 최고지요."

"알았다."

탈환불화가 고개를 끄덕했다. 일행은 순천관을 나와 광화문 앞에 당도했다. 임금이 없어서 그런지 궁궐 문이 닫혀 있고 한가해 보였다. 궁문을 지키는 병사들이 일행을 보고 아무런 반응을 보이지 않자 탈환불화는 문득 자신이 조선 사람 옷을 입고 있다는 걸 의식했다. 서둘러 지나갔다.

시전 거리에 들어섰다. 요동과 달리 집들이 낮았지만, 거리는 활기가 있어 보였다. 어떤 집은 전방塵房 안팎으로 여러 가지 차[茶]를 늘어놓았고, 어떤 집은 종이와 붓, 벼루 등 문구류를 늘어놓았다. 거울과 칠기, 빗과 부채, 노리개, 악기, 그릇, 중국에서 들여온 밀가루와 향료 등 그야말로 없는 게 없었다.

"저건 무슨 깃발인가?"

탈환불화가 한 집 대문 앞에 푸른 깃발이 걸려 있는 것을 보고 물었다.

"하하, 정사 어른 눈이 예사롭지가 않습니다."

"무슨 말이냐?"

"저게 어제 말씀드렸던 청루입니다. 알아보시려나 궁금했는데 역시 알아보셨습니다. 하하."

"저것이 청루라고?"

탈환불화의 물음에 부장과 역인이 슬며시 집 안을 들여다봤다. 곱게 차린 여자 하나가 마당을 지나갔다. 부장이 넋을 잃고 기웃거리자 행수가 나섰다.

"아침부터 청루를 기웃거리기는 좀 그렇소."

"하하, 그렇지."

부장이 아쉬운 듯이 입맛을 다셨다. 거리를 내려오는 동안 청색 깃발 몇 개가 더 꽂혀 있었다. 탈환불화는 은근한 호기심으로 좌우를 두리번거리던 중에 노야를 발견했다. 수레를 타고 순천관으로 갈 때는 보이지 않았는데 걸어오다 보니 눈에 띈 것이다. 노야 앞쪽으로 걸어갔다. 흘깃 안을 들여다봤다. 선인문 노야에서는 칼을 만들었는데 이곳에서는 창을 만들고 있다. 아직 나무 봉을 끼우지 않은 창날들이 노야 안쪽에 수북이 쌓여 있었다.

'가는 곳마다 병장기야…'

어이가 없다. 어찌 노야마다 농기구가 아니라 병장기를 만들고 있는가. 정말 왜구 때문인가. 왜구들은 기껏해야 몇십 명이거나 많아야 100, 200명이 배를 타고 오는데, 그런 적을 상대하려고 이렇게 많은 병장기를 만들고 진법 훈련을 한단 말인가. 이해할 수 없어 고개를 갸웃했다.

교차로 부근에 다다랐다. 탈환불화가 길을 건너려던 부장을 멈춰 세웠다. 어디에서 출발했는지는 모르나 양곡을 실은 우마차가 끝도 없이 이어지고 있었다.

"이게 다 뭔가?"

"군량미죠."

"군량미?"

"그렇습니다. 대의창에 보수가 필요해서 옮기는 겁니다."

"어디로?"

"선의문 밖에 창름을 새로 지었지요. 지난해 추수에 운송하지 못한 곡식이 조만간에 벽란도로 들어오는데, 대의창을 고치고 거기에 쌓을 겁니다."

행수는 묻지도 않은 말을 더하고 눈치를 살폈다. 행렬은 끝도 없이 꼬리를 물었고, 탈환불화는 넋을 놓고 바라봤다. 문득 부장이 길을 가자고 재촉했다. 그제야 퍼뜩 정신을 차리고 좌우를 살폈다. 우마차 간격이 잠깐 벌어지는 틈에 황급히 길을 건넜다.

당혹스러운 일은 거기서 그치지 않았다. 시전 교차로를 지나 철동마을에 들어서자 저만치 앞쪽에서 쇠마치 소리가 끊이지 않고 들려왔다. 탈환불화는 불과 일각도 전에 들었던 쇠마치 소리가 다시 들려오자 어찌 된 영문인가 싶어 물었다.

"이게 무슨 소리인가?"

"노야 쇠마치 소리지요."

"아까 시전 거리에도 있었는데 여기도 또 있는가?"

"시전 거리 노야는 비할 바도 아니지요."

"그래? 얼마나 대단하길래?"

"가보시면 압니다, 하하하."

행수가 너털웃음을 웃었다. 탈환불화는 들떴던 마음이 순식간에 가라앉았다. 시전 거리 노야에서 창날을 볼 때까지만 해도 그렇지는 않은데 군량미 우마차를 보고 흥이 떨어지다가 철동에 노야가 또 있다는 말에 입맛이 씁쓸해진 것이다. 가보면 안다는 행수의 말이 귀에 거슬려 발걸음을 재촉했다. 주변 풍경도 눈에 들어오지 않았다.

첫 노야 앞에 섰다. 놀라웠다. 넓은 좌대에는 세상 온갖 철 물건이 다 있는데, 농기구보다도 장칼뿐 아니라 기병이 쓰는 긴 창과 보군이 쓰는 짧은 창, 철구鐵鉤. 갈고리 창, 철렴鐵鎌. 낫 창, 활과 화살 등 병장기가 틈도 없이 빼곡히 진열돼 있었다. 옆집 노야도 마찬가지였다. 부장과 역인도 눈이 휘둥그레졌다.

탈환불화가 물었다.

"저걸 병사들이 사서 쓰는가?"

"요동에서는 나라에서 나눠 줍니까?"

"나라에서 나눠 주기도 하고 사서 쓰기도 하지."

"여기도 똑같습니다."

"…"

입을 닫았다. 진봉산 언덕까지 몇 마디 오가지 않았다. 무슨 생각을 하는지 탈환불화는 먼 산만 보고 걸었다. 언덕에 도착하니 노새를 부리고 온 짐꾼들이 자리를 펴놓았고 한쪽에서는 수할치(매사냥꾼)

가 매를 다루고 있었다. 탈환불화는 언덕 아래로 펼쳐지는 시원한 광경을 보자 답답했던 속이 뚫리는 듯했다. 문득 여기까지 와서 무슨 걱정을 하랴 싶었다.

"목이 컬컬하구나. 술부터 한잔 따라라."

"하하, 기다렸던 말씀입니다."

부장이 흥이 나서 술을 따랐다.

행수가 접시 가득히 음식을 담아내며 말했다.

"사냥길 안주에는 어교魚膠가 제일이지요."

"어교? 그게 뭔가?"

"하하, 어교는 풍천 지역에서만 만드는데, 민어 부레 속에 고기와 두부를 넣어 찐 순대지요. 여기 아니면 맛보기 어렵습니다. 한 점 드셔보시지요."

행수의 너스레에 탈환불화가 술을 벌컥벌컥 마시고 어교를 입에 넣었다. 아침을 먹은 지도 꽤 지났고, 걸어오느라고 시장기도 있었다. 부장도 거리낌 없이 술을 마시고 안주를 먹었다. 쌀로 빚어 잘 걸러낸 술은 맛이 좋은 데다가 독하지 않아 술술 잘 넘어갔다. 안주까지 맛이 좋고 입안에 가득 차니 뒷걱정도 되지 않았다.

"그 안주 일품이구먼."

"그렇지요? 옹진 녹두로 만든 부침개와 메밀묵도 드시고, 고려삼으로 만든 나물 안주도 드십시오. 매사냥하기 전에 취하시면 안 되니…."

"행수! 취하다니. 이 좋은 풍광에 진미 안주가 널렸는데 취하겠는가? 안 그렇습니까, 정사 어른?"

부장이 흥이 나서 묻자 탈환불화가 맞장구를 쳤다. 술동이를 비울 기세였다. 시장기를 채우듯이 마구 먹고 마신 탓에 배가 불러왔다.

　행수가 두 사람의 동정을 살피고 한쪽에서 기다리고 있는 수할치에게 손짓을 했다. 수할치는 털이꾼들을 언덕 아래로 내려보냈다. 털이꾼들이 준비를 마치자 수할치가 매를 팔에 올리고 탈환불화에게 다가갔다.

　"어른께서 하시겠습니까?"

　탈환불화는 기다렸다는 듯이 자리에서 일어섰다. 취기가 살짝 돌았지만, 몸을 못 가눌 정도는 아니었다. 요동에서도 틈만 나면 하던 게 매사냥이었다. 오랜만에 장갑을 끼고 매를 받았다. 눈 덮개를 열어주었다.

　"아주 잘생긴 매일세."

　조심스럽게 매를 살펴보고 쓰다듬었다. 매는 탈환불화를 낯설게 느끼지 않는 듯싶었다. 이윽고 언덕 아래에서 털이꾼들이 키 작은 수목이 널린 산비탈을 털자 꿩 한 마리가 푸드덕 날았다. 탈환불화는 익숙한 솜씨로 매를 훌쩍 들어 올렸다. 매는 더할 나위 없이 매끈하게 날아가 단번에 꿩을 낚아챘다. 감탄할 새도 없었다. 매가 눈을 쪼았는지 꿩은 저항도 못 하고 곤두박질쳤다. 긴장되는 순간이 짧은 게 오히려 아쉬울 지경이었다.

　"듣던 대로야. 조선 매가 최고지."

　부장과 역인도 감탄해서 입을 다물지 못했다. 수할치가 언덕 아래로 뛰어 내려가 꿩을 가지고 올라왔다. 다시 반대편 언덕에서 털이꾼들이 관목 사이를 털었다. 이번에는 토끼가 줄달음을 쳤다. 다시 매를 날렸다. 토끼가 좌우로 방향을 바꾸며 달리자 매도 이리저리 방향을 틀었다. 잡을지 놓칠지 모두 손에 땀을 쥐었다. 한순간 매가 발을 들이밀고 날개를 퍼드덕거리다가 이내 잠잠해졌다. 모두 흥미 가득한 눈으로 지켜봤다. 수할치가 언덕 아래로 내려가 토끼를 가지고 올라왔다. 이번에는 털이꾼들이 더 먼 곳으로 내려갔다. 기다리는 시간이 길어지자 다시 술자리가 시작됐다. 한바탕 흥분한 덕분에 술맛이 더욱 좋았다. 한 동이를 다 비우고 새로운 동이를 열었다. 부장이 빙그레 웃었다. 점심시간이 다 지나도록 탈환불화와 부장은 자리에서 일어날 생각을 하지 않았다.

시간이 많이 지났다. 지금쯤이면 교차로에 놀이패가 왔을 것이다. 행수가 놀이패 마당에 도착하기 전에 판을 거두지는 않겠지만 그래도 약속한 시간에는 얼추 맞춰야 한다.

"이제 관사로 돌아가야 합니다."

"허! 무슨 소리야. 해가 아직 중천인데 벌써 일어나는가? 안 그렇습니까, 정사 어른?"

부장이 아쉬운 표정을 지었다. 탈환불화는 껄껄 웃으며 있는 술은 다 마시고 가자고 했다. 잠시 후 털이꾼들이 멀리 아래부터 털면서 올라오자 다시 꿩이 날았다. 수할치가 번쩍 매를 날렸다.

탈환불화가 입술을 닦으며 말했다.

"행수!"

"예, 정사 어른."

"내게 조선 매를 한 마리 구해주겠나?"

"해동청을 말씀하십니까?"

"그렇지, 해동청."

"예빈시 판사께 말씀은 드리겠지만 시간은 걸릴 겁니다."

"괜찮네, 그리해주게."

탈환불화는 흡족해서 고개를 끄덕였다. 수할치의 매사냥을 눈으로 즐기며 술을 몇 차례 더 들이켰다. 마침내 술동이가 바닥이 나자 귀가 채비를 했다.

돌아가는 길은 흥겨웠다. 탈환불화는 자기도 모르게 콧노래가 나왔다. 금강산 유람은 아닐지라도 사신관을 나온 것만으로도 좋았다. 그렇다고 사신관이 부족한 곳이라는 뜻은 아니다. 원래 왕의 별궁이어서 궁궐과 비교해도 전혀 손색이 없었다. 뜰에는 정자가 두 군데나 있고, 정청 뒤편에는 낙빈정, 남쪽에는 청풍각, 북쪽에는 향림정이 풍광 좋게 자리를 잡고 구석구석 꽃과 나무로 꾸며져 있어 호사스럽다. 그러나 아무리 그렇다고 해봐야 결국 울타리 안이다. 이처럼 맛좋은 술에 안주를 곁들이고 풍광 좋은 산수를 제 발로 즐기며 유람하는 것과는 비교가 될 수 없다. 게다가 열흘은 갇혀 있었으니 말해 무엇하랴. 다시 철동 마을에 들어섰지만, 탈환불화는 진봉산 언덕으로 갈 때처럼 무거운 마음은 아니었다.

시전 교차로에 당도했다. 교차로 한쪽 공터에 사람들이 빙 둘러 뭔가를 열심히 구경하고 있다.

역인이 재빨리 살피고 돌아와 말했다.

"정사 어른, 놀이패인데 구경하고 가시지요?"

탈환불화가 어찌할까 머뭇거리는 사이에 무리 속에서 구성진 노랫

소리가 들려왔다. 부장이 대답도 듣지 않은 채 사람들 사이를 벌리고 자리를 만들었다. 탈환불화가 슬그머니 들어가 섰다. 역겨운 술 냄새가 풍기자 옆에 선 사람이 흘깃 쳐다봤지만 개의치 않았다.

소리꾼 노래가 계속됐다.

"천황제왕 지황제왕 북두제일 자손만덕 북두제이 장난원리 일광천자 월광천자 소산대산 산왕대신 청룡백호 산왕대신 삼신에게 복을 빌어 명도 주고 복도 주고 부모 형제 자손들에 만수무강 기원하니…"

구경꾼들이 한참 장단에 젖었을 즈음 갑자기 놀이패 우두머리로 보이는 자가 넉살 좋게 끼어들어 창을 막았다.

"아, 언제까지 타령만 늘어놓을 게야? 오늘도 저녁을 굶을 셈이냐?"

우두머리가 나뭇가지 작대기로 땅바닥을 두드리며 쫓아내는 시늉을 하자 소리꾼은 깜짝 놀랐다는 듯이 우스꽝스러운 몸짓으로 도망갔다. 우두머리는 사신관 행수로부터 일을 시작하라는 신호를 받고 창을 끊은 것이었다. 소리꾼도 이유를 알고 있어 바로 자리를 내주었다. 사람들은 놀이마당에 들어서는 우두머리와 쫓겨 가는 소리꾼의 익살맞은 행동을 보고 깔깔대며 웃었다.

우두머리가 말했다.

"자, 지금부터 악귀가 붙어 있는 백성을 찾아내 보기 좋게 쫓아줄 터이니 너희들이 보기를 원하느냐?"

"예!"

구경하던 사람들이 일제히 외쳤다. 말을 이해하지 못한 탈환불화와 부장이 영문을 몰라 좌우를 둘러보았다. 역인은 한 사람 건너에 서 있고 행수는 보이지 않았다. 무슨 일이 벌어지고 있는지 묻고 싶었지만, 무리 속에서 중국말을 할 수가 없었다. 놀이패가 흥을 돋우며 이야기하는 동안 몇몇 사람은 빙 둘러서 있는 구경꾼들을 살폈다. 이제 곧 저승사자로 분장한 광대가 어디선가 나타나 한 사람 뒤에 몰래 섰다가 그 사람을 놀라게 해서 붙었던 귀신이 떨어지게 할 작정이다. 그러면 사람들은 재미있다고 웃고, 귀신이 떨어진 사람은 자신이 소스라치게 놀란 것도 잊고 고맙다고 한 푼을 건넨다. 저승사자 광대는 한 푼이라도 건지기 위해 돈 있어 보이는 양반 곁에 선다. 구경꾼들은 양반 사대부를 놀리니 재미있고, 놀이패는 한 푼을 건질 수 있어서 좋은 것이다.

'복채를 낼 사람이 누구일까?'

놀이를 아는 사람들이 주변을 살피는 사이에 북과 꽹과리가 요란하게 울렸다. 몸이 날랜 놀이패 두 사람이 나와 재주를 부렸다. 한순간에 어깨 위로 목말을 타기도 하고 뒤로 넘기도 하고 북소리 꽹과리 소리가 요란해질수록 신기한 재주가 펼쳐졌다. 사람들의 넋이 나갔다. 놀이패가 한바탕 놀다가 땀으로 흠뻑 젖을 때쯤 귀가 멍하게 울려대던 북소리 꽹과리 소리가 점점 작아지면서 마침내 재주부리기가 끝났다.

어느 틈인가 행수가 탈환불화 뒤에 섰다. 그러자 저승사자 광대가 가면을 뒤집어쓰고 슬그머니 탈환불화 옆으로 접근했다. 흑칠 얼굴에 눈코입이 험악하게 뚫리고 삼으로 꼬아 붙인 머리카락을 주렁주렁 늘어뜨리고 있어 아무리 간 큰 사내라 해도 기절할 만큼 모습이 기괴했다. 좌중이 갑자기 조용해졌다. 하나둘 사람들의 시선이 탈환불화를 향했다. 곧이어 벌어질 충격적인 상황을 예감하고 누군가가 킥킥거렸다. 저승사자 가면놀이의 재미는 귀신을 달고 있는 자가 얼마나 크게 놀라는지에 달렸다. 긴장된 순간이었다. 탈환불화는 이상한 느낌이 들었다. 뭔가에 이끌리듯이 고개를 옆으로 돌렸다. 흉악하게 생긴 귀신이 바로 자기 옆에 있었다.

"티엔나!(어이쿠!)"

놀라서 몸을 가누지 못하고 뒤뚱거리다가 쓰러졌다. 사람들은 허둥대는 탈환불화를 보고 깔깔거리고 웃었다. 깜짝 놀란 역인이 탈환불화를 일으키려고 달려들고, 그와 동시에 부장의 주먹이 저승사자 가면 얼굴로 날았다. 말을 알아듣지 못해 놀이를 모르니 해코지로 여긴 것이었다.

"허, 사람을 친다!"

놀이패는 느닷없이 날아온 주먹을 피하지 못해 된통 얻어맞고 쓰러졌다. 가면이 벗겨지고 코에서 피가 흘렀다. 광경을 보고 있던 놀이패 둘이 부장에게 달려들었다. 부장은 만만치 않았다. 술기운이 오른 것인지, 아니면 원래 기운이 센 것인지 장정 둘을 내동댕이치고 쓰러진 놀이패를 다시 패기 시작했다. 장정 둘도 다시 일어나 달려들었다. 싸움을 마다할 놀이패가 아니었다.

"훈딴!(개자식!)"

부장이 욕을 내뱉었다. 놀자고 벌인 자리가 순식간에 싸움판으로 변했다. 피가 튀고 사람들이 우르르 뒤로 물러섰다. 엎치락뒤치락하고 있을 때 어디선가 포졸들이 나타나 곤봉을 내리치며 싸움을 말렸다. 부장을 떼어놓고 물었다.

"왜들 이러는가?"

"아, 이자가 저승사자놀이를 하는데 느닷없이 주먹질을 하잖수…."

"…."

포졸이 부장의 얼굴을 빤히 살폈다.

"대낮부터 술이 취했구먼?"

"…."

"아니, 복을 내려주겠다는데 주먹질하는 놈은 난생처음이요."

놀이패가 분해하자 포졸이 곤봉을 흔들며 말했다.

"모두 포청으로 가서 얘기하자. 앞서거라."

"…."

상황이 다급하게 돌아갔다. 행수가 뒤에서 지켜보고 있다가 한순간에 앞으로 나서서 포졸을 가로막았다.

포졸들이 행수를 알아보고 꾸뻑 인사했다.

"행수 어른께서 어인 일이십니까?"

"무슨 일인가? 이분들은 내 손님일세. 어쩌다 이 지경이 됐는지 모르겠네만 내가 알아서 하려니 그만 가보시게. 저기 다친 패는 나를 찾아오음세. 내가 변상을 하겠네."

바닥에 뒹굴던 놀이패가 주섬주섬 일어나 몸을 털었다. 얼굴이 피투성이였다. 탈환불화와 부장은 자신들이 벌인 상황을 퍼뜩 깨달았다. 둘러싼 사람들의 시선에 원망과 비난이 섞여 있었다.

포졸이 말했다.

"행수 어른, 놀이패가 저렇게 피떡이 됐는데 쉽게 무마가 되겠습니까요."

"하니 나를 찾아오라 하지 않는가?"

행수가 위엄 있는 목소리로 말했다. 탈환불화와 부장은 풀이 죽었다. 순식간에 놀이판이 깨지고 사람들은 흩어져 제 갈 길로 갔다. 순천관으로 돌아오는 내내 두 사람은 아무 말도 하지 않았다.

저녁 시간이 돼서 행수가 탈환불화 방을 찾았다. 탈환불화는 교차로에서 소란이 일어난 것을 사과했다. 술이 깬 듯싶었다. 행수는 놀이패 상황이 무엇이었는지를 설명하고 씁쓸하다는 듯이 한마디 덧붙였다.

"복놀이가 싸움으로 끝났습니다."

"…"

"그래도 그만하기가 다행 아닙니까. 정사께서 다치지 않으셨으니."

"…"

탈환불화는 아무 말도 하지 않았다. 복을 주자고 벌인 마당놀이가 자기 때문에 망친 꼴이 됐다는 것을 알게 됐다. 모든 잘못이 탈환불화와 부장에게로 돌아갔다.

조선 사람 옷으로 갈아입고 신이 나서 나섰던 매사냥은 그렇게 끝이 났다. 그 후로 청루나 박연폭포, 금강산 얘기는 나오지 않았다.

태조가 온천에서 돌아왔다. 그날 밤 윤소종과 방원이 임금을 찾아가 그간에 있었던 일들을 소상히 아뢰었다. 행수가 탈환불화 곁에서 살핀 일거수일투족까지 포함돼 있었다.

"너희들이 정말 수고가 많았다. 한데 군적 점고는 어찌 돼가느냐?"

"예, 전하. 팔도에서 조사한 결과가 모두 올라왔사옵니다. 조만간에 어전 회의를 열어 전하께만 아뢰는 것으로 하고 숫자는 공개하지 않겠사옵니다."

"탈환불화에게 전달이 되겠느냐?"

"전달될 것이옵니다."

"그래⋯. 하면 우리 군을 얼마로 했느냐?"

"전조보다 더 늘어났다고 하는 것은 무리이옵니다. 해서 마병과 보군 15만에 수군 5만을 포함해서 합계 20만 명으로 했고, 유역자有役者. 예비군는 10만으로 했사옵니다."

"잘했다."

태조가 만족해했다.

방원이 나섰다.

"하온데 아바마마⋯."

"말해보거라."

"그자가 아바마마께 올린다고 각궁을 가져왔다 하옵니다."

"각궁을?"

"그렇사옵니다. 수우각(물소 뿔)으로 만든 각궁角弓 두 장張을 가져왔사온데 그 의미가 심히 오만방자하옵니다."

"무슨 뜻이냐?"

"그자가 각궁을 바치는 것은 예전에 아바마마께서 동북면에서 말타던 시절을 떠올리려는 의도가 아니겠사옵니까?"

"그렇겠지."

"감히 아바마마께 옛 시절을 떠오르게 하려는 의도가 무엇이겠사옵니까? 아바마마께 옛 시절을 상기시키고 자신은 황제 사신이라는 사실을 은연중 드러내려는 것이 아니겠사옵니까?"

"건방진 놈…. 하면?"

"예빈시 판사가 각궁을 올리면 물리치시옵소서."

"그래?"

태조가 의외라는 얼굴을 하자 윤소종이 끼어들었다.

"그렇사옵니다, 전하. 판사가 각궁을 올리면 하찮은 물건 취급을 하시옵소서. 하오면 전하께서 물리치신 사실이 탈환불화 귀에 들어갈 것이옵니다."

방원이 말을 이었다.

"하옵고, 아바마마께서 그자를 바로 인견引見, 불러서 봄치 마시옵소서."

"그래도 괜찮겠느냐?"

"그자는 마당놀이에서 망신을 떤 덕분에 끈 떨어진 갓이 돼서 주눅이 들어 있사옵니다. 아바마마께서 환궁하시고도 부르지 않는다면 조선 땅에 하늘이 바뀌어 있는 사실을 제대로 깨닫게 될 것이옵니다."

"일리가 있다. 각궁도 물리치고 바로 인견치도 말라…."

태조가 고개를 끄덕였다. 환궁했지만 부르지도 않고, 각궁까지 하찮은 취급을 한다면 그자는 자신의 지위를 제대로 깨닫게 될 것이다. 생각만 해도 흐뭇했다.

"너희들이 수고가 많았다."

"황공하옵니다."

다음 날 아침, 조정 회의가 열렸다. 임금이 여러 날 동안 궁궐을 비워서 대소신료가 모두 모였다. 온천 행차가 어떠했는지 덕담을 나누고 회의를 시작했다.

맨 먼저 좌시중이 말했다. 남해에 왜구가 빈번히 출현하고 있어서 침구 조짐이 있으니 상당한 조치가 있어야 한다는 것과 중국과 진행 중인 소[牛] 무역의 진행 상황을 아뢰었다.

다음으로 예빈시 판사가 고했다.

"전하께서 온천으로 행차하신 후에 명나라 사신이 개경에 도착해서 전하의 알현을 기다리고 있사옵니다."

"알고 있다. 지금은 피곤해서 며칠 후에 날을 정해주겠으니 우선은 음식을 내려주도록 하거라."

"그리하겠사옵니다. 하옵고 사신이 각궁 두 장을 바쳤사온데 어찌하오리까?"

"각궁을 가져왔어?"

"예, 물소 뿔로 만든 것이옵니다."

태조가 시큰둥한 표정을 했다.

"내가 말 타고 달리는 장수도 아닌데 지금 그걸 받아서 무엇에 쓰겠느냐? 알았다고 전하거라."

"…"

신료들은 다음 말을 기다렸다. 하지만 태조는 아무 말도 덧붙이지 않았다. 당황스러웠다. 평소라면 누구에게 하사한다는 말을 했을 텐데 다음 명을 내리지 않은 것이다. 각궁이 주인을 만나지 못하면 어떻게 되는가? 임금의 물건이니 누구도 함부로 손을 댈 수 없고, 굳이 임금이 다시 찾지 않는다면 왕실 창고 어딘가에 처박혀 있다가 쓸모없는 물건으로 전락하게 될 것이다. 하나 그건 다음 문제다. 임금이 사신의 선물을 탐탁지 않게 여기는 것은 사신을 모욕하는 의미가 들어 있는 것이다.

임금에게서 다음 말이 없자 편전 안에 묘한 기운이 돌았다.

잠시 후 예빈시 판사가 고두叩頭, 머리를 조아림를 올리고 아뢰었다.

"명대로 따르겠사옵니다, 전하."

임금이 알았다고 전하라 했으니 판사가 답을 안 할 수는 없다. 이도 저도 아닌 애매한 모습으로 각궁 처리가 끝났다.

이어 친군위 절제사가 아뢰었다.

"전하, 병조에 군적 점고가 끝난 것으로 알고 있사옵니다. 친군위 배속을 재정비하려면 각 지방의 군사 숫자를 정확히 알아야 하오니 점고 결과를 밝혀주시옵소서."

"그렇구나. 병조전서는 말해보거라. 점고 결과가 어찌 됐느냐?"

병조전서가 우물쭈물하다가 마지못한 듯이 답했다.

"전하, 점고 결과는 전하께 먼저 아뢴 후에 공개 여부를 결정토록 하겠사오니 윤허해주시옵소서."

"그래?"

임금의 다음 말이 나오기 전에 절제사가 끼어들었다.

"전하, 점고 결과를 모르면 어찌 친군위 병사 배속을 옳게 하겠사옵니까? 하오니 결과를 밝히도록 명해주시옵소서."

"전하, 그럴 만한 사정이 있사오니 공개 여부는 전하께 아뢴 후에 결정토록 윤허해주시옵소서."

병조전서가 같은 말을 반복했다. 모두의 시선이 병조전서를 향했다. 신료들은 이해할 수 없다는 표정을 지었다. 점고를 밝히지 못할 사정이라니? 세상에 군적 점고를 밝히지 못할 사정이라는 것도 있나? 신료들이 고개를 갸웃하고 의아해하던 중에 병조전서가 다시 한번 간곡히 아뢰었다.

태조가 묵묵히 듣고 있다가 말했다.

"알겠다. 과인이 먼저 듣고 결정할 것이니 모두 그리 알라."

임금의 한마디로 정리가 됐다. 조정 회의가 끝나고 전각을 나오자 신료들이 병조전서에게 비아냥거리듯이 항의했다. 병조전서는 젊은 신료들 때문에 밝힐 수 없다고 알쏭달쏭하게 답을 하고는 임금의 명을 기다려보자면서 곤경에서 빠져나갔다.

"각궁을 쓰레기 취급을 하다니!"

탈환불화가 길길이 뛰었다. 임금이 황제 사신인 자신을 모욕한 것이다. 분에 못 이겨 터질 듯하던 순간 문득 스치는 생각이 있었다. 자신이 계략에 빠진 게 아닐까 하는 의구심이었다. 아무리 생각해도 이럴 수가 없는 거다. 자신이 온다는 연락을 받고도 임금이 하루 전에 온천으로 떠난 것도 그렇고, 하루 이틀이면 환궁한다던 임금이 보름 가까이나 행차를 한 것이나, 사신을 맞이하는 일에 무례가 없다는 예빈시 판사의 말을 믿고 순천관에 머물렀건만 병조전서가 다녀간 이후로는 아무도 자신을 찾지 않은 것, 그 귀한 각궁을 버릴 물건 취급을 했다는 것 등을 곰곰이 생각해보면 온전한 일이 하나도 없는 것이다.

그뿐인가.

'행수 놈은 대체 어딜 갔다가 뒤늦게 나타난 거야?'

마당놀이 싸움이 자신으로 인해 벌어진 것 같아 말을 하지는 못했지만, 행수가 일부러 자리를 비웠던 게 아닌가 하는 의심까지 일었다. 종일토록 방 안을 서성거렸다. 자기 생각이 맞는지 그른지, 어떻게 할 것인지를 고민했다.

하지만 거기서 끝이 아니었다. 오후에 예빈시 참의(정삼품 벼슬아치)가 와서 전한 말은 탈환불화 자신을 더욱 비참하게 만들었다.

"전하께서 환궁은 하셨지만, 지금은 몸이 피곤하시니 며칠 후에 알현할 날짜를 알려줄 것이오. 하니 그리 알고 기다리시오."

임금이 환궁했으면 알현할 날짜를 바로 알려주면 되지, 며칠 후에 알현할 날짜를 알려준다는 건 또 뭔가. 세상에 이런 기약도 있나? 보름이 넘도록 기다렸는데? 탈환불화는 자신이 농락당하고 있다고 결론을 내렸다. 속이 부글부글 끓고 분노가 치밀어 올랐다. 불현듯 조선에서는 아무런 해결 방법이 없다는 걸 깨달았다. 뭔가를 기대하는 것 자체가 의미 없는 짓이었다. 환멸이 느껴졌다. 경사로 돌아가 복수하리라 하고 어금니를 악물고 주먹을 불끈 쥐었다.

밤이 어둑해서 김병언이 왔다.

"점고 결과를 가져왔느냐?"

"정사 어른, 그게 좀 곤란하게 됐습니다."

"무슨 말이냐? 곤란하다니?"

"정랑이 점고 문서를 모두 감췄습니다."

"뭐라고? 문서를 감춰?"

"예, 지방에서 점고 결과가 다 올라와서 이제 합산만 하면 되는데 갑자기 문서를 감춘 겁니다."

"눈치를 채고 그런 것이냐?"

"그건 아닌 것 같습니다. 짚이는 게 있는데, 어전 회의에서 저희 전서께서 신료들에게 점고 결과를 밝힐 수 없다고 했답니다."

"그건 또 무슨 말이냐? 밝힐 수가 없다니?"

"저도 사정은 잘 모르겠습니다만 그것 때문에 감춘 게 아닌가 싶은데, 그거 말고는 다른 이유가 없습니다."

"제대로 찾아보기는 했느냐?"

"당연히 찾아봤지요. 제가 어제 병조 창고 일로 자리를 비웠는데 그때 정랑이 가져갔나 봅니다. 문서를 보려고 잠깐 가져간 줄 알았는데 지금 와서 보니까 그게 아닌 것 같습니다."

"낭패로구나…."

탈환불화가 난감한 표정을 지었다. 염탐꾼들을 통해서 이것저것 수집하기는 했지만 역시 가장 중요한 건 군적 점고 결과였다. 일이 순조롭게 진행되고 있어 안심하고 있었는데 이게 웬 날벼락인가. 김병언이 거짓말을 한다는 생각은 들지 않았다. 오히려 점고 결과가 어떻기에 이런 일이 생긴 건지 의문이 생겼다. 다른 방도가 떠오르지 않아 김병언에게 다시 한번 잘 찾아보라고 다독였다. 점고 결과 없이는 떠날 수 없다. 막막하기만 해서 경사로 돌아갈 날이 얼마나 늦어질지 가늠할 수가 없었다.

다음 날 아침, 여진 염탐꾼이 순천관을 찾았다. 탈환불화는 간밤에 김병언에게 들은 말이 귓가에 맴돌아 지푸라기라도 잡고 싶은 심정이었다. 평소와 달리 아침부터 염탐꾼이 왔다는 말에 '뭔가 있구나' 싶어 얼른 들라 했다.

염탐꾼은 자리에 앉자마자 도성 안에 떠도는 소문을 말했다. 병조전서가 어전 회의에서 군적 점고 결과를 밝힐 수 없다고 했는데, 그 이유가 조선군 숫자가 너무 많아서 그랬다는 것이었다.

탈환불화가 눈을 동그랗게 뜨고 물었다.

"병사 숫자가 많아서 공개를 못 하다니 그게 말이 되느냐?"

"왜 아니겠습니까? 조정에 젊은 신료들이 명나라를 치자고 불끈불끈하고 있는데, 거기에다가 군사 숫자가 많은 걸로 점고 됐다고 하면 전쟁이 나지 않겠습니까. 그래서 밝힐 수가 없다고 했다는 겁니다."

"허…. 그 말이 사실이냐?"

"장안에 소문이 쫙 퍼졌습니다. 예사롭지 않아서 아침부터 정사께 달려온 겁니다."

"…."

할 말이 없었다. 김병언의 말과 장안의 소문이 아귀가 맞는 것처럼 보였다.

'대체 그 숫자가 얼마이기에?'

김병언은 다시 한번 찾아보라는 탈환불화의 말에 따라 다른 날과 달리 아침 일찍 집을 나섰다. 병조전에 도착해 아무도 등청하지 않은 것을 확인하고 평소에 관심을 두지 않았던 함까지 샅샅이 열어보았다. 실망스러웠다. 신기할 정도로 점고 문서는 단 한 장도 남아 있지 않았다. 정랑이 작정하고 치운 게 확실했다. 대체 무슨 짓을 한 건지, 어찌해서 정랑은 며칠째 코빼기도 볼 수 없는지 의문스러웠다.

정랑은 김병언을 병조 창고에 보내놓고 그 틈에 점고 문서를 모두 싸 가지고 나왔다. 그리고 병조전에는 가지 않고 사람을 시켜 김병언의 동정만 살폈다. 다음 날, 김병언이 종일 안절부절못하고 있다가 늦게 퇴청한 후에 은밀히 탈환불화를 찾아간 사실을 확인했다. 두 사람 간에 무슨 말이 오갔는지는 알 수 없었다. 그런데 놀랍게도 김병언이 오늘 아침 일찍 등청해서 병조전을 샅샅이 뒤진 사실을 순검을 통해서 알게 됐다. 정랑이 가늘게 웃었다. 김병언이 점고 문서를 찾았던 게 분명했다.

정랑은 병조전서를 찾아가 며칠간 있었던 일을 설명하고 김병언에게 문서를 넘겨주겠다고 했다. 전서도 흔쾌히 허락했다. 탈환불화를 개경에 오래 머무르게 할 이유가 없어서다. 오래 머물수록 그동안 벌인 일들의 실체가 드러날 뿐이다.

김병언은 오전 내내 풀이 죽어 있었는데 오후 늦게 등청한 정랑이 자신을 부른다는 전갈을 받았다. 화들짝 놀라 정랑의 집무실로 달려 갔다.

정랑은 아무런 내색 없이 물었다.

"전서께서 등청을 하셨더냐?"

"저는 못 뵈었습니다."

"그렇구나. 하면 나는 지금 예조전서를 뵈러 갈 것이니 내가 없는 동안에 전서께서 오시면 이걸 드려라. 절대로 남에게 보여줘서도 안 되고, 함부로 펼쳐 놓고 다녀도 안 된다. 알겠느냐?"

"알겠습니다."

김병언은 가슴이 쿵쾅거렸다.

정랑은 다시 한번 다짐을 받고 서책 보따리를 건네주었다. 김병언은 보따리를 안고 자리로 돌아왔다. 가슴은 여전히 쿵쾅거리고 손이 덜덜 떨렸다. 사람들의 눈을 피해 보따리를 풀었다. 점고 문서들은 그대로 있었다.

그날 밤, 김병언이 탈환불화를 찾았다. 두근거리는 가슴을 진정시켜가며 점고 결과가 왜 사라졌었는지 이유를 설명했다. 그리고 정랑이 자신에게 문서 보따리를 맡긴 것은 그간에 함께 일을 한 덕분에 믿어서 그런 거라고 덧붙였다. 그리고는 품에서 종이를 꺼내 건넸다.

탈환불화가 조심스럽게 펼쳤다.

'경기좌우도와 양광도, 경상도, 전라도, 서해도, 교주도, 강릉도 등 8도에 마병, 보군과 기선군騎船軍 합계 20만 800여 명, 향리, 역리와 여러 유역자 10만 500여 명.'

뜨끔했다. 다시 찬찬히 들여다보고 물었다.

"20만…. 조선군이 이렇게 많으냐?"

"점고한 것을 아시지 않습니까."

"그렇기는 하지. 그런데 기선군은 뭐냐?"

"왜적을 막는 군사인데 수군도 포함돼 있습니다."

"왜적을…. 그 수가 얼마나 되느냐?"

"5만입니다."

"하면 마병, 보군이 15만이라는 것이구나?"

"그렇습니다. 아, 제가 그걸 따로 적지 않았군요."

"됐다. 안 적어도 된다."

"그런데 정사 어른…."

"뭐냐, 말해보거라."

"다름이 아니라 지금 우리 병조에서 군적 숫자를 공개하지 않고 있어 정사께 이걸 드린 게 발각 나면 저는 바로 참형이옵니다."

"걱정 말거라. 발각 날 까닭도 없지 않느냐? 경사로 돌아가면 황제 폐하께 후히 상을 내려달라고 아뢸 것이다. 네 피붙이에게도 부귀영화를 내려주고…."

탈환불화는 김병언을 안심시키고 밀서를 접어두었다. 역인을 시켜 준비해두었던 선물을 가져오게 했다. 김병언은 사양치 않고 넙죽 받았다.

그로부터 사흘 후 조정에서 알현할 날짜를 알려왔다. 마침내 약속한 날이 되자 탈환불화가 입궐해서 임금께 예를 올렸다. 임금은 상투적인 인사말만 하고 일절 아는 체를 하지 않았다. 분위기가 엄숙하게 흘렀다.

상대를 제압하는 듯한 태조만의 근엄한 표정이 한몫을 했다. 탈환불화는 옛이야기를 꺼낼 상황이 되지 못함을 느끼고 황제가 여진 귀화자를 돌려보내라는 명을 내렸다는 말만 아뢰었다. 태조는 수고했다고 선물을 내리고 물러가도록 했다. 그가 임금을 알현한 시간은 일각의 반도 채 되지 않았다. 다음 날, 탈환불화는 아침 일찍 개경을 떠났다.

탈환불화가 경사로 돌아가고 며칠이 지나자 태조가 군적 점고 결과를 공개하라고 명했다. 병조전서는 이전에 보였던 불안한 모습을 보이지 않았다. 점고 결과 조선군은 마군과 보군, 기선군을 합해 20만이 넘었다.[26]

예상보다 많은 숫자에 신료들은 깜짝 놀랐다. 그 숫자는 슬그머니 궁궐 담을 넘어 백성들에게까지 알려졌다. 그러나 병조전서가 우려했던 것처럼 전쟁 주장은 나오지 않았다.

세종이 다른 날보다 조금 일찍 연화방에 도착했다.

숙배를 올리고 자리에 앉자 태종이 물었다.

"생각해볼 것이 좀 있었소?"

"어찌 그리 말씀을 하시옵니까, 아바마마. 소자는 무엇 하나 놓치지 않으려고 애를 쓰고 있사옵니다."

"하하, 그러시오?"

"오늘은 궁금한 것이 있어 조금 일찍 왔사옵니다."

"말씀해보시오."

"탈환불화 그자가 황제께 20만 군을 고했사옵니까?"

---

26 《태조실록》 2년(1393년) 5월 26일 기사에 조선 군사는 마병과 보군, 기선군을 합해 20만 800명이고, 유역자가 10만 500여 명이라고 기록돼 있다.

"하하, 사실 그게 가장 궁금한 일이지요. 그자가 뭐라고 고했을지, 그래서 황제가 어떻게 반응했는지 말입니다."

"밤새 그 궁금증이 머리에서 떠나지 않았사옵니다."

"그랬을 것이오. 탈환불화가 뭐라 고했는지는 모르겠지만 조선군이 20만이라거나 군기가 잘 다듬어져서 함부로 넘볼 수 없다는 말은 확실히 전한 것 같소."

"그렇사옵니까?"

"그자가 돌아가고 얼마 후에 내려온 황제 칙서에 조선을 침략하는 일은 하지 않겠다고 했지요. 갑자기 그런 말을 하면서 우리를 달래려고 한 걸 보면 분명히 전해진 게 아니겠소?"

"황제가 포기를 했군요."

"그럴 수밖에 없었을 겁니다. 조선군이 20만이라고 했다면 명나라가 군사는 얼마가 있어야 합니까?"

"다섯 배라 하셨으니 100만 대군이 아니옵니까."

"그렇지요. 하니 100만 대군은 어찌 모으고 백성은 또 얼마나 동원해야 하겠습니까? 하니 우리로서는 위계가 성공한 셈이지요."

"훌륭한 반간계反間計이기도 하옵니다."

"맞소. 적국에서 보낸 간자를 속인 셈이니 반간계라고 할 수 있지요. 그런데 문제는 고황제가 모든 게 자기 뜻대로 되지 않으니까 공연히 패악을 부리기 시작했다는 것이오."

"패악이라 하오면?"

"황제가 우리 사신을 경사에 못 들어오게 막은 겁니다."

"허…."

"우리는 조공으로 명나라에 가서 신문물을 가져오지 않았소?"

"그렇사옵니다. 남송南宋의 문물[27]이 특히 필요하옵니다."

"황제가 그걸 알고 막은 겁니다."

"아…. 소자는 그런 일이 있었는지 몰랐사옵니다."

"오래된 일이고, 황제의 분이 풀릴 때까지 잠깐 있었던 일이니 몰랐을 게요. 누가 지금 주상에게 그런 얘기를 해주겠소?"

"하오면 우리 사신을 못 들어오게 막은 게 탈환불화의 반간계와 관계가 있사옵니까?"

"정황상 그렇게 볼 수밖에 없지요. 요동에서 우리 사신을 못 들어오게 막기 시작한 게 탈환불화가 개경을 떠난 지 두 달 만이었소. 따져보자면, 그자가 경사까지 가는 데 한 달은 걸렸을 것이고 경사에서 요동으로 나오는 데 또 시일이 걸렸을 테니 날짜를 비교해보면 딱 들어맞지요."

"그렇습니다."

"날짜도 그렇지만 탈환불화의 계주 말고는 갑자기 우리 사신의 출입을 막을 만한 이유가 없었다는 겁니다. 하니 탈환불화가 얼마나 모함을 했을지 알 만하지 않소."

"분하게 생각하고 돌아갔으니 어땠을지 짐작이 가옵니다."

"우리 조선을 깔보고 군세나 염탐하러 온 자를 그냥 둬야 하는 것도 아니지요. 용간은 죽느냐 사느냐의 전쟁입니다."

"이제는 소자도 그리 생각하옵니다."

---

27 당시의 신학문인 주자학이나 세종이 받아들인 강남 농법 등을 가리킨다.

"다행이오. 한데 그 일이 있고 얼마 후에 엉뚱하게도 우리 사신이 반송장이 돼서 돌아온 일이 있었소."

"예? 하면 들어오지 말라는 명을 어겨 그리된 것이옵니까?"

"그건 아닙니다. 사은사로 갔던 이염李恬이 매질을 당했는데, 염은 탈환불화가 개경에 오기 전에 경사로 들어갔으니까 사신 출입을 금하지 않았을 때 갔지요."

"하면 이유가 무엇이옵니까?"

"어이가 없지요. 탈환불화의 계주가 있자 황제가 화가 난 게요. 해서 분풀이를 하고 싶었던 차에, 염이 조정 회의에 있는 걸 보고 앉아 있는 자세가 마음에 들지 않는다고 트집을 잡아 몽둥이로 팬 것이요."

"허, 자세를 트집 잡아…."

"세상에 그런 경우는 없소. 고황제 자신이 전조에 내린 금인金印. 금도장을 반납하고 조선이란 국호를 내려줘 고맙다고 답례로 찾아간 사신을 몽둥이로 팼으니 말이요."

"…."

"그런데 더 어이없는 일은, 이염이 죽지 않고 살아나니까 고황제가 말을 타지 못하게 하고 걸어서 돌아가게 했다는 것이요. 그게 황제가 조선에 대해 품고 있던 본심이 아니었겠소? 군사를 동원해서 치자니 너무 강하고, 그냥 놔두자니 속이 끓고…."

"하…."

"만일 반간계가 성공하지 못했다면 황제는 우리를 치고도 남았을 것이요. 이것이 왕가인이 전쟁을 막았다고 한 이유인데, 나라를 지키고 백성을 돌보는 일은 조정 회의만으로 되는 게 아닙니다."

태종이 세종을 바라봤다. 세종은 아버지의 눈길을 의식하고 고개를 숙였다. 무거움을 느꼈다.

잠시 후 마음을 가다듬고 말했다.

"하오면 언제부터 다시 명나라에 들어갈 수 있게 됐사옵니까?"

"음…."

태종이 반쯤 감은 눈으로 먼 곳을 바라보았다. 마음속 깊은 곳에 담아두었던 옛 생각을 떠올리는 것 같았다.

"그게 말이오…."

"…."

"탈환불화가 돌아가고 난 후에 또 다른 사신이 칙서를 가지고 왔는데, 그 칙서에는 엉뚱한 말이 가득했소. 국호를 고쳐줬는데 아무런 답도 없다 하고, 우리가 요동 장수들을 금은 비단으로 꾀려 했다 하고, 자기들은 병장기를 녹여 농기구를 만들고 있는데 조선은 농기구를 녹여 병장기를 만들고 있다고 비난을 한 것이오."

"사신을 못 들어오게 막아놓고 답이 없다는 건 앞뒤가 안 맞지 않사옵니까?"

"그렇지요. 그경에 내려온 황제 칙서는 일관성 없이 왔다 갔다 했소. 어쨌든 당시에 할아버님께는 걱정거리가 하나 있었는데…. 주상은 황제에게 조선 개국을 고한 신하가 삼봉이었다는 것을 아시오?"

"알고 있사옵니다."

"그랬구려. 그때 분위기는 명나라에서 우리 조선을 인정할지 안 할지 몰라서 모두 긴장하던 때였소. 그래서 삼봉도 잔뜩 긴장한 채로 황제에게 갔지요."

"···."

"그런데 의외로 황제에게 고하는 일이 잘 끝났소. 황제가 전조를 두둔할 줄 알았는데 전혀 그러지 않았던 거지요. 모두 놀랐지만 어쨌든 큰 짐을 던 게 아니겠소? 그렇게 순조롭게 끝나는가 했는데 엉뚱한 문제가 생겼지요."

"엉뚱한 문제라니요?"

"그걸 뭐라 해야 할지 참···."

태종이 씁쓸한 듯 입맛을 다시고 말을 이었다.

"들어보시오. 삼봉이 황제를 알현하고 돌아오는 길에 산해관山海關에 도착해 하루를 묵게 됐소. 한데 거기는 명나라 땅이고 산해관은 명나라 사람들이 관리하는 곳이 아니요?"

"그렇사옵니다."

"하니 명나라 관리들이 귀를 쫑긋하고 있는 곳인데 삼봉이 대놓고 말하기를, 만일 명황제가 순순히 조선을 받아들이지 않으면 한바탕 전쟁을 치르겠다고 한 거요."

"허···. 그런 말을···."

"당시에 우리 조정에 그런 분위기가 있던 게 사실이었소. 해서 삼봉이 어떤 심정에서 그런 말을 했는지 이해는 합니다. 하지만 명나라 관리들 들으라고 할 말은 아니었다는 거지요. 할아버지는 삐져나오는 속마음을 감춰가면서 황제 비위를 건드리지 않으려고 애쓰고 있는데, 그걸 뻔히 아는 사람이 황제 심기를 건드리는 소릴 했다는 게 참···."

"하오면 그 말이 황제 귀에 들어갔사옵니까?"

"이를 말입니까? 당연히 들어갔지요."

"아…."

"황제가 위화도 회군의 속뜻을 의심하고 있던 차에 삼봉이 그런 말을 해대니 화가 나서 더 조선을 짓밟고 싶었을 겁니다. 해서 탈환 불화를 보내 염탐까지 시킨 건데 조선이 20만 군이라고 하니까 어쩔 수 없이 포기했던 거지요. 그런 것들이 모두 쌓여서 이염을 몽둥이로 패는 패악까지 부린 게 아니겠소."

"하…. 한데 어찌 그런 말을…."

"어쨌든 일이 꼬인 거지요. 황제는 괘씸하게 생각하고 삼봉을 경사로 불러 참형에 처하려고 했지요. 그런데 삼봉이 끝까지 가지 않겠다고 했습니다. 할아버지께서도 개국 공신인 삼봉을 보내고 싶지 않았지요. 가면 죽는 건 불을 보듯 뻔한 일이었으니까요. 그러니 할아버지께서는 황제를 진정시킬 수 없다고 판단하신 겁니다."

"…."

"그래서 그다음 해까지 사신이 들어가지 못하고 있었는데, 하루는 할아버지께서 나를 불러 눈물을 흘리시면서 말씀하시기를, 황제의 질문에 답할 수 있는 사람은 오로지 너밖에 없다고 하신 겁니다."

태종이 차를 한 모금 마셨다. 감회가 새로웠다. 옛일이었지만 막상 말을 꺼내고 나니 마치 어제 일처럼 생생하게 떠올랐다. 어떤 말로도 그때의 심정을 표현할 수 없었다. 한 발짝 앞도 안 보이는 안갯속. 오직 막막했다는 말이 맞을 것이다. 요동성을 통과할 수 있을지도 막막했고, 황제를 만나려고 조정으로 걸어 들어가던 때도 막막했다. 문득 운명이라는 말이 떠올랐다. 하늘이 나를 버릴 것인가, 아니면 감싸 안을 것인가. 진정 하늘의 뜻은 무엇인가. 생각이 거기까지 미치자 갑자기 오기가 들었다. 하늘의 뜻이라 한들 죽기밖에 더하겠는가.

'나는 조선의 왕자다!'

저만치 앞에 앉아 있는 황제를 보자 주먹에 불끈 힘이 들어갔다. 두 눈을 똑바로 뜨고 운명을 지켜봐야겠다는 생각이 들었다. 한 걸음 한 걸음 발길을 옮겼다. 죽음을 향해 걸어가는 듯했던 그때의 기억이 새롭게 떠올랐다.

세종은 아버지가 목숨을 걸고 경사에 갔었다는 사실은 알고 있었다. 하지만 그토록 긴장된 순간이었는지는 몰랐다. 많은 사실을 한꺼번에 듣게 되자 등에서 땀이 나고 무어라 말을 꺼내기가 어려웠다. 숨을 죽인 채 다음 말을 기다렸다.

태종이 말을 이었다.

"그렇게 해서 황제를 알현했지요. 오해를 풀도록 설명하고 나니 황제가 앞으로 조공을 올 때는 표문을 올리지 말라고 합디다."

"예? 그게 무슨 말씀이시옵니까?"

"말 그대롭니다. 훗날 알게 됐는데 우리가 올린 표문에 황제 심기를 건드리는 문자가 들어 있었다는 것이요."

"하지만 어떻게 표문도 없이 사은사를 보내옵니까?"

"맞는 말씀이요. 해서 사은사를 보내는데 어찌 표문 없이 보내겠냐고 반문을 했지요. 황제가 아무 말도 하지 않습디다. 그렇게 해서 그해 겨울에 개경으로 돌아왔고, 그때부터 다시 조공 길이 열린 겁니다."

"…"

"하하, 아니 뭘 그리 멍해 하시오?"

태종이 껄껄 웃었다.

세종은 멋쩍은 듯 마지못해 웃음을 지어 보였다. 아버지가 위대한 사람이라는 사실을 새삼 깨달았다. 머릿속에는 용간과 위계, 반간계, 지혜와 용기 이런 말들이 스쳐 지나갔다.

4

병법

세종 즉위년(1418년) 11월, 창덕궁 동편에 상왕전이 완성돼 수강궁
壽康宮이라 이름 짓고 상왕 태종과 왕대비(원경왕후)의 거처를 옮겼다.
만수무강을 기원하는 뜻에서 수강궁이라고 이름을 붙였으나 새 거
처로 옮긴 태종의 평안은 그리 오래가지 못했다. 물론 수강궁은 사
가私家에 불과했던 연화방 세자전[28]과는 비교가 되지 않았다. 궁궐
뒤편 북악산 봉우리들에서 아침마다 신성한 정기가 내려오는 듯했
고, 아름다운 전각과 화려한 수목은 변화를 잃은 일상을 깨워주기
에 충분했다. 그러나 경내의 넓은 뜰과 궁궐 주변을 둘러싸고 있는
우거진 숲은 새로운 문제를 만들었다.

밤이면 부엉이가 궁궐 안으로 날아들었다. 태종은 부엉이 울음소
리가 싫었다. 마치 부엉이가 자신을 쫓아다니며 울어대는 것처럼 느

---

28 태종 11년에 의성군宜城君 남재南在의 집을 세자전 동궁으로 삼았다.

꺼졌다. 결국 수강궁에서 한 해 겨울을 넘기고 두 번째 겨울을 맞던 어느 날 태종이 지신사를 불러 말했다.

"요즘 날마다 부엉이가 궁궐에 날아들어 우는데 내가 괴이하다고 생각하는 것은 아니다마는 그래도 여기를 떠나 피해 있고 싶구나."

"황공하옵니다, 상왕 전하…. 군사를 풀어 잡도록 했사오나…."

"아니다. 날아다니는 새가 어디인들 못 가겠느냐."

"…"

"예로부터 부엉이를 피해 거처를 옮기는 것은 고사에도 있는 일이니 괴이쩍게 생각할 일도 아니고…."

태종이 하던 말을 멈췄다.

"전하…."

지신사는 예상치 못한 하명에 머뭇거렸다. 태종이 언급한 고사란 송나라 황공소黃公紹가 지은 《고금운회古今韻會》를 의미했다. 《운회》에는 부엉이를 휴유鵂鶹라고 부르며, 부모를 잡아먹는 새로 죽음을 의미한다고 기록돼 있었다. 지신사뿐 아니라 한양 선비들도 유행처럼 《고금운회》를 돌려 읽고 있어서 글 좀 한다는 양반들은 모두 부엉이 고사를 알았다.

문제는 부엉이가 울어도 그냥 새소리로 여기고 아무렇지도 않게 넘기는 사람이 있는가 하면 뭔가를 떠올리며 불길하게 생각하는 사람이 있다는 것이다.

바로 상왕 태종이 그랬다. 그토록 강인하던 상왕이 어느 때부터인가 부엉이 소리를 예사롭게 넘기지 못했다. 오십을 훌쩍 넘긴 나이 탓에 마음이 약해진 것인지, 잠자리에 들고서도 부엉이 울음소리가 들리면 금군을 불러 쫓아내게 했나. 그러나 오늘 쫓는다고 내일 다시 안 오겠는가. 신료들은 군사를 풀어 몇 날 며칠에 걸쳐 부엉이를 잡아 오게 했지만, 근본적으로 상왕의 불편한 심기를 풀어줄 해결책은 되지 못했다.

"하오면…."

"내가 이궁을 지어 피해 있고자 한다."

"…."

"개경은 너무 멀어 왕래가 어려우니 가까운 풍양(경기도 진접)에 이궁을 짓고, 그곳에서 일하는 노자들에게 전토를 주어서 생계를 잇게 하려 한다. 나라 재용을 쓰지 않을 터이니 염려하지 말라."

"상왕 전하…."

지신사가 넙죽 엎드렸다. 상왕의 명을 전해 들은 신료들이 모두 반겼다. 서로 눈치만 살피며 벙어리 행세를 하고 있었는데 상왕 스스로 궁궐을 떠나 있겠다니 그보다 더 좋을 수가 없는 거다. 게다가 한양에서 가까운 풍양이라고 하지 않는가.

상왕은 세종이 아직 미숙하다고 생각해서 군무軍務와 중요한 외교의 일은 자신이 직접 처리했다. 그런데 개경으로 피방하게 되면 일이 생길 때마다 개경과 한양을 왕래해야 하는데 그 비용과 수고가 만만치 않을 것이다. 그 수고를 겪느니 차라리 수강궁에서 부엉이를 쫓는 게 더 나을지도 모른다. 그러니 풍양에 이궁을 지으라는 말은 그야말로 덕이 넘치는 옥음玉音이었다. 어디 그뿐인가. 국고를 쓰지 않고 왕실 재용과 노자를 부려 10여 칸으로 작게 짓겠다니 영의정은 옳다구나 싶어서 두말 않고 바로 실행에 옮기도록 했다.

상왕과 세종이 풍양으로 행차해 터보기를 마쳤다. 이궁 터가 결정되자 수목이 좋은 인근 천보산天寶山에서 벌목을 시작했다. 땅을 다지고 기둥을 세우고, 석 달 만에 기와를 얹어 이궁을 완공했다. 상왕은 흡족했다. 건축을 지휘한 동역관(감독관)과 말단 군졸과 노자들에게까지 술과 음식을 내려 노고를 치하했다.

길일을 잡아 거처를 옮겼다. 상왕은 부엉이 울음소리를 떨쳐낼 수 있어서 만족스러웠을 뿐 아니라 언제라도 가까운 곳으로 사냥을 나갈 수 있어서 더욱 좋았다. 정사를 돌볼 일이 있으면 호종하는 군사를 줄여 가볍게 수강궁으로 행차하고, 왕대비도 필요에 따라 한양을 오가며 생활했다. 그러나 그 평안도 오래가지 못했다.

풍양으로 이어한 지 삼 개월 만에 원경왕후가 병환으로 누웠다. 병명은 학질이었다. 이즈음 학질은 백성들을 죽음으로 내모는 몹쓸 질병 중 하나였다. 세종은 하늘이 무너져 내리는 것 같았다. 손수 미음을 만들고 약재를 살피며 극진히 간호했지만, 차도가 보이지 않았다.

병을 떼기 위해 수강궁과 신료들의 사저를 전전하며 거처를 옮겨보기도 하고, 하늘의 노여움이 있나 싶어 죄인들을 풀어주기도 하고, 부처 앞에도 간절히 빌어보았지만, 아무 소용이 없었다. 결국 자리에 누운 지 두 달 만에 왕대비가 세상을 떠났다. 급작스럽게 벌어진 일이었다.

애통해하는 세종의 모습은 말로 표현하기 어려웠다. 머리를 풀고 관곽 앞에 놓인 거적자리에 무릎을 꿇고 앉아 통곡하다가 자기도 모르게 지쳐 쓰러지고, 놀라 깨어나면 다시 통곡하고, 여느 집 자식이라 해도 그처럼 슬퍼하지는 않았을 것이다. 궁인과 신료들은 빈전殯殿, 관을 모신 전각 앞에서 곡을 하다가 통곡하는 세종의 모습이 애처로워 따라 눈물을 흘렸다.

거적 아래에서 습한 음기가 올라오자 궁인들이 평상을 가져왔다. 임금은 원망하는 모습도 없이 가져가라 명을 내리고 다시 거적 위에 꿇어앉아 통곡했다. 어찌할 바를 몰라 하던 궁인들이 임금이 잠깐 자리를 비운 사이에 거적 아래에 기름종이를 깔았다. 비칠거리며 자리에 돌아온 세종이 그것을 알고 걷어내라 명을 내렸다. 관곽 안에 싸늘하게 누워 있는 어머니를 생각하면 거적자리 위에 앉아 있는 것조차 죄스러운 마음이었다. 무릎을 꿇고 관곽을 바라보다가 비통한 마음에 다시 통곡했다. 신료들은 임금이 혼절하지 않을까 발만 동동 굴렀다.

빈전에 상왕이 머물 자리는 없었다. 풍양에서 뜬눈으로 밤을 새우고 빈전 앞에 오니 임금은 여전히 통곡하고 있었다. 상왕은 애절하게 슬퍼하는 임금의 뒷모습을 한참 동안 바라보다가 이럴 수도 저럴 수도 없어서 다시 풍양으로 돌아갔다. 썰렁함만 가득한 수강궁에는 머물 수가 없었다.

다음 날 다시 빈전 앞에 도착해 임금을 살폈다. 환관으로부터 임금이 며칠 동안이나 음식도 먹지 않고 물만 겨우 마셨다는 말을 듣자 가슴이 덜컹 내려앉았다. 어미가 세상을 떠났으니 어찌 슬프지 않겠는가마는 아무리 그렇다고 해도 왕대비가 임종하기 전부터 음식을 제대로 먹지 않았는데 지금까지 그러고 있었나 하고 깜짝 놀랐다. 산 목숨을 끊을 셈인가. 안 되겠다 싶어 부랴부랴 수라간에 명을 내려 미음을 만들게 했다.

궁인을 시켜 빈전으로 가져갔다. 상왕은 풀어 헤친 머리에 눈물로 범벅이 된 세종의 얼굴을 보고 따라서 눈물을 글썽이며 먹을 것을 권했다. 세종은 거역하지 못하고 눈물 속에서 몇 술 뜨는 시늉을 했다. 가슴이 미어져 차마 지켜볼 수가 없었다. 다시 풍양으로 돌아갔다. 아들의 지극한 효심에 말 위에서 눈물을 닦았다.

왕대비가 세상을 뜬 지 이 개월여 만에 헌릉에 장사지내고 임금이 상복을 벗었다. 신료들이 임금은 13일 만에 최복衰服, 상복을 벗는 것이 상례喪禮라고 아뢰었지만, 세종은 그럴 수 없다고 거부했다. 태종도 고집을 꺾지 못했다. 결국 장사를 치르고 나서야 상복을 벗었는데, 이번에는 삼 년간 풍악도 듣지 않고 사냥도 나가지 않겠다고 선언했다. 신료들은 모두 당황스러워했다.

그 말이 상왕 귀에 들어갔다. 어찌 보면 풍악과 사냥은 상왕과 관계된 일이었다. 세종은 상왕 없이 혼자 풍악을 즐기거나 사냥을 나간 적이 없었다. 오해의 여지가 있었지만, 상왕도 그렇고, 신료들도 그렇고 어느 누구 하나 달리 생각하는 사람은 없었다. 단지 임금의 타고난 성품이 선하고 효심이 지극해서 나온 말이라고만 여겼다.

세종의 반듯한 효심이 드러날수록 태종은 곡절 많은 자신의 삶을 돌이켜보면서 복잡한 심경에 빠졌다. 볼수록 귀한 자식이라 여겨져 평생 곁에 두고 바라만 보고 싶다고 생각하다가도 저렇게 어질고 착하기만 한 성품을 그대로 두었다가는 천년 종사를 제대로 잇지 못할 것이라는 염려가 들었다. 효심에만 기대기에는 세상이 그리 평탄치 않은 까닭이었다. 풍양 이궁에 밤이 깊어갈수록 태종의 머릿속은 오만가지 생각으로 불을 밝혔다.

마침내 태종이 세종의 효심을 흔들었다. 왕대비가 세상을 떠나고 난 뒤에 우울한 모습을 보이던 태종이 자리에 누운 것이다. 세종은 상왕께 병환이 들었다는 전갈을 받자 덜컥 겁이 나서 서둘러 풍양으로 향했다. 이궁에 도착해 의관을 만났다. 다행히도 상왕은 병명 있는 병환으로 누운 것이 아니라 기력을 잃은 것이라고 했다. 천만다행이었다. 가슴을 쓸어내리고 바로 내전으로 들었다.

숙배를 올리고 걱정 가득한 얼굴로 말했다.

"아바마마, 육선(고기 반찬)도 드시고 어서 기운을 차리시옵소서…."

"그래야지요…."

태종이 어색한 표정으로 입가에 웃음을 지어 보였다. 기운이 없는 듯 사방침에 몸을 기대고 고개를 숙였다.

잠시 침묵하다가 말했다.

"주상의 모친은 마지막 순간까지 나를 원망했을 것이요."

세종은 생각지 못한 말에 깜짝 놀랐다.

"아니옵니다, 아바마마의 뜻을 잘 받들라 하셨사옵니다."

"…."

"어찌 소자가 아닌 말씀을 올리겠사옵니까?"

"진정 그랬소?"

"그러하옵니다, 아바마마…."

대화가 끊겼다. 잠시 정적이 있었다.

태종이 눈을 감고 있다가 천천히 고개를 가로저었다.

세종은 무슨 뜻인가 싶어 상왕을 바라봤다.

"주상의 외숙들은 결코 사직지신이 아니었소."

"예?"

"처음 듣는 말씀이요?"

"아바마마…."

"이젠 주상도 알아야지요. 그들은 자신들의 부귀영화를 위해 사직을 위험에 빠뜨리려고 했던 자들입니다. 나를 도와 좌명공신까지 됐는데도 욕심이 그치지 않았지요. 어린 양녕을 옥좌에 앉히고 권력을 나누려고 했소."

"…."

"지금도 주상의 외숙이 한 말을 또렷이 기억하오. 제왕에게는 종사를 물려받을 세자만 필요할 뿐이고 나머지 왕자들은 필요 없다고…. 영기英氣. 영특한 기상 있는 왕자는 난을 일으킨다고 말이오."

태종은 큰처남 민무구의 말이 머릿속에 생생히 남아 있었다. 그것은 자신이 세자 방석을 물리치고 왕위에 오른 것을 떠올리며 한 말일 것이다. 네가 그랬으니 네 자식들도 그러지 않겠느냐는 필연의 논리가 들어 있는 말. 그러니 왕의 자리를 이어갈 세자 양녕만 남겨두고 나머지 왕자들은 모두 죽여야 한다는 뜻이었다.

옛 생각을 떠올리자 치가 떨렸다.

"영기 있는 왕자가 누구를 가리키는 말이겠소?"

"…."

세종은 아버지의 질문이 섬뜩했다. 등줄기에서 땀이 흘러내렸다. 자기나 작은형 효령을 지칭하는 말은 아니었을 거라고 외숙을 두둔하려다가 그만두었다. 무섭다는 생각이 들었다.

"어찌 내 앞에서 그런 무엄한 말을 해댄단 말이오? 주상의 큰형을 자리에 앉히고 주상과 효령을 죽이라고요? 내 손으로 내 자식을 죽이라고 말입니까?"

"…."

"그래도 나는 주상의 모친을 생각해서 유배로 끝내려 했소. 하지만 그들은 제 누이만을 믿고 유배를 가서도 그 뜻을 굽히지 않았소. 그리고는 오직 양녕이 옥좌에 앉기만을 기다린 것이오. 장차 자신들이 권력을 잡게 될 것이라 여기고 패당을 지어서 말이오."

"…."

"금장슉將의 죄[29]에는 죽음밖에 없소."

"…."

세종은 숨소리조차 내지 못했다. 어린 시절에 외숙들이 유배를 가게 됐다는 말을 듣고 깜짝 놀랐다. 주변에 연유를 물었지만 아무도 답해주지 않았다. 스승조차 더는 알려고 하지 말고, 알 필요도 없다는 말만 간곡히 했을 뿐이었다. 궁금증은 수그러들지 않았지만 끝내 원하는 답을 얻지 못했다. 조정과 권력에 관심을 가져서는 안 되는

---

29 왕의 친인척이 미래를 도모하는 죄, 즉 역모를 품는 죄를 가리킨다.

세 번째 왕자여서 더욱 그랬을 것이다. 훗날 외숙들이 사약을 받고 죽음에 이르게 됐을 때조차 알리고 하지 말라는 말만 들려왔다. 어머니 또한 생전에 자신 앞에서 아버지를 원망하는 말씀을 하신 적이 없었다. 그처럼 말하지 말아야 할 것은 어느 누구도 입에 올리지 않는, 때로는 비정하기만 한 궁궐의 삶에 익숙해진 채로 눈을 감고 귀를 막고 살아왔다.

생각하지 말아야 할 것으로만 여기고 까맣게 잊고 있었는데, 정적을 깨는 아버지 말씀은 충격이었다. 무엇보다도 외숙들의 숨겨진 얘기에 자신의 생사가 담겨 있었다는 사실에 많이 놀랐다. 그동안 왜 외숙들의 죽음에 대해 아무도 언급하려 하지 않았는지, 왜 그 얘기만 꺼내면 모두 당황하며 자신을 피하려 했는지 비로소 이해가 됐다. 세상 모두가 알고 있는 일을 자신만 모르고 살아온 것이다. 오싹했다. 왕위에 오른 뒤에 아버지와 많은 얘기를 나눴지만 이처럼 두려움에 싸인 적은 없었다.

태종이 물끄러미 세종을 바라봤다. 총명한 눈과 온화한 얼굴에서 엿보이는 착한 성품은 시간이 갈수록 뚜렷이 드러났다. 비록 세자 양녕이 군주의 덕을 갖추지 못해 차선으로 왕위를 물려주기는 했지만, 세자를 바꾼 것은 잘한 일이라는 생각이 들었다. 자신이 세상을 떠나도 제 형들을 죽음으로 내모는 일도 없을 것이고, 어질고 영특해서 나라를 다스리는 데도 부족함이 없을 것이다. 다만 아직은 미숙해서 좀 더 가르치고 이끌어줘야 한다는 생각만 들었다.

어미가 갑작스레 세상을 떠났으니 충격을 받았으리라. 슬픔에 젖는 것은 당연하지만 그렇다고 언제까지 나랏일을 소홀히 할 것인가. 어서 빨리 회복하기를 바라는 마음에서 제 외숙들 얘기를 들려주었는데 막상 얘길 꺼내고 보니 잊었던 옛일들이 떠올라 부아가 치밀었다.

세자 양녕이 열두 살 되던 해에 양위를 밝혔다. 쉬지 않고 달려온 삶에 지치기도 했고, 무엇보다도 아버지 태조가 당신의 뜻에 거슬러 왕위에 앉은 자신을 용서하지 않는 것도 마음에 걸렸다. 덕수궁으로 문안 행차를 갈 때마다 왕이 아닌 자식으로서 안부를 여쭙고 싶었지만, 아버지는 마음의 문을 열어주지 않았다. 한순간도 눈길을 주지 않는 아버지의 눈치를 보면서 해도 그만, 안 해도 그만인 의미 없는 말들을 몇 마디 올리고 어색하게 앉아 있다가 방을 나왔다. 남모르게 눈시울을 적신 날도 많았다. 부끄럽기도 하고 안타깝기도 하고, 권력의 덧없음을 느끼기도 했다. 한편으로는 서모庶母 신덕왕후와 간신배에 휘둘려 적서嫡庶의 순리[30]를 무너뜨린 아버지를 원망하면서, 자신만큼은 정신이 온전할 때 권좌에서 물러나 종묘사직을 어지럽히는 일이 없도록 하겠다고 다짐했다.

양위를 밝히자 엉뚱하게도 민씨 형제들이 반가워했다. 어려서부터 자기들 손으로 키운 양녕이 왕위에 앉으면 어린 임금을 돕는다는 핑계로 왕의 뒤편에 서서 권력을 나눠 가질 뜻을 보였다. 그리고는 장

---

30 정비正妃의 자식에게 왕위를 계승하는 도리를 가리킨다.

차 일어날지도 모를 난을 막기 위해서 세자 양녕 외에 다른 왕자들은 모두 죽여야 한다고 했다. 그게 사람 입에서 나올 말인가 싶었다. 처남 매부 지간만 아니었다면 당장에 죽음을 면치 못했을 것이다.

시간이 갈수록 민씨 형제들의 속셈이 형체를 드러냈다. 하지만 그토록 무서운 일을 세상모르게 할 수가 있는가. 마침내 그들의 음흉한 속을 알게 된 조정 대신들이 분노해서 들고일어났다. 금장의 죄에 죽음을 내리지 않으면 훗날 반드시 난을 일으킬 것이라고 빗발치듯 상소를 올렸다. 일이 커져서 적당히 무마하고 넘어가기 어렵게 됐다. 그렇다고 신료들의 뜻대로 죽음을 내릴 수는 없었다. 왕후를 생각해서 유배를 보냈다. 신료들은 유배로 끝날 일이 아니라고 거칠게 항의했지만, 비난을 받으면서도 그들의 입을 강제로 틀어막았다.

진정 그렇게 끝나기를 바랐다. 그러나 유배지에 가서도 패당을 짓고 있다는 계사啓辭, 죄를 밝힌 글가 올라오자 분노가 치밀었다. 대체 이들이 무슨 생각으로 이러는가. 진정으로 군왕의 권력을 나눠 갖자고 이러는가. 어찌 자중할 줄 모르고 사직을 어지럽히려 한단 말인가. 용서하고 싶은 마음이 싹 사라졌다. 사약을 내려야 한다는 대신들의 주청을 막지 않았다. 그렇게 해서 금장의 죄에 종지부를 찍었다.

왕후가 눈물을 흘렸지만, 일언반구도 하지 않았다. 신료들의 주청을 끝까지 막지 않았다고 원망했을 것이다. 하지만 그들이 품었던 금장의 죄를 막지 못한 건 왕후의 잘못이다. 오히려 무슨 생각으로 동생들을 막지 않았는지 따져 묻고 싶었다. 지금도 그 생각에는 변함이 없었다. 대신들의 입을 틀어막으며 수없이 기회를 주었건만 죽음을 부른 건 바로 그들 자신이었다.

"주상이라면 이느 쪽을 택하겠소? 외척이요, 사식이요?"

"…."

태종은 자신에게 다른 선택의 여지가 없었다는 변명 같은 질문을 던졌다. 대답을 바라고 던진 질문이 아니었다. 자식 있는 부모라면 다 같은 생각이 아니겠는가.

잠시 침묵이 흘렀다.

"선하고 어진 것만으로는 종묘사직을 지킬 수 없소."

"…."

"건문제는 선하고 어질었는데 영락제에게 나라를 빼앗겼고, 영락제는 거친 형벌로 다스리는데 지금도 흥하고 있소."

"…."

"그 차이가 무엇이오?"

"…."

"건문제는 관대하고 어진 것만 알았지 기강을 세우지 못했기 때문이오, 맞소?"

"그렇사옵니다."

"주상을 탓하는 건 아니오만 어미에 대한 그리움 때문에 조정 기강을 무너뜨리고 있는 건 아닌지 생각해보시오."

태종이 무거운 눈빛으로 바라보았다.

세종은 마지못해 작은 목소리로 대답했다.

"알겠사옵니다, 아바마마…."

"난 이제 자리를 털고 일어날 것이니 주상은 내 걱정 말고 돌아가 정사를 돌보시오. 그간에 놓친 일이 많을 테니…."

"…"

"어찌 답이 없으시오?"

"아바마마께서 수라 뜨시는 것을 보고 돌아가겠사옵니다."

세종이 고개를 숙였다. 상왕이 불편한 듯 몸을 이리저리 트는 것을 보고 그만 자리에 누우시라 하고 방을 물러 나왔다. 뜰 앞으로 걸어갔다. 키 작은 나무들 사이로 이름 모를 꽃들이 피어 있었다. 싱싱한 초록 잎도 빨간 꽃잎도 눈에 들어오지 않았다. 초점 없는 눈으로 멍하니 꽃나무를 바라보면서 아버지와 어머니의 마음속 어딘가를 헤맸다.

'외척이냐 자식이냐….'

자식 가진 부모로서 어느 쪽을 선택할지 머뭇거릴 일도 아니지만, 그 말이 머릿속에서 떠나지 않았다. 외숙을 내치고 선택된 자신의 삶. 오랜 세월 동안 감춰졌던 비밀스러운 얘기에 자신의 생사가 들어 있었다는 사실이 오직 놀라울 뿐이었다.

이궁에서 하루를 묵고 다음 날 아침에 한양으로 출발했다. 마음이 무거웠다. 어머니가 세상을 떠나신 일도 마음속에 남아 있었지만, 아버지가 들려준 외숙들 이야기와 조정 기강을 잃지 말라는 말씀 또한 묵직하게 자리를 차지하고 있었다.

또 한 해가 지나갔다.

태종은 수시로 수강궁으로 행차해 임금의 정사를 듣거나 군무와 명나라 일을 챙겼다. 그러면서도 불현듯 우울해지거나 답답해지면 사냥을 나가 마음을 달랬다. 그렇게 바람을 쐬고 나면 몸과 마음이 한결 나아졌다. 하지만 모든 게 예전 같지 않았다. 사냥을 다녀오고 나면 며칠씩 앓아누웠고, 그때마다 세종이 놀라 달려왔다. 태종은 자신이 쇠약해져가고 있음을 느낄수록 사직을 짊어지고 있는 임금이 안타까웠다. 이래서는 안 된다고 스스로를 일으켜보려 했지만, 그 또한 마음대로 되지 않았다. 그래도 조정 대신이나 임금에게 그런 모습을 보이기는 싫었다.

강무를 떠나기로 했다. 상왕 태종과 세종이 함께 나가는 네 번째 강무였다. 강무는 군사 훈련과 사냥을 함께 했다. 세종은 아직 상중이어서 사냥을 나갈 수 없다고 간곡히 사양했지만, 상왕은 임금이 직접 사냥에 나설 필요 없다고 해서 함께 가기로 했다.

상왕은 풍양에서 출발하고 세종은 한양에서 출발해 녹양에서 만났다. 양주에서 하루를 묵고, 다음 날 아침에 강무를 하려 했으나 새벽부터 큰비가 내려 갑자기 강물이 불어나고 땅이 질척해서 말을 달리기 어려웠다. 날을 다시 잡기로 하고 두 임금이 함께 풍양으로 돌아왔다.

그날 밤 상왕이 자리에 누웠다. 세종은 깜짝 놀라 손수 약을 달이고 미음을 만들어 지성으로 보살폈다. 닷새가 지나서야 기력이 회복돼 경복궁으로 돌아올 수 있었다.

며칠 후 날씨가 좋아져 다시 강무를 출발했다. 효령대군과 참찬 최윤덕, 도총제 이징 등 여러 신하가 함께했다. 강무는 기병을 중심으로 진법 대형과 공격 훈련을 했다. 상왕은 눈앞에서 펼쳐지는 기병 진법의 장단점을 설명하고, 공격의 잘된 점과 잘못된 점을 세세히 따져가며 설명했다. 세종은 깨닫는 바가 많았다. 하루해가 짧았다.

강무가 끝난 다음 날은 다른 지역으로 이동해 사냥을 했다. 상왕은 자신의 건강함을 보일 요량으로 말을 달려 사슴을 쏘아 잡았다. 나이는 들었지만, 솜씨만큼은 녹슬지 않았다.

세종과 효령대군은 지켜보기만 하고 사냥에 나서지는 않았다. 열흘이 넘게 양근楊根, 양평의 옛 이름, 여흥驪興, 여주의 옛 이름, 원주, 강릉, 진부, 횡성 등지를 돌며 사냥한 후에 세종은 한양으로 가고 상왕은 풍양으로 돌아왔다.

태종은 오랜만에 두 아들과 함께해서 어느 때보다도 흡족했다. 걱정 근심을 뒤로하고 산과 강을 넘나들다 보니 임금의 표정이 많이 밝아진 것도 보았다. 당분간은 임금과 자주 사냥을 나가야겠다고 생각했다. 다만 양녕이 함께하지 못한 아쉬움이 있었다.

풍양 이궁에 도착해 말에서 내리자마자 환관으로부터 회안군懷安君[31]이 세상을 떠났다는 비보를 들었다. 몸도 가누지 못할 만큼 충격이었다. 비칠거리며 내전으로 들었다. 앉아 있는 것도 힘들어 자리에 누웠다. 가슴이 먹먹했다. 마음이 찢어지도록 안타까운 형님이었다.

경진난庚辰亂[32] 이후로 얼굴을 못 봤다. 벌써 이십여 년이 흘렀다. 태종 자신에게 왕위가 이어지는 것에 불만을 품고 군사를 일으켰던

---

31 이방간, 이성계의 넷째 아들로 태종 바로 위에 형이다. 홍주洪州에서 유배 생활을 했다.
32 정종 2년, 방간이 방원을 상대로 일으킨 난으로 '2차 왕자의 난'이라고 부른다.

형님. 변란이 일어난 사실을 알고 의안공[33]과 완산군[34]이 찾아와 형님에 맞서 싸울 것을 종용했을 때, 친형제 간에 목숨 다투는 일이 벌어진 것이 한스러워 눈물을 흘렸다. 황급히 사람을 보내 대화로 해결하려 했지만 거부했다. 아버지와 형님(정종)까지 나서서 싸움을 그치라고 명을 내렸음에도 고집을 피우고 칼을 거두지 않았다. 명분도 정의도 없는 싸움. 눈먼 칼을 휘두르고 헛된 활을 쏘아대 애꿎은 병사들만 죽고 다쳤다. 마침내 형님이 싸움에 패해 홀로 도주하다가 갑옷과 환도를 내주며 목숨을 구걸했다는 보고를 받고 설움이 북받쳐 목을 놓아 울었다. 수하 장수들까지 따라 울었다. 그런 싸움을 하게 놔둔 하늘이 원망스러웠다.

자신이 즉위하자 대소신료가 회안군에게 죽음을 내려야 한다고 벌떼같이 일어났다. 주저할 것도 없이, 골육을 죽이는 일은 불가하다고 물리쳤다. 불쌍하고 원통해서 다시 통곡했다. 수족으로 부리던 자의 꼬임에 빠져 어리석게 군사를 일으키기는 했지만 한 아버지와 어머니 사이에 태어난 형제가 아닌가. 죽음을 휘두르는 일은 이제 그만해야 한다. 모든 걸 자신의 가슴속에 묻어두기로 했다. 유배를 보낸 후에 아프다면 의원을 보내주고 먹을 것이 부족하지 않은지 때마다 챙겼다. 그토록 마음 아프게 여겼던 형님이 세상을 떠난 것이다. 눈을 감고 명복을 빌어주는 것 외에 저승길에 들어선 형님을 위해 해줄 수 있는 건 아무것도 없었다. 내관을 보내 조문하고 제사 지내

---

33 의안공義安公 이화. 태조 이성계의 이복동생으로 태종 이방원의 측근이다.

34 완산군完山君 이천우. 이방원의 사촌 형으로 이방원을 따르던 측근이다.

도록 했다.

　희로애락을 같이했던 사람들이 하나둘 세상을 떠난다. 살아온 날이 많은 탓인지 죽음이 낯설지가 않다. 수시로 편치 않은 몸이 마음을 약하게 한 것인가. 저녁노을을 바라보고 우울한 생각에 빠지는 날이 자주 있다. 이래서는 안 되겠다고 매사냥 구경을 나갔다. 예전이라면 손에 땀을 쥐고 흥분해서 지켜보았던 매사냥을 멍하니 바라보고 있는 자신을 발견하고 흠칫 놀랐다. 정녕 세월의 출구 앞에 가까이 간 것일까. 눈을 껌벅이고 정신을 차려보았다. 임금에게 남겨줄 것은 다 주었는지 스스로에게 질문을 던졌다. 고개를 가로저었다. 풍양으로 처소를 옮기고 난 후로 임금과 마주 앉아 훈사 내리는 일을 그만두었다. 죽는 것은 두렵지 않으나 더 늦기 전에 마지막 말을 전해줘야겠다는 생각이 들었다.

　마음이 심란하던 중에 세종이 문안을 왔다. 숙배를 올리는 표정이 밝아 보였다. 일상을 회복한 것 같아 다행이다 싶었다.

　제주목사가 올린 계문을 떠올리고 말했다.

　"듣자 하니 제주 백성들이 밭에 돌담을 쌓아서 문제라 합디다."

　"그렇사옵니다, 아바마마…. 백성들이 길을 막아가며 돌담을 쌓는 바람에 왜적들이 쳐들어왔을 때 급하게 말을 모는 게 어렵다고 하오니 조치가 있어야 할 것으로 보이옵니다."

　"돌담을 쌓는 이유가 무엇이오?"

　"밭 둘레에 돌담을 쌓지 않으면 놓아먹이는 말들이 밭작물을 모두

뜯어 먹는다고 하옵니다."

"허…. 그런 일이 있구려."

"소자도 이번에 알았사옵니다."

"까닭이야 알겠지만 그렇다고 길을 막는 것은 안 될 일이지요. 제주목사에게 기병이 출정하는 데 필요한 길을 모두 조사하고, 백성들 피해를 작게 해서 길을 내라고 교지敎旨를 내리시오."

"알겠사옵니다."

"그건 그렇게 조치하면 되겠소만…."

태종이 말을 멈추고 뭔가를 생각했다.

다음 말이 바로 나오지 않고 침묵이 길어지자 세종이 물었다.

"무슨 말씀이 계시온지요?"

"제주목사는 왜구 침범을 걱정하고 있지만, 주상이 주의를 기울여야 할 건 북쪽 오랑캐들이오."

"예?"

세종은 의외라는 듯이 상왕을 쳐다봤다. 대마도 정벌[35]을 나갔던 게 엊그제 같은데 무슨 영문인가 싶었다.

태종이 입가에 웃음을 띠며 물었다.

"주상은 왜구를 생각했지요?"

"그렇사옵니다."

"한동안 잠잠할 것이오. 얼마나 됐다고 다시 나서겠소? 하나 북쪽 오랑캐는 성격이 전혀 다르오."

---

35 세종 1년(1419년) 6월에 이종무 등이 출정해 대마도를 정벌한 일을 가리킨다.

"…"

"내가 북방의 일을 넘겨주지 않는 이유가 거기에 있지요. 내 몸이 예전 같지 않으니 이제 주상도 그 이유를 명확히 알아야 할 때가 된 겁니다."

"어찌 그런 말씀을 하시옵니까, 아바마마…."

"아니오. 오늘도 내가 걱정이 돼서 왔을 텐데 감출 일도 아니지 않소? 어쨌든 주상이 용상에 앉은 지도 벌써 삼 년이 됐으니 이제 그 사정을 제대로 알아야 할 때가 됐소. 더는 미룰 수 없는 중요한 얘기니 잘 들어보시오."

"알겠사옵니다."

세종은 아버지가 예전의 강인한 모습을 잃어가고 있는 것이 염려가 되기는 했지만 중요한 나랏일이라는 말에 얼떨결에 고개 숙여 답했다.

태종이 차를 한 모금 마시고 이야기를 시작했다.

"오래전 일인데, 주상은 영락제가 안남安南. 베트남을 정벌한 사실을 알고 있소?"

"자세히는 모르옵니다."

"그렇구려. 그게 내가 즉위한 지 칠 년째 되던 해였을 것이오. 영락제는 자기가 고명誥命. 황제의 임명장을 내린 안남국 국왕을 권신들이 제멋대로 폐위했다는 이유로 대군을 보내 정벌했지요. 한데 우리한 테는 그러지 않았소. 물론 침공해 오지 않았다고 해서 황제를 믿은 건 아니요. 내가 즉위한 후에도 트집을 잡히지 않으려고 많이 조심했고, 크고 작은 문제가 더러 있기는 했지만, 전쟁이 일어나지는 않았지요."

"용간으로 위기를 넘기기도 했사옵니다."

"맞소, 용간도 있었소. 한데 황제의 불신 때문에 엉뚱하게 우리와 여진이 싸움을 벌인 일이 있었지요."

"허…. 불신 때문에 말이옵니까?"

"그렇지요, 황제의 불신…."

"궁금하옵니다."

"들어보시오…. 주상은 영락제가 나보다 늦게 즉위한 사실을 알고 계시오?"

"알고 있사옵니다."

"영락제는 즉위 후에 나에게 아주 후하게 대했소."

"그랬사옵니까?"

"내가 면복冕服, 임금의 정복을 청하니까 예물까지 듬뿍 얹어서 보내주고, 서책을 청하니까 다른 책까지 보태서 보내주고 말이요. 왜 그러는지 의심쩍어 명나라 사신에게 물어봤지요. 어째서 황제가 이리 후하냐고 말이요."

"의아하옵니다. 황제가 그랬다는 게…."

"그렇지요? 하니 사신이 하는 말이, 영락제가 즉위한 후에 처음으로 인정해준 게 나였다는 것이었소. 친조카인 건문제를 내쫓고 황제가 됐는데, 즉위하자마자 내가 바로 축하한다고 진하사進賀使를 보냈더니 그게 고마웠던 모양이오. 나로서는 선택의 여지가 없어 이왕 하려거든 서둘러 하자고 했을 뿐인데 말이오."

"결정을 빠르게 잘 내린 것 같사옵니다."

"그렇지요. 한데 그 호의가 오래가지는 않았소."

"예?"

"영락제가 황제 자리에 오른 후에 달단족韃靼族, 몽고을 정벌하려고 했는데 우리 조선이 신경 쓰인 거지요."

"양쪽으로 전쟁을 벌일 수 없어서 그랬나 보옵니다."

"맞소. 해서 영락제는 우리에게 후하게 대하는 척하면서 한편으로는 우리를 묶어둘 속셈으로 여진족을 이용하려고 했소."

"아…. 여진을….."

"그전에는 여진이 우리 관하인 것을 인정해서 일절 간섭하지 않았는데, 자기가 북벌을 떠나면 경사가 비게 되니까 우리를 묶어둘 셈으로 여진에게 손을 뻗기 시작한 것이오. 그러면서 우리보고 황제 칙서를 전해달라고 했지요."

"여진에게 말이옵니까?"

"그렇지요, 여진에게."

"아니 그런 칙서라면 본인들이 직접 가서 전할 일이지 어째서 우리에게 전해달라고 하옵니까?"

"맞는 말이오. 하지만 다 이유가 있지요. 여진은 같은 부족이라 해도 서쪽 요동에서 북쪽 흑룡강 일대까지 넓은 땅에 흩어져 살고 있소. 우리는 여진과 교류가 있어서 누가 어디에 사는지 대략 알고 있지만, 명나라는 교류가 없어 전혀 알 수가 없었지요."

"아, 상황을 이해하겠습니다. 한데 땅도 험하다고 들었사옵니다."

"땅도 험하지만 그때나 지금이나 곳곳에 산적 떼도 많지요. 사신이 가기에는 편한 길이 아니었는데 황제도 그걸 알았던 거요. 어쨌든 나는 여진이 예전부터 우리 관하이니 필요한 것이 있으면 우리에게 말하면 된다고 했는데 황제는 우리 뜻을 받아들이지 않고 계속 여진과 직접 연결되기를 원했소."

"무엇 때문에 그런 것이옵니까?"

"그들에게 관직을 내려서 우리와 대등한 관계를 만들려고 한 거지요."

"예? 대등한 관계가 어떤 의미이기에 그렇사옵니까?"

세종은 의문 나는 것을 꼬치꼬치 캐물었다. 아버지가 중요한 얘기라고 말한 탓도 있지만, 그보다는 자신에게 북방 외교를 맡기지 않는 이유가 무엇인지 궁금해서 더욱 그랬다.

태종은 세종의 진지한 모습에 마음이 흐뭇했다. 상황을 제대로 이해하지 못했거나 일의 중요성을 깨닫지 못했다면 질문하지 못했을 것이다. 말을 주고받다 보니 은근히 기운이 솟는 것을 느꼈다.

"똑같이 황제의 신하이니 여진과 우리 간에 상하 관계가 없어지는 겁니다. 다른 말로 하자면, 과거에는 우리를 상국으로 모셨지만, 황제 신하가 되고부터는 우리와 똑같이 황제를 모신다는 거지요."

"아…. 우리에게서 떨어져 나가는 것이군요."

"그렇지요. 그때부터는 우리 편이 아니라 황제 편이 되는 거고, 명나라의 방패막이가 돼서 우리한테 창을 겨누게 된다는 겁니다."

"허! 놀랍습니다. 그런 의미가 있다니요."

"그러니까 황제가 우리를 빼고 직접 상대하려고 했던 거지요. 하지만 황제의 검은 속을 어찌 모르겠소? 해서 내가 여진에 관한 일은 우리를 거쳐야 한다고 계속 항의했지요. 그러면서 여진에 사람을 보내 명나라 말을 들어서는 안 된다고 회유하기도 했고."

"하면 여진은 우리 뜻을 잘 따랐사옵니까?"

"처음에는 잘 따랐지요. 자기들이 필요한 것을 우리에게서 받아가고 있었으니까. 한데 시간이 지나면서 틀어지기 시작했소."

"아…."

"주상은 어허출於虛出, 영락제의 장인을 아시오?"

"이름이 생소하옵니다."

"그렇구려. 어허출은 건주여진建州女眞[36]의 족장인데, 영락제 세 번째 황후의 아버지요."

"아니 어떻게 여진인이 황후까지 됐사옵니까?"

"그건 얘기가 좀 거슬러 올라가오만…. 영락제(주체)가 제후 시절에 연나라 왕으로 봉직하지 않았소?"

"그랬지요. 건문제와 황제 자리를 놓고 싸우기 전이 아니옵니까."

"맞소. 어허출이 요동 북쪽에 살았는데, 연나라와 인접해 있으니까 보호받을 목적으로 주체(영락제)에게 딸을 바쳤소. 한데 변방 제후에 불과했던 주체가 황제가 되니까 생각지도 않게 딸이 황후가 된 거지요."

"사람 일은 참으로 알 수가 없사옵니다."

"허허, 그렇지요. 어쨌든 그게 영락제에게 좋은 빌미가 된 겁니다."

"빌미라 하오면…."

"어허출이 졸지에 황제 장인이 되지 않았소? 하니 영락제가 관직

---

36 두만강과 압록강, 요동 북쪽 지역에 거주하던 여진 부족 중 하나다.

을 내렸고, 어허출은 마다 않고 받았지요. 황제의 인척이라는 게 그렇게 엉뚱하게 작용을 한 겁니다."

"하, 그래서 여진들이 관직을 받게 된 것이옵니까?"

"아, 아니요."

태종이 손을 내저으며 말했다.

"그게 계기가 된 건 맞지만 그 과정이 그리 간단치가 않소. 종족마다 처한 상황도 다르고, 관직을 받게 된 사정도 다른데, 내가 얘기하려고 하는 것이 바로 그것들이오. 주상이 그 경위를 알아야 명나라 사신이나 여진인들이 한양에 들어와도 옳게 대처할 수 있을 겁니다."

"궁금하옵니다."

"들어보시오. 여진인들은 요동에서 압록강, 두만강 일대와 북쪽으로는 송화강, 흑룡강 일대까지 널리 퍼져 살고 있소. 그중에서 우리국경 가까이에 사는 여진을 건주여진이라고 하는데 그건 알고 있지요?"

"알고 있사옵니다. 건주여진은 지금도 한양에 들어오지 않사옵니까."

"그렇습니다. 하면 그들이 늘 식량이 부족하다는 것도 아시지요?"

"예, 땅이 척박해서 농사를 짓지 못한다고 들었사옵니다."

"맞소. 농사가 변변치 못해서 목축과 사냥으로 먹고사는데, 중요한 건 식량이 떨어지면 우리한테 의지한다는 겁니다. 때로는 노략질을 오기도 하지만…."

"대비를 잘해야 할 것이옵니다."

"그렇지요, 대비만 잘하면 큰 문제는 없는데 그들의 그런 사정이 우리한테 이익이 되기도 한다는 겁니다."

"예?"

"하하, 그 말이 이상하게 들립니까? 그들이 식량이 부족해서 우리한테 의지하는 덕분에 우리를 상국으로 섬겼다는 겁니다. 우리의 방패막이 역할을 한 것이지요."

"방패막이를 했다니 어느 나라를 막아주었다는 것이옵니까?"

"명나라나 북쪽에 해서여진海西女眞이지요. 그 나라 군사들이 우리 땅으로 들어오려면 건주여진을 통과해야 한다는 뜻이오."

"북쪽에 해서여진이요."

"그렇소. 해서여진은 북쪽으로 목단강, 송화강, 흑룡강 일대에 살고, 건주여진은 남쪽으로 두만강, 압록강 가까이에 흩어져 살고 있는데 지리를 이해하겠소?"

"알겠사옵니다."

"하니 우리 입장에서는 건주여진만 잘 다독거리면 해서여진이나 명나라와 직접 충돌할 일이 없어지는 셈이니 그들이 황제 편으로 돌아서게 놔둘 수가 없던 겁니다."

"어떤 상황인지 이해하겠사옵니다."

"한데 황제가 어허출에게 벼슬을 내린 것은 우리도 불만스럽게 생각하지 않았소. 황후의 아버지이기도 하고 우리에게 위협이 되지도 않았으니까."

"예? 어찌 위협이 되지 않사옵니까?"

"생각해보시오. 어허출이 우리와 싸우면 명나라 코앞인 요동에서 전쟁을 하는 꼴이 되는데 황제가 싸우길 바라겠소? 게다가 식량이 모자라닌 황제가 도와주니 우리 국경을 침범할 일이 없던 거지요."

"황제의 장인이 되니까 좋은 점도 있사옵니다?"

"그런 셈이지요. 하지만 압록강과 두만강 일대에 사는 여진들은 사정이 전혀 달랐소."

"어찌 그렇사옵니까?"

"그들은 어허출처럼 황제와 인척 관계가 있는 것도 아니고, 경사에서도 멀리 떨어져 있다 보니 관직을 받는다 해도 황제 뜻대로 움직이지 않는다는 거지요. 달리 말하면 그들이 어떻게 나올지는 아무도 모른다는 겁니다."

"너무 멀어서…."

"그 이유가 가장 크지요. 그들은 어허출이 관직을 받았다는 소식도 듣고, 황제가 자기들에게도 관직을 내리려 한다는 말도 들었지만, 별 반응을 보이지 않았소. 우리한테 도움을 받고 있었으니 황제 관직이 필요 없다고 생각한 겁니다."

"다행이옵니다. 그런 화평이 계속됐으면 좋았을 텐데요."

"하하, 화평이요…. 그렇다고 그들과 우리 사이가 늘 좋았던 건 아닙니다. 이따금 우리 국경을 침범하기도 했는데, 그럴 때마다 우리는 가볍게 응징하면서 원하는 것을 줘서 달랬소. 왜 그랬는지는 알겠지요?"

"순망치한脣亡齒寒이 아니겠사옵니까?"

"맞소. 입술이 없으면 이가 시린 법이지요. 해서 그들이 다소 문제를 일으켜도 다독거리면서 우리한테 등을 돌리지 않게 하고 있었는데 황제가 계속해서 칙서를 전하라고 한 것이오."

"음흉한 속셈이 있던 겁니다."

"그렇습니다. 해서 야인들에게 칙서를 전해야 할지 말아야 할지 고심하던 중에 왕가인의 사인이 첩정을 가지고 왔지요."

"허, 때마침이요. 내용이 무엇이었사옵니까?"

"황제가 동북면에 거주하는 여진 종족인 오도리, 우디거[37] 등에게 입조入朝. 조회에 들어감를 명할 것이니 미리 조치를 취하라는 것이었소."

"우리를 빼고 그들에게 바로 칙서를 내리겠다는 것이옵니까?"

"그런 거지요. 그런데 정말 우리가 놀란 것은, 황제 칙서가 여진 문자로 쓰여 있었다는 겁니다."

"예? 그걸 어찌 알았사옵니까?"

"우리에게도 그렇게 왔으니 알았지요. 애초에 황궁 환자가 여진 문자로 쓰인 칙서를 베껴 왕가인에게 넘겼는데, 왕가인이 내용을 읽어 보고 중요하다고 생각되니까 자기가 받은 그대로 우리에게 보내온 겁니다."

"난생처음 듣는 말이옵니다. 황제 칙서를 여진 문자로 쓰다니요."

"오죽 읽어주길 바랐으면 그랬겠소?"

"황제가 승낙을 했을 게 아니옵니까?"

"당연히 그랬겠지요. 그러니 황제가 야인들에게 관직을 내려서 우리를 견제하려고 한 의지가 어땠는지 알 만하지요."

"참으로 대단하옵니다."

"놀라울 뿐이었습니다. 한데 왕가인이 첩정에서 말하기를, 어쩌면

---

37 오도리吾都里와 우디거[尤狄哈]는 압록강과 두만강 일대에 거주하는 건주여진의 부족이다.

자기가 황제 사신으로 농북면 야인들에게 가게 될지도 모르겠다고 하면서, 가게 되면 최대한 날짜를 늦춰 출발할 테니 서둘러 여진에 사람을 보내라고 한 것이오."

"왜 여진에 사람을 보내라고 하옵니까?"

"황제 칙명을 거부하도록 단속해두라는 거지요."

"허…. 왕가인의 충정이 정말 놀랍사옵니다."

"진정 그렇습니다."

"한데 왕가인이 그런 생각이 있다면 자신이 직접 가서 말을 맞춰도 되지 않사옵니까?"

"아닙니다. 그건 위험하지요."

"예? 어째서 위험하옵니까?"

"왕가인만 가는 게 아니라 호종하는 장수들도 함께 가는 겁니다. 하니 그렇게 눈이 많은 자리에서 황제의 뜻에 거스르는 말을 할 수는 없지 않겠소?"

"아, 소자의 생각이 짧았사옵니다."

세종이 부끄러운 듯 얼굴을 붉혔다.

"지극히 치밀하게 해야 할 것이 용간입니다."

"명심하겠사옵니다. 하오면 사람을 보냈사옵니까?"

"당연하지요. 사람을 보내 여진들을 조정으로 불러들였지요."

"가서 일러두는 게 더 빠르지 않사옵니까?"

"아니지요. 그렇게 말로 끝낼 일이었다면 애초부터 복잡하게 생각지도 않았을 겁니다. 그들이 변심하지 않게 구슬려야 하니 불러서 대접하고 다짐을 받아야 했던 거지요."

"…."

"그들은 명나라 사신이 한양에 도착하기 전에만 되돌려 보내면 되는 거지요. 서로 마주치지 않게 말이오. 한데 그때는 아직 정사가 누구인지 확실히 결정도 되지 않은 때였으니까 날짜 여유가 있었소. 하니 불러서 잘 대접하고 황명을 받지 않도록 직접 달래는 것이 더 나았던 겁니다."

"듣고 보니 그렇사옵니다."

"그래서 여진 부족 우두머리들을 불러 후하게 대접하고 우리 관직을 하사했지요. 한데 말이오…. 세상일에는 믿을 수 없는 자들이 꼭 하나둘 끼게 마련인데…."

"예…."

"주상은 동맹가첩목아[38]를 아시오?"

"동북면에 살고 있는 오도리 부족장이 아니옵니까?"

"알고 있구려. 그자가 우리 땅에 붙어살 때는 후하게 대해주시오. 그래야 소란을 일으키지 않을 테니까. 하지만 우리 땅을 떠나면 반드시 창을 거꾸로 들이밀 자라는 걸 명심하시오. 절대 믿어서는 아니 되오."

"교활한 자인가 봅니다."

"그렇소. 앞에서는 무어라 맹서를 해도 돌아서서는 언제 그랬냐는 듯이 자기 말을 뒤집는 자요. 하긴 그자뿐 아니라 그 종족이 대부분

---

38 여진식 이름인 '몽테케무르'의 한자 표현이다. 함경도 회령 일대에 거주하던 건주여진의 한 종족인 오도리족의 우두머리다.

그렇기는 하오. 하는 짓을 보면 분노를 일으킬 지경이지요."

"그럴 정도이옵니까?"

세종이 놀랍다는 표정을 지었다.

"말해 무엇하겠소? 그때도 그자가 한양에 들어와서 후하게 대접하고 상호군 관직을 내려주었소. 하니 그자가 감격해서 말하기를, 자기는 평생 조선만 섬길 것이고 황명을 받지 않겠다고 하면서 자기 양자와 처남을 한양에 두고 갔소."

"그건 왜 그랬사옵니까?"

"자신을 믿어달라는 징표였지요. 궁성 시위군에 편입해달라고 하면서 말이요."

"하면 인질이 되는 셈이옵니다?"

"허허, 인질이요…. 우리가 잡은 게 아니라 자기들이 스스로 남은 거지만 어쨌든 그런 모양이 되긴 했소. 여하튼 여진들이 돌아가고 난 다음 해에 왕가인이 정사로 왔지요. 왕가인이 평양에 도착했다는 치보를 받자 바로 여진으로 사람을 보냈고."

"여진들을 돌려보냈다는 말씀이시옵니까?"

"아니요, 그때는 한양에 왔던 여진들이 모두 돌아가고 난 후였소. 우리 조정 신하를 여진에 보낸 건데, 황제 사신이 곧 올 것이니 관직을 받지 말라고 다시 한번 다짐을 받기 위해서였지요."

"하면 왕가인이 날짜를 충분히 끌어준 것이옵니다."

"그런 셈이지요. 왕가인이 한양에 도착해서 할아버지(태조 이성계)를 알현하고 그동안 뵙지 못한 회한의 눈물을 흘렸지요. 할아버지께서도 눈물을 흘리시면서 왕가인이 조선을 위해 애쓴 것을 치하하셨소."

"감격스러운 자리였사옵니다."

"어려운 시절을 함께했으니 회한이 깊을 수밖에요. 임금과 신하의 관계가 되긴 했지만, 왕가인은 할아버지를 친아버지처럼 여겼으니 더욱 영광스러운 자리가 된 것이오. 자기만 온 게 아니라 처자까지 데리고 와서 알현했으니 사정이 어땠는지 알겠지요?"

"아, 처자까지…."

"그렇소. 그의 아내야 부모가 여기에 있어서 같이 온 것이긴 해도 할아버지께서 즉위하시기 전부터 잘 알고 있었으니 감회는 말로 표현하기 어려웠지요. 며칠간 연회를 베풀어 회포를 풀고, 왕가인이 여진에 갔다가 한 달여 만에 돌아와서는 여진들이 황제의 뜻을 받들지 않더라고 했소."

"하면 우리 뜻에 잘 따른 것이옵니다."

"그렇지요. 거기까지는 그랬소."

"거기까지라 하오면…."

"지금은 이렇게 편히 얘기하고 있지만, 그땐 참으로 황당한 일이 벌어졌지요. 우리는 여진을 잘 단속했다고 생각해서 황제에게 여진을 우리 관하에 있게 해달라고 주청했소. 그러면서 그들이 황제 칙명을 거부하고 있다고 아뢰었는데…."

"…."

"뜻밖에도 맹가첩목아 그자가 은밀히 황제에게 선을 대고 있었던 것이오."

"허! 하오면 우리는 그걸 몰랐사옵니까?"

"놀래 한 짓을 어찌 알았겠소? 알았다면 황제에게 그렇게 아뢰지도 않았지요. 너무 황당해서 어떻게 그런 일이 벌어졌는지 사정을 알아보니 황실에서 우리 모르게 여진에 사람을 보내 맹가첩목아를 설득했던 거요. 왕가인이 경사로 돌아가 여진들이 황명을 거부하고 있다고 아뢰고 난 후에 일어난 일이니, 왕가인이나 우리나 모두 모를 수밖에 없었던 거고…."

"황제가 참으로 집요하게 매달렸사옵니다."

"그렇지요. 황제는 우리 사신에게 진실을 숨기고 있다고 꾸짖으면서 앞으로는 여진 일에 관여치 말라고 명을 내렸지요."

"허…. 꼼짝없이 당한 것이옵니다."

"그런 모양이 됐소. 그리고 얼마 뒤에 황제 사신이 한양에 왔는데, 엉뚱하게도 맹가첩목아가 황후의 외숙이라면서 황후가 혈육이 그리워 병이 났다는 것이오. 어이가 없었지요. 그러면서 어찌 조선이 인륜을 끊으려 하느냐고 비난을 해댄 거요."

"황후란 앞서 말씀하신 어허출의 딸을 이르는 것이옵니까?"

"그렇지요. 영락제의 세 번째 황후…."

"하오면 맹가첩목아가 실제로 황후의 외숙이옵니까?"

"비슷한 말도 들어본 적이 없소. 황실에서 억지를 부리니까 우리는 듣고만 있었을 뿐이오. 그자가 참으로 황후의 외숙이었다면 뭐가 부족해서 한양까지 들어와 상호군 관직을 받고 제 족속을 남겨두고 갔겠소?"

"그렇사옵니다."

"어허출과 함께 황제 관직도 받았겠지요."

태종이 말을 멈추고 먼 곳을 바라봤다. 잠시 후 씁쓸한 표정으로 입맛을 다시고 말을 이었다.

"그리고 얼마 후에 맹가첩목아가 경사에 들어간다는 전갈을 받았지요. 어이없게도 그자는 황제를 알현하고 돌아와서도 계속 조선을 섬기겠다는 말을 전해왔소."

"예? 그게 지킬 수 있는 말이옵니까?"

"가당치 않지요. 황제 관직을 받은 자가 어찌 우리를 섬길 수 있겠소? 그러고 싶어도 그럴 수가 없지요."

"두 군주를 섬기겠다는 꼴이 아니옵니까."

"그렇습니다."

"사리를 모르고 한 말인지, 아니면 거짓인지…."

세종이 허탈해했다.

태종도 한숨을 내쉬고 말했다.

"군신의 도리를 아는 자들은 아니지요. 어쨌든 맹가첩목아가 입조해서 관직을 받고 나오니까 그때부터 다른 여진들도 너나없이 경사로 들어간 것이오. 그렇게 해서 여진 땅에 세워진 위소衛所. 군대 편제가 100여 개가 넘었소."

"황제 의도대로 됐사옵니다."

"그렇게 된 셈이지요."

"하면 그 위소는 명나라 병사들로 꾸린 것이옵니까?"

"그럴 리가 있겠소? 병사는 그 지역 여진인들로 채우고, 황제는 부족장들에게 지휘사指揮使. 우두머리 벼슬을 내린 것뿐이지요."

"허…. 벼슬 하나 내려서…."

"그렇소."

"100여 곳이 넘었다니 너무 많았던 게 아니옵니까?"

"많긴 했지요. 갑자기 위소가 늘어나 감당키 어려웠을 것이오. 어느 위소에 누가 있는지도 다 몰랐겠지요. 그때 들리던 말로는 야인 두목들이 수행원들을 잔뜩 끌고 경사에 들어가는 바람에 황궁에 명나라 사람들보다 야인들이 더 많았다는 말이 돌 정도였소."

"그랬을 것 같사옵니다."

"글 한 줄 읽을 줄도 모르고 사리 분별도 못 하는 자들이 관직을 받았다고 황제 신하입네 하고 위엄만 떨었으니 문제가 안 생길래야 안 생길 수가 없지요."

"문제라 하옵시면?"

"당연히 식량 문제가 아니겠소?"

"아, 식량이요."

"어처구니없게도 그자들이 경사에서 돌아와 우리에게 제일 먼저 한 말은, 앞으로 조선 신료들이 여진에 오면 자신들도 황제 신하이니 위상에 맞게 격식을 갖추라고 한 것이오."

"허…."

"하하, 우리가 뭐가 아쉬워서 제 놈들을 찾아가 예를 갖추겠소?"

"그렇사옵니다."

"예상했던 일이니 놀라지는 않았지만, 그토록 빨리 변심할 줄은 몰랐소…. 어쨌든 우리가 그자들을 찾아갈 이유가 없으니 교류를 끊었지요. 사실 괘씸해서라도 더 끊으려고 했고…."

"참으로 어리석었사옵니다."

"한데 거기서 그친 게 아니오. 우리를 더욱 화나게 한 건 맹가첩목 아가 한양에 두고 간 제 피붙이들을 돌려보내 달라고 황제께 고해바 친 것이오. 그러면서 귀화한 제 부족들도 모두 보내달라고 했소. 우 리한테는 단 한 번도 돌려보내 달라고 요청한 사실이 없었는데…"

"어이가 없사옵니다."

"시위군에 머물고 있던 제 피붙이들은 언제 변심할지 모르는 자들 이고, 우리 땅에 살고 있던 자기네 부족들은 모두 제 발로 들어와 살 기를 원했던 자들인데 마치 우리가 강제로 잡아두기라도 한 것처럼 말이오."

"먹이고 입힌 게 아깝사옵니다."

"왜 아니겠소? 이런 일까지 벌어지는구나 싶었지요. 참으로 황당 했습니다. 해서 그들이 원하는 대로 모두 돌려보내고 국경을 완전히 걸어 잠갔지요. 식량이 됐든 뭐가 됐든 너희들끼리 알아서 해결하라 고 말이오."

"도울 이유가 없어진 것이옵니다."

"그렇지요. 한데 황제가 우리에게 여진을 돌려보내라고 한 게 어떤 의미 같소?"

"…"

"황제는 오래전부터 여진들이 우리 땅에 살고 있는 것을 알고 있 었소. 명나라와 관계없는 일이니 이전에는 언급하지 않았는데, 맹가 첩목아가 청하니까 바로 돌려보내라고 한 거요. 야인들도 놀랐을 겁 니다. 황제가 자기들 편을 들어주고 있다고 생각하게 된 거지요. 그 걸 믿고 우리 국경을 넘보게 된 겁니다."

"황제의 말 한마디에…."

"그렇습니다. 그렇게 불화를 심어놓고 황제는 달단을 친다고 북벌을 떠났지요."

"기가 막힙니다. 하면 바로 침범을 해왔사옵니까?"

"오래 걸리지 않았지요. 계절이 바뀌면서 그들에게 식량이 떨어졌는데 우리한테 위세를 부린 죄가 있으니 머리 숙이고 식량을 구하러 올 수 없던 겁니다. 자신들이 문제를 만들었다는 것을 뒤늦게 깨달았지요. 요동까지 식량을 구하러 가기에는 너무 멀고…."

"하오면…."

"결국 우려했던 일이 벌어졌소. 한데 그자들의 술수가 대단했소. 우리가 예상치 못한 방식으로 침범을 해왔는데 계략이 참으로 놀라웠습니다."

"궁금하옵니다, 아바마마…."

"기가 막힌 얘깁니다. 들어보시오."

태종이 차를 한 모금 마시고 말을 이었다.

"그즈음 동북면에 살던 건주위 지휘사 보을오甫乙吾가 경원부사 한흥보에게 사람을 보내서 야인들이 경원부를 침구할 것이니 방비를 하라고 알려왔소."

"허…. 여진이 그런 걸 알려오는 경우도 있사옵니까?"

"전혀 없던 일은 아니오. 다만 거짓 정보가 많아서 진위를 구분하기가 어려웠다는 거지요. 어쨌든 한흥보는 보을오가 느닷없이 그런 첩정을 보내니 그 말을 믿지 않았소. 네 놈도 같은 족속인데 어찌 네 말을 믿으랴 했던 거지요. 한데 다음 날 새벽에 경원성 밖에 적들이 나타났소."

"허…."

"깜짝 놀란 한흥보가 준비도 제대로 갖추지 못한 채 출전했다가 화살을 맞았고, 병사 수십 명이 죽었지요."

"그런 황당한 일이요."

"한흥보가 병마사도 겸하고 있었는데, 어찌 그런 말을 듣고도 아무런 조치도 취하지 않은 건지 이해 못 할 일이었지요. 보을오의 말이 참인지 거짓인지 정탐을 보냈어야 했는데."

"하면 한흥보는 어찌 됐사옵니까?"

"화살을 3대나 맞아가며 야인들을 물리치긴 했지만, 며칠 후에 죽었소. 나중에 보니 3발 중에 독화살이 끼어 있는 게 확인됐지요."

"정말 괘씸한 놈들이옵니다."

"하지만 거기서 그친 게 아니오."

"예?"

세종이 놀라서 눈을 크게 떴다.

태종이 말을 이었다.

"내가 변고 소식을 듣고 길주 찰리사察理使³⁹ 조연趙涓을 경원부에 보내 야인들을 물리치게 했지요. 그러면서 첩정을 보내온 보을오에게 상을 내리라고 명을 내렸소."

"여진 속에 우리 편이 있었다는 게 놀랍사옵니다."

"그랬으면 오죽이나 좋았겠소."

---

39 적의 정세 변화 등을 살피는 3품 관직을 가리킨다.

"예?"

세종이 어리둥절해하자 태종은 쓸쓸하게 웃으며 말을 이었다.

"조연이 군마 1,000여 기를 거느리고 맹가첩목아가 거처하는 오음회吾音會, 회령의 옛 지명로 쳐들어갔지요. 그리고는 올량합兀良哈[40] 족속인 가시구加時仇를 붙잡아 노략질한 자들이 누구인지 문초問招하니 가시구의 입에서 보을오가 튀어나온 겁니다."

"허!"

"더욱 가증스러운 것은 보을오가 소다로蘇多老. 두만강 마을를 침구해 백성을 해치고 우마와 식량을 약탈해 갔다는 사실이오."

"백성들까지…."

"용서할 수 없는 일이었소. 해서 조연은 침구 주모자를 밝히려고 가시구의 형 합아비哈兒非를 추적해서 잡았지요. 한데 합아비를 문초하다가 경원부 침구를 계획한 자들이 보을오와 그의 수하들이었다는 걸 알게 된 것이오."

"허, 정말 놀랍사옵니다."

세종이 탄식하다가 고개를 갸웃했다.

"아바마마…."

"무엇이오?"

"하오면 어찌해서 보을오가 한흥보에게 야인들의 침구가 있을 거라고 알려주었사옵니까?"

태종은 껄껄 웃고 말했다.

---

40 건주여진의 한 부족이다.

"한홍보가 당한 거지요."

"예?"

"보을오가 한홍보를 떠볼 속셈으로 첩자를 보낸 겁니다. 야인들의 침구가 있을 거라고 하면 한홍보가 어떻게 반응하는지 보려고 말이오."

"아…."

"한홍보가 첩자의 말을 믿고 전투 준비를 하면 노략질을 다음으로 미룰 것이고, 듣지 않으면 바로 치겠다고 계획을 세웠겠지요."

"하…."

"한데 한홍보가 첩자의 말을 무시하지 않았소? 하니 첩자는 자기가 본 것을 보을오에게 그대로 전했겠지요."

"하면 보을오가 경원성을 치지 않고 소다로로 간 까닭은 무엇이옵니까?"

"이유는 간단하오. 보을오가 침구 주모자라고 해서 꼭 경원성으로 갈 필요는 없지요. 애초부터 보을오는 경원성이 아니라 소다로나 다른 곳을 치려고 했는지도 모르오. 어쨌거나 한홍보가 경원성 싸움에 매달리면 다른 곳은 신경 쓸 수 없을 테니 자신은 맘 내키는 대로 노략질을 할 수 있던 거지요. 안 그렇소?"

"참으로 놀랍사옵니다."

"한데 생각해볼 것이 몇 가지 있소. 하나는 보을오가 경원성을 치지 않고 소다로를 쳤으니 경원성 싸움에서 그자를 본 사람이 아무도 없었다는 거요. 해서 조연이 끈질기게 주모자를 밝혀내지 못했다면 보을오는 지금까지도 한홍보를 도와준 여진인으로 남았을 거라는 점이오."

"하지만 소다로 백성들이 보을오를 봤을 게 아니옵니까?"

"아니오. 그자들은 노략질할 때 자기들이 누군지 모르게 탈을 뒤집어쓰오."

"허…"

세종이 탄식을 토했다. 자신의 경험이 부족하다는 것을 절실히 느꼈다. 상상 밖이었다. 비록 글을 모르는 자들이라 해도 얕잡아볼 상대가 아니라는 생각을 하게 됐다.

"조연이 아니었다면 아바마마께서 내리신 상도 받았겠사옵니다."

"그렇지요. 진실이 감춰질 뻔했던 겁니다."

"놀라운 일이옵니다."

"또 한 가지는 야인들이 다음 날 새벽녘에 경원성 앞에 나타났으니 그들은 성에서 멀지 않은 곳에 머물러 있었소. 한흥보가 방심하지 않고 정탐을 보냈다면 충분히 알아낼 수 있었다는 것이오."

"안타까운 일이옵니다."

세종이 고개를 숙였다. 아버지의 말씀에 동감을 표하기는 했지만, 자신은 무엇을 경계하고, 어떻게 대처해야 할지 스스로 생각해낼 능력이 부족하다는 생각이 들었다. 말씀을 듣고 나서야 비로소 '아! 그렇구나' 했기 때문이다. 마음이 무거웠다.

곰곰이 생각하다가 말했다.

"아바마마…. 하오면 이런 원리를 병서兵書를 통해서 터득할 수 있사옵니까?"

"모든 걸 알 수는 없지만, 원칙은 알 수 있겠지요."

태종이 고개를 끄덕이다가 눈을 감았다.

세종은 깊은 말씀이 계신가 싶어 기다렸다.

잠시 후 태종이 물었다.

"주상은 스승이 병서 읽는 것을 막았지요?"

"그러하옵니다. 어려서 병서가 재미있어 몇 권을 보았는데, 어느 날 갑자기 스승님께서 소자가 읽을 책이 아니라고 했사옵니다."

"그랬구려…."

"…."

"하지만 지금은 다르오. 주상이 병법을 몰라서 사리에 밝지 못한 자의 말을 듣고 군사를 일으키면 백성들이 해를 입게 될 것이오. 백성들이 해를 입으면 종묘사직을 지킬 수 없소. 하니 틈나는 대로 병법을 익히도록 하시오. 주상은 빨리 깨우칠 것이오…."

태종이 말끝을 흐렸다. 잠시 정적이 있었다.

차를 한 모금 마시고 다시 말을 시작했다.

"나는 경원성 싸움에서 야인들이 진퇴의 계략을 펼친 것에 정말 놀랐소. 병서를 읽지 않았을 텐데 병서를 읽은 장수 이상으로 기가 막히게 병법을 펼쳤던 거요. 우리 장수들보다 낫다는 생각이 들 정도였지요."

"소자도 그런 생각이 들었사옵니다."

"그래서 대호군大護軍 박미朴楣를 경차관敬差官, 사실 조사관으로 보내 경위를 조사케 하고 한양으로 돌아올 때 싸움에 참여했던 자 중에서 영리한 자를 하나 데리고 오라고 시켰지요."

"무엇 때문에 그러신 것이옵니까?"

"절제사가 올린 계문만으로는 싸움이 벌어진 상황을 제대로 알 수 없었소. 절제사도 싸움이 끝난 후에 도착한 거니까."

"그도 남에게 전해 들은 것이옵니다."

"그렇지요. 해서 박미가 데리고 온 호군護軍을 통해서 전황을 상세히 알 수 있었소. 한흥보가 잘못 판단한 것도 알았고, 여진들이 놀라운 계략을 펼친 것도 알았소. 그들이 병서를 탐독한 게 아닌가 하는 의심이 들 지경이었지요. 안 되겠다 싶어 바로 무과 응시자들에게 무경칠서[41]를 강독하라고 명을 내렸지요."

"하오면 그전에는 칠서 강독이 없었사옵니까?"

"없었지요. 병서를 제대로 읽었다면 한흥보 같은 실수는 없었을 것이오. 병서에는 장수의 병법뿐 아니라 제왕의 병법도 담겨 있소. 예로부터 싸움은 묘당廟堂에서 승패가 결정된다[42]고 했으니 군주가 병법을 모르면 어찌 묘당에서 전쟁을 논하겠소?"

"그렇사옵니다."

세종이 고개 숙여 답하고 다시 물었다.

"하온데 여쭙고 싶은 것이 있사옵니다."

"무엇이오?"

"아바마마께옵서는 어찌 여진인들 이름까지 모두 잊지 않으시고, 그때 일들을 세세히 기억하시옵니까? 오래전 일이 아니옵니까…"

---

41 당나라 측천무후가 무과 과거시험을 만든 이후 송나라에서 《손자병법孫子兵法》, 《오자병법吳子兵法》, 《사마법司馬法》, 《울료자尉繚子》, 《당리문대唐李問對》, 《육도六韜》, 《삼략三略》 등 칠서를 무과 시험 과목으로 채택했다. 태종은 관군이 여진 계략에 속아 연달아 패하자 무과 시험 응시자에게 무경칠서武經七書를 의무적으로 강독하도록 명을 내렸다.

42 묘산廟算이라고도 하며, 임금이 종묘에 전쟁을 고하는 제사를 지내면서 신료들과 함께 전술을 논하는 것을 말한다.

"하하하."

태종이 크게 웃었다.

"주상이 그런 질문을 할 줄은 몰랐구려. 하지만 나도 주상에게 묻고 싶은 게 하나 있었소."

"예?"

"기다려보시오."

태종은 서궤 위에 겹겹이 쌓아놓은 책 중에서 서책 하나를 꺼내 펼쳐 보여주었다. 세종은 무릎걸음으로 다가가 펼쳐진 부분을 보았다. 거기에는 상왕이 조금 전에 언급한 여진인들 이름뿐 아니라 변경에서 싸운 조선 장수들의 이름과 일자, 장소 등이 적혀 있었다.

"보았소?"

"그때의 기록인 것 같사옵니다."

"그렇지요. 어찌 그 많은 나랏일을 모두 기억에만 의존할 수 있겠소? 신료들이 했던 말이나 내가 생각했던 일들을 기억에만 의존했다가는 반드시 낭패를 보게 될 것이요."

"아…."

"주상이 읽은 부분이 갑신년甲申年 기록이니 내가 즉위한 지 사 년째 되던 해요. 한데 주상도 필요한 것들을 기록하고 있소?"

"소자도 기록은 하고는 있사오나 아바마마처럼 하지는 못하고 있사옵니다."

"보시오."

태종은 책을 덮어 표지를 보여주었다. 손때가 묻은 서책의 낡은 겉장에는 흐릿하게 '임어臨於'라고 적혀 있었다.

"임어는 내가 붙인 이름이오만, 나랏일을 앞두고 내가 기억해야 할 것들을 적어놓은 것이지요. 하지만 이건 누구에게도 보여줄 수 있는 기록이 아니오. 나 혼자만의 생각이 들어 있으니까. 죽기 전에 물로 씻어 세초洗草를 하거나 소각해서 없애야지."

"어찌 그런 말씀을…."

"남겨두면 후세에 분란만 일으킬 뿐이요. 주상이 보아서도 안 될 것들이 적혀 있으니 그쯤만 아시오."

"알겠사옵니다."

"얘기가 빗나갔구려. 어디까지 얘기했소?"

"경차관 박미가 호군을 데리고 왔다는 말씀을 하셨사옵니다."

"그렇구려. 그때 호군 얘기를 들어보니 한흥보가 경솔했던 거요. 본디 진중한 무신이었는데 보을오의 계략에 속아 넘어간 거지요."

"방심이 화를 불렀사옵니다."

"한데 그자들의 음흉한 간계가 거기서 그친 게 아니오. 조연이 여진 땅으로 치고 들어가니 모련위 지휘사 파아손把兒遜이 사람을 보내 경원부를 침공한 자들은 송화강 올적합兀狄哈이었다고 발뺌을 했고, 동맹가첩목아는 부하를 보내 우리가 도적을 추포追捕, 추적해서 붙잡음한 다면 자기도 돕겠다고 전해온 것이오."

"허…. 동맹가첩목아가 말이옵니까?"

"그렇소."

"하오면 그자는 경원성 싸움에 가담하지 않았사옵니까?"

"직접 가담하지는 않았지만 참으로 교활한 자요. 자기는 빠지고 휘하의 안춘安春과 끽리喫里 등을 보낸 게 밝혀졌지요. 경원성 병사들이 맹가첩목아를 못 보았다고 해서 싸움에 가담하지 않은 것으로 알았는데 나중에 보니 그것조차도 모두 계략이었던 것이오."

"허⋯."

"처음에는 그자가 계략을 피운 걸 몰랐지요. 의심은 했지만, 그자의 말이 교묘했소. 조연이 경원부에 도착하니 맹가첩목아가 수하를 보내 하는 말이, 경원성 침구는 올적합이 저지른 일인데 이번에 죄를 묻지 않으면 다른 도적들도 업신여기고 수시로 침구할 것이라 한 것이오."

"그 말은 사실이옵니까?"

"물론 거짓이었지요. 그러면서 찰리사가 군사를 이끌고 송화강까지 들어오면 자기가 협공을 할 테니 함께 치자고 한 거요."

"아⋯."

"그리고 며칠이 지났는데 맹가첩목아의 동생 어허리於虛里가 다시 사람을 보내 하는 말이, 이제 곧 여름이 와서 초목이 무성해지면 도적들을 잡기가 어려우니 서두르라는 말을 전해온 거요."

"일리 있는 말처럼 들리옵니다."

"틀린 말은 아니지요. 숲이 우거지면 도적 떼를 찾기가 어려워지는 건 사실이니까. 한데 그때는 맹가첩목아가 경원성 싸움에 가담하지 않은 것으로 알고 있던 때였소. 조연은 그들의 도움이 있으면 적들을 추적하기가 수월하니까 협공 제안을 받아들였지요. 해서 군사를 끌고 여진 땅 깊숙이 들어갔는데, 갑자기 그자가 출병이 곤란하다고 기별을 해온 거요."

"무슨 연유로 그리한 것이옵니까?"

"병이 났다고 핑계를 댔소."

"허…."

"어이가 없지요. 함께 공략하겠다던 자가 갑자기 출병할 수 없다고 하니 이상하지 않소? 자기가 못 오면 휘하 군사라도 보내야지 어찌 아프다는 핑계로 군사의 약조를 깰 수 있겠소?"

"그렇사옵니다."

"조연이 수상쩍게 생각하고 황급히 회군했지요. 속도를 내서 회군하던 중에 맹가첩목아가 나타나 퇴로를 막은 겁니다."

"하…. 교활하기가 끝이 없사옵니다."

"그렇지요. 천만다행인 것이 조연이 서둘러 회군을 한 덕분에 맹가첩목아가 몰아넣으려 했던 험지에 갇히지 않게 됐다는 겁니다. 상황 판단을 잘못해서 주저하거나 계속 진군을 했다면 꼼짝없이 몰살을 당할 수도 있었지요."

"빠른 판단이 군사를 살렸사옵니다."

"장수의 빠른 판단은 정말 중요합니다. 양측이 치열하게 싸워 서로 피해를 입기는 했지만, 조연은 여진 땅을 빠져나올 수 있었지요."

"천만다행이옵니다."

"맹가첩목아는 우리 조정에서 지원군을 보내면 여진 땅 깊숙이 끌어들여 2차로 타격을 가하려고 했던 것이오. 하니 그자가 경원성 침구에 가담하지 않은 것에는 더 괘씸한 이유가 있었던 겁니다."

"놀랍사옵니다. 아바마마께옵서 그자를 믿지 말라고 하신 말씀을 이해하겠사옵니다."

"그렇지요. 그 모든 게 황제가 우리를 불신하고 야인들에게 관직을 내린 덕분에 벌어진 일들이었습니다."

"원인은 황제의 불신이었사옵니다."

세종이 고개를 끄덕였다. 나라의 안위를 누구에게 기대겠느냐는 아버지 말씀을 다시 떠올렸다. 이야기가 계속될수록 자신이 나아가야 할 길이 선명해짐을 느꼈다.

태종이 씁쓸하게 웃다가 말했다.

"조연은 일단 퇴각한 후에 군사를 모아 다시 공격을 감행했지요. 그렇게 해서 모련위 지휘사 파아손과 아고거를 포함해서 수백 인을 죽이고 보을오도 사로잡아 문초한 후에 처형한 겁니다."

"보을오도요…."

"그렇지요, 보을오까지…. 한데 그러다 보니 문제가 생겼소."

"어떤 일이옵니까?"

"조연이 죽인 파아손과 보을오가 황제 관직을 받은 자들이었다는 거지요."

"하지만 그자들은 노략질을 한 자들이 아니옵니까?"

"그렇기는 하지만 황제 신하는 맞지 않소? 황제가 어떻게 생각할지는 알 수 없는 것이오. 해서 서둘러 황제에게 그들의 소행을 밝히는 주문奏聞, 사정을 알리는 글을 올리고 여진에게 금칙禁飭, 못하게 타이름을 내려 달라고 했지요."

"하면 답이 왔사옵니까?"

"답이 오기 전에 예상치 못한 일이 또 벌어졌소."

"무슨 일이옵니까?"

"그경에 황제 사신이 칙서를 가지고 동북 여진에 들어갔는데 야인들이 사신에게 활을 쏘아 죽인 거지요."

"허…. 사신인 걸 몰랐사옵니까?"

"알았지요."

"알고도 죽였다는 말씀이시옵니까?"

"그렇게 됐소. 야인 중에 자기 친형이 경사에 들어갔다가 병이 들어 죽은 자가 있었는데, 명나라 조정에서 죽였다고 생각한 거요. 해서 사신인 걸 알면서도 형의 원수를 갚는다고 활을 쏜 겁니다."

"하면 몇 사람이나 죽었사옵니까?"

"모두 여섯이 들어갔는데 느닷없이 한 사람이 활을 맞고 죽으니까 모두 놀라서 도주했지요. 말에 오를 새도 없이 쫓기다가 겨우 목숨만 부지한 채로 우리 땅으로 넘어온 겁니다."

"참으로 황당하옵니다."

"있을 수가 없는 일이었지요. 난 도망 온 사신들을 모두 한양으로 올려 보내라고 했소. 전화위복의 기회가 될 수도 있다고 생각한 거지요."

"그렇사옵니다. 여진이 큰 실수를 한 것이옵니다."

"깊이 생각하는 자들이 아니지요. 어쨌든 그들을 보살피면서 경사로 사람을 보내 전후 사정을 알렸소."

"답이 왔사옵니까?"

"우리 예상대로 됐지요. 황제가 북방 정벌에서 돌아와 그 얘기를 듣고 대노한 겁니다. 그런 데다가 우리와 여진 간에 싸움이 벌어졌다는 것과 그들이 우리 군사들을 여진 땅으로 유인해서 몰살시키려 했던 얘기까지 듣고 나서는 완전히 돌아섰소."

"비로소 사태를 제대로 알게 된 것이옵니다."

"그리고 얼마 후에 칙서가 내려왔는데, 여진들을 인두겁(사람 탈)을 쓴 금수라고 하면서 그들이 다시 침범해 오면 자기에게 아뢸 필요 없이 바로 응징을 하라고 한 거요."

"허…. 황제가 그런 명을 내리다니요."

"하지만 그게 그리 반갑기만 했던 건 아니오. 언제든지 야인들을 칠 수는 있게 됐지만, 그땐 이미 싸움이 끝날 수가 없게 된 때였소."

"어찌 그렇사옵니까?"

"맹가첩목아는 자신이 저지른 과오는 생각지 않고 오로지 복수심에만 차 있었소. 사실 조연의 응징에 과한 측면이 있기는 했지요."

"하오면 그들이 다시 침구했사옵니까?"

"그렇소. 조연이 합아비와 가시구를 모두 참수했는데, 그걸 핑계로 다시 침공을 해왔고, 다른 부족들도 침구를 했소. 하니 싸움이 언제 끝날지 알 수가 없었지요."

"하…."

"일 년이 넘게 싸웠을 것이오. 우리는 그들이 침범해 오면 응전하면서 추격을 했는데, 그자들이 묘하게 허술한 곳만 골라 기습하는 통에 고생을 많이 했지요. 많은 병사가 죽거나 다쳤고…."

"어땠을지 상상이 되옵니다…."

"싸움이 오래되다 보니 우리나 여진이나 모두 지쳤소. 우리는 긴장을 풀지 못하고 계속 변방에 군사를 보내야 하는 입장이었고, 그들은 공격을 받을까 봐 은신처를 옮겨 가며 침구를 해왔으니 역시 편했다고 할 수 없었을 거요."

"서로 시셨다는 말씀을 이해하겠사옵니다."

"그러던 중에 문득 맹가첩목아가 화해를 요청해왔소."

"허! 무슨 계기가 있었사옵니까?"

"글쎄요…. 계기라면 황제가 우리에게 함께 여진을 정벌하자고 제안한 일이 있었는데, 그 말이 귀에 들어간 게 아닌가 싶소."

"어찌 답을 하셨사옵니까?"

"그야 두 번 생각할 일도 아니지요. 국경이나 잘 지키면 될 일을 명나라까지 끌어들여 협공하겠소? 그럴 만한 싸움 상대도 아닌데?"

"맞는 말씀이옵니다. 변방 야인들에 불과하니까요…."

"우리가 처리하겠다고 했지요. 신료들도 극구 반대했는데, 명나라가 우리에게 군비軍費를 부담 지울 거라는 이유 때문이었소."

"소자 생각에도 그게 제일 큰 문제일 것 같사옵니다. 게다가 별 수고도 하지 않고 우리를 도왔다고 생색이나 내지 않겠사옵니까. 여진 땅에 위소를 세울 때도 그랬으니까요."

"하하, 그렇지요."

"맹가첩목아가 화해를 청할 이유로는 충분할 것 같사옵니다."

"그것 말고는 딱히 떠오르는 게 없소."

"하오면 화해를 받아들이셨사옵니까?"

"바로 받아들이기는 어려웠지요. 참인지 거짓인지 의심스러워서 대신들 의견도 서로 엇갈렸소."

"믿기 어려운 자들이었으니까요…."

"그렇지요. 자기들이 힘이 있다고 생각하면 노략질을 하다가도 형세가 불리해지면 언제 그랬냐는 듯이 목숨을 구걸하는 자들이니 말이요. 해서 어떻게 나오는지 지켜보기로 했는데 그 후로도 계속 예물을 바치면서 화해를 요청하니 우리도 무조건 거부만 할 수는 없던 거지요. 그렇게 해서 오늘에 이른 것이니 결국 받아들인 셈이 아니겠소?"

태종이 말을 마치고 차를 한 모금 마셨다.

잠시 후 다시 말을 이었다.

"이것이 명나라와 여진, 우리 조선이 얽히게 된 내력이었소. 내가 왜 왜구와 여진이 사정이 다르다고 했는지 이유를 알겠소?"

"이제 알겠사옵니다, 아바마마…."

세종이 고개 숙여 답했다.

아버지 말씀대로 두 야인의 상황이 다르다는 것을 이해할 수 있었다. 경계를 게을리할 수 없다는 점에서는 같지만, 왜구에게는 바다라는 장애물이 있고, 여진은 언제든지 강만 건너면 된다. 뿐만이 아니라 북방 야인들은 부족마다 처지도 서로 다르고, 필요에 따라 복종과 배신을 번복하고 있어서 대응 기준을 마련하기도 어렵다는 것을 깨달았다. 그들이 한양에 들어오면 이전과 달리 눈여겨보게 될 것 같았다.

태종이 씁쓸한 듯 입맛을 다시고 말했다.

"내가 살아 있는 한은 함부로 넘보지 못하겠지만, 내가 죽고 난 후에는 어이 나올지 알 수 없지요."

"어찌 그런 말씀을 하시옵니까, 아바마마…."

"피할 말도 아니지요. 누구나 한번은 죽는 것인데…. 하지만 주상은 빨리 깨달으니 능히 잘할 것이오."

"부끄럽사옵니다, 아바마마…. 하오나 이번에 야인 말씀을 들으면서 소자가 우선으로 해야 할 것이 무엇인지 알았사옵니다."

"호, 그래요? 그게 무엇이오?"

"병법이옵니다."

"그렇습니다. 병법을 알아야지요. 주상 나이 서른에 군무와 외교를 넘겨주려 했는데 내가 일찍 손을 놓아도 되려나 보오."

"아니옵니다, 소자는 아직 부족하옵니다…."

"군주는 문무를 두루 갖춰야 하오. 주나라 성왕이 이런 말을 했지요. 문文만 있고 무武가 없으면 아랫사람에게 위엄을 세울 수 없고, 거꾸로 무武만 있고 문文이 없으면 백성들이 가까이하려 하지 않는다고 말이오. 그러니 나라는 경전으로만 다스릴 수도 없고, 힘으로만 다스리려고 해서도 아니 되는 것이오."

"명심하겠사옵니다. 하오면 병법은 어찌 익혀야 하옵니까?"

"병법을 익히는 방도가 따로 있는 건 아니오. 그런 길을 밝혀놓은 책은 없소. 굳이 배움을 말한다면 병법이 어떻게 시작됐고, 병서마다 어떤 차이가 있는지 정도를 알고 읽으면 도움이 되겠지요."

"잘 알겠사옵니다. 하오면 병법은 어찌 시작된 것이옵니까?"

"나도 읽은 지가 오래돼서 가물가물하오마는 병법의 시조라면 탕왕湯王. 상나라 왕 때 재상 이윤을 들지요."

"태갑⁴³을 가르친 명재상으로 알고 있었는데 그가 병법의 시조였

---

43 상나라 5대 왕으로, 즉위 직후에 폭정을 일삼아 이윤伊尹이 그를 내쫓고 섭정을 했다. 그 후 태갑太甲이 잘못을 뉘우치자 삼 년 만에 정권을 돌려주었다.

다니 의외이옵니다."

"주상이 병서를 다 읽지 못했으니 모를 수도 있겠소. 흔히 병법가라 하면 손자孫子나 손빈孫臏, 오기를 얘기하지만, 시작은 이윤이라고할 수 있지요. 이윤은 탕왕의 눈에 들어 재상이 된 후에 스스로 적국에 들어가 정세를 염탐했습니다."

"재상 신분으로 그랬다는 말씀이옵니까?"

"그렇지요. 그러니 대단한 병가가 아니겠소? 이윤은 몇 차례나 하夏나라에 들어가 형세를 염탐하다가 하나라가 더는 나라 구실을 못할 거라고 판단되니까 걸왕桀王이 버린 원비元妃에게 접근해서 내분을만들고, 기회를 틈타 쳐들어가서 무너뜨렸소."

"내분을 만들었다니 용간에 능했나 보옵니다."

"능했지요. 《손자병법》 마지막 편이 〈용간〉인데, 손자가 이윤의 용간을 바탕으로 썼다고 하니 이윤의 실전 경험을 높이 평가한 거지요. 그러면서 상나라는 이윤 덕분에 일어날 수 있었다고 극찬을 한거요."

"하오면 어떤 병서를 남겼사옵니까?"

"이윤은 병서를 남기지 않았소. 다만 말로만 떠돌던 병법이 이윤때에 체계를 갖추게 됐다는 말이 전해오지요. 그래서 병가의 시조라고 부르는 겁니다."

"병서를 남기지 않았다니 안타까운 일이옵니다. 하오면 세상에 처음 나온 병서는 무엇이옵니까?"

"처음 나온 병서는 태공망 강태공의 《육도》라고 할 수 있지요."

"아, 《육도》요. 읽은 기억이 있사옵니다."

"그랬구려. 꼭 다시 읽어보시오. 《육도》는 병서이기는 하지만 군주가 지켜야 할 치국의 도리道理나 인의仁義를 역설하기도 했지요."

"그래도 유가儒家의 경전과는 비교할 수 없지 않겠사옵니까?"

"물론 한계가 있지요. 다만 태공망은 병법을 펼치는 데도 덕德으로써 행해야 한다고 주장했소. 내가 《육도》의 글 중에 잊지 않는 것이 하나 있는데, 그가 천하에 관해 말하기를

천하라는 것은[天下者]
군주 일인의 천하가 아니라[非一人之天下]
천하 만백성의 천하다[乃天下之天下]

라고 했소. 임금 된 자라면 머릿속에 담아둬야 할 말이 아니겠소?"

"천하가 만백성의 것이라는 말이옵니다."

"그렇지요, 천하는 만백성의 것이오. 촉나라 유비가 임종 직전에 아들 유선劉禪에게 읽으라고 했던 병서가 바로 《육도》였소. 물론 유선이 아비의 유지를 받들지 못해 나라가 망하기는 했지만."

"명심하겠사옵니다."

세종이 숙연한 표정으로 고개 숙여 답했다.

"하오면 나머지 무경칠서는 어떠하옵니까?"

"모두 훌륭하지만 읽은 지가 오래돼서 상세히 말해주기는 어렵구려. 병서 간에 어떤 차이가 있는지만 간단히 말해주겠소."

"송구하옵니다, 아바마마…."

230

"하하, 송구할 일은 아니오. 우선은 병서가 무경칠서만 있다고 생각해서는 안 되오. 칠서에는 빠져 있지만, 《손빈병법孫臏兵法》도 간과해서는 안 되고, 《손자병법》에 앞서서는 《관자》 관중도 있소."

"아, 《관자》요···. 《사기》〈관안열전管晏列傳〉[44]에서 관자가 쓴 책에 〈승마乘馬 편〉이 있다는 기록을 보았사온데, 하오면 그것이 《관자》의 병법이옵니까?"

"허허, 그걸 기억하고 있었소?"

"최근에 《사기》를 다시 보았을 뿐이옵니다."

"이름은 그렇게 보이지만 그건 군사의 세금과 부역에 관한 얘기지요. 《관자》는 〈외언外言 편〉에서 아주 짧게 병법을 논했는데, 비록 짧기는 하지만 치병治兵, 군사 관리와 훈련과 용병用兵, 군사를 부리는 방법의 원리를 논했지요. 그래서 《관자》를 병법의 시작으로 보는 병가들도 많지요."

"치병과 용병의 원리가 들어 있다니 꼭 읽어보겠사옵니다. 하오면 《손자병법》은 어떤 병서이옵니까?"

"《손자병법》은 최고의 병서라고 할 수 있지요. 손자는 싸우지 않고 이기는 부전승과 임기응변을 병술의 근본으로 삼았소. 한데 주상이 병서를 읽기 전에 알아야 할 것이 하나 있소. 각각의 병서들이 어떤 사안에 대해서는 비슷한 주장을 하다가도 또 다른 사안에서는 전혀 다르거나, 심하게는 반대되는 주장을 하는 경우가 있다는 것이오."

세종은 의외라는 듯 고개를 갸웃하고 물었다.

---

44 사마천이 쓴 《사기》 중에 관자管子와 안영晏嬰에 관한 기록을 가리킨다.

"싸움에서 이기는 병법을 논하는데 어찌 반대되는 주장을 할 수가 있사옵니까?"

"아니지요. 세상에 길이 하나가 아닌 것처럼 얼마든지 다른 주장을 할 수 있는 겁니다. 예를 들면 《손자병법》이 용병用兵을 중시했다면, 《오자병법》은 양병養兵을 중시했다는 것이오."

"아, 무슨 말씀인지 이해하겠사옵니다."

"다시 말하면 《오자병법》은 평소 훈련을 통해 병사 간에 조화를 이뤄야 한다고 주장했으니 전쟁이 일어나기 전의 병법을 논한 것이고, 《손자병법》은 임기응변의 용병술을 논했으니 전쟁이 일어난 후에 전장에서의 병법을 논했다고 할 수 있지요."

"서로 논점이 다른 것이옵니다."

"그렇지요. 하지만 완전히 반대되는 경우도 있습니다. 사마양저司馬穰苴는 《사마법》에서 적과 싸울 때 인의仁義를 지켜가며 싸워야 한다고 했는데, 손자는 반대로 궤도詭道, 속임수에 따라 싸울 것을 주장했지요."

"속임수를 쓴다는 궤도는 이해가 되는데, 전장에서 인의를 지켜 싸운다는 게 무슨 뜻이옵니까? 인의를 지켜가며 싸울 수가 있사옵니까?"

"맞서 싸울 준비가 안 된 적과는 싸우지 않는다는 것이오. 해서 준비를 갖출 때까지 기다려줘야 한다는 것인데, 손자는 적군이 대적할 준비를 갖추기 전에 치라고 했으니 서로 엇갈리는 주장을 하는 게 아니오?"

"…"

"이전에 내가 출정을 떠나는 병사들의 군량은 적지에서 조달한다는 말을 했었는데 그걸 기억하오?"

"기억하옵니다. 요동성 공략 때 말씀하셨사옵니다."

"그렇지요, 그것도 두 사람의 주장이 서로 다릅니다. 손자는 군량을 적지에서 조달해야 한다고 했고, 사마양저는 적지 물자에 손을 대서는 안 된다고 했지요."

"하면 사마양저의 병법을 따르면 승리하기가 어렵겠사옵니다."

"꼭 그렇지는 않소. 인의를 지키는 싸움이란 양쪽 군대가 벌판에서 마주하는 경우를 말하는데, 그런 싸움이 많은 건 아니요. 그런데다가 사마양저는 성을 함락한 후에 그 나라를 통치할 경우를 감안해서 물자를 약탈하지 말라고 한 것이니까 틀렸다고 할 수도 없지요. 싸움에 이겼다 해도 백성들을 약탈하면 통치가 되겠습니까?"

"그렇습니다."

"서로 다른 주장에는 그럴 만한 이유가 있는 겁니다. 해서 《사마법》을 《손자병법》, 《오자병법》과 함께 3대 병서로 꼽기도 하지요."

"이해하겠사옵니다."

"그 외에 《울료자》나 《삼략》은 구체적인 병술보다는 병법 원리를 논한 것이고, 《당리문대》는 당태종唐太宗과 이정李靖이 역대 병법에 대해 문답한 내용이지요. 그리고 칠서에는 빠져 있지만, 제갈량의 《장원將苑》45은 전장에 나가는 장수의 자질에 대해서 논했소."

"소자가 깨닫는 바가 많을 것으로 생각되옵니다."

---

45 삼국 시대 유비의 책사였던 제갈량諸葛亮이 쓴 병서를 가리킨다.

"어려운 글이 아니니 바로 깨우칠 것이오…."

태종이 말끝을 흐리고 뭔가를 생각했다. 세종은 아버지가 가라앉은 표정을 하자 깊은 말씀을 하시려나 보다 했다.

잠시 침묵이 있은 후에 태종이 말했다.

"주상이 이제야 병서를 읽게 된 건 내가 잘못 생각한 탓이오."

세종이 눈을 휘둥그레 떴다. 아버지의 잘못이라는 말이 당황스러웠다.

"아바마마…."

"양녕에게는 시기 질투가 있습니다. 해서 주상이나 효령에게 병권이 주어진 채로 양녕이 즉위하게 되면 형제간에 어떤 일이 벌어질지 알 수 없었소. 주상의 외숙들이 이미 기미를 보이지 않았습니까…."

"…."

"그런 불행을 막아야 했소. 해서 대군들에게 조정 일도 멀리하고 병법도 멀리하도록 했던 것이오. 그것이 내 자식들을 살릴 수 있는 유일한 길이었소."

"…."

5

세종이 그린 그림, 진도

세종 즉위 3년(1421년) 봄, 연화방에 신궁이 완공돼 두 임금이 함께 둘러보았다. 수강궁 넓은 뜰에 부엉이가 날아들어서 그런 것인지, 아니면 마음 편히 보내주지 못한 원경왕후의 흔적이 어른거려서 그런 것인지 상왕은 한양에 들어오면 수강궁에 머물기를 꺼려했다.

터를 닦기 시작해서 도배를 끝내는 데까지 불과 두 달 남짓 걸렸다. 궁이라고 부르기도 무안할 정도로 작았지만, 상왕은 침소와 대신을 맞는 건넛방을 둘러보고 만족해했다.

신궁에서 나와 종친, 대신들과 함께 종루鍾樓. 지금의 종각로 향했다. 단오를 하루 앞두고 종루 앞마당에서 석전石戰. 돌싸움이 벌어질 예정이다. 석전은 단옷날에 벌이는 민속놀이 중 하나로, 참가자를 좌군 우군 둘로 나눠 돌팔매와 몽둥이로 싸우는 놀이다. 세종은 단순히 명절놀이라고 생각해서 참관하기를 사양했으나 상왕이 무재武才. 싸움 기술를 기르는 일이라고 해서 함께하게 됐다.

두 임금이 누각에 마련된 자리에 앉고, 나이 많은 종친과 대신도 뒷자리에 앉았다. 누각 아래 넓은 뜰에는 몽둥이를 든 방패군 300명과 돌을 던지는 척석군擲石軍 150명이 좌우로 200보步만큼 떨어져 각각의 진영에 청기와 백기를 세우고 놀이가 시작하기를 기다렸다.

잠시 후 싸움을 알리는 북이 둥둥 울렸다. 북소리가 끝나기가 무섭게 척석군의 돌이 날아올랐다. 보는 사람들의 시선이 돌덩이를 따라 움직였다. 좌우군 간에 200보나 떨어진 거리 덕분에 돌덩이는 방패군 진영 앞 빈 공간에 떨어졌다. 방패군 진영에서 야유가 나오고 구경꾼들의 비웃음 소리가 들렸다. 척석군이 약이 오른 듯 앞으로 나가 돌팔매질을 했다. 이번에는 방패군 무리 안에 떨어졌다. 웃음소리가 쏙 들어갔다. 이어서 연달아 돌덩이가 날아들면서 본격적인 석전이 시작됐다. 방패에 돌덩이 부딪히는 소리와 아우성이 어지럽게 섞였다. 지켜보는 이들은 자기도 모르게 몸을 쓰거나 주먹을 불끈 쥐었다.

방패군은 원패圓牌, 둥근 패를 치켜들고 공격 대형을 유지하며 한 발 한 발 전진했다. 척석군은 방패군이 다가오지 못하게 돌덩이를 던졌지만, 인원이 배나 많아서인지, 아니면 굳건해 보이는 밀집 대형 탓인지 방패군이 우세해 보였다. 대형은 조금도 흐트러지지 않았다. 성급한 사람들은 방패군의 승리를 점치기도 했다.

하지만 그 형세는 그리 오래가지 않았다. 방패군의 전진이 이어지던 중에 갑자기 척석군 무리 속에서 20~30명이 방패군의 좌우 측면으로 달려 나갔다. 갑작스러운 상황에 방패군은 아무런 조치도 취하지 못했다. 척석군들이 측면에서 공격을 시작하자 방패군은 예상치

236

못한 공격에 놀라 전진을 멈췄다.

척석군 패두牌頭. 우두머리는 방패군이 멈칫하자 측면 공격을 늘렸다. 잠깐 사이에 형세가 바뀌었다. 척석군의 삼면 공격이 위력을 발휘할수록 방패군은 주눅이 들어갔다. 전진은커녕 원패로 몸을 가리고 머리도 내밀지 못하는 처지가 됐다. 척석군이 승기를 느끼고 돌팔매에 힘을 더하자 방패군의 측면 대열이 뒤로 밀렸다.

사람들 입에서 안타까움의 탄성이 나왔다. 방패군에 획기적인 조치가 있어야 할 듯이 보였지만 무기력하게 조금씩 조금씩 무너져갈 뿐이었다. 마침내 측면이 깨지고 이어서 정면까지 무너졌다. 척석군들은 때를 놓칠세라 방패군 깃발을 향해 달렸다. 방패군 수비수들은 몰려오는 척석군의 기세에 눌려 싸움을 포기하고 도망쳤다. 그렇게 허망하게 깃발이 뽑히고 말았다.

긴장 속에서 첫 싸움이 끝났다. 보는 이들은 양손에 땀을 쥐었다. 시작은 놀이였지만 눈앞에서 벌어진 상황은 거의 전쟁이었다.

태종이 방패군 패두를 불렀다.

패두는 누각 아래 무릎을 꿇고 머리를 땅바닥에 묻었다.

"어찌해서 졌느냐?"

"황공하옵니다, 전하. 흙먼지가 일어난 데다가 때마침 햇빛에 눈이 부셔서 날아오는 돌을 쳐다볼 수가 없었사옵니다."

패두가 몹시 억울하다는 듯이 하소연했다.

"허어 그래?"

"그렇사옵니다, 전하. 방패군은 하늘을 봐야 하니 자리를 바꿔주시옵소서."

"…."

태종이 말없이 패두를 내려다보았다. 편한 표정은 아니었다. 잠시 무언가 생각하다가 말했다.

"하면 그리 하도록 하거라. 다친 백성은 없느냐?"

"크게 다친 백성은 없사옵니다. 모두 전건戰巾. 전투 때 쓰는 모자 속에 가죽과 솜을 두껍게 넣었사옵니다."

"다행이다. 방비를 잘했구나."

태종은 고개를 끄덕이고 누각 아래 석전꾼들을 향해 말했다.

"좌우군은 모두 듣거라. 싸움 중에 넘어지거나 전건이 벗겨진 자는 공격해서는 안 된다. 이를 어기는 자는 과인이 벌을 내릴 것이다."

백성들이 다쳐서는 안 된다는 상왕의 엄명이었다.

곧이어 좌우군이 진영을 바꾸고, 북소리와 함께 두 번째 싸움이 시작됐다. 척석군은 요령 있게 돌팔매질을 하면서 다시 측면 공격 기회를 노렸다. 측면 공격 없이는 승산이 없었다. 방패군도 앞선 패배를 기억하고 측면 공격에 대비했다.

싸움 중에 척석군 패두가 허술한 순간을 포착하고 돌격 신호를 내렸다. 몸 빠른 자들이 달려 나갔다. 방패군은 기다렸다는 듯이 20~30명이 방패를 앞세우고 나갔다. 하지만 대형이 조밀하지 못해 한둘이 돌팔매에 당하자 순식간에 겁을 먹고 멈칫거렸다. 누각 위에서 지켜보는 이들은 답답하다는 듯이 탄식하고 혀를 찼다.

잠시 후 척석군이 측면 공격을 본격적으로 시작하자 방패군은 기가 죽어 머리를 내밀지 못하고 몸을 웅크렸다. 앞사람이 한 발짝 뒤로 물러서면 뒷사람도 따라서 한 발짝 물러섰다. 척석군보다 인원이 두 배나 많은 것이나, 해를 등지고 자리를 잡은 것이나 어느 것 하나 소용이 없었다. 점점 밀리는가 싶더니 마침내 대열이 깨지고 길을 내 주었다. 척석군들은 때를 놓치지 않고 달렸다. 보는 이들의 탄식과 함께 다시 깃발이 뽑히고 말았다.

연거푸 두 번을 지고 놀이가 끝났다. 임금과 신료들은 똑같은 형태로 패한 방패군의 무기력을 꼼꼼히 지켜보았다. 공격이 조직적이지도 못했고, 융통성 있게 방어하지도 못했다. 실망이 컸다. 두 임금은 안타까움을 말하고 각자의 처소로 돌아갔다.

단오의 아침이 밝았다. 어제가 예행연습이었다면 오늘은 본 싸움이다. 누각 아래 마당 가장자리에 구경꾼들이 빙 둘러 자리를 잡았다. 사람들은 어제의 복수극이 벌어질 수 있을까 해서 한마디씩 했다.

잠시 후 상왕이 2층 난간 앞에 서자 사방이 조용해졌다.

좌우를 둘러보고 말했다.

"오늘 석전에서 이긴 자들에게는 후하게 상을 내릴 것이다. 석전꾼들은 지혜와 용기를 발휘해서 잘 싸우도록 하라. 다만 좌군과 우군 모두 다쳐서는 아니 되니 방패를 뒤집어쓰고 엎드린 자나 넘어진 자, 전건이 벗겨진 자는 공격해서는 안 된다."

위엄에 찬 상왕의 훈시였다. 석전이 민속놀이임에도 해마다 벌어지지 못한 이유는 다칠 수 있어서다. 그래서 어떤 해는 건너뛰고, 어느 해는 벌어졌다. 상왕은 신료들의 만류에도 불구하고 석전을 벌이라고 명했다. 백성들 몸에서 싸움의 기억이 사라지면 언젠가 더 큰 불행이 닥칠 것이다. 바로 이 백성들이 나라가 위험에 처했을 때 칼과 창을 들고 전장에 나가는 병사들인 까닭이다.

어제의 결과를 고려해서 병사 중에 체격이 좋고 힘 좀 쓰게 생긴 장정을 여럿 선발해 방패군에 보완해주었다. 방패군들이 환호성을 지르며 좋아했다. 장정들은 거들먹거리는 몸짓으로 방패군 진영에 합류해 맨 앞줄에 섰다. 그들은 사람들의 시선을 만족할 만큼 늠름해 보였다. 오늘은 반드시 이길 것이다.

북소리가 울리자 싸움이 시작됐다. 선발된 장정들은 능숙하게 돌팔매질을 피하거나 원패로 막아내며 척석군 진영으로 다가갔다. 돌을 맞아도 아프지 않다는 것인지 아니면 원래 싸움에 능한 것인지, 보는 이들은 어제와 사뭇 달라진 분위기에 눈을 크게 뜨고 지켜봤다. 나머지 방패군들도 선두의 뒤를 쫓았다.

방패군 선두가 척석군에게 다가가 몽둥이를 휘둘렀다. 싸움이 빨리 끝날 것처럼 보였다. 저런 기세라면 오늘의 승자는 방패군이 될 게 분명했다. 어제의 패배를 보기 좋게 복수하는 것이다. 좌우군의 균형이 깨진 것처럼 보일 즈음, 척석군 패두가 방패군 선두를 집중 공격하라고 소리쳤다. 척석군들은 패두의 외침에 빠르게 반응했다. 돌덩이가 선두에 집중되자 방패군은 몽둥이질을 할 수가 없었다. 원패로 몸을 가렸다. 전진은 어려웠다. 척석군의 돌팔매질이 더욱 기세를 부리자 오히려 한 발 한 발 뒤로 밀렸다. 그때 누군가 본대에 붙으라고 소리쳤다. 옳은 판단이었다. 본대에 합류해 다시 대오를 갖추고 새로이 공격하는 것이 나아 보였다. 방패군의 분위기는 어제와는 확실히 달랐다.

방패군이 2차 공격을 준비하고 있던 때에 갑자기 척석군 패두가 소리쳤다.

"백기를 지켜라!"

수비를 강화하라는 척석군 패두의 명령이었다. 사람들이 고개를 갸웃했다. 딱히 척석군이 밀리고 있는 상황도 아닌데 느닷없이 수비를 강화하라고 하니 의아했던 것이다. 패두의 외침에 척석군 일부가 슬금슬금 한쪽으로 모여들었다.

'척석군이 밀리나?'

'괜찮은 것 같은데 왜 저러지?'

이해할 수 없는 움직임이었다. 무슨 일일까 해서 관전자들이 숨소리도 크게 내지 못하고 있을 때 또다시 패두가 소리쳤다.

"우측!"

외침 소리와 함께 척석군 20여 명이 방패군의 우측면으로 우르르 달려 나갔다. 한 치의 머뭇거림도 없었다. 나중에 밝혀졌지만 '백기를 지켜라'라는 패두의 외침은 측면 공격을 준비하라는 그들만의 신호였다. 사전 약정에 따라 첫 외침에 슬금슬금 모이고, 두 번째 외침에 화살처럼 튀어 나간 것이다. 놀라운 기습공격이었다. 방패군이 허를 찔린 상황을 알아챘을 즈음 또다시 외침 소리가 들렸다.

"좌측!"

준비하고 있던 20여 명이 또다시 왼편으로 튀어 나갔다. 그들은 혼란한 와중에도 패두의 명령을 정확히 알아들었다. 구경하는 이들은 화살처럼 빠른 척석군의 움직임에 놀랐다.

"허…!"

"저런!"

누각 위에서 탄성 소리가 났다. 눈치 빠른 이들은 어제와 같은 상황이 재현될 것을 바로 알아챘다. 방패군이 즉각 달려 나가 척석군을 막았어야 했는데 기회를 놓쳤다. 방패군은 선두 장정들에게 걸었던 기대가 깨지자 갈팡질팡했던 것이다.

곧이어 양쪽 측면에 자리 잡은 척석군들이 거리를 좁혀가며 돌팔매질을 해댔다. 앞면과 좌우 양쪽에서 날아오는 돌덩이를 막아내는 것은 거의 불가능했다. 판세를 뒤집기는 틀렸다. 패배를 읽은 약은 자들이 하나둘 뒤로 빠지고, 빠져나가지 못한 자들은 눈치를 보다가 원패를 뒤집어쓰고 땅바닥에 납작 엎드렸다.

"엎드려!"

"도망가! 살아야지!"

구경꾼들이 소리쳤다. 대등한 싸움이 되도록 장정들을 보완해주었지만, 결과는 마찬가지였다. 방패군은 공격도 계획적이지 못했고, 수비도 정밀하지 못했다. 상대적으로 척석군은 진영을 견고하게 지키면서 효율적으로 공격했다. 마침내 방패군 대열이 무너졌다. 척석군 패두가 총공격 명령을 내렸다. 척석군들은 땅바닥에 엎드린 방패군을 펄쩍펄쩍 뛰어넘으며 망아지처럼 내달렸다. 방패군은 저항조차 무기력해 보였다. '아…' 하고 탄식하는 사이에 청기가 뽑혔다. 사기가 떨어지면 무너지는 건 참으로 한순간이었다. 척석군의 환호성이 종루 앞마당을 가득 메웠다.

잠시 후 양쪽 패두가 누각 아래에 무릎을 꿇고 머리를 조아렸다.

놀이의 패두이니 관직 있는 장수의 공과를 따지듯이 평을 할 수는 없었다. 태종은 방패군에게 싸움 의지가 부족했음을 지적하고 척석군에게는 용맹과 지혜를 칭찬했다. 유사有司를 시켜 술과 고기를 내리고 싸움에서 이긴 척석군에게 면포와 정포正布, 저화楮貨, 종이돈 등을 푸짐하게 상으로 내려주었다.

두 임금이 연화방 신궁에 도착했다.

태종이 궁금하다는 듯이 물었다.

"석전은 볼 만했소?"

"예, 아바마마께서 무재武才를 기르는 일이라고 말씀하신 이유를 충분히 알았사옵니다."

"다행이요. 한데 백성들이 다치지 않게 하려니 쉽지가 않소."

"규율을 엄하게 해야 할 것이옵니다."

"그래야겠지요."

"전건을 보강하는 것은 어떻겠사옵니까?"

"좋은 말씀이요. 잘 만들면 병사들이 활용할 수도 있겠지요."

"그렇사옵니다."

"한데 석전 승패는 어찌 생각하시오?"

"소자도 그 말씀을 드리고 싶었사옵니다."

세종은 마침 병서를 읽고 있어서 석전에 대해 여러 가지 생각을 하던 중이었다.

태종이 빙그레 웃으며 말했다.

"말씀해보시오. 궁금합니다."

"소자 생각에 척석군 패두는 싸움을 읽을 줄 아는 지혜로운 자이고, 방패군 패두는 임기응변을 모르는 자라고 생각했사옵니다."

"하하, 맞습니다. 그게 제일 큰 승패의 이유겠지요."

"《손빈병법》〈장의將義[46] 편〉에 장수가 지혜롭지 못하면 임기응변의 결단을 내리지 못한다고 했는데 딱 그것이었사옵니다."

"맞는 지적이요. 하면 《손빈병법》을 보았소?"

"읽어보았사옵니다."

"무경칠서는?"

"칠서는 다 보았고, 아바마마께서 칠서 외의 것도 중요하다고 하셔서 《손빈병법》을 읽고 지금은 제갈량의 《장원》을 읽고 있사옵니다."

"그새 많이 보았구려."

"글이 어렵지 않고, 분량도 많지 않아서 바로 읽을 수 있었사옵니다."

"허허, 잘하셨소."

태종이 만족스러운 듯이 웃었다. 세종이 병서를 읽었다는 말에 얼마나 깊이 알고 있는지 궁금해졌다.

"주상 말씀대로 방패군 패두의 잘못이 크지요. 하면 어찌해야 방패군이 이길 수 있었겠소?"

"방패군은 인원이 배나 많으니 대결을 몽둥이 싸움으로 끌고 갔어야 했사옵니다. 척석군이 측면에서 돌팔매질을 못 하게만 막았다면 백전백승하지 않았겠사옵니까? 하오니 척석군이 측면을 파고들 때를 대비해 돌격군을 준비했다가 때에 맞춰 달려 나가 돌팔매질할 기회

---

46 《손빈병법》의 편명으로, 장수의 덕목과 자질을 다뤘다.

를 주지 말았어야 했는데, 방패군 패두가 슬기롭지 못해 계속 자리를 내주고 만 것이옵니다."

"맞는 말씀이오. 장정을 보완해주었는데도 나아진 게 없었지요. 인원이 배나 많았던 이점을 살리지 못했소. 하면 떠오르는 병법이 있었소?"

"《장원》〈여사厲士[47] 편〉이 생각났사옵니다."

"그건 무엇이오?"

"제갈량이 〈여사 편〉에서 말하기를, 장수는 싸울 때는 앞장서고 물러설 때는 뒤에 서라고 했는데, 방패군 패두는 무리 속에 끼어서 나서기를 꺼려 했사옵니다."

"허허, 제대로 보았구려. 주상이 병서를 읽은 보람이 있소."

"부끄럽사옵니다, 아바마마…"

"훗날 주상이 장수를 택할 때 인물됨을 잘 살펴야 할 것입니다."

"명심하겠사옵니다."

"생각나는 병법이 또 있었소?"

"《오자병법》〈요적料敵 편〉에 있는 '과果'가 생각났사옵니다."

"그건 무엇이오?"

"오자가 '과'에서 말하기를, 병사들이 살겠다는 생각을 버리고 죽을 각오로 싸워야 승리를 얻을 수 있다고 했는데, 방패군은 모두 몸을 사렸사옵니다."

"하하, 맞소. 방패군이 과하게 몸을 사렸지요. 하지만 그건 패두가

---

47 《장원》의 편명으로, 병사의 사기를 높이는 방법에 대해 논했다.

지휘를 잘못해서 사기를 올려주지 못한 탓도 있지요. 여하튼 주상이 병법 원리를 많이 깨우쳤구려."

"아니옵니다, 아바마마….."

"석전 보기를 잘한 것 같소."

태종이 고개를 끄덕였다. 만족스러웠다. 임금이 이처럼 빠르게 병법 원리를 깨달을 줄은 몰랐다. 시험 삼아 물었는데 부족한 점이 보이지 않았다. 출전까지 막힘없이 말하는 것을 보고 더는 논하지 않아도 되리라 여겨졌다.

흐뭇한 표정으로 물었다.

"삼봉 정도전의《진법陣法》[48]은 읽어보았소?"

"예, 얼마 전에 병조에서 대신들 반열班列[49]을 올리기에 황급히 읽기는 했는데 아직 독습讀習, 읽고 익힘을 마친 것이 아니라서 무어라 말씀드리기는 어렵사옵니다."

"틈을 내서 꼭 읽어보시오. 잘 만든 병섭니다. 참, 참찬(의정부 참찬 변계량)에게《진도지법陣圖之法》[50]을 만들라고 한 걸 알고 있지요?"

"알고 있사옵니다. 하온데 삼봉의《진법》을 잘 만든 병서라 하시면서《진도지법》을 새로 만들라 하신 까닭이 무엇이옵니까?"

---

48 조선 건국 초기에 정도전이 지은 병서로, 1권 1책으로 군대의 훈련과 국방에 대비하도록 역대의 병서를 참작, 보충해 시의에 맞도록 순차와 편목을 정해 만들었다.

49 진법 대열에서 조정 대신들의 위치와 역할을 정해주는 일을 가리킨다.

50 세종 3년(1421년), 태종이 의정부 참찬 변계량에게 편찬토록 한 병서로 결진 방법과 운용법 등을 다루고 있다.

"잘 만들기는 했지만 미진해서 보완할 부분이 많소."

"미진하다 하오면…."

"주상이 심봉의 《진법》을 읽었다니, 《진법》 중에 〈정진正陣〉과 〈결진십오지도結陣什伍之圖〉가 있는 것을 기억하시오?"

"기억하옵니다."

"읽어보니 어떻소?"

"글자 수가 적어서 모범으로 삼기는 부족하지만, 그래도 뒤에 나오는 〈오행출진가五行出陣歌〉나 〈기휘가旗麾歌〉에도 운용법이 있어서 잘 만든 것이라고 생각했사옵니다…."

"허, 그래요? 그리 생각했다니 의외구려…."

태종이 고개를 갸웃하고 《진법》을 찾아 펼쳤다. 세종은 삼봉의 《진법》이 아버지 서궤 위에 있는 것이 의아해서 물었다.

"아바마마께서도 보고 계셨사옵니까?"

"아무렴요, 참찬에게 《진도지법》을 만들라고 했으니 삼봉의 《진법》에 미진한 게 무언지 알아야 하지 않겠소?"

"아…."

"어디를 가나 서책은 늘 나를 따라다니오."

"소자도 그리하려 하옵니다."

"만백성의 임금이라면 그래야지요. 주상이 배우고 익혀야 이 나라가 삽니다."

"명심하겠사옵니다."

"그건 그렇고, 주상 말씀대로 〈오행출진가〉나 〈기휘가〉가 운용법을 제대로 설명하고 있는지 한번 봅시다…. 그래, 여기 있구려."

태종이 〈오행출진가〉를 가리켰다.

그 내용은 이러했다.

　전위대는 중심축으로 수비대가 돼[前衡中軸爲守兵]

　산등성 언덕처럼 움직이지 않네[按列不動如陵岡]

　후위대는 뒤에서 정병이 돼[後衡居後爲正兵]

　먼저 나가 적을 치니 용맹을 당할 수 없고[先出致敵勇莫當]

　좌익과 우익은 기습병이 돼[左翼右翼爲奇兵]

　천둥 벽력같이 거세게 치고 나가는구나[旁出突擊如雷霆]

"〈기휘가〉도 한번 보시오."

그 내용은 이러했다.

　휘기와 오위五衛의 기는 모두 오색이니[麾色有五旗亦五]

　휘기로 지휘하고 위기衛旗로 답하네[指揮以麾應以旗]

　중위는 황색 후위는 흑색 전위는 적색[中黃後黑前則赤]

　좌위 청색 우위 백색 모두가 알맞구나[左靑右白各隨宜]

　동서남북은 휘기의 지휘를 보라[東西南北視麾指]

　기를 들면 출동하고 내리면 정지하라[擧則軍動伏止之]

　힘차게 휘두르면 기병과 보군은 모두 나가 싸워라[揮則騎步皆戰鬪]

"주상은 이것으로 병진 운용법을 다 설명했다고 보는 것이오?"

"…"

세종이 영문을 몰라 답을 하지 못했다.

태종이 고개를 가로저으며 말했다.

"이건 원칙일 뿐이지요. 이것만으로는 절대 훈련할 수 없습니다. 실제로 진법 훈련을 하려면 진을 펼칠 때 사용할 모든 신호와 병사의 움직임을 정해줘야 하고, 진의 형태를 바꿀 때나 적과 응전할 때 필요한 신호와 움직임을 빠짐없이 정해줘야 합니다. 그런 세부 규칙을 정해놓지 않으면 무슨 수로 진을 펼치고 군사를 앞으로 가게 하거나 물러서게 하고 방진方陣, 곡진曲陣, 예진銳陣으로 진의 모양을 바꾸겠소?"

"…."

"규칙을 정해서 병사들을 훈련하는 건 진법을 만드는 것 이상으로 어려운 일입니다. 왜 그럴 것 같소?"

"…."

"나가서 눈으로 봐야 하오. 수천수만 군사를 북과 꽹과리, 깃발로 일사불란하게 움직이게 하려면 규칙이 빈틈없이 명확하고 효율적이어야 하기 때문이오. 이해하시겠소?"

"그렇사옵니다."

"막상 병사들을 들판에 벌여놓으면 서궤 앞에서 생각했던 것과는 상당히 다르오. 한데 그런 혼란이 훈련장에서 그쳐야지, 전장까지 이어져서는 아니 된다는 겁니다."

"명심하겠사옵니다, 아바마마."

병서를 읽고 우쭐했던 자만감이 쏙 들어갔다. 오히려 상왕으로 물러난 아버지가 아직도 병법을 연구하고 있는 사실에 적잖이 놀랐다.

부끄러운 생각이 들어 고개를 숙였다.

태종은 세종의 기가 죽은 모습을 보고 빙그레 웃으며 말했다.

"삼봉은 진법 원리를 설명했을 뿐이오. 뒤에 나오는 〈각경가角警歌〉
나 〈기정총찬奇正總讚〉, 〈금고기휘총찬金鼓旗麾總讚〉 등을 봐도 모두 마
찬가지지요. 발상은 좋은데 모두 원칙일 뿐이지요."

"소자가 속뜻을 헤아리지 못했사옵니다."

"이제라도 알았으니 됐소. 한데 삼봉이 〈결진십오지도〉를 잘 만든
건 사실입니다. 전통 병서의 결진법結陣法, 진을 치는 방법을 우리 실정에
맞게 바꾼 거지요. 중국의 결진법은 우리에게 맞지 않소."

"우리는 중원中原처럼 넓은 평야가 별로 없으니까요."

"그렇지요. 그가 비록 나와 다툼을 벌이기는 했지만 잘한 건 인정
해야지요. 다만 구체적인 운용법이 빠져 있으니까 참찬에게 새로이
만들라고 한 것입니다."

"아바마마, 하온데 소자는 삼봉이 병법을 노래 가사로 만든 것에
많이 놀랐사옵니다. 무경칠서 어디를 읽어봐도 그런 기록은 없었사
옵니다."

"듣고 보니 그렇소."

"장수와 병사가 진법을 잊지 않게 하려고 일부러 노랫말로 만든
것이 아니겠사옵니까."

"그렇지요. 모두가 기억하고 있어야 즉각 대응할 수 있으니까."

"소자는 그중에서도 특히 〈각경가〉에 감탄했사옵니다."

"〈각경가〉요? 이유가 무엇이오?"

태종의 물음에 세종이 〈각경가〉를 펼쳤다.

내용은 이러했다.

처음 부는 취각 오성은 경계 신호이고[角初五聲乃警衆]

뒤의 오성은 집합하는 신호다[角後五聲復收兵]

간간이 금고를 울리면 대오를 정비하고[間以金鼓整部伍]

진퇴의 신호에 주의를 기울여라[進退之節仔細聽]

"이 가사를 보면 싸움을 위한 첫 신호가 아니겠사옵니까."

"맞소."

"첫 신호를 똑바로 알아채야 다음 신호도 바르게 받아들일 것이니 전장에서는 매우 중요한 일이 아니겠사옵니까."

"당연히 그렇지요."

"해서 그 첫 신호의 의미를 잊지 않도록 노래로 만든 것이 참으로 대단하다고 생각했사옵니다. 말로써 설명하면 병사나 장수들이 어찌 오래 기억할 수 있겠사옵니까?"

"허허, 맞는 말씀이오. 나도 예전에 병사들이 〈각경가〉를 흥얼거리고 있는 것을 보았소."

"실로 그랬사옵니까?"

"그럼요. 정말 그랬지요."

"또 하나 감탄할 점은 삼봉이 〈각경가〉를 짧게 만든 것이옵니다."

"호…. 그것도 일리 있는 말씀이오. 욕심을 내서 길게 만들면 오히려 혼란을 일으킬 수 있지요."

"그렇사옵니다. 하오니 삼봉이 〈각경가〉를 잘 만든 것이 아니겠사옵니까."

"허허, 삼봉이 〈각경가〉를 잘 만들기도 했지만, 그 속뜻을 알아챈 주상도 대단하오…."

태종이 만족해서 고개를 끄덕였다. 누구의 도움도 없이 그런 원리를 깨우친 세종의 영특함에 다시 한번 놀랐다.

"내가 복이 많소."

"부끄럽사옵니다, 아바마마."

"한데 병사들이 신호를 잘 기억하는 것도 중요하지만 장수들이 진도를 머릿속에 꿰고 있는 것도 중요하지요. 촌각을 다투는 전장에서 때마다 진도를 펼쳐가며 지휘를 할 수는 없지 않겠소?"

"그렇사옵니다."

"진도를 부족함 없이 이해해서 오위五衛, 전후좌우와 중앙위 움직이기를 입안에 혀를 굴리듯 할 수 있어야 하오."

"하오면 어찌해야 진도를 바르게 이해할 수 있사옵니까?"

"그야 어렵지 않지요. 삼봉이 〈결진십오지도〉를 만들면서 진도陣圖를 남기지 않았으니 그 모양을 머릿속으로만 그리고 있는 것이 아니겠소?"

"그렇사옵니다."

"〈결진십오지도〉를 직접 그려보는 것이오. 그리하면 병사를 배치하는 방법이나 움직이는 경로, 병진의 크기 등을 쉽게 이해할 수 있지요."

"아!"

세종이 대단한 깨달음을 얻었다는 듯이 감탄했다. 자신이 찾던 답이었다. 〈결진십오지도〉를 처음 읽었을 때 군사들이 어떻게 움직이는지, 펼쳤을 때 전체 크기가 얼마나 되는지 등을 가늠할 수 없어 답답했었다. 그래도 자신이 그린다는 생각은 하지 못했다. 그러던 차에 직접 그려보라는 말씀을 들으니 답답했던 속이 단번에 풀어진 것이다.

두 임금은 늦게까지 석전과 병법, 진도 이야기를 나누었다.

이즈음 조정 안팎의 화두는 진법 훈련이었다. 단오 전에는 병조에서 훈련을 했고, 단오가 지나서는 우의정이 했다. 똑같은 훈련은 없었다. 훈련을 마치고 나면 미진한 부분을 보완하고 그것으로 다시 훈련했다. 진법을 빈틈없이 완성하라는 상왕의 명에 따른 것이었다.

세종은 나랏일을 보살피는 외에 시간이 나는 대로 병법 연구에 몰두했다. 삼봉의 〈결진십오지도〉를 그림으로 옮기는 작업도 병행했다. 눈으로만 읽었을 때와 직접 그림으로 그릴 때는 분명히 차이가 있었다. 결코 쉬운 작업이 아니었다.

　　병사들 간에 3보의 간격을 두고[兩人相去之間 空地可容三步]
　　다섯 명이 하나의 대오가 되며[五人爲伍]
　　대오 간에는 1대오 간격을 둔다[兩伍相去之間 空地可容一伍]

두 대오씩 열[十; 십]이 모이면 소패小牌가 되고, 소패가 모여 중패中牌, 중패가 모여 총패總牌를 이루고, 다시 총패가 모여 진陣이 된다.

세종은 간격에 맞춰 병사를 표시한 후에 각 진의 역할을 적어 넣고, 금고金鼓⁵¹와 취각吹角의 위치와 장수의 깃발, 방위기 등도 빠짐없이 그려 넣었다. 수도 없이 그림을 망쳤다. 실패를 거듭하다가 진도 그리기를 마칠 즈음이 되자 비로소 병진을 상세히 이해할 수 있었다.

며칠 후 변계량이 새로운 진법을 완성해 올렸다. 새로 만든 진법 이름은 《진도지법》이었다. 상왕이 먼저 읽고 임금에게 내려주었다.

세종은 반가운 마음으로 받았다. 서둘러 펼쳐보니 조정 대신들의 반열과 결진에 필요한 각종 신호와 움직이는 방법 등을 빠짐없이 설명해놓았다. 다만 삼봉의 《진법》과 다소 차이가 보였는데, 변계량의 《진도지법》이 좀 더 실정에 맞는 것 같다는 생각이 들었다. 그러나 어느 것이 더 효율적인지는 실제로 훈련을 해봐야 알 수 있을 것이다.

《진도지법》에 따라 진도를 새로 그렸다. 복잡하고 시간이 걸리는 일이었지만 진법 자체에 대한 이해가 있어 크게 어려움은 없었다. 그림을 완성하고 미진한 부분이 없는지 《진도지법》을 살펴보다가 문득 불편한 생각이 들었다. 진도를 직접 그려보고 나서야 깨달은 것이다.

'이게 맞는 건가?'

곰곰이 생각했지만, 답을 구할 수 없었다. 밤이 늦어 서궤를 물리고 자리에 누웠다. 방 천장에 진도가 펼쳐졌다. 오위의 군사가 동서남북과 중앙에 자리를 잡았다. 적군이 나타나자 싸움이 시작됐다. 《진도지법》에 따라 전위 군사를 앞으로 보내보고, 후위 군사를 앞으로도 보내봤다. 다른 방도가 있을까 해서 중위와 좌우위도 움직여봤

---

51 고려와 조선 시대에 군중軍中에서 호령하는 데 사용하던 징과 북을 가리킨다.

다. 생각할수록 《진도지법》에 의구심이 들었다. 아무래도 들판에서 병사의 움직임을 직접 봐야 알 수 있을 것 같았다.

며칠 후 상왕이 새로운 《진도지법》에 따라 훈련하는 모습을 보겠다고 명했다. 세종은 상왕의 친람을 기다리던 중이었다. 병조에서 두 임금의 친람에 대비해 5,000 군사를 이끌고 동교에서 훈련을 시작했다. 대신들도 돌아가며 열흘간이나 훈련을 지켜봤다. 마침내 준비가 끝나고 두 임금이 낙천정樂天亭, 성동구 자양동 부근으로 거둥했다.

한강변 넓은 터에서 진법 훈련을 시작했다. 취각 소리와 북소리, 징 소리, 깃발 신호에 따라 병사들이 각종 진을 펼치고, 500 군사를 가상의 적으로 세우고 오위진五衛陣을 펼쳐 응전하는 훈련까지 진행됐다. 상왕은 만족스러웠다. 그동안 우려했던 일들이 잘 해결된 것이다. 훈련이 끝나자 상왕은 그동안 수고한 장수들의 노고를 치하하고 종친, 대신들과 함께 연회를 베풀었다.

연회 중에 세종은 자신이 그린 진도를 병조판서에게 내렸다. 신료들은 깜짝 놀랐다. 임금이 직접 진도를 그린다는 것은 있을 수 없는 일이다. 글을 짓거나 그림을 그리는 일은 아랫사람들이 할 일이지, 제왕이 할 일이 아니었다. 하지만 세종이 진도를 그린 이유를 알고 있던 태종은 그저 빙그레 웃기만 했다. 신료들은 세종이 진도를 완성해낼 정도로 진법을 익힌 것에 감탄했다.

다음 날 세종은 의정부 참찬 변계량을 불렀다. 훈련은 잘 끝났지만 진을 펼쳐 적과 싸우는 응전 훈련을 보고 나니 품었던 의문이 더욱 커졌다. 크든 작든 간에 문제가 있다면 진법은 완성된 것이 아니었다.

변계량이 숙배를 올리고 자리에 앉았다.

"어제는 수고가 많았소이다."

"황공하옵니다, 전하…."

"몇 가지 질문을 하려고 들라 했소."

"그게 무엇이온지요?"

"과인이 《진도지법》을 살펴보니 참찬(변계량)의 진법은 익재益齋, 이제현나 삼봉, 호정浩亭, 하륜의 진법과 다른 부분이 있던데 이유가 무엇이요?"

"다른 부분이 있기는 하오나 대체로는 익재가 만든 진법에 따른 것이옵니다. 삼봉이나 호정의 진법도 익재를 따르고 있사옵니다."

"그렇소?"

의외라는 듯이 고개를 갸웃했다.

"한데 참찬은 적과 응전할 때 전위前衛는 움직이지 않고 후위後衛가 먼저 나가 적과 싸운다고 하지 않았소?"

"그렇사옵니다."

"익재나 호정의 진법에는 그런 말이 없는데?"

"없사옵니다. 소신은 삼봉의 《진법》을 따른 것이옵니다."

"익재나 호정은 그런 진법을 말하지 않았는데 어찌해서 삼봉의 《진법》만을 따른 것이오?"

"전하, 삼봉은 주나라 때부터 전해 내려오는 전통 병법에서 운용 원리를 터득한 것이옵니다. 비록 익재나 호정의 진법에는 없사오나

삼봉의 운용법이 가장 주도면밀하고 진의 안전을 도모하고 있어서
그에 따른 것이옵니다."

"가장 주밀하고 안전하다?"

"그렇사옵니다."

"병법가들은 후방을 조심해야 한다고 경계하고 있는데 후방 군사
를 앞으로 보내는 게 안전하다는 말씀이오? 후방은 어찌하고? 게다
가 우리 지형은 중국 땅과 달리 평탄한 곳이 많지 않아서 후방 군사
를 앞으로 가게 하는 것이 쉽지 않을 텐데?"

"전하, 후방 군사가 앞으로 나가 싸우는 것은 적군이 앞에 있고 후
방에는 적이 없을 때 쓰는 전법이옵니다."

"후방에 적이 없는지는 어찌 아오?"

"척후를 보내서 미리 확인해야 하옵니다."

"적군이 후방으로 접근하는 것은 기습을 하겠다는 뜻인데, 적군은
척후를 보내지 않소?"

"…."

"어제 훈련에서 후위 병사들이 앞으로 나가니 전위와 중위의 자리
가 흐트러졌소."

"그렇사옵니다."

"어제는 병사가 5,000이었지만 1만으로 늘어나서 진이 더 커지면
그 폭이나 전위에서 후위까지 거리가 얼마나 되는지는 따져보았소?"

"…."

병법에 밝은 변계량이었지만 모든 상황에 즉답을 할 수 있는 것은
아니었다. 세종처럼 직접 진도를 그려본 것이 아니어서 전체 진이 펼

져졌을 때의 규모를 정확히 알시 못한 이유도 있고, 병법가들의 이론이 아무리 훌륭하다 해도 모든 상황을 만족스럽게 설명할 수 있는 것도 아니다. 변계량에게 중요한 것은 조선군의 실정에 맞춰 구체적인 운용법을 제정하는 일이었다.

변계량은 주장을 굽히지 않았다.

"전위와 중위는 수비군이니 함부로 움직일 수 없사옵니다. 그래서 삼봉의 《진법》이 가장 안전한 진법이라고 아뢴 것이옵고, 후위가 앞으로 나가 싸우는 것은 이미 중국 병법에서도 충분히 검증돼 지금까지 전해 내려오는 것이 아니겠사옵니까."

"하면 익재나 호정은 전통 병서를 읽지 않고 진법을 만들었다는 말이 되지 않소?"

"…"

"익재의 병법에도 이유가 있지 않겠소?"

"전하…. 익재와 호정이 어떤 이유에서 전통 병법을 따르지 않았는지는 모르겠사오나 수비군의 중요성을 고려할 때 전위와 중위가 움직이지 않는 것은 충분히 타당하옵니다."

"과인은 생각이 다르오. 어제의 경우를 봐도 그렇지 않소? 후위군이 앞으로 나가면서 대열이 흐트러지고, 후위군에게 길을 내주면서 전위와 중위도 흐트러지고 좌우위까지도 물러서는 것을 보았소. 만일 적과 급박하게 마주한 상황이라면 어찌 그리 대열을 흩뜨릴 수 있겠소?"

"전하, 급박하게 적을 만나 싸울 때는 먼저 마주한 위衛가 적과 싸우게 된다는 병법이 또 있사옵니다. 어찌 갑자기 적과 마주한 때까지 후위군이 전위군 앞으로 나아가겠사옵니까."

"…."

세종이 고개를 끄덕였다. 그렇다고 수긍한다는 뜻은 아니었다. 한편으로는 이해가 되기도 했고, 다른 한편으로는 받아들이기 어려웠다. 하지만 문제점을 알게 된 이상 그냥 넘길 수는 없었다.

"그렇다 해도 문제는 또 있소. 전위가 앞에 적이 있음을 알아채고 후위에게 신호를 보내려고 해도 방법이 마땅치 않다는 것이오. 참찬의 결진법에 따라 진을 치면 우리 땅에는 산과 언덕이 많아 후위가 뒤편 언덕 너머에 있는 경우도 허다할 것이오. 하면 깃발은 말할 것도 없고, 취각 소리가 제대로 들리겠소, 아니면 북소리가 제대로 들리겠소? 설사 후방에 적이 없다 해도 말이오. 하니 설령 후위가 전위 앞으로 나가 싸우는 것이 병법에 있다 해도 우리처럼 산과 언덕이 많은 지형에서는 적용하기 쉽지 않을 것이오."

"전위의 신호는 중위가 받아 후위로 전하는 것이옵니다."

"그야 그렇겠지만 그것조차 원활치 않다는 것을 알기에 익재나 호정도 중국식 응전법을 따르지 않은 것이 아니겠소."

"싸움에는 장수의 임기응변이 필요하옵니다."

"…."

세종이 변계량을 바라봤다. 변계량은 고개는 숙이고 있었지만 뜻을 굽힐 기색은 없어 보였다. 사실 임기응변으로 뒷받침하지 못할 상황이란 없다. 네모난 그릇에는 네모로 담고 둥근 그릇에는 둥글게 담는 것이 임기응변이다. 세종이라고 그 이치를 모르는 건 아니나 임기응변이 장수 한 사람의 역량에 의존하니 위험성을 줄이려면 가능한 한 합리적인 원칙을 세워놓아야 한다는 게 세종의 생각이었다.

　잠시 침묵이 흘렀다.

　"장수의 임기응변 능력이 승패를 좌우하는 것은 분명하오. 하지만 후위가 앞으로 나가 응전하는 것이나 적과 싸우고 있는 위를 다른 위가 지원하는 방법을 지금처럼 규정하는 것은 좀 더 생각을 해봐야 할 것 같소. 상왕께서도 참찬의 《진도지법》이 마땅하다고 여기고 계신 것 같은데, 그 부분은 과인이 상왕 전하께 따로 아뢰도록 할 것이오."

　"하오면 어떤 방법을 취하시겠사옵니까?"

　"모든 통제를 중위에서 하는 것이 좋을 듯하오. 물론 갑작스레 적과 마주하는 경우야 당연히 해당 위에서 먼저 응전을 해야 하겠지만 지금대로라면 중위의 역할이 축소돼 있소. 참찬처럼 후위가 전위 앞으로 나간다고 규정할 것이 아니라 전위가 응전할 것인지, 아니면 후위가 응전할 것인지, 어느 위가 지원토록 할 것인지를 모두 중위에서 판단하고 통제하는 것이 더 나을 듯하니 그 역할을 늘리자는 게요."

　"…"

　"중위의 역할을 잘 키우면 각 위衛 간에 소통도 빨라질 수 있으니 전장에서 아주 유용한 일이 아니겠소?"

　"…"

　변계량은 임금의 주장에 일리가 있다고 생각했지만, 선뜻 받아들이지 않았다. 전장의 모든 경우를 글로 나타낼 수 없으니 어떻게 정하든 허점은 있게 마련이다. 자신이 만든 건 어디까지나 원칙이다. 장수는 원칙을 염두에 두고 전장의 형세에 따라 진을 펼치거나 적과 싸울 계책을 세우면 된다. 결진이나 상호 연락, 응전도 마찬가지다.

그처럼 전장의 형편에 따라 즉각 대처하는 것을 임기응변이라고 부르고, 그 능력을 키우기 위해 평소에 훈련을 하는 것이 아니겠는가. 한마디 덧붙이고 싶은 마음은 굴뚝같았지만, 상왕과 논의하겠다는 말에 더 이의를 달지 않기로 했다.

잠시 후 세종이 말했다.

"하고…."

"예, 전하…."

"삼봉은 지휘기의 색도 다섯 가지, 각 위기衛旗의 색도 다섯 가지라고 했는데, 참찬은 어떤 이유로 위기와 지휘기를 함께 쓸 수 있다고 했소?"

"전하, 그것은 위기와 지휘기가 모양이나 색깔이 비슷해서 필요할 때는 위기가 지휘기의 신호를 똑같이 전할 수 있다는 의미이옵니다. 그렇다고 해서 위기와 지휘기를 똑같이 만들 수는 없지 않사옵니까."

"그건 안 될 말이지. 서로의 위치와 역할이 분명히 다른데…."

"그렇사옵니다. 문제는 오위에 제각기 방위기와 진영기가 있고, 그 아래 각 소패와 중패, 총패에도 기가 여러 가지여서 혼란스러우니 군사들이 지휘기의 명령을 빨리 알 수 있게 그리한 것이옵니다."

"…."

고개를 끄덕였다. 맞는 말이었다. 이미 많은 종류의 깃발과 취각, 금고의 신호 체계로 세종 자신도 혼란스러웠다. 전장에서 병사들이 지휘자의 명령을 빨리 알아채는 일은 무엇보다 중요하다. 사소해 보이는 부분까지 꼼꼼하게 살핀 변계량의 섬세함에 내심 탄복했다.

"참찬의 말씀이 옳소. 그건 그렇고…. 각 위의 명칭에서 말이오…."

"예, 전하…."

"옛 진법에서 각 위를 칭할 때 전군, 중군, 후군, 좌군, 우군이라고 부르다가 전익, 중익, 후익, 좌익, 우익이라고 바뀠는데 참찬이 이를 또 바꿔 전위, 중위, 후위, 좌위, 우위라 했소. 무엇 때문에 그리한 것이오?"

"특별한 뜻이 있는 것이 아니오라 익翼이라는 것이 본래 새의 날개인데 좌우위를 익이라 칭하는 것은 그렇다 해도 전위와 후위, 중위에도 익을 붙이는 것은 맞지 않아 그리했사옵니다."

"일리가 있소. 하고…."

"예, 전하…."

"하나 더 묻겠는데…."

세종이 말꼬리를 흐렸다. 대화를 하다 보니 변계량이 자신의 의구심을 풀어줄 사람이라는 생각이 들었다. 학식이 깊어 세자 양녕의 빈객賓客, 세자의 스승을 지냈고, 대제학으로 있을 때는 모든 외교 문서를 직접 작성해서 명성을 떨치기도 했다. 그런 명망가가 병법에 조예가 깊다는 것이 다소 의아한 일이기는 하지만 조정 내에서 그의 경지를 넘어설 사람은 아무도 없다. 설사 세종 자신이 《진도지법》의 모순점을 지적했다 해도 오히려 그의 깊은 통찰력에 감탄했을 뿐이었다. 오랫동안 마음속 한구석에 자리 잡고 있던 의문, 의문이라기보다는 내려놓을 수 없는 등짐 같은 의혹을 풀어줄지도 모른다는 생각이 들었다.

"경서에 보면 말이오."

"…."

"공자는 병법을 배우지 않았다고 했고, 맹자는 진법을 잘 펼치는 자는 큰 죄인이라고 했소. 어찌해서 그런 말을 한 것이오?"

"전하…."

변계량은 뜻밖의 질문에 눈을 크게 떴다.

"그리 놀라지 말고 말씀해보시오."

"예, 전하…. 첫 말씀은 《논어》의 〈위령공衛靈公 편〉에 나오는 말이 아니옵니까."

"그렇소. 공자가 제사 지내는 일은 들어본 적이 있어도 군사 다루는 일은 배우지 못했다고 하지 않았소? 하니 공자의 도道를 지키려면 병법을 익힐 필요가 없다는 뜻이오?"

"그게 아니옵니다, 전하. 그것은 군주가 예로써 나라를 다스려야 함에도 무도한 위령공(위나라 영공)이 병법을 물으니까 서둘러 자리를 피하느라고 그런 말을 한 것이 아니겠사옵니까."

"그렇다고 공자가 병법을 배웠다는 뜻이 되는 건 아니지 않소?"

"전하, 공자가 《예기》에서 말하기를, 나는 싸우면 이기고 제사를 지내면 복을 받는다[52] 했으니 병법을 모른 것은 아니옵니다."

"허…."

세종이 흠칫 놀란 눈을 했다.

"과인은 그 말에 다른 뜻이 있다고 생각했소."

"어떤 뜻이옵니까?"

---

52 《예기禮記》〈예기禮器 편〉에 나오는 구절로 공자가 '나는 싸우면 이기고 제사를 지내면 복을 받는다[我戰則克 祭則受福]'라고 했다.

"다음 구절에서 대체로 '도道'를 얻었다[53]고 하지 않았소?"

"그렇사옵니다."

"그건 전쟁과 제사의 옳은 도리를 깨우쳤다는 뜻이 아니오?"

"전하, 그보다는 전쟁에서 이기는 병법이나 조상을 옳게 모시는 예법을 깨우쳤다는 뜻은 아니겠사옵니까?"

"…."

예상치 못한 답변이었다.

잠시 생각하다가 말했다.

"듣고 보니 그럴 수도 있겠소."

스승은 공자가 《예기》에서 언급한 '도'를 전쟁과 제사의 옳은 도리라고 해석해주었다. 이제껏 아무런 의심 없이 그렇게 받아들이고 있었는데 변계량이 다른 해석을 해주니 당혹스러웠다. 임금 자리에 앉고 나서 군주도 병법을 터득해야 한다는 현실 때문에 마음이 편치 않았다. 병법을 멀리하라는 공자와 맹자 두 성현의 말 때문이다. 그러던 차에 전혀 다른 해석을 들었는데, 놀랍게도 그 해석이 더 명쾌하지 않은가?

오랫동안 의심 없이 믿어왔던 사실의 갑작스러운 배반이었다. 아버지는 형제간의 불화를 막기 위해 병서를 읽지 못하게 했다고 말했다. 그러니 자신과 작은형 효령에게는 공자가 병법에 능한 사람이 될 필요가 없던 거다. 스승이 아버지의 뜻에 따라 성현의 말씀을 왜곡

---

53 〈예기 편〉 '我戰則克 祭則受福' 다음 글귀인 '대개 그 도리를 얻은 것이다[蓋得其道矣]'를 의미한다.

되게 가르쳐준 것이었다. 모든 것이 아귀가 맞았다.

'내가 세자였다면 참찬(변계량)처럼 해석해줬을 것이야…'

쓴웃음을 지었다.

아직 하나가 남았다.

조심스럽게 물었다.

"맹자가 진법을 잘 펼치는 자는 큰 죄인이라고 말한 것은 무엇 때문이요?"

"전하, 맹자가 그런 말을 한 이유는 당시에 끝없는 전쟁으로 백성들이 도탄에 빠지니까 어떻게든 전쟁을 막아보자는 뜻에서 했던 말이옵니다. 아무려면 그 말이 병법을 익혀 나라와 백성을 지키는 것까지 죄짓는 일이라는 뜻으로 한 말이겠사옵니까?"

"…"

정신이 확 드는 느낌이었다. 스승의 말을 비판 없이 받아들여 거기까지는 생각하지 못했다. 하지만 부인할 수 없는 정확한 주장이었다. 병법을 익혀 나라와 백성을 지키는 것이 어찌 죄가 되겠는가?

변계량이 말을 이었다.

"전하, 사마양저는 천하가 편안해도 전쟁을 망각하면 나라가 위태로운 지경에 빠지게 되고, 나라가 크더라도 전쟁을 좋아하면 반드시 패망한다고 했사옵니다. 뿐만이겠사옵니까? 호안국胡安國, 송나라 재상은 전쟁을 좋아하는 자는 스스로 불에 타 죽는 재앙을 만날 것이나, 병마를 미워한 자는 반드시 남에게 병권을 넘겨주는 화를 당하게 될 것이라고 했사옵니다. 하오니 아무리 성현의 말이라 해도 왜 그런 말을 했는지 전후를 따져봐야 하지 않겠사옵니까?"

"…."

"주공周公은 성왕成王에게 군軍을 잘 보살피라고 했고, 소공召公은 강왕康王에게 군을 강하게 육성해야 한다고 경계를 내렸사옵니다. 하오니 사직을 보전해야 할 군왕이 어찌 병법을 멀리하겠사옵니까?"

"…."

세종은 멍하니 한곳을 바라보다가 눈을 감았다. 사직보전. 아버지의 말씀대로 자신은 유학자가 아니라 군주였다. 충직한 신하가 눈을 뗄 수 없는 것이 주군이라면 사직을 지켜야 할 군주가 눈을 뗄 수 없는 것은 하늘, 바로 백성이었다. 주군을 모시는 자와 하늘을 모시는 자가 어찌 같은 생각에 매달릴 수가 있는가. 병법을 익혀 나라를 잘 보전하기를 바라는 아버지께는 차마 여쭐 수 없었던 마지막 의구심이었다. 하지만 더 이상 방황하는 건 나라와 백성들에게 죄를 짓는 일이라는 생각이 들었다. 미련 없이 등짐을 내려놓기로 했다.

그물에 걸린 새가 날개를 퍼덕이다가 마침내 엉킨 줄을 풀고 창공으로 날아올랐다.

이해(1421년) 초겨울에 창덕궁 인정전에서 원자元子, 임금의 장남 향珦, 훗날 문종의 세자 책봉식을 거행했다. 세자 책봉은 나라의 훗날을 도모한다는 의미도 있었지만, 작게는 세자가 정식으로 군왕 교육을 받는 것을 의미하기도 했다. 돌이켜보면 상왕 태종이 연화방에서 세종을 가르칠 수 있었던 것은 하늘이 내린 기회였다. 비록 정식 군왕 교육은 아니었지만, 그 덕분에 짧은 기간임에도 생생한 훈사를 내릴 수 있었다. 세종과 태종은 자신들이 어린 시절부터 세자 교육을 받은 것이 아니어서 원자의 세자 책봉을 누구보다도 중요하게 생각했다.

책봉식을 마치고 세종이 신궁을 찾았다.

태종은 기다렸다는 듯이 물었다.

"잘 마쳤소?"

"큰 실수 없이 마쳤사옵니다."

"세자가 기특하지요?"

"소자가 어찌 아바마마께 그런 말씀을 올리겠사옵니까."

"허허, 내가 그 아이를 잘 아오."

태종이 넉넉하게 웃었다. 귀하게 여기는 자식의 아들이다 보니 자식보다 더 귀하고 사랑스러웠다. 이따금 세손을 볼 때마다 영특함에 놀라고, 어린 나이에도 불구하고 예의 바른 것에 놀랐다.

"내관 말을 들으니 아주 의젓했다고 하더구려."

"송구하옵니다. 벌써 아뢰었사옵니까."

"궁금해서 묻지 않을 수 없었소."

세자 책봉식은 임금과 세자의 의식이었다. 상왕이 참석하는 자리가 아니어서 내관을 보내 미리 알아본 것이다.

"소자가 한발 늦었사옵니다."

"아니오. 어쨌든 잘됐다니 됐고, 책봉 주문사奏聞使[54]가 출발한 게 언제였지요?"

"지난달 말이었으니 한 달가량 됐사옵니다."

"허…. 좀 애매합니다."

"무슨 말씀이시옵니까?"

"황제가 북벌을 떠난다고 했으니 시기가 맞지 않으면 책봉 칙서가 바로 내려오지 않을 수도 있겠소."

"아, 그 말씀이시옵니까."

"행여 황제가 칙서를 내리지 않고 북벌을 떠나면 언제 경사로 돌아올지 알 수 있겠소?"

"빨리 내려오지 않는다고 무슨 문제가 되겠사옵니까."

"하하하."

태종이 큰 소리로 웃자 세종이 눈을 휘둥그레 했다.

"내 웃음소리가 너무 컸소?"

"아바마마…."

"〈황은곡皇恩曲〉이 생각나서 웃었소이다."

"아, 예…."

세종이 갑자기 볼을 붉혔다. 몇 해 전 즉위 때에 황제가 고명칙서誥命勅書[55]를 내려준 답례로 〈황은곡〉을 만들어 올린 일이 있었는데, 그때 일이 떠올랐던 것이다.

태종이 자리를 고쳐 앉고 말했다.

"어쨌든 마음이 편하구려. 세자 책봉도 끝났고, 주상에게 훈사 내리는 일도 끝났으니 이제 내가 할 일은 하나만 남았소."

"무슨 말씀이시온지…."

"주상은 이 땅의 지세를 모르오. 하니 명년 봄에는 나와 함께 산

---

55 황제가 제후에게 즉위를 인정하는 칙서를 가리킨다.

천을 살피러 가는 게 어떻겠소? 내가 권하지 않으면 주상은 홀로 나서지 않을 것이오."

"알겠사옵니다. 하오나 소자가 부족해 아바마마께 가르침 받을 것이 아직 많사옵니다."

"아니오. 병법까지 깨우쳤으니 더 가르칠 건 없소. 이제부터는 주상이 스스로 알아서 하시오."

"…"

세종은 공손히 머리를 숙였다.

겨울 동안 세종과 태종은 대궐 경내에서 수시로 격구를 즐겼다. 놀이에는 여러 종친과 대신도 함께해서 젊은 임금과 거리를 좁히는 기회가 되기도 했고, 한편으로는 움츠러들기만 했던 겨울을 몸으로 이겨내는 기회가 되기도 했다.

6

아버지의 죽음

긴 겨울이 지나고 봄이 되자 두 임금이 사냥을 떠났다. 여느 해와
는 달리 2월 말부터 4월 중순까지 모두 여섯 차례나 나갔다. 신료 대
부분은 갑자기 늘어난 사냥 횟수에 어리둥절했지만, 중신들은 상왕
의 뜻을 알고 있기에 굳이 만류하지 않았다.

첫 행차는 광나루에서 한강을 건너 도성 남쪽으로 내려가 광주 미
라산彌羅山, 갈마고개[加乙磨峴], 이부현利夫峴과 남산南山 등지를 돌며
지세를 살피고 사흘 만에 환궁했다. 세종은 활과 화살을 가져가지
않았고, 태종은 사냥을 하지 않았다. 다만 종묘 제사에 올릴 사슴고
기를 얻기 위해 군사들이 사냥을 했고, 두 임금은 구경만 했다.

다음에는 한양 북쪽으로 우봉牛峯, 황해도 개풍, 임강臨江. 임진강 등지에
서 무예 연습을 겸해 지세를 살피고 양주 풍천豊川, 장단長湍, 대둔산
大屯山, 송악松岳, 이현梨峴, 해풍 봉화산烽火山 등을 돌았고, 또 다른 날
들에는 동북쪽으로 보장산寶藏山, 철원 고석정高石亭, 불록산佛祿山, 종
현산鍾懸山, 부명산扶明山 등지를 돌며 지세를 살폈다. 모두 20여 일이

걸렸다. 본래 사냥 목적이 아니었던 까닭에 지세를 살피거나 군사 훈련을 했고, 이따금 상왕만 사냥을 했다. 세종은 매일 밤늦게까지 강과 산, 평야의 지형 지세를 꼼꼼히 정리했다. 4월 보름에서야 행차를 끝내고 환궁했다.

밤새 우레와 번개가 치고 큰비가 왔다. 상왕이 잠에서 깨었다. 바람이 세차게 불어 신궁 안팎의 문들이 요란하게 삐걱 소리를 냈다. 요망스럽다고 생각하며 뒤척이다가 겨우 잠이 들었다.

꿈을 꾸었다. 구름 한 점 없이 투명한 밤하늘에 밝은 보름달이 떴다. 그토록 맑고 밝은 달을 바라본 적이 없었다. 어찌 저리도 밝을 수 있을까 감탄하고 있는데 갑자기 달이 멀어져갔다. 안타까웠다. 손을 뻗으려 했지만 팔이 나오지 않았다. 몸에 팔이 없는 듯했다. 허둥대던 중에 달이 사라지고 말았다. 문득 그깟 달이 무엇이냐고 넘기려는 순간 눈물이 주르륵 흘러내렸다. 서러움이 북받쳐 올랐다. 흐느껴 울면서도 대체 무엇 때문에 서러운 것인지 알 수가 없었다. 잠에서 깨었다. 깨어서도 흐느끼고 있는 자신을 발견하고 흠칫 놀랐다. 어머니가 세상을 떠나 원통해서 눈물을 흘린 이후로 이처럼 애달프고 서러웠던 기억이 없었다.

아침 수라를 물리고 방 안에 혼자 앉았다. 간밤 기억이 생생했다. 꿈속에서 느낀 서러움이 이토록 오래가는 것이 의아하기도 했다.

상궁이 아뢰었다.

"상왕 전하, 풍양 이궁에서 김 내관 입시이옵니다."

"아침부터 어인 일이냐? 들라 해라."

김 내관이 방에 들어와 엎드려 울먹이며 말했다.

"전하!"

"무엇이냐. 어서 말해보거라."

"이궁 연못에 세운 수각水閣, 정자이 밤새 무너졌사옵니다."

"수각이?"

"그렇사옵니다. 지난밤에 비바람이 드세어 금군이 아침에 발견했
사온데, 소신이 가서 보니 마치 사람이 거둬 쌓아놓은 것처럼 지붕
과 기둥, 마룻바닥이 연못가에 가지런히 놓여 있었사옵니다."

"…."

아무 말도 하지 않았다. 이 말을 들으려고 밤새 서러운 꿈을 꾸었
나 싶었다. 지난밤 기억이 다시 살아났다. 그토록 맑고 밝은 달이 갑
자기 사라지고, 몸은 멀쩡했는데도 팔이 나오지 않았다. 무슨 의미
일까. 무엇이 됐든 불길한 징조임은 분명했다. 복사卜師, 점치는 사람를 불
러 물을까 하다가 그만두었다. 흉측한 해몽이 나올까 두렵기도 했다.

"이궁으로 갈 테니 거둥 채비를 일러라."

"예, 상왕 전하…."

"한데…. 주상도 알고 있느냐?"

"박 내관이 창덕궁으로 갔으니 곧 아실 것이옵니다."

"…."

태종이 잠시 생각했다.

"하면 채비를 하지 말거라…."

반 시진(한 시간)도 안 돼 세종이 도착했다. 세종은 신궁에 도착하자 상왕 안색부터 살폈다. 예상대로 상왕의 표정이 밝지 않았다.

"소자도 풍양궁 소식을 들었사옵니다."

"그러셨구려⋯. 거둥 하려다가 주상이 오실 것 같아 그만두었소."

"이궁에 납시려고 그러신 것이옵니까?"

"가보고 싶소."

태종은 수각 잔해가 가지런히 놓였다는 말이 마음에 걸렸다. 자신의 눈으로 직접 확인하고 싶었다.

"거둥치 마시옵소서."

"왜 그러시오?"

"소자가 승지承旨를 보내 다시 지으라고 이미 명을 내렸사옵니다. 하오니 어지러운 수각을 무엇 때문에 보시겠사옵니까?"

"그래도 내 눈으로 확인하고 싶소."

"아바마마께서 도착하실 때면 다 치웠을 것이옵니다. 하면 무엇을 확인하시겠사옵니까?"

세종이 적극적으로 말렸다. 불길한 생각이 있었다. 산천 지형을 살피러 다니면서 아버지가 사냥을 피하는 것을 느꼈다. 여러 날을 다니다 보니 마지못해 한두 차례 하기는 했지만 분명 과거의 모습은 아니었다. 몇 번이나 환궁을 아뢸까 망설이기도 했다. 한양으로 돌아온 후에, 다시 지세를 살피러 가야 하나 말아야 하나 걱정하던 중에 수각이 무너졌다는 소식을 들었다. 가슴이 덜컹 내려앉았다. 아버지가 충격을 받았을 거라는 생각이 들었다. 내관이 상왕전에도 갔다는 말을 듣고 아차 싶어 달려온 것이다. 이궁 수각은 아버지가 아끼던 정자였다.

아버지의 마음을 돌려야 했다.

"마침 비도 그치고 개었으니 열흘, 보름이면 다시 지을 것이옵니다. 그때까지 이곳 신궁에서 머무시옵소서."

"…."

상왕은 아무 말도 하지 않았다. 잠시 침묵이 흘렀다.

문득 말했다.

"다시 짓지 마시오."

"예?"

세종이 흠칫 놀란 얼굴을 했다.

"다시 지을 필요 없소."

"아니옵니다, 아바마마. 며칠만 머무시면 곧 지을 것이옵니다."

"아니오…."

"오늘부터 바로 짓도록 하겠사옵니다. 며칠만 계시옵소서."

"…."

"아바마마…."

세종이 간절하게 아버지를 부르고 고개를 숙였다.

"하면…."

"…."

"언제 다시 비가 올지 알 수 없소. 공연히 백성들 수고롭게 하지 말고 가을까지 기다렸다가 추수나 끝내고 다시 짓도록 하시오. 그래도 늦을 건 없소."

"아바마마…."

"그렇게 하도록 하시오."

"…."

아버지가 단호하게 나오자 세종은 다른 말을 할 수가 없었다.

잠시 후 태종이 목소리를 바꿔 말했다.

"내일은 나와 함께 매사냥 구경이나 가십시다."

"그리하겠사옵니다, 아바마마…."

깜짝 놀라 얼른 답했다. 기운을 차리셨나 싶었다. 맑은 하늘에 날벼락같이 일어난 변고라 무어라 위로의 말이 떠오르지 않았다. 비바람이 세다 한들 누가 기와 얹은 수각이 무너질 거라고 생각이나 했겠나.

다음 날 아침 세종이 상왕을 모시고 동교東郊, 뚝섬 부근로 나갔다. 세종은 상왕의 심기를 고려해서 평소와 달리 대신 몇 명과 함께 나섰다. 대신들이 매사냥에 함께하는 경우는 흔치 않았으나 세종이 언질을 주었다.

상왕이 무덤덤한 표정을 했다. 세종과 대신들은 상왕의 근심을 덜어볼 생각에 주변 풍광이나 사냥을 아뢰었지만, 대화는 오래가지 않았다. 매사냥 구경을 끝내고 낙천정에서 점심을 했다. 세종이 술을 올렸으나 태종은 잔을 입에 대기만 하고 내려놓았다. 상왕의 가라앉은 기운을 돋우기가 쉽지 않아 보였다. 식사를 마치자 태종이 환궁을 명했다. 세종은 신궁까지 모시려 했지만, 태종이 만류했다.

그날 저녁, 태종이 갑자기 심하게 열이 올라 자리에 누웠다. 스스로 예사롭지 않게 여겨졌는지 임금께 전하라는 말을 어렵게 했다. 세종이 놀라 부리나케 달려왔다. 신궁에 도착했을 때 태종은 이미 의식이 없었다.

"어찌 된 것이냐?"

세종의 다급한 질문에 의관이 진땀을 흘리며 답했다.

"상왕 전하께서 갑자기 의식을 잃으셨사옵니다. 지금 열을 내리도록 하고 있사오나…"

"…"

황당해서 말이 나오지 않았다. 비록 활기가 있었다고 할 수는 없었지만, 낮 동안 함께 말을 타고 다녔다. 불과 두 시진(네 시간가량)도 지나지 않았는데 어찌 이럴 수가 있는가.

"아바마마…"

낮은 목소리로 아버지를 불러보았다. 아무런 반응이 없었다. 아예 소리를 들을 수 없는 사람 같았다. 조심스럽게 이마에 손을 얹었다. 열기가 느껴졌다. 숨소리도 거칠었다.

상왕은 다음 날도 깨어나지 못했다. 열을 내릴 탕제를 준비하고 입에 떠 넣을 미음도 준비했지만 할 수 있는 것이 아무것도 없었다. 의식이 없으니 어디가 아픈지 물어볼 수도 없고, 물어볼 수 없으니 병명도 알 수 없었다. 종친과 문무 대신들이 신궁에서 떠나지 못했다. 다음 날은 양녕이 왔다. 하지만 누가 신궁에서 밤을 새우든, 누가 신궁에 왔든 아무 소용이 없었다.

며칠이 지났다. 병환이 예사롭지 않다고 여겨지자 궁여지책으로 역모자나 부모를 죽인 불효자 등을 제외하고 가벼운 죄인들을 석방하고, 신료들을 절에 보내 쾌차를 빌도록 했다. 어머니 원경왕후 때

해봐서 효험이 없다는 걸 알고 있었지만 기댈 것이 없었다. 차도가 보이지 않아 이대로 삶을 마감하시는 건가 해서 무겁게 느끼고 있던 즈음, 열흘이 넘어 태종의 의식이 돌아왔다. 깜짝 놀랐다.

태종이 어렵게 눈을 뜨고 천천히 주변을 살폈다.

"아바마마…. 정신이 드시옵니까."

"…."

아무 말도 하지 않았다. 말을 하지 않았다기보다는 할 수 없는 것처럼 보였다. 눈만 겨우 한두 번 깜박였다. 표정조차 원하는 대로 짓지 못하는 것 같았다. 잠시 후 다시 눈을 감았다. 시간이 흐르자 다시 깨어나지 못할까 염려가 됐다. 세종이 귓가에 다가가 나지막이 불러보았다.

"아바마마…."

"…."

가느다란 움직임이 있었다. 잠시 후 태종이 다시 눈을 떴다. 반가웠다. 의식이 돌아온 게 확실해 보였다. 세종은 아버지의 기운을 돋울 뭔가를 해야 했다. 좌우를 둘러보다가 옆에 있던 미음 소반을 끌어당겼다. 의관이 가만히 다가와 낮은 목소리로 말했다.

"전하, 상왕 전하께서 침을 삼키실 수 있는지 확인을 하셔야 하옵니다."

"아…."

"곡기를 너무 오래 끊으셨사옵니다."

"…."

아무 말도 못 하고 슬그머니 소반을 밀었다. 상왕의 얼굴을 물끄러니 지켜보았다. 상왕은 몇 번이고 잠들다 깨다 했다. 사람들의 신궁 출입을 막고 시끄럽지 않도록 했다.

　꼬박 밤을 새우고 세종이 아침나절에 창덕궁에 다녀온 사이에 상왕의 의식이 돌아왔다는 말을 들었다. 다행이다 싶었다. 얼른 방으로 들어갔다. 상왕이 세종의 인기척을 느끼고 눈을 떴다. 힘없는 눈으로 세종을 바라봤다.

　"아바마마, 어서 기운을 차리시옵소서."

　"…."

　무언가 말을 할 듯한 눈빛이었다.

　"말씀을 하시려고 하시옵니까?"

　눈을 껌벅이다가 힘없이, 아주 천천히 입 모양을 했다.

　"임…, 어…."

　"예? 무어라 하시온지요?"

　세종이 귀를 바싹 가까이했다.

　"임…, 어…."

　"아…. 임어를 말씀하시옵니까."

　"태 워…."

　"아바마마…."

　"지 금…."

　"예?"

　상왕은 그날 저녁 다시 혼수상태에 빠졌다. 그로부터 사흘 후 홍거薨去, 임금의 죽음했다. 동교에서 매사냥을 구경하고 돌아와 자리에 누운 지 19일 만이었다.

세종은 임어를 태우면서 하염없이 눈물을 흘렸다.

태종이 세상을 뜬 지 100일째 되던 날 둘째 사위 평양군 조대림이 한양 근교 진관사에서 백재百齋. 100일째 불공를 올리고, 그로부터 보름이 지나 효령대군(이보)이 경복궁에서 조전祖奠을 지냈다. 빈전에서 올리는 마지막 제사가 조전이다. 자신이 망자亡者임을 모르고 궁궐 어딘가를 헤매고 있을지도 모를 혼령에게 이제 산 사람들과 헤어져야 한다는 것을 알리는 슬픈 의식이었다. 제를 올리는 사람들은 그 의미를 알기에 다른 날과 달리 더욱 구슬프게 울었다.

다음 날 날이 밝자 태종 재궁梓宮. 왕을 모신 관이 장지인 헌릉으로 출발했다. 임금과 종친, 문무백관이 울면서 뒤를 이었다. 이른 아침부터 길가에 늘어서 있던 백성들도 소리 내어 울었다. 재궁은 흥인문(동대문)을 지나 동교에서 한강을 건너고 마전포麻田浦. 송파를 거쳐 헌릉에 도착했다. 임금은 장지에 마련된 상차喪次에서 이틀 밤을 잤다.

사흘째 되던 날 재궁을 묘지에 묻고 제주관題主官이 위패位牌를 썼다.

'태종 성덕 신공 문무 광효 대왕太宗聖德神功文武光孝大王'.

세종은 위패를 보자 다시 눈물이 났다. 이제 아버지의 몸은 땅에 묻히고 넋은 떠도는 혼령이 되어 한쪽의 위패로 남았다고 생각하니 한없이 서러웠다. 임금이 뚝뚝 눈물을 떨구자 보고 있던 신료들도 소리 내어 울면서 전하를 외쳤다. 시위하고 있던 군사들까지 따라 울었다.

절차가 지연돼 시간이 많이 늦어졌다. 장례를 마친 임금 행렬이 경복궁에 도착했을 때는 이미 해가 저불었다. 세종은 마음이 허탈해서 내전으로 가지 않고 빈전에 있던 여차廬次. 임시 거처에서 하루를 더 묵었다. 신료들이 내실로 들 것을 몇 차례 아뢰다가 그만두었다. 아버지를 멀리 떠나보내고 왔으니 어찌 소회所懷가 없으랴 여겼다. 그만큼 세종은 상왕께 극진했다.

광효전에서 칠우제七虞祭를 지냈다. 망자亡者가 저승길이 두려워 이승을 떠나지 못하고 있는 것을 염려해 지내는 제사였다. 칠우제도 끝나고 졸곡제卒哭祭[56]까지 마치자 세종이 최복을 벗었다. 졸곡제를 마치고 최복을 벗은 건 임금의 고집이었다. 그래도 마음이 편치 않았는지 정사를 돌볼 때는 소복에 검은 사모와 검은 각대를 하고, 정사를 돌보지 않을 때는 삼 년간 최복을 입겠다고 선언했다. 신료들도 임금의 고집을 꺾지 못했다. 다만 소복을 입더라도 빨리 슬픔을 거두고 정사를 돌볼 수 있기만을 바랐다.

세종이 편전에 들었다.

신료들이 예를 올리고 임금의 안색을 살폈다. 어두운 기색은 가셨지만, 장기간 끼니를 거르고 소식小食을 한 탓인지 얼굴이 수척해 보였다. 세종은 자리에 앉자 신료들에게 애썼다고 치하했다. 노신들은 오히려 임금이 건강을 해칠 만큼 애도했던 것을 염려했다. 사실 태종의 훙거는 효심 깊은 임금의 면모를 다시 한번 엿볼 수 있는 일이었다. 내력 있는 사대부집 자손이라 해도 세종처럼 하지는 못했을 것

---

56 곡을 끝낸다는 뜻의 제사로서 석 달이 지난 후에 날을 택해 지낸다.

이다.

덕담이 끝나자 정사 논의가 시작됐다.

병조판서가 아뢰었다.

"전하, 이번 국상 기간 중에 동북면 올적합 야인 100여 명이 경원부를 침구했는데, 불과 열흘도 지나지 않아 올량합 야인 200여 명이 다시 경원부를 침구했사옵니다."

"경원부를?"

"그렇사옵니다."

"어찌 됐소?"

"경원부 절제사가 군사를 거느리고 쫓아가 노략질한 것을 되찾고 적을 베었사옵니다."

"천만다행이오. 지금은?"

"야인들이 바로 물러가기는 했지만 안심할 수 없어서 절제사가 변경 경계를 강화하고 있사옵니다."

"잘했소."

"…"

"한데…"

"예, 전하…"

"그자들이 과인이 상중인 것을 알고 왔을까?"

"온 나라가 곡을 했으니 당연히 알았을 것이옵니다."

"…"

세종이 말없이 고개를 끄덕였다.

대사헌이 한마디 거들었다.

"전하, 그자들은 겉은 사람 형상이지만 속은 금수만도 못한 자들이옵니다. 아비와 자식 간에도 재물을 놓고 원수를 삼는 종족이니 우리에게 국상이 있다 한들 무엇을 꺼렸겠사옵니까? 본디 그런 자들이옵니다."

병조판서가 뒤를 이었다.

"오히려 우리가 국상 중이라는 사실을 알고 그런 무도한 짓을 했을 것이옵니다."

"국상 중이라서 그랬다?"

임금이 의심쩍은 말을 들었다는 듯이 되물었다.

"소신은 그리 생각되옵니다. 다른 이유도 그렇지만 불과 며칠 간격으로 같은 곳을 두 번이나 침구했다는 사실이 더욱 그렇사옵니다. 이전에는 그런 사례가 없었사옵니다."

"그렇지…. 하면 다른 이유란 건 무엇이오?"

"전하, 소신이 문득 그들의 침구가 평소와 다르다는 생각이 들어 치보를 가져온 상호군을 불러 확인해보니 이번 침구는 노략질이 목적이 아닌 듯했사옵니다."

"노략질이 아니면?"

"과거에는 백성을 납치하거나 우마를 끌고 가려고 애를 썼는데 이번에는 우리 군사와 싸우다가 돌아간 것이옵니다."

"하면 약탈이 없었다는 건가?"

"전혀 없던 것은 아니옵고 식량만 조금 약탈해 갔사옵니다. 하오나 그런 일이 같은 곳에서 연거푸 두 번이나 있었으니 소신은 그런 사례를 본 일이 없사옵니다."

"우리 백성이 다치지 않았다니 다행이긴 한데…. 시비가 목적이었다는 건가?"

"그리 생각되옵니다."

"올적합과 올량합이 서로 다른 날에 왔다고 하지 않았소?"

"다른 날에 온 것은 맞사오나 큰 의미는 없을 것이옵니다."

"의미가 없다니?"

"경인년 침구[57]때는 야인들이 합세해서 내침을 했사옵니다. 물론 침구에 합세하지 않은 부족도 있었지만 그렇다 해도 그들은 혼인으로 얽혀 있어서 단지 그때그때 사정에 따라 뭉치거나 나뉠 뿐이옵니다."

"그렇기는 하지…."

세종이 고개를 끄덕였다.

병조판서가 말을 이었다.

"그들에게는 군사 100명, 200명을 모으는 것도 쉬운 일은 아니옵니다. 여러 마을에서 끌어모았을 것이오니 올적합, 올량합이 따로 침구했다 해도 서로 내통은 했을 것이옵니다."

"알겠소…. 한데 말이요."

"…."

"경들은 그자들이 노략질도 않으면서 싸움을 걸어온 이유가 무엇이라 생각하오?"

---

57 태종 10년 2월 야인들이 경원부慶源府를 침구해 병마사 한흥보韓興寶 등이 전사한 사건을 가리킨다.

"…."

세종은 마음에 걸리는 무엇이 있었다. 자신의 생각이 맞는지 확인하고 싶어서 물었는데 신료들은 대답을 하지 않았다. 짐작은 하고 있지만, 입에 올리기가 거북했던 것이다. 어찌 경험이 부족한 임금을 시험하기 위해 벌인 짓이라고 아뢸 수가 있겠는가. 그건 불경스러운 말이었다. 잠시 침묵이 흘렀다. 세종은 신료들도 자신과 같은 생각을 하고 있다는 것을 느꼈다. 야인들의 소행이 불쾌하기도 하고 괘씸하기도 했다.

문득 아버지가 떠올랐다.

'아버지라면 어찌하셨을까….'

어떤 일에도 흔들리지 않던 아버지였다. 자신에게 병법을 가르치던 위엄 있는 모습이 떠올랐지만, 답을 얻을 수는 없었다.

마음을 가다듬고 다시 물었다.

"하면 경들은 어찌 하는 것이 좋겠소?"

"전하, 국상 중에 침구한 것은 괘씸하기 짝이 없사오나 그들은 작은 도적 떼이옵니다. 찰리사를 보내 실정을 살펴보고 그곳의 군사로 대적토록 하옵소서."

영의정의 말이 끝나기가 무섭게 병조판서가 나섰다.

"전하, 그자들은 지금 전하께옵서 어찌 대처하실지를 지켜보고 있사옵니다. 하오니 군사를 보내 시위하지 않으면 반드시 다시 쳐올 것이옵니다. 그대로 두어서는 아니 되옵니다."

판서가 주저하지 않고 강경한 어조로 아뢰었다. 영의정은 아무 말도 하지 않았다. 임금의 심사를 어지럽히고 싶지 않았다.

병조판서가 말을 이었다.

"처음에는 100여 명이었다가 두 번째는 200여 명이 침구했으니 그 자들은 우리 조정에서 소홀히 하고 있다고 판단되면 반드시 군사를 늘려 다시 침구해 올 것이옵니다. 하오니 침구를 막으려면 조정에서 군사를 보내 위세를 보여야 하옵니다."

임금이 고개를 끄덕였다. 그들이 자신을 시험하고 있다면 이대로 끝나지 않을 것이다.

"다른 대신들 의견은 어떻소?"

침묵하고 있던 좌상이 나섰다.

"전하, 함길도의 군사는 이미 충분하옵니다. 하오니 조정에서 새로이 군사를 보낼 필요는 없을 것이옵니다. 다만 절제사 진영과 야인들의 침구 지역 사이에 거리가 먼 문제가 있으니 절제사로 하여금 조밀한 방어책을 세우도록 하시옵소서."

"그 말도 일리가 있소."

"하옵고, 야인들에게 조정 대신을 보내서 은덕을 배반하고 변경을 침구한 이유가 무엇인지 들어보시옵소서. 혹시나 그들을 박대한 변장邊將, 변방 장수이라도 있는 것인지, 아니면 다른 이유가 있는 것인지 그것을 먼저 확인하는 것이 순서일 듯하옵니다."

예조 참의가 나섰다.

"전하, 오음회에서 그들을 쫓아내는 것도 쉬운 일이 아니고, 설사 쫓아낸다 해도 다시 올 것이니 우선은 좌상의 말대로 그들에게 들어줄 말이 있는지 이유를 먼저 들어보시옵소서."

"…"

세종이 고개를 끄덕였다. 야인들이 국상을 기회로 침구한 것은 명백해 보였다. 해서 단호하게 응징할 것인지, 아니면 경계로 끝낼 것인지를 결정하려 했으나 침구 이유가 있는지 알아보는 것이 순서라는 생각이 들었다. 어쩌면 그들에게 억울한 일이 있을 수도 있지 않겠는가. 하지만 그들이 다시 침구해 올 것이라는 판단에는 변함이 없었다. 최소한의 조치는 필요했다.

상호군 김효성金孝誠을 지원군 장수로 선발하고, 귀화한 여진인인 마변자馬邊者를 여진에게 보낼 신료로 천거해 보냈다. 마변자가 동북면에 도착했을 때는 야인들이 모두 피신을 하고 난 뒤였다. 결국 침구 이유는 밝히지 못한 채, 침구에 가담하지 않은 야인 부족장들을 만나 그자들이 또다시 경계를 넘으면 군사를 이끌고 와서 정벌할 것이라는 경고를 전하도록 했다.

경원부에 도착한 김효성은 자신이 이끌고 간 병사들과 절제사로부터 지원받은 군사를 합해 함길도와 평안도 변경을 돌며 군비를 점검하고, 진영마다 경계를 늦추지 않도록 독려했다.

두 달 후, 이번에는 올량합 기병들이 여연閭延. 평안북도 자성 지역의 옛 지명으로 침구했다. 다시 쳐오리라는 병조판서의 예측이 맞았다. 올량합은 염탐꾼을 보내 한양에서 지원군이 오지 않았다는 사실을 확인하고 지역을 바꿔 평안도 여연을 대상으로 삼은 것이다.

때마침 김효성이 여연에 머물던 중에 야인들이 새벽어둠을 타고 압록강을 건너와 성 앞에 이르렀다는 보고를 받았다. 적군의 숫자는 400여 기騎가 넘었다. 예상치 못한 숫자였다. 여진으로서는 작정하고 모은 대규모 숫자였다.

날이 밝아 싸움이 시작됐다. 김효성은 야인들이 말을 타고 달려와 싸움을 청하면 똑같이 기병으로 맞서고, 활을 쏘면 활로 맞섰다. 금군 무사들은 제 몫을 톡톡히 했다. 훈련받은 정군인 데다가 체격이 건장하고 힘깨나 쓴다는 말을 듣던 군사들이다 보니 아무리 거친 야인들이라 해도 두려워하지 않았다. 종일토록 싸웠지만, 야인들은 성문 가까이에 오지도 못했다. 사실 그들은 여연 병사들이 기세 높이 싸울 태세를 보일 때부터 당황했다. 허술한 경계를 상상하고, 쉽게 무너뜨리고 쳐들어갈 수 있으리라 예상했는데 상황이 전혀 달랐다. 그러는 며칠 사이에 평안북도 강계江界에서 지원군이 도착했다. 야인들은 승산이 없다고 판단하고 강 건너로 되돌아갔다. 400여 기나 모아 왔어도 얻은 것은 아무것도 없었다. 공격해서 아무것도 얻은 게 없다면 그 싸움은 패한 것이다. 싸움에서 이기면 군사를 다시 모으기 쉽겠지만 패하면 다시 모으기가 어렵다. 이들은 한동안 군사를 동원할 명분을 만들지 못했다.

7
명황제

즉위한 지 오 년째 되던 해(1423년) 늦여름, 세종이 황제 사신을 맞기 위해 서대문 밖 모화루慕華樓. 명나라 사신 영접소에 도착했다. 사신이 세자 책봉 칙서를 가지고 올 예정이다.

사신단 도착 소식에 온 나라가 기뻐했지만, 세종의 속마음은 편치 않았다. 자신과 아버지 태종은 황제로부터 세자 책봉을 받지 못했다. 물론 그 때문에 불편한 건 아니었다. 마음속에 응어리처럼 남아 있는 것은, 세자가 되든 임금이 되든 하늘이 내린 자리에 앉는데 왜 명황제에게 허락을 받아야 하는가였다.

'조선 백성의 어버이를 하늘이 만드는가, 명황제가 만드는가…'
아무리 세월이 지나도 익숙해지지 않는 관례였다.

세종이 말에서 내려 집례관의 인도에 따라 악차 안으로 들어섰다. 넓고 반듯한 장막 한가운데에 옥좌가 놓여 있다. 서성이듯 주위를 돌다가 자리에 앉았다. 어리다고만 생각했던 원자가 세자 책봉 칙서를 받는다고 생각하니 감회가 새로웠다. 불편한 마음을 떨쳐내고 상서로운 생각만 하자 했다. 눈을 감았다. 하지만 속마음까지 감출 수는 없었다. 이내 아버지가 황제 고명을 두 번이나 받았던 일이 떠올랐다.

태종은 즉위 후에 건문황제(2대 황제)로부터 고명을 받았다. 그것으로 끝났으면 좋았을 것을, 그다음 해에 황제의 친숙부인 주체가 반란을 일으켜 건문제를 쫓아내고 스스로 황제(영락황제, 3대)가 되자 고명을 다시 내린 것이다.

'왕족이라 해도 일평생 한 번도 못 받을 고명을 아버지께서는 두 번씩이나 받으셨으니 복을 받으신 건지…. 하면 3대, 4대 두 대의 임금이 되시는 건가?'

헛웃음이 나왔다.

선황제가 내린 고명을 무시하고 자기 이름으로 다시 고명을 내리는 건 저잣거리 불한당이나 할 짓이다.

"누군가 황제 자리를 빼앗으면 고명이 또 내려올 게야."

"하하, 무엇이 문제겠습니까 형님, 또 받으면 되지요."

"다음은 누가 나서려나?"

"하하하."

큰형 양녕이 던진 농담에 작은형 효령이 맞장구를 치듯이 큰소리로 웃었다. 효령은 놀란 얼굴을 하고 있는 어린 충녕(세종)에게 익살맞은 표정을 지어 보였다. 그러면서 충녕이 농담을 이해하지 못하고 있음을 눈치채고, 어디 가서 함부로 발설하지 말라고 장난치듯이 주의를 주었다.

충녕이 세상 이치를 깨달아가면서 왕실 서고를 드나들 즈음, 문득 영락황제가 아버지에게 내린 고명이 궁금해서 찾아보았다. 황제 직인이 선명한 두루마리에는 첫 줄부터 옳은 소리를 담고 있었다.

짐이 생각건대 하늘에는 밝은 도리가 있어 순리에 따르는 자는 창성할 것이요 거스르는 자는 망할 것이니, 그 응험이 그림자나 메아리같이 빈틈이 없어서 심히 두려운 것이다[朕惟天有顯道, 順之者昌, 逆之者亡 其應猶影響, 昭然可畏之甚也].

몇 줄 아래 또 다른 문구가 눈에 들어왔다.

오직 덕을 베풀고 순리에 따르는 것만이 자신을 바르게 할 수 있고, 오직 공경하고 삼가는 것만이 하늘을 감동시킬 수 있도다[惟德順可以律己, 惟敬謹可以格天].

가관이다. 난을 일으켜 황제 자리를 빼앗고, 죄 없는 사람들을 죽여 세상을 어지럽힌 게 누구인데 이런 도덕군자 같은 소리를 하고 있단 말인가. 이렇게 고명을 내리면 자신의 악행이 감춰지기라도 한다는 말인가? 충녕은 두 형님이 조롱거리로 삼았던 농담이 선명하게 떠올랐다.

세월이 흘러 충녕이 즉위하자 황제 고명이 내려왔다. 온 백성이 경사가 났다고 기뻐하고 있을 때 조정에는 조용한 소란이 일고 있었다. 새 임금이 신료들에게 하례를 금지한 것이다. 모두가 깜짝 놀랐다. 하례 금지는 황제를 인정하지 않는 것으로 오해를 살 수도 있다. 황제를 인정하지 않는다는 게 무슨 의미인가? 그건 역모나 반란의 싹수이고, 상황이 꼬이면 피를 부르는 단초가 될 수도 있다. 조정 대신들은 사신이 경사로 돌아가 황제에게 왜곡되게 아뢸까 봐 전전긍긍했다.

세종도 나름대로 이유가 있었다. 그 사정은 대강 이러했다.

태종이 양녕을 폐위하고, 충녕을 세자로 삼았다. 세자가 바뀐 것을 알리기 위해 명나라에 주문사를 보냈는데 어이 된 일인지 몇 달이 지나도록 아무 소식도 오지 않았다. 신료들이 수군거렸다. 모두가 애타게 고명을 기다리고 있을 때, 태종이 덜컥 세자에게 임금 자리를 물려주었다. 세자 책봉도 받지 못해 가슴 조이고 있는 판에 양위까지 한 것이다. 엎친 데 덮친 격이었다.

양위를 밀어붙이던 태종도 염려가 되기는 했는가 보다. 황제에게 아뢸 변명이 궁색하다고 느꼈는지 급박하게 양위하게 된 이유를 찾아보라고 명을 내렸다. 하지만 그게 어디 쉬운 일인가. 신료들은 며칠 동안이나 갑론을박만 하다가 결국 임금이 병이 나서 서두르게 된 것으로 꾸며대기로 했다. 궁궐 안팎을 모두 속이는 게 쉽지는 않았지만, 임금이 위중하다는 구실보다 적절한 이유를 찾기는 어려웠다.

그로부터 얼마 후, 명나라 사신이 국경을 넘었다는 소식이 오자 멀쩡하던 임금이 갑자기 자리에 누웠다. 틈만 나면 사냥을 즐길 만큼 혈기 왕성한 임금에게 아픈 척 누우시라고 계청啓請하는 건 쉽게 꺼낼 수 있는 말은 아니었다. 다행스럽게도 사신은 자리에 누운 임금의 동정만 살피고 짧게 머물다 돌아갔다. 그렇게 위기를 넘기고 나서 다음 해에 세종의 즉위 고명이 내려왔다. 온 백성이 안도의 숨을 내쉬었다.

모두가 기쁨에 취해 있을 때 노신 변계량이 편전에 들었다.

"전하, 황제 폐하의 고명은 나라의 큰 경사이오니 모든 신하가 내조來朝해 하례를 올려야 하옵니다."

세종이 불쑥 손을 내저으며 말했다.

"아니오, 하지 마시오."

바늘 끝만 한 틈도 보이지 않고 원로대신의 주청을 거절해버렸다. 당황하고도 남을 일이었다. 예상치 못한 하교에 변계량이 놀란 표정을 지었지만, 세종은 아버지가 일개 사신 앞에서 아픈 척을 해야 했던 굴욕을 잊을 수가 없었다.

아버님께는 굴욕을 안겨드리고 자신은 고명을 받았다고 덩실거리고 기뻐할 일인가? 대체 이 나라의 임금이 되는데 왜 황제에게 고명을 받아야 하는가? 생각만 하면 얼굴이 후끈 달아올랐다. 모든 게 자신 때문에 벌어진 일이라는 생각만 들었다.

'하례라니 당치도 않아….'

세종의 낯빛은 싸늘했다.

변계량이 굳은 표정으로 편전을 나왔다. 신료들은 노신의 말을 전해 듣고 모두 놀랐다. 무안할 지경이었다는 한마디가 더해지자 얼굴색이 어둡게 변했다.

임금이 하례를 금지했다는 말이 상왕 귀에까지 들어갔다. 지신사의 말을 전해 들은 상왕이 입가에 웃음을 흘렸다.

"허허, 주상이…."

고개를 끄덕이며 흐뭇한 표정을 지었다. 하례를 금지한 이유를 알만했다. 효성 갸륵한 일이었지만 웃고 있을 수만은 없었다. 임금이 즉위한 지 얼마 되지 않아 아직은 경험이 부족하다. 사신의 수족처럼 움직이는 향간鄕間[58]과 내간內間[59]들이 궁궐 안팎으로 수두룩한데 그걸 간과하고 있는 것이다. 엉뚱하게 왜곡돼 황제의 귀에 들어가기 전에 막아야 했다.

하례를 금지당한 지 이틀이 지나 변계량이 다시 세종을 알현했다. 공손히 숙배를 드리고 가져온 두루마리를 올렸다.

"전하, 황제 폐하의 고명에 보답하는 〈황은곡皇恩曲〉이옵니다."

"〈황은곡〉이라고요?"

"그렇사옵니다, 전하."

세종이 미간을 찌푸리며 두루마리를 받아 펼쳤다. 그리고는 이내 표정이 굳었다.

임금이 머리 숙여 절합니다, 신성한 황제시여[王拜稽首, 皇帝神聖]
신성한 황제시여, 조선에 은혜가 넘칩니다[皇帝神聖, 恩溢朝鮮]

---

58 지역에 숨어 있는 고정간첩을 가리킨다.
59 궁궐을 출입하는 관직자 간첩을 가리킨다.

모두가 춤추며, 극진한 감동이 하늘 못까지 이릅니다[小大舞蹈, 感極
天淵]

종묘사직을 잇고 이어 억만년에 이르게 하소서[綿綿宗社, 彌萬億年]

잠시 침묵이 흘렀다.

"과인이 이런 명을 내린 적이 없지 않소?"

"전하⋯. 〈황은곡〉은 상왕 전하께서 명하신 일이옵니다."

"상왕 전하께서요?"

"그러하옵니다, 전하."

"아니, 상왕 전하께서 왜?"

"전하⋯."

노신이 간절한 표정으로 말했다.

"상왕 전하께서 고명에 대한 답례로 듣기 좋게 〈황은곡〉을 하나 만
들라 하시면서 사신이 경사로 돌아가면 분명히 황제 폐하께 고하게
될 것이라 했사옵니다."

"아⋯."

세종은 자기도 모르게 탄성을 토했다. 얼굴이 화끈거리고 부끄럽다
는 생각이 들었다. 황제 고명을 감정적으로 대할 일이 아니었다. 자신
은 사사로운 개인이 아니라 나라와 백성을 책임지고 있는 임금이었던
것이다.

'형체는 보여도 실체는 드러내지 마라⋯.'

상대에게 자신의 실체를 드러내지 않는 것은 병술의 기본이다. 황
제가 경계해야 할 대상이라면, 황제에게 속내를 드러내서 이로울 게

무엇이 있겠는가. 상왕의 깊은 통찰력에 감동할 수밖에 없었다.

며칠 후 궁궐에서 고명 사신을 위로하는 잔치가 크게 벌어졌다. 잔치가 무르익을 무렵 은은하게 〈황은곡〉이 울려 퍼졌다. 황제를 찬양하는 노랫말이 연회장 구석구석을 빠짐없이 파고들었다. 감동한 사신이 〈황은곡〉을 황제 폐하께 올리고 싶다고 말했다.

"고마운 일이요."

세종이 흔쾌히 허락했다.

그날 이후로 세종은 칙사를 맞이할 때마다 〈황은곡〉을 떠올리는 게 습관이 됐다.

모화루 앞에는 어가를 모시고 온 각종 의장기와 금고 악대가 칙사의 등장을 기다리고 있다. 늘어선 대열과 구경꾼들 떠드는 소리가 뒤섞여 소란했다. 그때 사신의 동정을 알리는 사찬(행사 진행자)의 낭랑한 목소리가 울려 퍼졌다. 일순간 모화루 앞뜰이 조용해졌다.

세종이 면복을 갖춰 입고 지영위祗迎位[60]에 섰다. 이윽고 사신이 당도하자 세자, 대신들과 함께 허리를 숙였다. 눈높이로 고명을 받쳐 든 사신이 임금 앞을 지나쳐 용정 가마 앞에 섰다. 집례가 가마 문을 열었다. 사신은 마치 황제에게 바치기라도 하는 듯이 정중하게 용정 안에 고명을 모셔놓고 뒤로 물러섰다.

"남면南面하라!"

---

60 임금이 고명을 맞이하는 자리를 가리킨다.

남쪽을 향하라는 사찬의 외침 소리에 제일 먼저 향정香후이 방향을 틀었다. 백성들의 시선이 쏠렸다. 정자를 축소한 듯한 모양의 향정 가마에서 신비한 향이 피어올랐다.

"꼭 황궁 정자처럼 생겼네."

"이 사람, 황궁 정자를 보기나 했나?"

"사향 냄샐까?"

"에헤…. 아무렴 그 비싼 사향을 쓰겠어?"

"무슨 소리! 사향이 맞네."

가까이서 냄새를 맡을 수 없으니 근거도 없는 말들이 한마디씩 오갔다.

향정과 용정 가마가 남면을 마치자 금고들이 징과 북을 덜렁거리며 저만치 앞에 가서 섰다. 행진 대열을 이루려고 기준을 세운 것이다. 그 모습을 보고 신료들과 왕세자의 말이 뒤를 이어 서고, 그 뒤로 임금이 탄 말과 용정 가마, 사신 그리고 또 다른 신하들과 의장대가 줄을 이었다. 행렬을 둘러싼 화려한 의장 깃발과 번쩍이는 병장기 대열은 끝이 보이지 않을 지경이었다. 잠시 후 금고들이 울리는 요란한 북소리를 신호로 행렬이 움직이기 시작했다.

일생일대의 큰 볼거리였다. 세자 책봉 칙서를 가지고 오는 사신 행렬은 흔히 있는 일이 아니었다. 그만큼 나라의 큰 경사라는 의미도 있지만, 임금과 왕세자를 비롯해서 화려한 의장대의 위엄을 지켜보는 것 자체가 눈이 휘둥그레지는 일이었다. 바라볼수록 임금과 황제의 존귀함이 하늘을 찔렀다. 돈의문, 소의문 일대 백성들뿐만 아니라 멀리 안국방⁶¹, 연화방 백성들까지 몰려와 구경을 삼았다.

느린 행렬은 한나절을 보내고 나서야 창덕궁 앞에 도착했다. 세종이 인정전에 마련된 지영위에 자리하자 사신이 용정 가마를 앞세우고 중문으로 들어왔다. 영접례를 시작했다. 국궁, 사배四拜, 흥, 평신⁶²의 창唱이 이어지고 예에 따라 수차례 풍악이 울렸다. 고명을 맞이하는 절차는 까다로웠다. 길게 이어지던 영접례가 끝나자 사신이 궁을 떠났다.

태평관(사신 숙소)에서 하마연下馬宴⁶³이 열릴 예정이다. 세종이 출발 채비를 하던 중에 지신사가 황급히 들어와 태평관에서 황제 교지가 있을 것이라고 아뢰었다.

임금이 의아한 표정으로 지신사를 바라봤다.

"교지야 늘 있는 일 아니오. 새삼 왜 그러시오?"

"전하, 역관 말에 의하면 그 교지가…."

"교지가?"

"선왕 전하(태종)께서 부리던 내관을 모아 보내라는 것이라 하옵니다."

"아바마마의 내관을?"

---

61 조선 초기부터 유지된 한성부 북부 10방 중 하나였던 '안국방'을 가리킨다.

62 '국궁鞠躬'은 '무릎을 꿇는다', '배'는 '꿇은 채로 고개를 조아린다', '흥興'은 '꿇은 채로 고개를 든다', '평신平身'은 '몸을 일으킨다(일어난다)'를 의미한다. 허리를 숙여 네 번 인사하고 펴는 예법 절차다.

63 사신이 도착한 당일, 여행 노고를 위로해 베푸는 잔치를 가리킨다.

흠칫했다. 아버지가 돌아가시고 이미 해가 바뀌었는데, 무슨 까닭으로 부리던 내관을 찾는다는 말인가.

"잘못 들은 건 아니오?"

"전하, 어찌 잘못 알아듣고 아뢸 일이겠사옵니까. 의아해서 확인해보니 자그마치 환관을 30명이나 보내라 했다 하옵니다."

"아니, 그렇게나 많이요?"

"그렇사옵니다."

"다 늙은 내관들을 뭐 하러…."

세종이 황당하다는 표정을 지었다. 거둥 채비를 돕던 나인들이 한 발짝씩 물러났다. 잠시 생각하다가 문득 물었다.

"황제의 속뜻이 뭐라 생각하오?"

"소신은…."

지신사는 바로 말을 잇지 못했다. 황제의 의중이라 하니 한 번 더 생각해야 했다. 뜸을 들였지만 그래도 답을 하기는 어려웠다.

출발이 늦어졌다. 세종은 생각에 싸인 채로 어가에 올랐다. 행렬이 경복궁을 나와 숭례문이 보일 때쯤, 갑자기 어가를 멈추게 하고 지신사를 찾았다.

"시위하는 상호군 중에서 말[馬]이 빠른 자를 보내 태평관에서 풍악을 울리지 않도록 하시오."

"전하…."

지신사가 놀란 얼굴을 했다. 무엇 때문인지 짐작할 수는 있었지만 이렇게까지 어긋나는 명을 내릴 줄은 몰랐다. 뒤따르던 신료들도 하교를 듣고 깜짝 놀랐다. 고명 사신을 위로하는 자리이니 여느 때보다 연회가 길어질 것이라 예상했는데 풍악을 거두라는 말에 놀랄 수밖에 없었다. 지신사가 당황해서 머뭇거리자 세종이 서두르라고 재촉했다. 지신사는 퍼뜩 정신을 차리고 상호군을 찾아 태평관으로 달리게 했다.

임금이 태평관에 도착했을 때 풍악은 없었다. 사신은 풍악을 금지한 이유를 살필 새도 없이 바로 예를 갖추고 교지를 읽었다. 교지 내용은 지신사가 귀뜸했던 것과 같았다. 다만 황제가 요구한 숫자는 환관 30명이 아니라 30~50명이었다. 사신의 선유宣諭[64]가 끝나자 태평관이 술렁거렸다. 시위하고 있던 신료들은 눈치를 섞어가며 소곤거렸다.

세종이 내색하지 않고 말했다.

"황제 폐하의 은덕이 작지 않은데 세자 책봉까지 내려주시니 감격함을 이루 다 표현을 못 하겠소이다. 환관이 아니라 무슨 교지를 내리신들 받들지 못하겠소이까."

"책봉 칙서는 전하께서 지성을 보이신 까닭에 황제께서 특별히 내리신 것이옵니다."

"어쨌든 이 모든 게 정사 덕분이요. 태평관에서 이럴 게 아니라 궁궐에서 잔치를 베풀 테니 와주시겠소?"

"궁궐에서 잔치를 베풀어주신다니 영광으로 알겠습니다."

사신은 그제야 풍악을 거둔 이유를 알고 흐뭇해했다.

---

64 황제나 임금이 내린 명을 알리는 일을 가리킨다.

세종은 차 한 잔을 마시는 둥 하고 바로 태평관을 나왔다. 궁궐에 도착하자 바로 중신들을 소집했다. 회의 내용이 편전 밖으로 새어 나가는 것을 막기 위해 대소신료를 모두 부르지 않았다.

사정전에 들어선 영의정이 병조판서에게 물었다.

"대체 태평관에서 무슨 일이 있었소?"

"아무 일 없었지요. 너무나도 아무 일이 없이 환궁하셨습니다."

"그게 아니더구먼, 속 시원히 말씀해보시오."

모두의 시선이 병조판서에게 쏠렸다.

병조판서가 고개를 갸우뚱하면서 말문을 열었다.

"허, 참…. 전하께서 어가를 타고 거둥하시다가 갑자기 태평관에 풍악을 거두라는 명을 내리셨습니다."

"아니, 무슨 일로요?"

"환궁하는 길에 지신사에게 들으니 전하께서 황제 폐하의 교지를 미리 아셨다는 겁니다."

"교지야 늘 있는 일 아니오?"

"그런데 그 교지가 선왕 전하의 내관을 보내라는 거였지요."

"선왕 전하의 내관이라면 다 늙은 환관들이 아니요?"

"누가 아니랍니까."

"뭔가를 캐내겠다는 거로군."

경험 많은 영의정이 이유를 바로 알아챘다. 두 사람의 대화를 듣고 있던 신료들도 고개를 끄덕였다.

예조판서 신상이 물었다.

"그래, 상上께서는 뭐라 하셨소?"

"다른 도리가 있으셨겠습니까. 받들지 못할 교지가 뭐가 있겠냐고 말씀하셨지요."

"하긴···. 면전에서 못하겠다고 할 수도 없고···."

예조판서가 먼 곳으로 시선을 돌렸다. 선왕의 환관들은 태종 홍거 후에 자신의 고향으로 돌아가거나 궁에 남아 있더라도 남의 눈에 띄지 않는 곳에서 조용히 지내고 있다. 다시 찾을 일도 없어서 누가 죽고 누가 살아 있는지도 모른다. 그러나 그게 문제가 아니었다. 황제가 조선에 대해 무언가를 캐려고 하는데 그게 무엇인지 전혀 감이 잡히지 않는다는 것이었다.

'자그마치 30~50명이나?'

예조판서는 불길한 예감이 스쳤다.

대사헌이 물었다.

"신 판서께서는 어찌 생각하시는지요?"

신료들의 시선이 예조판서에게 모아졌다. 예조판서 신상은 경험이 많은 데다가 판단이 신중하고 예리해서 신료들이 수시로 의견을 구했다. 잠시 생각하다가 말을 하려는 순간 편전 앞으로 종종거리는 내관의 발걸음 소리가 들려왔다. 모두 자세를 가다듬었다.

임금은 거두절미하고 말했다.

"선왕 전하의 노환관을 보내라는 황제의 교지가 있었소."

"소신들도 의견을 나누던 참이었습니다, 전하."

"황제가 원하는 게 뭐라 생각하오?"

"전하, 황제께서 무엇 때문에 그런 명을 내렸는지는 알 수 없사오나 마땅히 받들어야 하옵니다."

"그건 알겠소. 과인이 경들에게서 듣고 싶은 건 대체 무엇 때문에 일도 못 시킬 노환관들을 보내라고 하느냐는 것이오."

"…."

영의정이 답을 하지 못했다.

형조판서가 나섰다.

"전하, 황제 폐하께서 알고 싶어 하는 게 무언지는 모르겠으나 염려하실 바는 아니라고 생각하옵니다. 선왕 재위 중에 폐하 섬기기에 소홀함이 없었고, 조공에도 흐트러짐이 없었사옵니다. 해서 명나라에서는 늘 우리 조선을 칭송했사오니 노환관을 보낸다 해도 문제 될 것이 없을 것이옵니다."

대신들의 말이 이어졌다.

"오늘 도착한 정사도 황제께서 전하의 정성을 칭송하고 있다 했으니 우리에게 해를 입힐 생각은 아닐 것이옵니다."

"전하, 설사 선왕 전하의 노환관들을 보낸다 해도 노쇠해서 무언가를 캐내려 해도 얻을 것이 없을 것이옵니다."

"그렇사옵니다, 전하."

모두가 같은 말을 했다. 이들은 영락황제가 노환관을 소환하는 이유는 제쳐두고 황제가 일으킬지도 모를 풍파만을 염려하고 있었다.

우의정이 어두운 표정으로 말했다.

"전하, 황제 폐하께서 노환관을 보내라 하는 이유는 알 수 없사오나 폐하의 성품으로 볼 때 교지대로 행하는 것이 온전할 것으로 사료되옵니다."

"온전이오?"

"황공하옵니다, 전하….'

"그렇게까지 생각할 일은 아니지 않소?"

"전하, 소신은 요동만호에게서 황제의 포악한 성품에 대해 똑똑히 들었사옵니다."

"우의정이 요동만호에게 그런 얘길 들어요?"

"그러하옵니다. 영락황제 즉위 초기에 요동만호가 수시로 칙서를 가지고 왔었는데, 그때 만호에게서 생생하게 들었사옵니다."

"무슨 칙서가 그리 자주 내려왔단 말이오?"

"지금은 까맣게 잊힌 일이오나 건문제와 주체(영락황제)가 싸울 때 건문제의 패잔병들이 우리 땅으로 도망을 왔사옵니다."

"과인도 알고 있소. 한때는 1만 명이 넘었다는 소릴 들었소."

"그렇사옵니다. 싸움이 끝나고 주체가 황제 자리에 오른 후에 도망병들에게 죄를 묻지 않겠으니 고향으로 돌아가라고 여러 차례 교지를 내렸지요. 그때 요동만호가 칙서를 가지고 수시로 변경에 왔었는데, 선왕 전하의 명으로 소신이 접대를 맡아 했사옵니다."

"그걸 우의정이 맡았었구려. 그래서요?"

"여러 차례 만나다 보니 편히 대화하는 사이가 됐는데, 하루는 만호가 술에 취해서 황제가 잔인무도하게 죽인 사람이 수천수만은 된다고 하면서 방효유方孝孺 얘기를 꺼냈사옵니다."

"방효유…. 과인도 들은 바 있소. 건문제의 스승이었지요?"

"그렇사옵니다, 전하."

신료들도 기억이 난다는 듯이 고개를 끄덕였다.

수체는 황제 자리에 오른 후에 건문제의 충신들을 모두 죽였지만 대유학자로 칭송받던 방효유만은 살려두었다. 황제가 유학자를 대접하려는 건가 해서 모두 휘둥그레졌다. 하지만 아무려면 유학자를 대접하려고 그랬겠는가. 어느 날 뜬금없이 방효유에게 자신을 위한 찬사를 지으라는 명을 내렸다. 방효유가 찬사를 쓰면 건문제를 폐위시킨 자신의 정당성이 입증되는 셈이었다. 놀랍게도 방효유는 흔쾌히 수락하고 큰 붓을 청했다. 주체가 활짝 웃고 기뻐했다. 방효유가 원하는 대로 해주라고 명을 내렸다. 이윽고 황제전 앞뜰에 자리가 마련되고, 희고 고운 종이가 펼쳐졌다.

방효유가 큰 붓에 먹물을 듬뿍 먹여 휘갈겨 썼다.

연나라 도적이 황제 자리를 빼앗았다[燕賊簒位]

잠시 후 글쓰기를 마치고 가부좌를 틀었다. 가늘게 뜬 눈으로 황제를 노려보다가 눈을 감았다. 네 글자를 읽은 주변인들은 모두 얼어붙었다. 문득 분위기를 알아챈 영락제가 글을 확인하고 분을 참지 못해 길길이 뛰었다. 차마 지켜볼 수 없을 지경이었다. 황제는 그 자리에서 방효유의 입을 찢어 죽이고 당대와 위로 4족, 아래로 4족 등 9족과 피 한 방울도 섞이지 않은 친구와 동문을 10족이라 해서 모두 죽여버렸다. 그렇게 해서 영문도 모르고 억울하게 죽은 숫자가 800명이 훌쩍 넘었다.

우의정이 덧붙였다.

"요동만호는 그 이야기를 하면서 몸서리를 쳤사옵니다…."

누군가의 입에서 신음이 새어 나왔다. 편전 안에 진땀이 흐르는 듯했다.

잠시 후 임금이 헛기침을 하고 말했다.

"하니 황제가 무엇 때문에 노환관을 찾는다 생각하시오?"

신료들은 예상치 못한 질문에 움찔했다. 무겁게 가라앉은 분위기 따위는 아랑곳하지 않는 반항적인 질문이었다. 영락제에 대한 비아냥처럼 느껴지기도 했다.

예조판서 신상이 조심스럽게 나섰다.

"전하…. 소신이 판단하기에 이것은 본디 황제 폐하의 뜻이 아니라 사악한 무리가 꾸며낸 짓으로 보이옵니다. 해서 왜 그런 교지가 내려왔는지 어렴풋이 짐작할 수 있을 것 같사옵니다."

"황제가 아니고?"

"그렇사옵니다. 환관 무리가 황제를 속이고 올린 간계가 아닐까 하옵니다."

"간계라니요? 그게 무슨 말이오?"

"전하, 지금 명나라는 환관 세상이라고 하지 않사옵니까?"

"그렇소."

"환관 때문에 조정 대신들이 허수아비가 된 지 오래라 하는데, 이번 일도 환관이 간계를 부려 황제께 주청한 것이 아닌가 하옵니다."

"무슨 근거로?"

"태감(환관 사신 우두머리) 해수海壽이옵니다."

"해수?"

"그렇사옵니다, 전하. 근래 우리 조선에 들어오는 환관 사신 중에 해수는 황제 폐하의 총애를 받는 최측근이옵니다. 해수가 소신에게 환관들의 위세를 과시하면서 명나라 조정에 동창東廠이라는 비밀 조직이 있다 했사온데….."

"동창? 처음 듣는데?"

"그게 만들어진 지가 얼마 되지 않았고, 황제하고만 직접 통하는 비밀 조직이다 보니 아직 세상에 널리 알려지지 않았다고 하옵니다. 하지만 곧 드러날 것이옵니다."

"비밀 조직?"

"그렇사옵니다. 지금 명나라에는 건문제를 추모해 역심逆心을 품은 자들이 많다고 하지 않사옵니까?"

"나도 들었소."

"해서 황제가 대신들을 믿지 못하니까 신임하는 환관을 동창 우두머리인 제독提督 자리에 앉혀놓고 역모를 적발해내거나 불온한 자들을 감시하고 색출하는 일을 하고 있다는 것이옵니다."

"하면 해수가 제독이요?"

"제독은 아니지만 그만큼 자기들 세력이 커지고 있는 것을 자랑스럽게 여겨서 소신에게 위세를 과시한 것이옵니다."

세종이 갸웃하고 물었다.

"무슨 얘기인지는 알겠소. 한데 그게 선왕 전하의 환관과 무슨 관계가 있다는 말이요?"

"전하, 그걸 설명하기 위해서는 먼저 아뢸 말씀이 있사옵니다."

"말해보시오."

"얼마 전에 해수가 소신에게 묻기를, 과거에 건문제가 싸움에서 밀릴 때 군사를 보내 도와준 일이 있느냐고 물었사옵니다."

"무슨 소릴!"

임금이 당치 않다는 듯이 날카롭게 반응했다. 신료들도 예조판서의 말에 깜짝 놀랐다. 건문제와 주체가 싸울 당시에 수세에 몰린 건문제가 조선 조정에 도와달라고 요청했는데 거부한 일이 있었다. 건문제를 도와주지 않았지만 그렇다고 주체를 응원한 것도 아니었다. 조선은 싸움에 끼는 것 자체를 거부했다. 그게 살길이라고 생각한 것이다. 하지만 주체가 싸움에 이겨 황제 자리에 앉게 되자 분위기가 묘하게 바뀌었다. 시비가 걸릴까 염려돼 부랴부랴 사신단을 보내 승리를 축하하고 조공도 바쳤다. 그게 효력이 있었던 건지, 다행스럽게도 몇 해가 지나도록 아무런 말도 나오지 않았다. 그건 그만큼 예민하고 조심스러운 일이었다.

모두의 기억 속에서도 지워졌는데, 이십 년이나 지난 지금 해수가 다시 거론했다니 섬뜩한 일이 아닐 수 없었다. 꼬투리를 잡자 하면 무슨 꼬투리인들 잡지 못하겠는가. 태조 고황제는 사신이 가져간 표문에 글자 하나가 맘에 들지 않는다고 패악을 부리기까지 했다.

임금이 긴장한 표정으로 물었다.

"그래, 뭐라 하셨소이까?"

"당연히 그런 일은 없었다고 잘라 말했사옵니다."

"건문제 쪽에 누군가가 알려줬을까?"

"소신도 생각해봤는데 그건 아닐 것 같사옵니다. 주체 황제는 즉위 후에 건문제의 충신들을 모두 죽였사옵니다. 그 사실을 알만 한 위치에 있던 신하들은 살아남은 자가 없을 것이옵니다."

"하면 우리 쪽에서 알려줬다는 건가?"

"아무래도 우리 쪽 같기는 한데 해수가 만나는 우리 조정 관리들은 나이도 젊은 데다가 몇 명 되지도 않사옵니다. 해서 소신은 해수가 정탐꾼을 따로 두었나 생각했사옵니다. 하온데 전하…."

"말해보시오."

"소신의 염려는 그것이 아니옵니다."

"하면?"

"여기에 있는 노신들도 기억하겠지만 선왕 전하께서 건문제에게 말을 보내준 일이 있사옵니다."

"전쟁 중에요?"

"그렇사옵니다."

"얼마나?"

"3,000필이옵니다."

"3,000필이나…. 하면 자진해서 보내준 것이오, 아니면 거래로 보내준 것이오?"

"건문제가 도와달라고 간청하니까 마지못해 보내기는 했는데, 건문제가 패하는 바람에 대가를 받지 못했으니 자진해서 보내준 꼴이 됐사옵니다."

"허…."

"소신은 해수가 그 일까지 알고 있을까 염려하고 있사옵니다."

"…."

임금의 표정이 굳었다. 평상시의 말[馬] 거래라면 비단이나 다른 재화로 대가를 받는다. 그러니 다른 재화를 받지 않았다면 자진해서 도와줬다는 오해를 피하기 어려울 것이다. 전쟁 중이어서 그랬다고 항변할 수는 있겠지만 트집을 잡으려는 자가 그런 핑계를 들어주겠는가.

예조판서가 말을 이었다.

"전하…. 그뿐만이 아니라 해수가 어떻게 알았는지 모르겠으나 두 황제가 다툴 때 우리 조선에서 서북 국경에 성을 쌓으려고 했냐고 물었습니다."

"허…. 그래 뭐라 했소?"

"그런 일은 없었다고 잡아떼었사옵니다. 농한기라면 언제든지 할 수 있는 일을 왜 굳이 그런 때에 하겠냐고 했사옵니다."

"믿는 눈치였소?"

"믿는 눈치였다고 말하기는 어렵사옵니다."

"…"

세종은 아무 말도 하지 않았다. 산 넘어 산이다. 명의 입장에서 보면 괘씸하게 생각하고도 남을 일이다. 세종은 아버지에게서 그 말을 들은 기억이 있다. 하지만 까맣게 잊고 있었다. 일이 예상치 않은 방향으로 흘러가고 있음을 느꼈다.

한참을 고심하다가 문득 물었다.

"한데 이제 와서 그런 걸 캐서 뭘 어쩌자는 거요?"

예조판서가 기다렸다는 듯이 말했다.

"소신 생각에는 무엇보다도 황제가 북벌을 앞두고 주변을 다져놓자는 뜻이 아닌가 하옵니다."

"아…. 황세가 북벌을 준비하고 있지요?"

"예, 전하. 이미 네 번이나 달단을 쳤는데, 다시 칠 준비를 하고 있다 하옵니다. 워낙 대군을 이끌고 가다 보니 상대적으로 경사가 텅비게 되는 것이지요."

"황제가 전쟁을 너무 좋아하오. 안 해도 될 전쟁까지…."

"그렇사옵니다, 전하. 황제가 경사를 오래 비우게 되니 남아 있는 환관들이 아무래도 불안하지 않겠사옵니까?"

"하면? 그 안전장치로 아바마마의 노환관들을 데려다가 과거의 잘못을 캐서 우리 조선의 코를 꿰겠다?"

"그게 첫째 이유일 것이옵니다."

"하면 다른 이유도 있소?"

"있사옵니다. 소신이 보기에는 환관들이 황제에게 조선 단속을 핑계로 삼았겠지만, 속으로는 자신들의 잇속을 챙기게 됐다고 기뻐하고 있을 것이옵니다."

"잇속?"

"그렇사옵니다. 노환관에게 우리의 약점을 캐서 수탈을 쉽게 하겠다는 것이지요."

"하면 우리 조정을 협박하겠다는 건가?"

"그럴 것이옵니다, 전하."

"허! 어이가 없군…."

"하오니 황제의 교지를 이행치 않으면 엉뚱한 모함을 해댈 게 불을 보듯 훤하옵니다."

"…."

임금이 예조판서의 얼굴을 빤히 쳐다봤다.

잠시 후 불만 가득한 표정으로 물었다.

"하면 노환관만 보내면 모든 게 해결된다는 말이오?"

질타를 하듯이 물었다. 임금의 생각이 다르다는 것을 충분히 읽을 수 있었다. 임금도 처음에는 황제의 명을 따르려고 했다. 다 늙은 환관들을 불러서 무엇을 캐겠는가? 캘 만한 것도 없지 않은가 했다. 거기에는 아버지 태종이 황제를 정성으로 섬긴 기억도 깔려 있었다. 그렇게 결론을 내려놓고, 혹시나 하는 차원에서 대신들의 의견을 들어보려고 소집했던 건데, 예조판서의 말을 듣고 나니 자신의 생각이 크게 잘못됐다는 것을 깨달은 것이다.

고개를 가로저으며 말을 이었다.

"보내면 아니 될 것이오."

"전하…."

"전하…."

대신들이 전하를 외쳤다.

세종이 신료들을 쏘아보며 말했다.

"노환관들을 보내면 어떤 일이 벌어질지 눈에 보이지 않소?"

"전하, 노환관들이 무엇을 알고 있겠사옵니까?"

신료들의 항변에 세종의 미간이 다시 찌푸려졌다.

"경들은 노환관들이 그때의 일을 아는지 모르는지를 중요한 꼬투리로 삼고 있는 것 같소?"

"전하, 모르면 어찌 답을 하겠사옵니까?"

신료의 당찬 반문에 세종이 입을 굳게 닫았다.

잠시 후 고개를 가로저으며 말했다.

"알고 모르고는 중요하지 않소. 문초하는 자가 무엇을 원하느냐가 관건이지. 무슨 말인지 모르겠소?"

"예?"

신료들은 뜬금없는 질문에 의아한 얼굴을 했다.

세종이 좌중을 둘러보고 말했다.

"모두 잊으셨나 보오? 과인은 경들이 막수유莫須有[65]를 기억하고 있는 줄 알았소…"

"…"

"노환관들을 경사로 보내는 건 그들을 죽음으로 내모는 일이오."

신료들이 흠칫했다. 그 짧은 순간에 식은땀을 흘리는 중신도 있었다.

막수유. 당나라 황제 고종高宗이 병세가 악화돼 정사를 돌볼 수 없게 되자 황후인 측천무후에게 섭정을 맡겼다. 벼랑 끝에서 가까스로 권력을 잡은 무후는 복수를 하듯이 폭정을 이어갔고, 이를 보다 못한 대신 상관의上官儀가 고종에게 폐위를 건의했다. 무후는 조정 안팎에 심어놓은 첩자를 통해 그 사실을 알게 되자 상관의가 환관들과 반란을 모의했다고 누명을 씌웠다. 고종이 측천무후 편을 들어줬다. 결국 상관의는 막수유라는 죄명으로 처형됐다. 증거는 없지만 '그런

---

65 반드시 없다고도 할 수 없고, 있었을지도 모른다고 하는 것을 가리킨다. 명백한 증거 없이 심증만으로 죄를 물어 옥사獄死시키는 일을 의미한다.

마음을 먹었을지도 모른다'라는 심증만으로 죄를 물어 죽인 것이다. 그게 막수유였다.

세종은 아버지 태종이 임어를 태우라고 했던 그날을 잊을 수 없었다. 임종을 앞둔 아버지의 말을 거역할 수 없어 서책을 들고 뜰로 나갔다. 세상 떠나실 준비를 하고 있다고 생각하니 하염없이 눈물이 나왔다. 내관을 시켜 장작불을 피우게 했다. 아버지 옆자리를 오래 비울 수 없어 서둘러 서책을 풀어 태우다가 아주 우연히 자신의 즉위년 기록을 보게 됐다. 놀랍게도 거기에는 '막수유'라는 세 글자가 또렷이 쓰여 있었다. 그 말이 무슨 뜻인지 알고 있었다. 눈을 비비고 다시 보았다. 등줄기가 섬뜩했지만 오래 생각할 여유가 없었다.

장례를 치르고 안정을 되찾은 어느 날 문득 막수유가 떠올랐다. 왜 아버지가 그 말을 써놓았는지 어렴풋이 짐작이 갔다. 자신이 즉위하던 해에 장인 심온沈溫이 역모죄로 죽었다. 죄를 짓고 죽은 것이 아니라 만들어 씌운 죄로 죽은 것이다. 중신들은 분명히 그 일을 알고 있을 것이다. 하지만 그 말을 세상 밖으로 꺼내놓고 싶지 않았다. 그동안 잘 참아왔는데 기어코 하고 말았다. 본의가 아니었다. 현실을 제대로 인식하지 못하고 눈앞의 위기만 모면하려는 대신들에게 실망이 너무 커서다. 경각심을 주고 싶었다.

노환관을 보낸다고 끝나는 게 아니다. 그건 또 다른 시작일 뿐이다. 허리도 굽고 이도 빠진 늙은 환관들이니 협박과 구슬리기를 몇 번만 하면 원하는 죄목은 뭐든 다 만들 수 있을 것이다. 막수유보다 그 상황을 잘 설명할 수 있는 말은 없다. 하지만 누구를 원망하겠는가. 모든 게 힘없는 나라 탓이 아니겠는가.

명나라 환관들을 떠올렸다.

'살쾡이 같은 놈들….'

세종은 자기도 모르게 어금니를 굳게 물었다. 황제가 내린 하명이든 환관이 만든 계략이든 노환관을 보낼 수 없다고 결론지었다. 문득 회의를 파해야겠다는 생각이 들었다. 신료들은 황제의 분노만 걱정하다가 막수유를 듣자 얼어붙었다.

"회의를 끝내겠소. 경들은 돌아가 다른 방도가 있는지 좀 더 의논을 해보시오. 곧 다시 부를 것이오."

"…."

신료들은 고개를 들지 못하고 편전을 물러 나왔다.

늦여름 해가 서쪽 하늘에 남아 있다. 세종은 길게 드리워진 편전 처마 그늘 아래를 왔다 갔다 했다. 임금이 뭔가에 골똘한 모습을 보이자 제조상궁이 냉수를 대령했다. 임금은 기다렸다는 듯이 받아 마셨다. 얼마가 지나 문득 내관에게 중신들을 다시 들게 하라 명했다.

신료들이 편전에 모였다.

임금이 영의정에게 물었다.

"영상, 생각해보셨소이까?"

"전하께서는 노환관을 보낼 의향이 없으신 것으로 사료되옵니다."

"어찌 아셨소?"

"어려울 일이겠사옵니까? 당장 내일부터 노환관을 찾아 보내라 하오면 끝날 일을, 다시 의견을 물으시니…."

"듣고 보니 그렇구려. 그래 어찌 생각하시오?"

"전하, 소신 생각은 이전과 다를 바가 없사옵니다. 설사 신 판서 말대로 환관의 농간이라 한들 황제가 칙서까지 내린 일을 아무 일도 없었던 것처럼 그냥 지나가겠사옵니까?"

"맞는 말이요."

임금이 고개를 끄덕끄덕했다.

잠시 후 고개를 돌려 예조판서 신상을 보고 물었다.

"신 판서 생각은 어떠시오?"

"소신은 생각이 바뀌었사옵니다."

"그렇소?"

"송구하오나 아까는 노환관들을 보내야 한다고 생각했는데, 곰곰이 따져보니 보내지 말아야 한다고 결론짓게 됐사옵니다."

"어찌 그렇소?"

"전하께옵서 태감이 소신의 말을 믿는 눈치였냐고 묻지 않았사옵니까?"

"그랬지요."

"소신은 태감이 명확히 알고 있는 것은 아니라는 확신이 들었사옵니다."

"어째서요?"

"영락제는 즉위 후에 건문제의 충신들을 모두 죽여서 우리 조선과 관련된 옛일을 소상히 알고 있는 대신은 없을 것이옵니다."

"그렇지요."

"그런 데다가 이즈음 태감 해수가 우리 조정에서 상대하는 신료들은 모두 젊어서 옛일을 잘 모르옵니다."

"그렇소."

"해서 태감이 꼬투리를 잡으려고 여기저기 기웃거리다가 풍문을 들었나 본데 실제로 뒷받침할 증거는 없사옵니다. 하오니 노환관을 보내기보다는 풍문이 잘못됐다고 주장하는 편이 나을 듯하옵니다."

"하하, 과인이 하고 싶은 말도 바로 그렇소. 아무도 제대로 본 일이 없고 옳게 아는 것도 아닌데, 노환관들을 보내게 되면 없던 일도 만들어질 게 분명하지 않소? 그러니 안 보내고 아니라고 주장하는 게 낫지, 스스로 보내놓고 덜미를 잡힐 필요는 없지 않소?"

"그러하옵니다, 전하. 하옵고 태감과 상대하는 젊은 신료들에게 입조심을 시키겠사옵니다."

"좋은 생각이오. 혹시 다른 의견이 있으면 말해보시오?"

세종이 확신에 찬 표정으로 물었다. 대신들은 아무 말도 하지 않았다. 막수유 때문인 것처럼 보이기도 했다.

"하면 내일 당장 선왕 전하의 환관들을 은밀히 찾아 먹고살 것을 충분히 꾸려주고, 한양에서 100리 이상 떨어진 곳에 거주케 했다가 일이 끝난 후에 본인의 의향에 따라 한양으로 다시 오든지, 아니면 고향으로 돌아가든지 하도록 하시오."

"명대로 거행하겠사옵니다, 전하."

지신사가 답했다.

영의정이 걱정 어린 얼굴로 말했다.

"전하, 하온데 황제 폐하가 가만히 있겠사옵니까? 칙서로 내린 일이 아니옵니까?"

"그야 각오를 해야 하지 않겠소?"

"전하, 황제 폐하가 말만 앞세우는 성품이 아니옵니다. 동서남북으로 정벌을 다니다가 전쟁터에서 환갑을 넘겼고, 주변국 중에서는 유일하게 우리 조선만 침략하지 않았사옵니다. 하오니 지금 준비 중인 군사를 우리에게 돌리면 어찌하려 하시옵니까?"

"물론 그럴 수도 있겠지요. 하지만 지금 당장은 우리에게 군사를 돌리기는 어려울 것이오."

"하오나 전하…."

"영상, 들어보시오. 예나 지금이나 황제의 약점은 명분이오. 만일 황제가 그 일을 빌미로 조선을 치려 한다면 첫째는 황제의 옳지 못한 명분을 방패로 내세워야 할 것이고, 둘째는 환관을 이용해야 하오. 이번 일이 환관이 벌인 수작이라면 더욱더 환관을 이용해야 할 것이고, 환관들이 벌인 일이 아니라 하더라도 환관들을 이용해야 하오. 그게 가장 손쉬운 방법이오. 셋째로 황궁 내에 우리 편 간자를 구해 이러한 명이 내려온 이유와 황제가 원하는 게 무엇인지를 정확히 파악해야 하오. 그리해야 옳게 대응할 수 있을 것이오."

"하지만 정사에게 교지를 받들겠다고 이미 말씀을 하지 않으셨사옵니까?"

"과인에게 다른 생각이 있소."

"전하, 정녕 황제가 우리에게 말 머리를 돌리면 어찌하시렵니까?"

"영상, 노환관들이 아바마마께서 자진해 건문제에게 말[馬]을 보낸 사실을 실토해도 황제의 칼끝을 피하지는 못할 것이오."

"…."

"노환관을 보내도 칼끝을 피할 수 없다면 뭔가 방법을 달리 해봐야 하지 않겠소?"

"…"

"그런데 중요한 것은 신 판서 말대로 환관들의 탐욕 때문에 벌어진 일이라면 그들은 전쟁을 원하는 것이 아니요. 오히려 그게 사실이기를 바랄 뿐이요. 생각보다 일이 쉽게 끝날 수도 있소."

"전하…"

"영상, 과인도 선왕의 허물이 작았다면 보냈을 것이오. 하나 신 판서의 말을 들어보니 그렇지 못한 것 같소. 다행스럽게도 환관들이 쥐고 있는 약점에 확신이 없는 듯하니 보낼 필요 없소."

"전하께서 이미 보내겠다고 하셨으니 정사가 물러서지 않으려 할 것이옵니다."

"어쩌겠소? 과인이 그리하겠다는데?"

"노환관들을 단단히 일러서 보내면 되지 않겠사옵니까."

"그게 가능하다고 보시오?"

임금의 미간이 다시 찌푸려졌다.

영의정이 우물쭈물 답을 하지 못했다.

"보내면 멋대로 죄가 만들어지고, 보내지 않으면 의혹만 있을 뿐이오. 어느 것을 택하겠소이까?"

"…"

대신들은 막수유가 떠올라 아무 말도 하지 못했다.

다음 날, 신료들이 아침 일찍 입궐해 임금을 알현했다. 세종은 간밤에 새롭게 생각한 계책이 있는지 물었다. 한 마디씩 말하기는 했지만 새롭게 받아들일 만한 의견은 없었다. 임금의 의지에는 변함이 없었다.

지신사가 태평관에 도착해 말했다.

"조속한 시일 내로 화자를 뽑아 보내겠소."

"예? 황제 폐하께서는 선왕의 노환관이라 하셨지 않습니까?"

"물론 전하께서도 황제 폐하의 교지를 받들려고 했지요. 그런데 선왕 전하의 노환관들을 찾아보니 이미 늙어서 죽었거나 살아 있는 자라 해도 병이 들어서 경사에 도착하기도 전에 모두 죽을 겁니다. 하니 어쩌겠소?"

정사는 퍼뜩 정신을 차리고 말했다.

"나는 황제 폐하의 교지를 있는 그대로 전했으니 어떻게 처리할지는 전하께서 알아서 하실 일입니다."

"여부가 있겠습니까?"

지신사가 정중히 답했다. 정사는 꿀 먹은 벙어리처럼 멍하니 지신사를 바라봤다.

며칠 후 사신이 돌아갔다. 조정에서는 어린 화자를 뽑느라 분주했다. 전국에서 30명을 선발해 경사로 보냈다.

몇 달이 지났다. 임금은 황제의 반응이 궁금했다. 사실 궁금했다기보다는 걱정했다는 말이 더 맞을 것이다. 신료들의 반대를 무릅쓰고 결정을 내렸기 때문에 더욱 그랬다. 그래도 내색은 하지 않았다.

세자 고명이 있넌 다음 해 6월, 황제의 출병을 알리는 첩정이 날아왔다. 그리고 바로 뒤를 이어 요동도사(요동도지휘사사)가 황제 출정을 위문하는 조공단을 출발시켰고, 황제가 달단 영역의 백인산에 주둔하고 있다는 첩정이 도착했다. 이로써 황제군이 조선에 오지 않는 것은 확실해졌다. 신료들은 그제야 안심했다.

하지만 세종은 고개를 갸웃했다. 그렇게 큰 파장을 일으킬 교지를 내려놓고 아무 말도 없는 것이 오히려 이상했다. 시간이 지났으니 무슨 말이고 있어야 하는 게 정상이었다. 긴장을 풀지 못하고 다음 첩정을 기다리고 있을 때, 명나라에 갔던 사신이 돌아왔다.

임금이 물었다.

"황제가 노환관 얘기를 않더냐?"

"전하…. 황공하옵게도 출병 직전에 소신을 불러 말씀하시기를, 선왕께서는 황제를 지성으로 섬겨 진헌하지 않는 것이 없었는데 전하께옵서는 그렇지 못하다고 꾸짖으시며 노왕의 화자를 보내라 했는데 어찌 어린 화자를 보냈느냐고 그 말을 전하라 했사옵니다."

뜨끔했다. 아무려면 그냥 넘어갈 일이었겠나. 황궁 밖에서 출병 동향을 파악한 첩정만으로는 기뻐할 일이 아니었다.

"하면 말을 전하란 게 무슨 뜻이냐?"

"소신도 그 이상의 하교를 듣지 못했사옵니다."

세종이 고개를 끄덕이다가 물러가게 했다.

잠시 후 신료들에게 물었다.

"어찌하는 것이 좋겠소?"

"전하, 이는 토산물을 진헌하는 것과는 다르옵니다. 진상할 물품이 없으면 그 사정을 아뢰어 유예를 받고, 좋은 진상품이 있으면 다시 진헌할 수 있으나 이 일은 그렇지 못하옵니다."

"하오니 황제 폐하의 뜻을 받들어 지금이라도 보내시옵소서."

"노환관을 모두 소환하시옵소서, 전하."

신료들의 의견은 모두 같았다. 세종은 선뜻 답하지 않았다. 황제의 지적을 예상치 못한 것은 아니다. 다만 아버지까지 들먹이며 지적할 줄은 몰랐다. 하나 아무리 그런다 해도 보내지 않을 것이다. 그런 정도로 무너질 것이라면 무엇 때문에 지금까지 버티고 고민을 해왔는가?

분명한 건 보내면 그들은 죽는다. 가는 길이 멀고 험해서 도중에 죽고, 도착해서는 막수유 때문에 버티다가 죽을 것이다. 그러니 선왕께 누가 되지 않고, 황제와 신료들까지 만족할 묘안을 찾아야 한다. 황제가 달단으로 떠났으니 얼마간 생각할 시간이 있다.

임금이 병조판서와 예조판서를 불렀다. 편전에 들어선 두 신료는 임금 가까이에 앉았다.

세종이 낮은 목소리로 말했다.

"황제의 심중을 알아야겠소. 사신의 말만 듣고는 노환관을 보내라는 건지, 아니면 앙화를 각오하라는 건지 알 수가 없지 않소?"

"그러하옵니다, 전하…"

"황궁 밖에 떠도는 얘기로는 만족스럽지 못하오. 특히 이번 일에는 말이요."

"하오면 황실 내부 연결을 생각하시옵니까?"

"그렇소. 적합한 사가 있겠소?"

"요즈음 황궁에서 조선 사신들 감시가 워낙 심해서 환관들과 만나는 것이 극히 조심스럽다 하옵니다."

병조판서 조말생趙末生이 말을 이었다.

"예조판서 말씀이 옳습니다, 전하. 황궁을 출입하는 조선인들을 모두 간자로 취급하고 있다고 하옵니다. 심지어는 황궁에 들어가는 날짜까지 정해줄 정도라 하옵니다."

"허허, 심하긴 하군. 하지만 피차일반이지. 우리 조정에도 간자들이 있어서 두 판서가 은밀히 온 것이 아니오?"

농담 아닌 농담으로 세 사람이 함께 웃었다.

예조판서 신상이 나섰다.

"전하…. 환관들과는 지속적으로 만날 구실을 만들기가 어렵다고 하오니 황제 총애를 받고 있는 여비 한씨는 어떻겠사옵니까?"

"여비 한씨?"

"그렇사옵니다."

"하면, 지금 조선 출신 후궁이 몇이나 되오?"

"여비 한씨와 혜비 최씨 두 사람이 있사옵니다."

"혜비는 총애를 받지 못하고 있는가?"

"그것이 아니오라 여비 한씨는 친오라버니가 광록시소경光祿寺少卿[66] 벼슬을 제수받아 황궁 출입이 자유롭고, 여비 또한 빈번히 친정으로 사람을 보내고 있어서 연락이 무난하옵니다."

---

66 황제를 측근에서 모시는 벼슬아치를 가리킨다.

"그거 마침 잘됐구려."

조말생이 말을 이었다.

"전하, 지금 마침 첨지사역원사僉知司譯院事[67]가 여비 한씨의 친정어머니 일로 경사에 머물고 있으니 밀사密使를 급히 출발시키면 황궁에서 만나는 것도 가능하옵니다."

"하면 태감 해수만 피하면 되겠군."

"해수는 황제 폐하를 따라 달단으로 갔다 하옵니다."

"달단으로? 총애를 받아 전쟁터로 갔구먼?"

"그런 셈이옵니다."

"하하하, 우리에겐 좋은 기회군."

세종이 호탕하게 웃었다.

세 사람의 대화는 밤늦게까지 이어졌다. 노환관 문제는 황제의 속심을 확인한 후에 조치하기로 했다. 조정 신하들은 노환관 문제를 어떻게 해야 할지 몰라 전전긍긍했지만 세 사람은 아무 말도 하지 않았다. 한 사람 두 사람에게 알려지다 보면 조정 내 간자의 귀에도 들어가기 마련이다.

병조판서가 황궁에 보낼 신료를 찾던 중에 평안감사로부터 급전이 날아왔다. 황제가 오랑캐를 정벌하고 돌아오다가 과로로 병사했다는 것이다. 황당한 소식이었다.

조정 분위기가 완전히 바뀌었다. 슬픈 일이지만 슬퍼하는 자가 없

---

[67] 번역 일을 맡은 나이 든 벼슬아치를 가리킨다.

었고, 분명 기쁜 일이지만 기뻐하는 자도 보이지 않았다. 다만 신료들이 삼삼오오 모여 소곤거릴 때 이따금 웃음소리가 새어 나왔다.

상례에 따라 임금이 소복으로 갈아입었다. 나라 안에 형벌과 음악, 도살, 혼인, 제사 등을 모조리 정지시켰다. 임금은 도리를 지켜 27일 만에 소복을 벗었다. 근신들도 임금을 따라 예를 지켰다. 그동안 노환관 문제는 일절 언급하지 않았다. 모두 하늘이 도왔다고 여겼다.

8

여진

경원절제사는 동맹가첩목아의 수하가 찾아왔다는 말에 굉장히 놀랐다. 그자는 태종 10년(1410년)에 경원부를 침구해 병마사 한흥보를 죽이고 노략질한 사건의 배후였다. 찰리사 조연의 군사까지 위계로 끌어들여 몰살시키려다 실패하자 태종의 보복이 두려워 부족을 이끌고 요동 북쪽 개원開元으로 도주해 살았다.

태종은 분했지만, 복수할 수 없었다. 개원이 명나라 땅이기도 했고, 황제가 북쪽 달단을 정벌하면서 맹가첩목아의 군사도 동원해 그 공로로 황제의 그늘 아래 있던 까닭이었다. 태종은 복수를 포기하는 대신 국경을 굳게 걸어 잠그고 사소한 침범에도 단호하게 응징했다. 태종의 확고한 의지를 확인한 야인들은 섣불리 국경을 넘어오지 못했다. 그렇게 십 년도 넘게 숨죽이고 살던 자가 갑자기 수하를 보내와 오음회로 이주를 원한다고 한 것이었다.

함길도에서 동맹가첩목아의 이주 동향을 담은 치보가 올라오자 삼정승과 육조판서, 도진무都鎭撫. 장관급 무신, 대언代言. 언관 등이 편전에 보였다.

세종이 의심 가득한 표정으로 물었다.

"뻔뻔하게 이주를 해 오다니, 대체 이자의 속셈이 뭐지?"

"전하, 맹가첩목아가 더는 개원에서 살기가 어려워 이주를 원했을 것이옵니다."

이조판서 허조許稠가 답했다.

"무슨 사연이 있다는 것이오?"

"사연보다는 맹가첩목아가 황제 그늘 아래 있었다 해도 말이 통하지 않으니 걸맞은 관직을 받지 못했을 것이고, 관직이 없으니 위엄을 떨 수도 없었을 것이옵니다. 우두머리가 대접을 못 받았는데 수하들은 오죽했겠사옵니까."

"그럴 수도 있겠군."

"비록 밥을 굶지는 않았다 해도 명나라 풍습을 몰라서 욕을 당했을 테니 마음 편히 살던 때가 그리웠을 것이옵니다."

세종이 잠시 생각하다가 예조판서 신상에게 물었다.

"신 판서, 그자가 보내왔다는 문서를 보았소?"

"보았사옵니다. 황제가 맹가첩목아의 이주를 허락했다는 예조(명나라 예조)의 확인 문서였사옵니다."

세종이 불편한 표정을 지었다.

영의정이 임금의 기색을 살피고 말했다.

"전하, 황제가 허락했다니 달리 방도가 있겠사옵니까. 하오니 일단 받아들이시고, 이주를 마치면 경인년 난을 상기시켜 다시는 소란을 일으키지 않도록 경각심을 심어주시옵소서."

병조판서 최사강崔士康이 머뭇거리며 나섰다.

"전하, 하온데 맹가첩목아뿐 아니라 동북 지역을 떠돌던 양목답올楊木答兀도 따라서 오음회로 이주하고 있다 하옵니다."

"혹시 그자는…."

"황제가 잡아들이라고 했던 자이옵니다."

"그렇지, 개원에서 약탈을 했다는 자…. 한데 그자가 아직도 멀쩡히 돌아다니는가?"

"황공하옵니다, 전하. 경원부에서도 잡으려고 했지만 잡을 수가 없었다 하옵니다."

"어째서?"

"사는 곳을 모를뿐더러 우리 군 중에는 그자의 얼굴을 아는 사람이 없사옵니다. 해서 그런 사정을 이미 사신에게도 알렸사옵니다."

"맹가첩목아를 따라온다고 하지 않았소?"

"함께 오기는 하지만 사는 곳은 다르옵니다. 오음회 지역의 어디일 텐데 황제가 잡아들이라 했다는 사실을 알고 은거지를 숨기고 있사옵니다."

"오음회 야인들은 알지 않을까?"

"경원부에서 야인들에게 물어봤는데 양목답올이 자기가 필요할 때만 수하를 보내고 있어 은신처를 모른다고 하옵니다."

세종이 고개를 갸웃하며 물었다.

"정말 모를까?"

"그렇지는 않을 것이옵니다. 하오나 그곳 야인들이 모른다고 잡아떼고 있으니 확인할 길이 없사옵니다."

"간교한 놈들…. 어쨌든 그런 자를 받아줄 수는 없지. 황제가 잡아들이라는 자를 무엇 때문에 허락하겠소."

"그렇사옵니다, 전하."

"한데, 허락지 않으면 다른 곳으로 갈까?"

"그렇지는 않을 것이옵니다. 맹가첩목아가 같은 종족이라고 은밀히 감싸고 있는데 멀리 가려고 하겠사옵니까."

"식량 때문인가?"

"그럴 것이옵니다."

"여하튼 우리 경내 거주는 허락할 수 없소. 하니 절제사에게 그자에 대해 경계를 늦추지 말라 이르고 수상한 움직임이 발견되면 즉시 조치하고 치보를 올리라고 하시오."

황제가 잡아들이라는 자까지 조선 경내 거주를 허락할 필요는 없다. 마지못해 맹가첩목아를 받아들이기는 하지만 그것도 마음 내켜서 하는 일은 아니다. 세종은 맹가첩목아가 자기 주제도 모르고 제 식구 감싸기를 하고 있다고 생각했다.

맹가첩목아는 오음회로 이주를 마치자 바로 수하 장수를 한양으로 보내 경인년 침구를 사죄한다고 전했다. 하지만 임금이나 신료들이나 그의 뉘우침을 믿는 사람은 아무도 없었다.

그로부터 몇 해가 흘렀다. 맹가첩목아는 과거의 잘못을 반성이라도 하려는 듯이 중국과 조선의 뜻에 거스르지 않으려고 애썼다. 어느 해에는 황제가 양목답올이 납치한 중국인을 돌려보내라고 하자 스스로 중국인들을 찾아내 보내기도 했고, 또 어느 해에는 올적합 야인들이 조선을 침구하려는 것을 자기가 막았다고 첩정으로 알려 오기도 했다. 세종은 맹가첩목아의 행동을 치하했다. 첩정의 사실 여부는 확인할 길이 없었지만, 상을 내리는 것은 야인들을 다독일 수 있는 좋은 방법이었다.

세종 14년(1432년) 여름, 강계절제사 관아에 칼을 찬 무장이 남루한 행색의 남녀 백성 셋을 데리고 들어섰다.

무장은 머뭇거림 없이 바로 고했다.

"절제사 어른, 소보리小甫里. 압록강변 마을 구자별차[68]이옵니다."

"구자별차? 어서 들라."

절제사는 하던 일을 뒤로 물렸다. 강변마을 구자에 있어야 할 별차가 해 질 무렵에 찾아온 것은 급한 일이 있다는 뜻이었다.

별차가 예를 올리자 절제사가 물었다.

"무슨 일이 있느냐?"

"절제사 어른, 여진에 끌려가 살던 자가 처와 질녀를 데리고 환래還來. 갔다가 다시 돌아옴했사옵니다."

"그래? 본디 우리 백성이란 말이냐?"

"그렇다고 하옵니다."

"우리말은 할 줄 알고?"

"사내는 잘하는데 처는 듣기는 하지만 말은 좀 어렵고, 조카라 하

---

68 구자口子는 압록강이나 두만강변 지역에 국경 수비를 위해 설치한 소규모 군사 관소이며, 별차別差는 구자 책임자의 관직명을 가리킨다.

는 여자아이는 아예 못하옵니다."

"보자."

절제사가 성큼 일어나 방을 나갔다. 관아 앞마당에는 젊은 사내와 아낙, 열두셋쯤으로 보이는 여자아이가 있었다. 집을 떠나서 오래 헤매고 다닌 듯 머리가 헝클어지고 의복이 성치 않아서 온전한 사람으로 보이지 않았다. 묻는 게 시급한 일이 아니었다.

"안 되겠다. 우선 씻기고 먹을 것부터 내주도록 하거라."

별차는 시종을 시켜 절제사 명대로 하게 했다. 이들이 씻고, 새 옷을 받아 입고, 허기를 채우는 동안 날은 완전히 어두워졌다. 세 사람은 등잔불이 환히 밝은 관아 별채에서 절제사를 기다렸다.

잠시 후 절제사가 들어왔다. 절제사는 세 사람을 꼼꼼히 살폈다. 관아에 처음 들어섰을 때와는 다른 사람이 됐다. 사내는 중키에 얼굴은 그을렸으나 눈에는 총기가 돌았고, 아내는 다소곳하면서도 입을 야무지게 다물고 있었다. 여자아이는 아낙의 팔을 감고 불안한 얼굴을 했다.

"밥은 배불리 먹었느냐."

"잘 먹었사옵니다."

"조선 백성이라 했느냐."

"그렇사옵니다."

"이름이 무엇이냐."

"성은 김가고 그곳에서 소소라 불렀사옵니다."

"소소? 그게 무슨 뜻이냐?"

"소인이 어렸을 때 작다고 해서 붙인 이름이옵니다."

"지금하고는 어울리지 않는구나. 한데 야인 땅에서는 뉘 집에 살았느냐?"

"임합라 집에 노비로 있었는데, 혼인해서 나와 살았사옵니다."

"임합라…. 하면 본래 고향은 어디냐?"

"소인이 어려서 끌려가 자세히는 모르나 그저 강계 어디였다고만 들었사옵니다."

"부모는?"

"아비는 소인이 끌려갈 때 그놈들 손에 죽었다 하고, 어미는 소인이 여섯 살 때 죽었사옵니다."

"일가친척은 있느냐?"

"그것도 모르옵니다."

"하면 어려서 끌려갔다는데 우리말은 어찌 알고 네 고향이 강계 어디라는 건 어찌 알고 있느냐?"

"소인의 어미가 죽으면서 조선에서 끌려간 할미 손에 맡겨져 컸습니다."

"할미?"

"그렇사옵니다."

"지금도 살아 있느냐?"

"그렇사옵니다."

"하면 왜 같이 오지 않았느냐?"

절제사의 물음에 소소가 고개를 떨궜다.

옆에 있던 그의 아내가 절제사의 말을 알아듣고 울음을 터뜨렸다.

예상치 못한 아낙의 반응에 좌중의 시선이 쏠리고 잠시 대화가 끊겼다.

소소가 눈물을 훔치고 말을 이었다.

"할미가 나이가 들고 몸이 성치 않아서 저희와 함께 올 수가 없었사옵니다. 같이 가야 한다고 이 사람이 매달렸는데도 한사코 우리만 떠나라고 해서 다급한 마음에 그냥 도망을 나왔사옵니다."

"…."

"절제사 어른…. 이 사람이 여기에 머물 수만 있으면 가서 업고라도 오겠사옵니다. 하오니 다시 갈 수 있도록 허락해주시옵소서."

절제사가 고개를 가로저었다.

"사정이 딱하기는 하다만 네가 여기에 온 것이 이미 소보리강 건너까지 다 알려졌을 게다. 하니 경솔하게 보낼 수 없다."

"몰래 다녀올 수 있사옵니다, 절제사 어른…."

"안 된다. 한데 무슨 일이 있었기에 그리 다급했느냐?"

"그게…."

소소는 말을 꺼내려다 말고 길게 한숨을 내쉬었다. 잠시 마음을 진정시킨 후에 말했다.

"저희 부락 어전 놈이 제 아내를 겁탈하려고 해서 그놈을 패고 도망을 나왔사옵니다."

"어전이라니 그게 무슨 말이냐?"

"어전은 니루이 두목을 말하는 것이옵니다."

"니루이?"

"예, 니루이는 마을을 지키는 장정 패를 말하는데, 마을마다 니루이가 다 있사옵니다."

"그러면 두목인 어전이 네 아내를 겁탈하려 했다는 말이냐."

"그렇사옵니다."

"하면 임합라에게 전후 사정을 얘기할 수도 있지 않았느냐? 어전이 네 아내를 겁탈하려 했다고 말이다."

절제사는 소소가 실제 조선 백성이 맞는가를 확인하기 위해 속을 떠보는 질문을 던졌다. 이따금 야인들이 강을 건너와 조선 백성 행세를 하다가 먹을 것을 챙겨 몰래 도망가는 일이 있어서였다.

소소가 분한 듯이 말했다.

"그놈들이 제 말을 들어줄 것 같았으면 소인이 왜 야반도주夜半逃走를 했겠습니까. 모두 다 한통속 놈들인데요."

얼굴이 붉으락푸르락해졌다. 그동안에는 조선 땅으로 가야 한다는 절박함 때문에 잊고 있었는데 말을 하다 보니 기억이 되살아난 것이다. 마음을 가라앉히고 말을 이었다. 소소는 300여 호 되는 씨족 마을에 살았다. 씨족이라고는 하지만 그 안에는 조선이나 중국에서 끌려간 노비들과 다른 곳에서 이주해 온 여진인들도 섞여 있었다. 노비들은 밭농사를 지으면서 가축 기르는 일을 맡아 하고, 여진들은 말을 타고 돌아다니며 노략질을 하거나 사냥을 했다. 마을이 첩첩 산과 우거진 숲을 끼고 있다 보니 밤이면 야수들이 내려와 가축을 해쳤다. 피해가 끊이지 않자 마을에서는 니루이를 조직해 밤마다 횃불과 몽둥이를 들고 동네 구석구석을 지켰다. 언제부터 시작했는지 알 수 없는 오래된 관행이었다.

그날은 소소가 순번이 아니었다. 이미 전날에 번을 돌았는데 어전이 술 냄새를 풍기며 찾아와 번을 나가야 한다고 윽박질렀다. 소소의 항변은 통하지 않았다. 노비들에게는 흔히 있는 행패였다. 맞설 수 없어서 투덜거리며 횃불을 만들어 나갔다. 자신에게 할당된 구역을 돌다가 집에서 멀지 않은 곳까지 왔을 때 처조카딸애가 신발도 신지 못한 채로 달려오는 것을 보았다. 어전이 집 안에 들이닥쳐 행패를 부린다는 것이었다. 순간 자신에게 번을 들라고 윽박지른 이유가 뭐였는지 퍼뜩 깨달았다. 화가 치밀어 올랐다. 횃불을 내팽개치고 몽둥이를 단단히 움켜쥔 채로 달렸다. 마당 안으로 들어서니 아내가 어전 놈 아래에 깔려 발버둥을 치고 있었고, 할미는 크게 얻어맞은 듯 저만치 쓰러져 있었다. 앞뒤 잴 것도 없이 몽둥이로 내려쳤다. 소소가 다가오는 것도 모르고 제 일에만 급급했던 어전은 비명도 지르지 못하고 쓰러졌다.

노비 처지에 여진을 팼으니 무어라 변명해도 받아들여지지 않을 것이다. 일이 드러나면 그들 손에 맞아 죽거나 살아도 온전치 못할 것이 뻔했다. 화를 당하지 않으려면 마을을 떠나야 했다. 때마침 할미가 의식을 회복해 상황을 짐작하고 자신은 짐만 될 뿐이니 아내와 조카를 데리고 서둘러 떠나라 했다. 아내가 눈물을 흘리며 매달렸지만 소용없었다. 옥신각신 실랑이를 벌이는 사이에 어전의 의식이 돌아오는 기색이 보였다. 더는 지체할 수 없었다. 먹을 것, 입을 것 하나 챙기지 못한 채로 산속으로 피했다. 달빛조차 비추지 않아 멀리 달아나지도 못했다.

다음 날 아침, 산등성에 올라 숲 더미에 몸을 숨기고 마을을 내려다보았다. 말 탄 여진들을 포함해서 남자 열댓 명이 보였다. 자신들을 추적하려고 모인 것이 분명했다. 어쩔 수 없이 낮에 걷는 것은 포기하고, 해가 지고 어두워지면 달빛 도움을 받아가며 걸었다. 밤중이라도 혹시나 그들과 마주칠까 염려돼서 넓고 평평한 길은 피했다. 허기진 배는 열매로 채우고, 길도 없는 산속을 엎어지고 미끄러져 가며 사흘 밤을 헤매다가 마침내 압록 강가에 도착했다. 죽을 고생은 했지만, 이들이 소보리 구자에 도착한 것은 행운이었다.

절제사는 몇 가지 질문을 더해 소소가 조선 백성임을 확인하고 공술供述, 진술 기록과 함께 한양으로 올려 보냈다.

편전에 조정 중신重臣들이 모였다. 조정 중신이라 하면 판서 이상의 나이 많고 경험이 풍부한 신료들로 나라의 안위와 관련된 논의에는 빠지지 않는 신하들이다. 세종은 그들의 경험과 식견을 존중해 신중히 대했다.

임금이 편전에 들자 병조판서 최사강이 아뢰었다.

"전하, 평안도절제사가 관문關文, 부서 간 문서을 보내왔사옵니다."

"무슨 일이오?"

"소보리 구자에 소속된 이원봉李元奉이 수양아들 박강금朴江金과 압록강 건너 밭에서 곡식을 거두던 중에 갑자기 여진이 나타나 박강금을 끌고 갔다 하옵니다."

"혼자 끌려갔다는 말인가?"

"그렇사옵니다. 다행히 이원봉은 몸을 피했다 하옵니다."

"어디로 끌려갔는지는 아는가?"

"올량합 지휘사 임가라林加羅가 끌고 갔다 하오니 파저강[69] 마을 쪽일 것이옵니다."

"파저강…"

세종의 미간이 찌푸려졌다.

문득 물었다.

"한데 임가라가 끌고 간 건 어찌 알았지? 이원봉이 그자를 알아본건가?"

"아니옵니다. 이원봉이 구자에 찾아와 피랍당한 사실을 아뢰고 있는데 임가라가 구자별차에게 사람을 보내 강을 건너오라 했답니다."

"허! 건너갔는가?"

"그렇사옵니다. 강 건너에 임가라가 기다리고 있는 곳에 이르니 그자가 말하기를, 우리가 도망간 노비를 숨기고 있으니 자기들도 사로잡아 간다고 했다는 것이옵니다."

"도망간 노비라니? 김소소를 말하는 건가?"

"그렇사옵니다."

"어찌해서 김소소가 자기들 노비란 말인가. 본디 우리 백성인데…"

"지당하신 말씀이옵니다."

"한데…"

---

69 압록강 지류로 고구려 때는 비류수沸流水, 명나라 때는 파저강婆猪江, 청나라 때는 동가강佟佳江이라고 불렸다.

세종이 의문이 든 듯이 고개를 갸웃했다.

"김소소는 임합라에게서 도망을 나왔다 하지 않았소?"

"그렇사옵니다."

"한데 왜 임가라가 자기 노비라 하지?"

"같은 종족이니 임합라의 말을 대신한 것으로 보이옵니다."

"허…."

어이없다는 듯이 탄식을 했다.

"하오니 전하…."

"말해보시오."

"군사를 보내 위엄을 보여서 김소소가 본디 조선 백성임을 알리고 박강금을 데리고 오는 것이 좋을 듯하옵니다."

다른 신료가 나섰다.

"전하, 그자는 간교한 자이옵니다. 겁박하고 타이른다 해도 말을 듣지 않을 것이옵니다."

"전하, 소신도 그리 생각하옵니다. 그자는 우리에게 필요한 것을 얻어가면서도 우리 백성들을 강제로 끌어가고 있으니 간교하고 사악하기가 짝이 없는 자이옵니다."

"하면 군사로 치자는 뜻이오?"

"그런 것이 아니옵고, 일단 타일러보다가 끝까지 말을 듣지 않으면 김소소를 돌려보내시옵소서."

"소소를 돌려보내?"

세종이 흠칫 놀란 표정을 지었다. 임금의 날카로운 반응에 신료들이 움찔했다. 임금이 뭔가를 깊이 생각하는 듯 시선을 멀리 돌렸다.

편전 안이 조용했다.

"지신사."

"예, 전하."

"소소의 근각根脚, 호적은 찾았소?"

"찾지 못했사옵니다. 소소가 여진으로 끌려간 이후로 세월이 많이 흘렀고, 그간에 근각을 여러 번 고쳐 정리한 까닭에 기록을 찾을 수가 없었사옵니다."

"하면 소소는 어디로 보냈소?"

"충청도 태안에 비어 있는 농지가 많아 그리로 보냈사옵니다."

"구휼救恤, 정착 지원은 했소?"

"전하의 교지대로 삼 년간 곡식을 대주도록 했고, 농사일을 돕게 노비를 붙여주었사옵니다."

"그만하면 정착을 잘하겠군."

세종이 고개를 끄덕였다. 지신사와 엉뚱한 문답을 주고받음으로써 소소를 돌려보내는 것이 불가함을 보였다. 나랏일을 조변석개朝變夕改, 변덕을 부림하듯이 해서도 안 되지만 농사일을 돕는 노비까지 붙여준 판에 어찌 돌려보낼 수가 있는가. 보다 근본적으로는 이 백성을 보내서 저 백성을 구한다는 것 자체가 사리에 맞지 않는 일이다. 소소 또한 명백히 조선 백성이다. 중신들은 세종의 뜻을 바로 알아차렸다. 소소를 돌려보내자고 했던 신료는 얼굴을 들지 못했다.

"다른 대신들은 어찌 생각하시오?"

영의정 황희黃喜가 답했다.

"전하, 굳이 군사를 동원할 것이 아니라 조정 대신을 보내 잘 타일

338

러서 김소소가 본디 우리 백성인 것을 알려주고 박강금을 데리고 올 수 있도록 하는 것이 가할 것이옵니다."

"그게 좋을 듯한데 말을 들을지가 문제 아니겠소."

다른 신료들이 나섰다.

"그렇사옵니다, 전하. 그자가 말로 해서 알아듣겠사옵니까? 군사의 위엄을 보이셔야 하옵니다."

"하오나 이 일로 조정에서 군사를 보내는 것은 마땅치 않은 듯하옵니다. 어찌 때마다 조정에서 군사를 보내오리까?"

"하나 위엄을 보이지 않으면 말을 듣지 않을 것이옵니다. 박강금을 구하려면 군사를 보내셔야 하옵니다."

"하오면 우선 신료를 보내 타일러보시옵소서."

의견이 분분했다.

세종은 찻잔에 시선을 두고 잠시 생각했다.

"경들의 의견은 모두 사리에 맞소. 하니 군사를 보낼 것인지 아니면 조정 대신을 보낼 것인지 좀 더 의견을 나눠보도록 하시오."

"예, 전하…"

"하고, 근본적으로 말이요."

"…"

"강 건너 농사짓는 일을 막는 것은 어찌 생각하오? 강을 건너가지 않으면 피로被虜, 납치될 일도 없지 않겠소?"

"…"

"의견을 말씀해보시오."

영의정 황희가 말했다.

"진하, 그것은 어려울 섯이옵니다."

"어째서?"

"변경에 거주하는 백성들에게 강 건너 농사짓는 것을 금하니까 생계가 어려워져서 강 건너 십 리까지만 농사를 짓게 하고 수조收租, 세금를 반으로 줄인 것이 아니옵니까?"

"그렇지."

"지금도 강 건너 농사를 못 짓게 하면 당장 생계가 어려워질 것이옵니다. 하오니 그런 백성들을 어찌 다 막겠사옵니까?"

다른 신료들이 나섰다.

"전하, 하오나 임가라는 언제든지 마음만 먹으면 또 백성들을 끌고 갈 것이옵니다. 그렇다고 농사일 때문에 군사를 강 건너로 보낼 수는 없지 않사옵니까?"

"그렇사옵니다, 전하. 농사는 짓고 있어도 그곳은 우리 땅이 아니옵니다. 하옵고 조정에서 군사를 보내면 황제 귀에 어떤 엉뚱한 소리가 들어갈지 알 수 없사옵니다."

"맞사옵니다. 교활한 야인들이 자신들의 소행은 감추고 우리 군이 국경을 넘어간 것만 황제께 고해바칠 것이옵니다."

"하오나 전하, 나라에서 강을 건너가지 못하게 해도 이원봉처럼 몰래 배를 타고 넘어가 농작물을 거두려는 백성들이 또 있을 것이옵니다. 하오니 어찌 막겠사옵니까?"

"전하, 하오면 금년까지만 농사를 허락하고 내년부터 금하시옵소서. 이미 지어놓은 것까지 수확을 못 하게 하기는 어렵지 않겠사옵니까?"

어느 것이 옳고 어느 것이 그르다고 할 수 없었다. 모두의 말에는 나름대로 타당한 이유가 있었다.

듣고 있던 대사헌 신개申槪가 나섰다.

"전하, 강 건너 십 리까지만 농사를 허락한 것은 태종 전하께서 신료들과 신중히 논의해서 결정한 것이옵니다. 그때와 지금이 달라진 것이 있다면 모르겠으나 근본적으로 달라진 것은 없사옵니다. 하오니 본디 정한 대로 시행하는 것이 나을 듯하옵니다."

"그렇사옵니다, 전하. 그때도 야인들은 변경 가까이에 살았고, 지금은 단지 김소소와 박강금의 일이 일어났을 뿐이옵니다. 다툼은 그때도 있었사옵니다."

잠시 침묵이 있은 후에 세종이 말했다.

"생각해보니 대사헌 말이 옳소. 그전에도 변경에는 야인들이 살았지. 하지만 백성들이 계속 피로된다면 그 또한 두고 볼 수만은 없소. 그렇다고 당장 강 건너 농사를 못 짓게 하는 것도 어렵고 하니 법도는 그대로 두되 다만 강을 건널 때는 열이고 스물이고 무리 지어 가는 것이 좋겠소. 지신사는 그리 교지를 내리도록 하고 경들은 박강금을 구할 묘책이 있는지 의견을 나눠보시오."

신료들은 편전을 물러 나와 병조로 향했다. 밤늦게까지 납치된 박강금을 구해 오는 방안에 대해 의견을 나눴지만 뾰족한 수를 찾지 못했다.

며칠 후 편전 회의가 다시 열렸다. 임금은 사안의 중요성을 감안해 중신들만 참여토록 했다. 국경 수비에 관한 일은 군사 문제를 동반하므로 조정 밖으로 새어 나가지 않도록 주의해야 했다.

병조판서 최사강이 아뢰었다.

"전하, 경원부에 갔던 상호군 임효신任孝信이 돌아와 동범찰童凡察의 말을 전했사옵니다."

"동범찰?"

"동맹가첩목아의 친동생이옵니다."

"알고 있소. 그자가 무슨 말을 했기에?"

"우리가 자기들이 부리던 노비를 명나라로 보냈다고 복수를 하겠다고 했다는 것이옵니다."

"아니, 중국인을 중국으로 보냈는데 왜 우리한테 복수를 해? 황제까지 그 사실을 알고 노해서 벼르고 있는 판에…."

"옳으신 말씀이옵니다. 한데 그자 말로는 지난해에 명나라로 데려간 중국인 80여 명 속에 자신의 애첩과 딸애도 포함돼 있었는데 우리가 도와줘서 가게 됐다고 억지를 부리고 있는 것이옵니다."

"우리가 돕다니? 사신이 직접 데리고 간 걸 다 알지 않는가?"

"알고 있사옵니다. 그런데도 사신이 한양을 거쳐 간 것 때문에 우리가 도와줬다고 억지를 부리고 있사옵니다."

"어이가 없군. 사신들이야 늘 한양을 거쳐 가는데."

"그렇사옵니다. 그러면서 우리 때문에 농사를 지을 수 없게 됐다고 경원이나 여연에서 백성을 납치하겠다고 했다는 것이옵니다."

"허…. 그 말은 임효신이 범찰에게서 직접 들은 것인가?"

"그건 아니옵고, 명나라 사신이 범찰의 말을 듣고 심상치 않다고 생각하던 중에 때마침 임효신이 당도하니까 조정에 가서 말을 전하라 했다는 것이옵니다.”

“…”

“사신이 황제의 명을 거역할 셈이냐고 꾸짖었는데도 받아들이기는
커녕 펄펄 뛰며 조선에 원수를 갚겠다고 했다 하오니…”

“…”

세종의 표정이 굳었다.

잠시 후 좌중을 둘러보고 물었다.

“경들은 어찌 생각하시오?”

도진무 조말생이 나섰다.

“범찰의 지위는 비록 백호百戸[70]에 불과하나 그런 무도한 일을 저지
르고도 남을 자이옵니다. 명나라 사신의 말을 대놓고 무시할 정도니
어떤 기대를 하겠사옵니까?”

“하면?”

“소신 생각으로는 평안도와 함길도에 군사를 보내 대비하는 것이
좋을 듯하옵니다.”

병조판서 최사강이 나섰다.

“하오나 전하, 변경 지역에 군사를 보내는 것도 쉽게 결정할 일은
아닌 듯하옵니다.”

“그건 또 왜인가?”

“군사들을 보내도 양곡이 넉넉지 않은 곳에 무한정 머물게 할 수
도 없고, 그자가 자신의 인척이 파저에 살고 있다면서 그리로 옮겨

---

70 백 단위 숫자의 호구를 거느리는 부족장을 가리킨다.

실겠다고 했다 하니 군사를 어디로 보내겠사옵니까."

"파저로?"

"그렇사옵니다."

"거기에 누가 있기에?"

"어허출의 손자인 이만주李滿住가 그곳에서 십 년 넘게 살고 있는데 그자를 가리키는 것 같사옵니다."

"그들이 같은 종족인가?"

"그건 아니옵니다. 동범찰은 오도리족이고, 이만주는 호리개로胡里改路족인데 서로 혼인으로 얽혀 있을 것이옵니다."

"한데 왜 갑자기 옮겨 간다는 거지?"

"소신이 추측해보건대는, 우리의 보복을 피해보려고 던진 말이 아닐까 하옵니다."

"멀리 파저로 피신을 갈 것이니 쫓으려고 하지 마라, 그런 뜻?"

"그렇사옵니다."

"글쎄…. 석연치 않은데…. 경원이나 여연에서 우리 백성을 납치해서 파저까지 데리고 간다? 그것도 자기 부족과 함께?"

세종이 고개를 갸웃하고 좌중을 둘러봤다.

예조판서 신상이 나섰다.

"소신은 그건 아닐 것이라 생각하옵니다."

"이유가 무엇이요?"

"첫째는 우리 백성을 납치해서 파저로 갈 것이면 소리 내지 않고 할 일이지, 그렇게 대놓고 밝힐 말은 아닐 것이옵니다."

"일리가 있소. 하고?"

"둘째는 거리가 머옵니다."

"그렇지. 과인 생각도 그렇소. 굳이 경원이나 여연에서 우리 백성을 납치해서 파저까지 데리고 갈 일이냐는 것이오. 정말 납치할 생각이 있다면 차라리 파저 가까운 곳에서 하는 게 맞지."

"그렇사옵니다."

"일의 순서로 따져도 이주하고 나서 납치하는 게 맞지, 여연이나 강계에서 납치해서 자기들 식량까지 축내가며 파저로 데리고 가겠소? 자기 부족들 먹을 식량도 모자라는데?"

"그렇사옵니다."

"여연에서 파저까지는 얼마나 되오?"

"이만주가 사는 곳은 파저강 오녀산성五女山城[71] 부근이니 군사가 말을 타고 가면 이틀거리지만 식솔과 우마차를 거느리고 가면 사나흘은 족히 걸릴 것이옵니다. 빠른 길이 있지만, 우마차가 갈 수 없사옵니다."

"생각보다 멀지는 않군. 한데 지금 범찰이 사는 곳은 오음회 부근이 아니오?"

"그렇사옵니다. 하오나 문제는 또 있사옵니다."

"무슨 문제?"

"군사들이 말을 타고 가는 것은 괜찮지만 식솔과 우마차를 끌고 가기에는 산도적 떼가 많사옵니다."

"산도적 떼? 도적이 도적을 두려워한다는 말인가?"

---

71 중국 요녕성 환인현桓仁縣 오녀산에 있는 고구려 산성을 가리킨다.

"그렇사옵니다. 식솔들은 이동이 느려서 그렇사옵니다. 군사도 숫자가 많으면 상관없지만 적은 숫자라면 두려워할 만하옵니다."

"어이가 없군. 하면 오음회에서 파저로 가기는 더 힘들겠소?"

"그렇사옵니다. 길도 더 험하옵니다."

"하면 경원이나 여연에서 우리 백성을 납치해 파저까지 간다는 건 맞지 않는 것 같소. 험한 건 둘째치고 당장 자기 부족 먹을 식량도 부족한데 굳이 그렇게 하겠나."

세종이 고개를 가로저었다.

영의정 황희가 나섰다.

"전하, 소신이 보기에 그렇게 하지 않을 이유는 또 있사옵니다."

"그게 무엇이오?"

"파저는 심양이나 개원에서도 가깝사옵니다. 범찰이 중국인들을 노비로 삼아서 황제께 노여움을 사고 있는데, 경사와 거리가 가까워지는 것을 알면서 파저로 가겠사옵니까? 어디로든 간다면 오히려 심양이나 개원에서 더 멀어지는 곳으로 가지 않겠사옵니까?"

"그것도 옳은 말씀이오. 하니 파저로 옮겨 가겠다고 한 건 크게 의미 없이 한 말인 것 같소."

"하오면 군사를 보내시겠사옵니까?"

"군사를…."

세종이 말을 멈추고 사방침을 톡톡 두들겼다.

임금이 머뭇거리는 모습을 보고 이조판서 허조가 나섰다.

"전하, 변방 도적의 말이 두려워 한양에서 군사를 보내는 것은 과하다고 생각되옵니다. 하오니 평안도와 함길도에 나가 있는 절제사들에게 경계를 게을리하지 않도록 교지를 내리셔도 될 일이 아닌가 하옵니다."

"그것도 옳은 말씀이오. 다른 대신들 의견은 어떻소?"

신료들이 한마디씩 나섰다.

"전하, 소신은 범찰이 그런 말을 했다고 하니 더욱더 시위를 보일 필요가 있다고 생각되옵니다. 하오니 한양에서 군사를 보내 박강금도 데려오고, 범찰에게 경고도 보이심이 마땅하옵니다."

"전하, 도적 무리가 소란을 피울 때마다 조정에서 군사를 보낼 수는 없사옵니다. 절제사에게 교지를 내려 대비토록 하시옵소서."

"대신을 보내 맹가첩목아에게 선온宣醞, 임금이 하사하는 술을 내리고 범찰의 속셈이 무엇인지 떠보는 것은 어떠하겠사옵니까? 자기 친동생의 일이니 뭔가 알고 있을 수도 있지 않겠사옵니까?"

"그 말도 일리가 있소."

세종이 좋은 낯빛을 했다. 도적 무리가 소란을 피울 때마다 조정에서 군사를 보낼 수는 없지만 그렇다고 침구를 벼르고 있다는 데도 가만히 있을 수만은 없다. 그러니 사람을 보내 범찰의 속셈을 알아보는 것은 좋은 방법이었다.

좌대언左代言 김종서가 나섰다.

"하오나 전하, 범찰은 무도한 자이옵니다. 그자는 자기 노비를 교역으로 얻었다고 주장하고 있지만, 소신이 과거에 여진에서 도망쳐 나온 중국인들 공술을 보니 모두 멀쩡한 백성들을 납치해 간 것이었사옵니다. 그렇게 무도한 짓을 계속해대니 황제도 화가 난 것이 아니겠사옵니까. 반드시 우리에게 해를 끼칠 자이옵니다. 군사를 보내 경고의 위엄을 보이는 것이 마땅할 것이옵니다."

"옳은 말씀이오만 그보다 먼저 맹가첩목아에게 선온을 내려 범찰의 속을 알아보는 것은 어떻겠소?"

"소신은 맹가첩목아도 믿을 자가 아니라고 생각하옵니다. 그자 역시 백성들 납치하는 일에 똑같이 가담하고 있사옵니다. 소신 기억에 정미년(1427년, 세종 9년)에 중국인 서사영徐士英이란 자가 오음회에서 도망 나온 일이 있었사옵니다. 전하께서도 기억하시옵니까?"

"기억나오. 그런 일이 있었지."

세종이 고개를 끄덕였다.

"그때 서사영이 말하기를 자신은 요동 땅 개원성 부근에 살았는데, 사촌 형과 글방에 다녀오다가 맹가첩목아에게 피랍돼 오음회에서 종살이를 했다면서 자기 사촌 형은 이미 도망했고, 자신도 견디다 못해 도망을 나왔다고 했사옵니다."

"맞소. 경사로 보내려고 했더니 자기 고향으로 가겠다고 했지."

"그렇사옵니다, 전하. 하온데 서사영을 개원에서 납치했다면 맹가첩목아가 황제 밑에 있었을 때가 아니옵니까?"

"생각해보니 그렇소…."

"황제 그늘 아래 있을 때도 그런 짓을 저질렀는데 오음회에서야 무슨 짓인들 하지 않았겠사옵니까? 부락을 샅샅이 뒤져보지 못해 알 수는 없지만, 그자도 범찰과 마찬가지로 납치한 중국인 노비를 데리고 있을 것이옵니다. 어쩌면 사신이 중국으로 데리고 간 80명 중에 그자의 노비도 섞여 있었을지 모르옵니다."

"그럴 수도 있겠지…."

348

세종이 고개를 끄덕이다가 문득 생각난 듯이 물었다.

"지신사, 맹가첩목아가 마지막으로 공물을 바쳐 온 게 언제였지?"

"금년 정월 이래로 없사옵니다."

"정월 이래로…."

"…."

"지금 생각해보니 지난 9월인가…, 명나라 사신이 맹가첩목아가 다른 곳으로 옮겨 살기를 원한다는 말을 하기에 무심코 넘겼는데 그것과 관련이 있을지도 모르겠소."

"그런 말이 있었사옵니까?"

김종서가 의외라는 듯이 물었다.

"있었소. 하지만 그게 귀담아들을 얘기요? 개원에서 살다가 자청해서 오음회로 왔는데, 자리를 잡은 지 얼마나 됐다고 또다시 이주를 하느냐는 말이오. 해서 푸념이겠거니 하고 대수롭지 않게 그냥 넘겼지."

"하오면 두 형제가 같은 말을 하고 있는 것이 아니옵니까?"

"그렇소…. 하지만 실제로 이주를 할까? 그것도 경원, 여연에서 우리 백성을 납치해서 파저로?"

"그건 어려울지 모르겠사오나 두 형제가 내통하고 있음은 분명하옵니다. 서로 비슷한 말을 하고 있으니…."

"…."

"하오니 소신 생각에는 맹가첩목아에게 선온을 내려도 범찰의 속셈을 알아내기는 어려울 것으로 보이옵니다."

"…."

세종이 고개를 끄덕였다. 그때는 동범찰의 노비 얘기를 듣지 못했던 때여서 무심코 넘겼는데, 지금 와서 보니 동맹가첩목아가 이주하겠다고 한 것에 이유가 있어 보였다. 경원이나 여연에서 우리 백성을 납치해 파저로 떠날지는 확신할 수 없으나, 그들이 앙심을 품고 모의하고 있는 것만큼은 명백해 보였다.

"다른 대신들 의견은 어떠시오?"

"좌대언의 말이 옳사옵니다, 전하."

모두 같은 의견이었다.

잠시 후 임금이 결론을 내렸다.

"하면 변경 요충지에 군사를 보내도록 하시오. 다만 한곳으로 보낼 것이 아니라 여러 지역에 나눠 보내는 것이 어떨까 하니 경들은 어느 지역으로 얼마나 보내는 것이 좋을지 의논하도록 하시오."

회의를 끝냈다. 세종은 마음이 무거웠다. 동맹가첩목아가 황제를 핑계 대며 오음회로 들어오겠다고 해서 마지못해 받아주었다. 우리 경내에 살도록 허락해주고, 식량이 떨어지면 구휼도 하면서 다독거렸으나 스스로 노력해서 살아갈 궁리를 하지 않는다. 오로지 창과 칼만 만지작거리고 있으니 저들을 어찌해야 할지, 잊을 만하면 소란을 일으키는 야인 문제는 세종의 뇌리에서 떠나지 않았다.

그해 늦가을, 지원군을 보내기로 하고 출병을 준비하던 중에 야인들이 여연을 침범했다. 피해가 컸다. 세종 6년(1424년)에 침구가 있고 팔 년 만에 일어난 대규모 침구였다. 그동안 크고 작은 소란이 일어나 황제도 여러 번 정벌 얘기를 꺼냈지만 실제로 군사를 동원하는 일까지 벌어지지는 않았다. 그러는 중에도 세종은 방비를 게을리하지 않았다. 언제든지 돌변할 수 있는 자들이기에 수시로 중신들을 보내 살펴보고 요충지에 성이나 목책을 쌓고 군사를 보강했다. 그러나 그런 노력도 불의의 급습에는 속수무책이었다.

강계절제사가 야인들이 침구했다는 급보를 받고 출병했다. 기병들이 급히 말을 달려 시번時番 강변의 작은 마을에 도착했을 때는 이미 가옥들이 모두 불타고 초토화된 뒤였다. 단순히 곡물을 훔치고 마소를 끌고 가는 수준이 아니라 남아 있는 게 아무것도 없었다. 구자口子, 국경 경비 관소 없는 마을을 골라 기습적으로 쳐 온 것인가 싶었다. 전쟁을 방불케 하는 처절한 광경에 바라보는 이들의 가슴이 찢어졌다.

낙망만 하고 있을 수 없었다. 절제사는 지체하지 않고 인근 장항 마을로 말머리를 돌렸다. 장항은 여연 국경 지역의 중심 마을로 구자도 있고, 호구 수도 많아 여느 마을과는 규모가 달랐다. 겨울 가뭄으로 물이 마른 시내를 건너고 고개를 몇 번 넘자 멀리 마을을 에워싸고 있는 산들이 눈에 들어왔다. 산 위로 잿빛 연기가 가늘게 피어올랐다. 어떤 상태인지 짐작할 수 있었다. 절제사가 말채를 휘두르며 서둘러 도착했지만, 상황은 시번 마을과 다를 바가 없었다. 목책은 모두 무너지고, 크고 작은 집들에서 마지막 남은 불꽃이 타오르고 있었다. 구자 병사들은 죽거나 살아 있다 해도 부상이 심해 움직이지 못했다.

병사들이 마을을 돌며 소리쳤다. 잠시 후 여기저기 후미진 곳에 몸을 숨기고 있던 노인과 아녀자, 아이들이 조심스레 고개를 내밀었다. 이들은 절제사 군이 도착한 사실을 확인하자 주저앉아 울기 시작했다. 죽음의 공포에서 벗어나 부모 형제와 자식 잃은 설움이 한꺼번에 몰려온 듯싶었다. 비통한 광경은 말로 표현하기 어려웠다.

'찢어 죽이고 말리라….'

절제사는 이를 갈았다. 용서할 수 없는 천인공노할 만행이었다. 병사를 남겨 부상 당한 병사들을 치료하고 백성들을 돌보게 한 후 바로 본대를 몰아 오랑캐의 퇴각로를 따라 추격을 시작했다. 한 시진(두 시간)쯤 됐을까, 저 멀리에 말을 타고 가는 야인들의 꽁무니가 언뜻언뜻 보였다. 그들은 강계부가 멀다 생각하고 늑장을 부렸던 게 분명했다.

강계 기병이 가까이 오자 야인들이 퇴각을 멈췄다. 소스라치게 놀랐다. 예상보다 빨리 당도한 것이다. 그들은 말에서 내려 자리를 잡고 화살을 쏘아댔다. 비록 도적 떼라 해도 군비를 단단히 마련해서 넘어온 것을 알 수 있었다.

전진이 불가능했다. 강계 기병들도 말에서 내려 몸을 숨기고 활을 쏘았다. 하지만 양민과 마소의 위치를 정확히 알 수 없어서 편히 화살을 날리기도 어려웠다. 승산이 보이지 않자 절제사는 이대로는 안 되겠다고 판단하고 부장에게 말이 빠른 기병들을 모아 도적 무리의 앞머리 쪽을 치도록 했다. 계책을 받은 부장이 병사를 선발했다. 기병들은 북소리, 뿔각 소리와 함께 온갖 소리 나는 물건을 두들기고 목청이 터져라 외치면서 요란하게 대열을 빠져나갔다. 소란을 떨도록 한 건 절제사의 계략이었다.

야인들은 기병들의 요란한 출발에 깜짝 놀랐다.

"협공이다!"

누군가의 입에서 외침이 나왔다. 이들을 혼란에 빠뜨리려는 절제사의 계책이 먹혀들었다. 병가의 병법을 몰라도 그 정도는 바로 알 수 있을 것이다. 퇴로가 막히면 노략질한 마소와 양민들을 끌고 가는 것이 불가능해진다. 하지만 그게 문제인가. 노략질을 즐기느라 늑장을 부린 덕에 이제는 목숨을 보전하는 것조차 어려워졌다. 도적들은 협공 상황을 인식하자 우왕좌왕하기 시작했다. 마음이 급하니 활도 옳게 나가지 않았다.

잠시 후 사거리射距離를 벗어나 멀리 돌아온 기병들이 요란을 떨며 도적 무리의 앞쪽을 향해 달려왔다. 이제 앞뒤로 조선군이다. 야인들은 말을 타고 산과 들을 달리는 데는 익숙하지만, 전장에서 무리를 이끌어갈 지략 있는 자가 없었다. 용맹해도 오합지졸烏合之卒의 도적 떼였다.

협공이 시작되자 눈에 띄게 기가 꺾였다. 활 쏘는 것을 포기하고 칼을 빼 들었다. 하지만 강계 기병들이 창칼을 휘두르며 무서운 기세로 밀려오자 야인들은 겁을 먹고 제대로 싸우지도 못한 채 너나없이 말에 올라 도망치기에 바빴다.

마침내 싸움을 끝낸 절제사가 양민들을 수습하던 중에 또 다른 도적 무리가 있다는 사실을 알게 됐다. 하지만 날이 어두웠다. 도적들은 숲길과 야행에 익숙해서 추적하는 것은 무리였다. 어쩌면 그들은 이미 압록강을 건넜을지 모른다.

평안감사에게 급히 전갈을 보냈다. 감사는 야인들이 침범했다는 말에 놀라 부장이 가져온 급보를 펼쳤다. 첫 줄부터 눈이 휘둥그레졌다. 국경을 넘어온 오랑캐 기병의 숫자가 400~500은 됐다는 것과 여연 관내의 여러 마을이 불에 탔으며, 마소는 말할 것도 없고, 죄 없는 양민을 죽이거나 끌고 갔다는 보고에 놀랄 수밖에 없었다. 노략질이 아니라 아예 침략 전쟁이었다.

곧바로 임금께 올릴 치보를 만들었다. 야인들의 침구 피해가 너무 커서 시급히 알려야 했다. 절제사 부장은 감사가 건넨 두루마리를 가슴에 품고 말에 올랐다. 역참마다 말을 바꿔 타며 밤낮없이 삭풍 속을 달렸다. 말과 사람이 모두 지친 채로 한양성 궁궐 앞에 도착했을 때, 부장은 사람이 아니라 귀신 형상을 하고 있었다. 수상한 자가 말에서 내리자 금군들이 우르르 에워쌌다. 수문장까지 나서서 부장이 내민 표신標信[72]을 살핀 후에야 궁궐 문을 열어주었다.

금군장禁軍將의 인도에 따라 승정원으로 향했다. 지신사는 부장의 행색을 보고 깜짝 놀랐다. 치보를 가져오는 장수들은 대개 먼 길을 급히 달려오지만 그래도 이런 행색은 본 적이 없었다. 개주介胄, 투구와 갑옷는 벗고 철릭(무관 공복)을 입었는데, 머리카락은 다 풀려나오고, 추위를 막으려고 껴입은 옷은 흐트러지고 말려들어 제정신을 가진 사람처럼 보이지 않았다.

대화나 될까 싶을 지경이었다.

지신사가 의심 반의 눈초리로 물었다.

---

72 궁궐을 출입할 수 있는 증명서를 가리킨다.

"치보를 가져왔다고?"

"그렇습니다, 대감. 전하께 올리는 치보이옵니다."

"무슨 일이더냐?"

"여진 야인들이 여연을 침구했습니다."

"야인들이?"

지신사는 흠칫했다. 그제야 부장의 흐트러진 행색이 이해가 됐다.

"치보를 보여라."

"예, 대감"

부장은 가슴에 품고 있던 두루마리를 꺼내 보였다. 지신사가 고개를 끄덕였다. 내용이 궁금하기는 했지만, 임금께 올릴 치보를 신하가 앞서 열어볼 수는 없었다.

"알았다. 그 행색으로는 전하를 알현할 수 없으니 의관을 갖추고 바로 편전으로 오거라."

지신사는 내관을 불러 부장의 의관을 갖춰주도록 하고 편전으로 발길을 재촉했다.

임금이 지신사의 긴장한 얼굴을 보고 물었다.

"무슨 일이 있소?"

"전하, 여진 야인들이 여연을 침구했다는 평안감사의 치보가 당도했사옵니다."

"여진 야인들이?"

"그러하옵니다, 전하. 치보를 가져온 부장에게 환복換服, 옷을 갈아입음하고 들라 했사옵니다."

"아니오, 치보를 먼저 올리라 하시오."

"하오나 몰골이 흉측하와⋯."

"괜찮소. 치보를 먼저 올리라 하고 삼정승과 도진무, 육조와 대언을 서둘러 들라 이르시오."

오랑캐 침략이라는 말에 임금도 긴장했다. 먼 길을 달려온 장수의 행색이 어찌 가지런히 정제整齊될 수 있겠는가. 의관보다도 백성들의 안위가 어떠한지 더 걱정이 됐다.

지신사는 급히 자리를 물러 나왔다. 곧바로 내관을 시켜 신료들을 소집하고 부장을 찾아 편전으로 데리고 갔다.

부장이 숙배를 올리자 임금은 기다렸다는 듯이 물었다.

"야인들이 침범했다니, 피로된 백성이 있더냐?"

"전하, 강계절제사가 출병해서 우리 백성 26명과 마소를 구하기는 했지만, 날이 어두워져 더는 추격을 하지 못했사옵니다⋯."

"스물여섯이냐? 하면 모두 구한 것이냐?"

"절제사가 쫓아간 곳은 모두 구했으나 또 다른 곳에도 침구가 있다 하는데 그곳은 확인하지 못했사옵니다."

"하면 피로된 백성이 더 있다는 말이냐?"

"황공하오나 더 있을 것이옵니다. 얼마나 더 있는지는 강계부에서 호구를 확인해야 옳게 알 수 있을 것이옵고⋯."

"어찌 이런 일이!"

세종이 분한 마음을 감추지 못하고 사방침을 쿵쿵 내리쳤다. 고개를 숙이고 있던 부장이 움찔했다. 지신사도 긴장했다. 임금이 이렇게까지 얼굴을 붉히며 흥분하는 것을 본 적이 없었다. 아무리 심기 불편한 일이 있어도 늘 한발 물러서 곰곰이 생각하는 모습을 보여주던 임금이었다.

"치보를 보자."

부장이 치보를 올렸다.

두루마리를 펼쳐 든 임금의 얼굴이 붉어졌다.

"전쟁을 하자는 게야!"

"…"

"그자들이 400여 기騎나 됐다고?"

"그러하옵니다, 전하. 강계절제사가 쫓아간 무리는 200여 기였는데 피로됐던 양민들이 이르기를 또 다른 200여 기가 이웃 마을로 갔다고 하옵니다."

"하면, 그게 어느 마을인지 모른다는 것이냐?"

"황공하오나 아직 모르옵니다, 전하."

"하…"

임금이 다시 사방침을 쿵쿵 두드렸다. 분노한 속마음을 감추지 못했다. 마음을 진정시키려는 듯이 먼 곳을 바라보다가 큰 숨을 내쉬었다.

문득 물었다.

"지신사는 경인년 침구 때 얼마가 왔었는지 기억하오?"

"소신 기억으로 그해 여러 차례 침구가 있었는데 100여 기나 200여 기가 쳐 온 적도 있었고, 여러 부족이 합쳐서는 500여 기, 1,000여 기가 쳐 온 적도 있던 것으로 아옵니다."

"맞소…. 아바마마께서 승하하신 해에도 400여 기가 왔었지. 한데 숫자가 클 때는 한 부족이 내려온 게 아니었어."

지신사가 어두운 표정으로 말했다.

"그렇사옵니다. 한데 흩어져 사는 족속들이라 그런 숫자를 모으기가 쉽지 않사옵니다."

"…"

중신들이 편전에 모였다.

임금이 지신사에게 말했다.

"치보를 읽어보시오."

"예, 전하."

지신사 안숭선安崇善이 치보를 펼치고 긴장된 목소리로 읽어 내려갔다.

"신臣 평안감사 아뢰옵니다. 이달 초삼일, 야인 400여 명이 말을 타고 여연 경내로 쳐들어와 구자 군사를 해치고 양민과 가축을 표략標掠하매, 강계절제사가 군사를 거느리고 추격해 피로돼 끌려가던 양민 26명과 말 30필, 소 50마리를 되찾아 왔사옵니다. 하오나 적과 싸우다가 우리 군은 13명이 전사하고 25명이 부상당했으며, 마침 날이 어두워져서 끝까지 추격할 수가 없었사옵니다. 날이 밝는 대로 나머지 야인들을 추적해 궤멸시키고, 표략된 양민과 마소를 되찾도록 하겠사옵니다."

신료들은 경악했다.

"400여 기라면 전쟁이 아닌가."

"전사자가 열셋이나…."

"부상자도 스물다섯이라 하지 않소."

"흠…."

영의정이 헛기침 소리를 냈다. 좌중이 일시에 조용해졌다.

임금이 물었다.

"야인은 어느 종족이더냐?"

"어느 종족인지는 모르오나 양민들 말에 의하면 올적합 야인들처럼 얼굴을 꾸몄다 하옵니다."

"꾸몄다니? 속이려고 일부러 그랬다는 말이냐?"

"그런 것 같사옵니다. 그자들이 노략질을 끝내고 한바탕 술을 마실 때 어떤 자들은 얼굴에 자자刺字[73]한 먹물이 흘러내렸다 하옵니다."

"먹물이 흘러내려?"

"그러하옵니다, 전하."

"허…."

임금이 황당하다는 표정을 지었다.

병조판서가 말했다.

"전하, 자자한 먹물이 흘러내렸다면 그들은 올적합이 아닌 것이 분명하옵니다. 올적합의 자자는 흘러내리지 않사옵니다."

"하면?"

"올적합 야인으로 오인하도록 변장을 한 것이 아니겠사옵니까."

"그렇지. 괘씸하게도 우리를 희롱하고 있는 게야…."

다른 신료가 끼어들었다.

---

73 얼굴에 그려 넣는 무늬. 본래는 죄인의 얼굴에 문양을 그려 넣는 형벌을 말한다.

"하오나 선하, 그들이 누구인지 옳게 알 수 없다면 어찌 응징할 수 있겠사옵니까?"

순간 임금의 미간이 찌푸려졌다.

잠시 노려보다가 물었다.

"어찌해서 알 수 없다는 것이오?"

"그자들이 이미 압록강을 건너갔을 것이오니 어느 부족인지 어찌 알겠사옵니까…."

신료는 무안한 듯 말꼬리를 감췄다.

임금이 물끄러미 바라보다가 고개를 돌렸다.

"병조판서 생각은 어떠시오?"

"전하…."

병조판서 최사강도 신료의 말에 당황스러워하던 참이었다.

"소신 생각으로는 그들은 올적합이 아니라 올량합 임가라나 임합라, 동범찰로 보이옵니다. 하나 그런 숫자라면 여러 부족이 함께 왔을 것이오니 정탐해보면 어렵지 않게 알 수 있사옵니다."

"하면 그자들이라고 생각하는 이유가 뭐요?"

임금은 도적이 누구인지 알 수 없다는 중신의 말이 너무나도 실망스러웠다. 그동안 지속적으로 야인 문제를 논의하고 있었는데 이제 와서 변경을 침범한 야인들이 누구인지 알 수 없다는 게 무슨 말인가. 세종은 똑똑히 들어두라는 뜻으로 한 번 더 물은 것이다.

병조판서가 답했다.

"지난여름에 임가라와 임합라가 김소소와 그의 아내를 두고 복수를 하겠다고 했고, 동범찰도 노비 문제로 원한을 삼았으니 분명히 가

담했을 것이옵니다. 해서 침구한 자들은 올적합이 아니라 올량합이
옵니다."

"맞소. 그러니 올적합처럼 얼굴을 꾸몄겠지."

"그렇사옵니다."

좌대언 김종서가 다음 말을 이었다.

"전하…"

"말씀해보시오, 좌대언."

"하오나 임가라나 임합라, 동범찰은 침구를 이끈 자들이 아닐 것
이옵니다."

"어찌 그리 생각하시오?"

"그들은 사오백의 군사를 이끌 지위가 못 되옵니다."

"맞소. 정확한 지적이요. 군사 숫자도 그렇지만 천호를 거느릴 능
력 정도는 돼야 여러 부족을 이끌 수 있지."

"그렇사옵니다. 그리고 그들이 주모자가 아닌 이유가 하나 더 있
는데, 임가라나 동범찰은 우리에게 원한이 있다고 스스로 밝힌 적이
있으니 발뺌을 위해서라도 다른 자를 부추겨서 난을 일으켰을 것이
옵니다."

"옳은 말씀이오. 핵심 주모자는 천호 중에 있을 것이오."

"그렇사옵니다. 하오니 정탐을 보내면 어느 종족들이 침구했는지
어렵지 않게 알 수 있을 것이옵니다."

신료들이 고개를 끄덕였다. 침구한 자가 누구인지 모른다는 생뚱
맞은 의문은 쏙 들어갔다. 죽거나 다친 병사가 40명에 가깝고, 백성
26명이 피랍돼 가다가 가까스로 살아 돌아왔는데 어떻게 침구한 자

를 몰라서 응징할 수 없다는 말을 할 수가 있는가? 더구나 다른 마을의 침구 피해는 얼마나 되는지도 모르는 상황이니 백성들이 겪고 있을 고통을 조금이라도 생각했다면 나올 수 없는 말이었다.

세종은 좌대언의 말로써 충분히 알아들었을 거라고 여겼다.

화두를 돌렸다.

"누굴 보내는 것이 좋겠소?"

"전하, 상호군 홍사석洪師錫이 여연과 강계 형세에 밝사옵니다."

"그렇지. 강계부에 성 쌓는 일을 살피고 온 게 홍사석이었지?"

"그렇사옵니다."

"하면 지금 바로 홍사석을 보내도록 하시오."

"그리하겠사옵니다, 전하."

병조판서가 편전을 나왔다. 지체할 일이 아니었다. 침구의 주모자가 누구인지, 또 다른 피해가 얼마나 되는지, 그들이 다시 침구할 가능성이 있는지 등을 확인하는 것은 매우 시급한 일이었다. 판서가 조치를 취하고 돌아오자 다시 회의가 이어졌다.

세종이 말했다.

"하고…. 이번 침구는 중국 백성을 돌려보낸 것 때문에 생긴 일이기도 하니 황제에게 주문하는 게 옳지 않겠소?"

"국경 넘는 일 때문에 그러시는 것이옵니까?"

"그렇소. 도적 떼를 추격하려면 압록강을 건너야 하는데 그것 때문에 끝까지 추격하기가 어려울 수도 있지 않겠소? 하니 조정에서 분명하게 선을 그어주어야지."

영의정 황희가 답했다.

"전하, 그들이 우리 경내를 침범해 뒤를 쫓은 것인데 어찌 황제가 우리를 탓하겠사옵니까? 게다가 전하의 말씀대로 중국 백성을 명나라로 보낸 일 때문에 벌어진 일이기도 하지 않사옵니까?"

"그러니 하는 말이 아니겠소?"

병조판서 최사강이 말했다.

"주문하지 마시옵소서. 우리가 강을 건넌다 해도 방어를 위한 것이고, 명나라를 상대로 하는 것이 아니라 도적 떼를 상대하는 것이온데 어찌 황제가 허물하겠사옵니까? 오랑캐 정벌에는 황제도 몸소 나섰던 일이 아니옵니까?"

좌의정 맹사성孟思誠이 나섰다.

"하오나 전하, 황제가 오랑캐 정벌에 나선 것은 전대 영락제 때의 일이옵니다. 세월이 많이 흘렀고, 지금의 황제는 영락제와는 다르오니 주문을 하시는 것이 나을 듯하옵니다."

우의정 권진權軫이 다음 말을 이었다.

"전하, 소신 생각도 그러하옵니다. 그들의 숫자로 보아 우리가 추격하려면 많은 군사를 동원해야 하고, 얼마나 깊숙이 들어가야 할지 모르니 미리 주문을 해서 오해가 발생치 않게 하는 것이 낫지 않겠사옵니까?"

"그 말도 일리가 있소."

고개를 끄덕였다. 양쪽 논리가 모두 타당했다. 주문을 결정하는 일에 숙고가 필요하다는 것을 깨달았다. 결론을 내리지 못한 채 회의를 파하고 대신들에게 의견을 나눠보도록 했다.

신료들이 병조에 모여 토론을 지속했지만, 오히려 대립이 더 커졌다. 주문을 하자는 쪽은 주문해야 할 이유를 더욱 공고히 했고, 필요 없다는 쪽은 하지 말아야 할 이유를 더욱 공고히 했다.

다음 날 아침, 세종은 지신사 안숭선을 불러 조정 회의에 참석할 대신들을 지정해주었다. 변방 사정을 잘 모르는 신료들에게 일일이 정세를 가르쳐가며 논의할 만큼 마음의 여유가 없기도 했고, 은밀히 진행할 필요가 있어서도 그랬다. 그 대신에 품계가 낮아도 평소에 의견이 좋은 신료들을 예외적으로 포함했다.

세종이 궁금한 듯 지신사에게 물었다.

"홍사석은 출발했는가?"

"어제 오후에 출발했사옵니다."

"돌아오는 데 얼마나 걸리겠소?"

"강계부에 도착하면 그간에 확인된 내용으로 치보를 만들어서 먼저 올리라 했고, 홍사석은 추가로 현지 상황을 상세히 살핀 후에 돌아오라 했사옵니다."

"하면 치보를 일찍 받아볼 수 있겠군."

"그러하옵니다."

세종이 좌우를 돌아보며 물었다.

"경들은 황제 주문을 논의해보셨소?"

"예, 전하…."

"의견 일치를 보았소?"

"그런 건 아니옵고…."

좌의정 맹사성이 머뭇대다가 나섰다.

"소신 생각에는 주문을 하시는 것이 나을 듯하옵니다. 하면 그 소식이 야인들 귀에도 들어갈 것이고 두려워하는 마음도 생기지 않겠사옵니까? 우리가 치욕을 당하면 가만있지 않는다는 것도 저절로 알게 될 것이옵니다."

"좋은 말씀이오. 하면 주문한 사실을 일부러 흘려야겠소?"

"그러하옵니다."

이조판서 허조가 나섰다.

"하오나 전하…."

허조가 반대의 뜻을 비추자 모두의 시선이 쏠렸다.

어두운 얼굴로 말했다.

"전하…. 그들은 황제께 주문했다고 해서 두려워할 종족이 아니옵니다. 소신은 이제까지 그들이 황제 때문에 제 할 짓을 못했다는 말을 들어본 사실이 없사옵니다. 하옵고, 만일 황제가 국경 넘는 것을 허락지 않으면 일을 그르칠 것인데, 어찌 황제가 주문을 허락할 것이라고 장담하겠사옵니까?"

"하면 주문 없이 응징하라는 말씀이오?"

"그런 것이 아니오라 일단 국경을 닫고 한두 해를 기다리면 반드시 다시 화친을 청해올 것이오니 그때까지 기다리시옵소서."

"…."

세종이 무표정한 얼굴을 했다.

병조판서 최사강이 나섰다.

"전하, 우리 백성을 죽인 도적 떼를 응징하는데 어찌 국경 따위를 가리겠사옵니까? 주문치 마시고 변경에 군사를 준비시켰다가 그들 군사가 보이면 바로 칠 수 있도록 대비하시옵소서."

"그 말도 옳소."

"하옵고 황제가 주문을 허락할 거라는 보장도 없지만, 그들이 재차 침구하지 않는다는 보장도 없사옵니다. 그동안 먹을 것, 입을 것을 내려주고 다독였지만 결국은 이렇게 은혜를 배반하지 않았사옵니까? 황제를 예측하는 것이 어렵다면 야인을 예측하는 것은 쉽겠사옵니까? 이대로 물러서는 것은 아니 되옵니다."

최사강의 강한 어조에 좌중이 조용했다.

잠시 후 판중추원사[74] 최윤덕이 느린 말로 정적을 깼다.

"하오나 전하…."

"말해보시오."

"주문은 또 다른 걸림돌이 있사옵니다."

"걸림돌?"

"그러하옵니다. 신이 압록강 건너 여진 땅으로 깊숙이 들어가본 경험이 여러 차례 있사온데 그곳은 지세가 험해 황제의 허락을 받는다 해도 야인들을 정벌하기가 어렵사옵니다."

"…."

"해서 두 가지 문제가 있을 수 있는데, 하나는 주문했다가 황제가 허락하지 않으면 그들이 그것을 알고 더욱 날뛸 테니 침구 문제가 더 커질 것이고, 다른 하나는 황제가 허락한다 해도 지세가 험해서 그

---

74 무반 최고위직으로 관찰사와 병마절도사를 겸직하는 경우가 많았다. 세종 14년(1432년) 3월 최윤덕崔潤德, 이징李澄, 하경복河敬復 세 사람을 판중추원사判中樞院事로 삼았다.

들을 옳게 응징할 수 없으니 과거보다 더 우리를 비웃고 농락할 것이옵니다."

"…."

"전하…. 주문은 우리에게 득이 없사옵니다. 하오니 주문을 멈추시고 이번 거사도 거두시옵소서."

"…."

임금의 표정이 일순간에 굳었다. 신료들도 깜짝 놀랐다. 최윤덕은 자신의 안위를 위해서가 아니라 현실적인 이유로 응징이 불가함을 말한 것이다. 편전 안에 앉아 있는 사람 중에 그처럼 여진 땅을 깊숙이 밟아본 사람은 없었다. 그의 경륜을 알기에 임금이나 신료들은 즉시 반박할 말을 떠올리지 못했다.

세종은 지난밤 곰곰이 생각한 끝에 황제 주문을 올리는 것으로 마음을 굳혔다. 이번 거사는 결코 예사로운 출병이 아닐 것이기 때문이다. 월경越境. 국경 침범 시비가 일어날 것을 막기 위해 황제가 출병을 반대하지 못할 명분까지 마련해두었다. 그처럼 주문은 결정한 상태에서 단지 득실을 따져보려 한 것일 뿐인데 고굉지신股肱之臣. 팔다리 같은 신하 최윤덕의 반대가 무엇이란 말인가.

임금이 침묵을 깨고 물었다.

"얼마나 험하오?"

"전하, 아뢰옵기 황공하오나 여진 땅은 산과 골이 깊어서 나무 열 그루를 베고 별 한 개를 본다는 말이 있을 정도로 숲나무가 우거졌사옵니다. 해서 불과 열흘 전에 갔던 길도 찾을 수 없으니 지세에 익숙한 자가 아니면 옳게 길을 밟아갈 수 없사옵니다. 또 그들은 우리 군이 출병한 것을 알면 깊은 산속으로 숨어들 것이니 귀신을 속일 만한 계책 없이는 토벌이 어렵사옵니다. 그처럼 야인들의 정세를 파악하는 것도 어렵고 승리의 계책을 마련하는 것도 쉽지 않은 일인데, 어찌 우리 스스로를 돌아보지 않은 채 분하다는 마음만으로 군사를 일으키겠사옵니까. 하오니 거사를 거두시옵소서….”

“…”

세종은 아무 말도 하지 않았다. 신료들은 당황해서 어쩔 줄 몰라 했다. 임금이 이미 거병을 결정했는데 어찌 그토록 생각 없는 말을 아뢸 수가 있는가. 이제 와서 그만두라니? 신료들이 등줄기에 식은 땀을 흘리고 있을 때 임금은 최윤덕의 말 속에 담긴 뜻을 알아채고 답답했던 가슴이 활짝 열리는 듯했다. 용상에 앉아 세상을 내려다본 지 어언 15년이다. 지혜롭지 못한 임금이었다면 화를 내고 의기소침했을 것이나 세종은 최윤덕의 구구절절한 구실口實, 핑계을 듣자 오히려 승리를 엿본 듯이 살짝 흥분되는 것을 느꼈다.

‘거사를 거두라….’

속뜻을 알아채지 못했다면 분노를 일으키고도 남았으리라. 최윤덕의 주장은 적정敵情, 적의 동태을 면밀히 살피고 그것을 토대로 치밀한 계획을 수립해야 한다는 제갈량의 선찰후도先察後圖, 전쟁은 시작부터 끝까지 적을 속이는 것이라는 손자의 궤도 병법, 그리고 적과 나를 알아야 한다는 지피지기知彼知己를 말한 것이다.

세종이 가늘게 웃으며 고개를 끄덕였다. 최윤덕답다. 진실로 병법을 아는 무장이라는 생각이 들었다. 그 짧은 순간에 누구를 정벌군 수장首長으로 삼을 것인지를 결정했다. 그를 대장군으로 삼아 병권을 내려주면 지피지기와 선찰후도로 귀신을 속일 계책을 마련할 것이니 참언讒言, 모함하는 말을 막고 기다리면 승전보를 가져올 것이다.

신료들은 불편한 기색도 없이 편안한 얼굴을 하고 있는 임금을 보고 의아했다. 도를 넘어선 말에 대노하지나 않을까 잔뜩 긴장했는데 의외의 상황이 벌어진 것이다. 강경한 대처를 주장하던 대신들도 힐끔힐끔 임금의 안색만을 살폈다. 누구도 세종과 최윤덕이 주고받은 속 깊은 대화를 눈치채지 못했다.

잠시 후 세종은 아무 일도 없었다는 듯이 말했다.

"판원사(판중추원사)의 의견을 충분히 알았소. 과인이 좀 더 생각해볼 터이니 지신사는 승문원에 주문서 초안을 만들어 올리라 하시오. 이 문제는 내일 다시 논의토록 하겠소."

어전 회의를 마쳤다. 신료들은 영문을 모르겠다는 듯이 고개를 갸웃하고 편전을 나왔다. 임금이 최윤덕의 의견을 따르는가 싶었는데 갑자기 주문서를 만들라 하니 속마음을 헤아릴 길이 없던 것이다.

세종은 신료들이 물러가자 지신사에게 승문원 제조提調를 불러오도록 했다. 황제 주문서는 승문원에서 만들었다. 세종은 제조가 편전에 들자 과거에 영락황제가 야인의 침구가 있으면 황제의 허락을 구할 필요 없이 정벌하라고 교지를 내린 사실이 있다는 것과 이번 침구가 중국인 노비를 돌려보낸 것 때문에 벌어진 변란이라는 것을 주문서에 넣도록 했다. 황제가 세종의 여진 정벌 요구를 반대할 수 없는 결정적 이유들이었다. 그만큼 세종은 주문에 자신이 있었고, 명나라와 충돌이 일어나지 않을 것이라는 계산을 하고 있었다.

다음 날 다시 편전 회의가 열렸다. 찬성과 반대의 대립은 전날과 다를 바가 없었다. 의선이 보아지지 않자 여연으로 떠난 홍사석의 보고를 본 후에 최종 결정키로 했다. 세종은 회의를 끝내면서 변경 지역의 화포를 점검하고 철탄자鐵彈子를 보내 훈련토록 하는 한편 성곽과 목책도 수리하라고 명을 내렸다.

사석이 여연으로 출발한 지 열흘 만에 평안절제사의 치보가 올라왔다. 세종은 서둘러 두루마리를 펼쳤다. 몇 줄 읽지도 않아 치보를 들고 있던 두 손을 부르르 떨었다. 이전 보고보다 피해가 더 컸다. 더는 주문 문제로 시간을 허비할 수 없었다. 주문을 한다면 오늘 당장 밤을 새워서라도 주본奏本. 주문서 본문을 완성해 인장을 누를 것이고, 주문을 하지 않는다면 바로 정벌 계책을 논의할 것이다.

세종은 얼굴이 달아올랐다. 냉정하자고 스스로를 다독였다. 잠시 마음을 가라앉히고 치보를 다시 펼쳤다. 문득 의문이 들었다. 치보에는 여진 천호 이만주가 황제의 명을 받들어 토표土豹. 스라소니를 잡으러 가다가 올적합 야인들이 여연 백성을 사로잡아 간다는 이야기를 들었다고 했다. 그리고 바로 쫓아가 피로돼 가던 우리 백성 64명을 구출해 보호하고 있으며, 그중 7명을 먼저 돌려보냈다는 것이었다.

몇 번이나 되읽으며 상황을 따져봤지만, 앞뒤가 맞지 않았다. 서궤 위에 있던 임어를 펼쳤다. 세종은 아버지를 본받아 중요한 나랏일을 임어에 기록해왔다. 어렴풋한 기억으로 책장을 넘겨 지난 기록들 속에서 이만주 이름을 찾아냈다. 거기에는 이만주의 말을 의심할 만한 충분한 이유가 기록돼 있었다. 서둘러 지신사에게 치보를 내려주고 신료들이 충분히 읽은 후에 회의에 들도록 했다.

세종이 굳은 표정으로 물었다.

"다들 치보를 읽어보았소?"

"보았사옵니다."

"하면 이만주의 말을 믿어야겠소?"

"…"

대신들은 흠칫했다. 자신들도 이만주 말을 믿을 것인가 여부를 두고 논쟁을 벌였는데 임금이 첫 화두로 꺼내서다. 그건 그럴 만큼 중요한 문제였다. 과연 이만주의 말을 믿어도 되나?

신료들은 각자의 판단에 따라 한마디씩 했다.

"전하, 우리 백성을 보호하고 있다는데 안 믿을 수가 있겠사옵니까? 만일 자신이 벌인 일이라면 스스로 우리 백성을 보호하고 있다고 하지 않았을 것이옵니다. 하오니 그의 말을 믿고 서둘러 가서 백성들을 데리고 오면 될 것이옵니다."

"설사 이만주에게 의심이 간다 해도 이미 죄를 뉘우치고 있는 모양이 아니옵니까? 하오니 죄를 줄지 여부를 밝히는 일은 훗날로 미루시고 우선 백성을 구하시옵소서."

공조참판 신장申檣이 어두운 얼굴로 나섰다.

"전하, 치보를 꼼꼼히 읽어보면 그자가 여연 침구의 주범임을 알수 있사옵니다. 하오니 어찌 우리 백성을 보호하고 있다는 말을 의심도 없이 쉽게 믿겠사옵니까?"

세종이 놀란 눈으로 공조참판을 쳐다봤다.

"그자의 소행이라 보는 이유가 무엇이오?"

"의심스러운 이유는 많사옵니다. 우선은 치보에서 말하기를 이만주가 우리 백성 64명을 구했는데 그중 7명만 보냈다고 하지 않았사옵니까?"

"그렇소."

"순수한 마음으로 우리 백성을 구했다면 모두 보내야지, 무슨 이유로 7명만 보내고 57명은 보내지 않은 것이옵니까?"

"맞소. 그자를 의심할 수밖에 없는 가장 큰 이유가 그것이요. 그런데다가 나머지를 돌려보내지 않은 이유를 말하지 않고 있소."

"그렇사옵니다, 전하. 하옵고, 이만주가 우리 백성을 구출했다면 올적합과 싸워서 그들을 제압했다는 것인데 그들과 어떻게 싸웠다는 말이 없사옵니다. 올적합이 이만주 군軍보다 싸움에 능하다는 것은 이미 다 아는 사실이 아니옵니까? 싸워서 구했다면 자기들 피해도 만만치 않았을 것이옵니다."

"맞소. 올적합은 그리 호락호락하지 않소."

"그뿐만이 아니옵니다. 올적합은 파저강을 따라 북쪽으로 20여 일 떨어진 곳에서 살고 있사옵니다. 그들이 파저강을 따라 남하를 했다면 내려올 때 이미 이만주 군과 만났을 것이옵니다. 그러니 우리 백성을 납치해 가는 것을 알고 추격해 갔다는 말은 사리에 맞지 않사옵니다."

"맞는 말이오."

"하옵고 올적합 야인들이 자자에 쓰는 물감은 자작나무 숯가루에 송진과 기름을 섞어 끓여서 만들기에 좀처럼 지워지지가 않사옵니다. 한데 지난번에 평안감사가 올린 치보에는 침구한 자들의 얼굴에서 자자한 먹물이 흘러내렸다고 하지 않았사옵니까?"

"그랬지."

"거짓이옵니다. 해서 우리 조정에서도 올적합이 아니라는 것을 알고 있는데 어찌 이만주가 올적합을 운운할 수가 있사옵니까? 그자는 우리 모두를 속이고 있는 것이옵니다."

"맞소. 그자가 과거에 우리에게 원한을 품었던 사실도 있소."

"…."

"기억하오? 선덕황제 원년(1426년, 세종 8년)에 이만주가 자기 수하 임흑노林黑奴를 보내서 도망친 노비들을 돌려보내지 않으면 우리 백성을 납치해 올적합에게 팔아넘기겠다고 한 사실이 있소."

"그렇사옵니다, 전하. 기억나옵니다."

"무신년(1428년, 세종 10년)에도 노비들이 도망쳐 한양으로 갔다면서 돌려주지 않으면 복수하겠다고 말한 사실이 있소."

"그렇사옵니다. 그때는 도망 나온 노비가 10명이었사옵니다."

"맞소. 10명…. 하니 이만주가 주모자가 되고도 남음이 있지."

"그렇사옵니다. 하오니 그자가 무슨 흉계를 꾸밀 줄 알고 계책도 없이 경솔하게 그자의 소굴로 들어가겠사옵니까?"

"그렇지. 그런데 말이요…."

"예, 전하…."

"이만주가 나머지 백성들을 보내지 않은 이유가 뭐라 생각하시오? 올적합에게 팔아넘기려 했다고 보시오?"

"전하, 그럴 의도가 있는지 여부는 먼저 돌아온 7명을 살펴보면 알 수 있을 것이옵니다."

"7명을? 그게 무슨 뜻이오?"

"만일 이만주가 일을 시킬 수 없는 백성들을 골라 돌려보낸 것이라면 보내지 않은 백성 57명은 팔아넘길 생각도 있었을 것이옵니다."

"허…"

"하오니 상호군 홍사석에게 어떤 백성들이 돌아왔는지 서둘러 확인해보라 교지를 내리시옵소서."

"옳은 말이오."

세종의 답에 좌의정 맹사성이 나섰다.

"하오나 전하, 이만주가 변란을 일으킨 게 맞는다 해도 지금은 변심한 것으로 보이옵니다."

"어째서?"

"변심하지 않았다면 우리 백성들을 보호하고 있다는 말을 하지 않았을 것이옵니다. 당장 팔아넘길 생각이었다면 그런 말을 했겠사옵니까?"

신료들이 공감을 표했다.

세종은 마지못해 고개를 끄덕였다.

"그럴 수도 있겠지. 하면 백성들을 데려오는 방안에 대해서는 어찌 생각하시오?"

"비록 마음이 바뀌었다 해도 속을 알 수는 없으니 그자를 자극하는 일을 벌여서는 아니 될 것이옵니다."

"그렇겠지."

도진무 조말생이 나섰다.

"전하, 소신이 보기에도 이만주가 돌려보낼 뜻은 있는 것으로 보이옵니다. 하오니 조정에서는 모른 체하고 강계절제사를 보내 백성을 데리고 오는 것은 어떠하겠사옵니까?"

"그것도 좋은 생각이오."

세종이 동의하자 판중추원사 하경복이 나섰다.

"전하, 강계절제사를 보내는 것은 위험할 수도 있사옵니다. 그자에게 흉계가 있을 수도 있는데 강계절제사가 간다면 군사를 얼마나 데리고 가겠사옵니까? 그들이 경계할 수도 있으니 많은 군사를 데리고 갈 수는 없을 것이고, 적게 데리고 갔다가는 절제사가 위험에 빠질 수도 있지 않겠사옵니까."

"하면?"

"강계부에 여진 말을 잘하는 자를 찾아서 절제사 표신을 주고 군사 몇 명만으로 들어가 이만주를 설득한다면 그들이 위험에 빠지는 일은 없으리라 생각되옵니다."

"일리 있는 말이오."

도진무 조말생이 다시 나섰다.

"전하, 하오면 여진 말을 아는 자를 찾기보다는 올량합 중에서 이번 침구에 동참하지 않은 야인을 보내 설득하는 것은 어떻겠사옵니까?"

"그런 자를 찾을 수 있을까?"

"찾을 수 있사옵니다. 소신이 편전에 들기 전에 치보를 가져온 호군에게 들으니 야인 중에 자기들은 침구에 동참하지 않았다고 강계부에 알려온 부족이 있다 하옵니다. 하오니 그들을 구슬려 보내면 우리 병사가 위험에 빠질 일도 없을 것이고, 이만주가 우리 백성을 돌려보내겠다는 말이 진실인지 여부도 알 수 있지 않겠사옵니까."

"좋은 생각이요. 다른 대신들은 어찌 생각하시오?"

"도진무의 의견에 따르는 것이 좋겠사옵니다."

"전하, 어쩌면 침구 상황을 확인할 기회가 될 수도 있겠사옵니다. 도진무의 의견대로 하시옵소서."

"좋소. 하면 지신사는 지금 의견을 나눈 대로 절제사에게 교지를 내려 이만주에게 사람을 보내도록 하시오."

"분부대로 거행하겠사옵니다."

"그리고 주문 문제를 의논하려고 하는데, 그간에는 상황을 몰라 올릴 수가 없었소. 하나 이제 전후 사정을 알게 됐으니 때가 되지 않았소? 경들은 어찌 생각하오?"

임금이 질문을 던지고 좌중을 둘러보았다.

신료들이 한마디씩 아뢰었다.

"전하, 홍사석이 돌아온 후에 올리는 것은 어떠하겠사옵니까? 아직은 이만주가 주범이라는 것이 명백히 밝혀진 것은 아니지 않사옵니까?"

"실제로 올적합 야인들이 가담했을 수도 있지 않사옵니까? 하오니 지금 주문을 올리시면 주모자를 올적합이라 해야 할지, 이만주라고 해야 할지 밝힐 수가 없사오니 홍사석이 올 때까지 주문을 미루시옵소서."

세종이 무표정한 얼굴을 했다.

영의정 황희가 나섰다.

"전하, 이번 변고가 이만주의 소행이라 할지라도 백성들을 돌려보내려는 뜻을 내보이고 있으니 그의 뉘우침이 어떠한지 홍사석이 돌아올 때까지 조금 더 기다려보심이 어떠하겠사옵니까? 만에 하나라도 이만주가 올적합에게서 백성들을 구한 것이 맞다면 오히려 상을 주어야 하지 않겠사옵니까?"

세종이 고개를 가로저었다.

"홍사석이 돌아온다 해도 누가 여연을 침구했는지는 달라질 게 없을 것이오. 또 그자가 상을 받으려 했다면 처음부터 64명을 모두 보냈어야 했소."

도진무 조말생이 나섰다.

"전하, 만일 주문을 하시려면 시기를 놓쳐서는 아니 되옵니다. 주문을 안 하시려면 그만이지만 하시려면 미루지 마시고 지금 하시옵소서."

공조참판 신장이 다음을 이었다.

"야인들의 모략은 실로 속을 헤아리기가 어렵사옵니다. 시기를 늦추면 또다시 무슨 변고를 일으킬지 어찌 예측을 하겠사옵니까? 하오니 서둘러 주문을 하시옵소서."

"맞는 말이오. 당장에 침구 주모자를 밝힐 필요는 없고 우선은 야인 침구로 백성들이 죽고 다친 사정을 알리는 것으로 충분할 것이오. 무엇보다 중요한 것은 시기를 놓치지 않는 일이고, 누구의 소행인지는 추후에 다시 알리면 될 것이오."

"…"

"오늘 안으로 주본을 완성토록 하시오."

세종의 의지가 단호했다. 신료들은 다른 말을 아뢰기가 어려웠다. 편전을 물러 나와 늦은 시간까지 의견을 나누며 주본을 완성했다.

침구 주모자에 대해서는 언급하지 않았고, 야인 침구로 피해받은 내용과 과거에 영락황제가 정벌을 허락한다고 교지를 내렸던 사실, 중국인 노비들을 경사로 돌려보낸 것 때문에 이번 변고가 일어났다는 것 등을 넣었다.

다음 날 아침 일찍 회의가 열렸다. 전날 회의에 참석하지 못한 예조판서 신상과 대제학 정초鄭招가 함께 자리했다. 다른 신료들과 달리 신상과 정초의 표정이 어두웠다.

신상이 먼저 말을 꺼냈다.

"전하, 소신과 대제학이 어제 조정 논의에 참여를 못 했사온데, 밤늦게 주본이 완성됐다고 들었사옵니다."

"인장까지 찍었소. 더는 시간을 끌 일이 아니지 않소?"

"…."

신상이 말을 멈추고 고개를 숙였다. 판서가 무슨 말을 하려고 저러나 해서 모두의 시선이 집중됐다.

잠시 후 고개를 들고 간절한 듯이 말했다.

"전하…. 진정 이만주를 정벌하려 하시옵니까?"

"하면 그냥 두라는 말씀이오?"

"그런 것이 아니오라 정벌을 하시려면 주문을 거두시옵소서."

"…."

세종이 흠칫 놀란 표정을 했다.

대제학 정초가 임금의 용안을 올려다보고 다시 고개를 바닥에 묻으며 아뢰었다.

"전하, 주문을 거두시옵소서…."

"갑자기 그게 무슨 말이오?"

"주문을 올리시면 황제는 정벌을 허락지 않을 것이옵니다."

"어째서?"

"아뢰옵기 황공하오나 이만주는 영락황제의 장인인 어허출의 손자이고, 그의 아비 시가노時家奴는 건주위 지휘사 벼슬을 받고 삽화금대鈒花金帶를 하사받은 천호이옵니다."

"알고 있소."

"전하께서 주문을 하시면 황제는 야인들에게 사신을 보내 전후 사정을 확인할 것이옵니다. 하면 그 사실이 이만주 귀에도 들어갈 것이고, 두려워서라도 백성과 재물을 모두 돌려보내지 않겠사옵니까? 이만주가 죄를 뉘우치고 있다는 데도 황제가 정벌을 허락하겠사옵니까?"

"…."

"영락황제가 내린 성지에도 야인들이 잘못을 뉘우치면 서로 화해하라고 했으니 명나라 조정 대신들도 그 말을 기억하고 있을 것이옵니다."

"…."

"만일 이만주가 백성과 재물을 돌려보내고 난 뒤라면 이미 돌려보냈다고 아뢸 것이고, 그리되면 황제는 정벌을 허락할 이유가 없사옵니다."

"…."

임금은 아무 말도 하지 않았다.

예조판시 신상이 다시 나섰다.

"전하, 도적이 우리 땅을 침범했으니 군사를 동원해 응징하는 것이 마땅하온데 어찌 황제의 허가를 기다려 출병을 하겠사옵니까? 예나 지금이나 천하의 모든 나라가 강토를 지키는 법도는 같사옵니다. 하오니 주문을 거두시옵소서…."

신상이 간절히 아뢰고 넙죽 엎드렸다.

정초가 뒤를 이었다.

"전하, 주문을 거두시옵소서. 주문을 하시면 야인들을 정벌할 수 없게 될 것이고 그자들은 더욱 방자해질 것이옵니다."

"…."

편전 안이 조용했다.

세종이 한참을 생각하다가 굳은 표정으로 말했다.

"과인이 염려하는 바는…."

"예, 전하…."

"동북은 요동에서 멀어 깊숙이 추격해도 가하지만, 서북은 가까워서 깊숙이 들어가면 시비가 벌어질 염려가 있다는 것이오."

"하오나 전하, 야인들이 죄를 뉘우치지 않으면 정벌해도 좋다는 영락황제의 성지가 명백히 있사온데 어찌 그것을 염려하겠사옵니까?"

세종이 고개를 가로저었다.

"그건 옳은 말이 아니오. 영락황제가 성지를 내린 것은 경원부를 침구한 동북 야인들에 대한 것이었소. 한데 그것을 서북 야인들에게 적용해도 된다는 말이오?"

"똑같은 야인이온데 어찌 서북, 동북을 나누겠사옵니까? 황제는 야인들을 구분해서 말하지 않았사옵니다."

"그렇다 해도 파저는 심양에서 너무 가깝소. 충분히 명나라와 부딪힐 소지가 있소…."

세종이 뒤끝을 흐리면서 고개를 가로저었다.

잠시 침묵이 흘렀다.

신상이 나섰다.

"전하…. 황제가 뉘우치지 않는 야인들을 정벌해도 좋다고 한 것은 이미 중국 땅을 밟아도 좋다고 한 것이옵니다."

"…."

"황제가 하지 못 하는 일을 우리가 대신하고 있는 것이옵니다. 하오니 주문을 올리지 마시옵소서. 주문을 하시면 정벌을 할 수가 없게 되옵니다, 전하…."

"…."

세종이 시선을 멀리 두었다.

편전 안에 비장한 긴장감이 돌았다.

한참을 생각하다가 마침내 결심한 듯 말했다.

"알겠소. 하면 주문을 미루겠소."

"하오면 차라리 멀찍이 미루시옵소서. 출정에 임박해서 주문을 올리시면 황제의 칙명이 내려오기 전에 저들을 정벌할 수 있사옵니다."

"맞소."

세종이 고개를 끄덕였다. 신료들의 의견을 무시하면서까지 서둘러 주본을 완성했지만 정작 주문을 올리지 말아야 할 이유는 따로 있었다. 두 대신의 말에 일리가 있다고 생각했다. 이만주가 황제와 인척 관계에 있으니 판단이 이만주 쪽으로 기울 수가 있다.

상호군 홍사석은 병조판서가 내린 관문을 받고 이만주가 돌려보낸 백성들을 다시 찾아갔다. 이들이 여연으로 돌아왔을 때 이미 조사했는데 병조판서가 그들의 근력筋力 상태가 어떤지, 일을 할 수 있겠는지 여부 등을 확인해보라고 엉뚱한 주문을 내린 것이다.

그들은 모두 집이 불타 없어져 강계부에서 마련해준 임시 숙소에 머물렀다. 거처에는 아녀자의 방과 사내들의 방이 따로 있었고, 여자가 둘, 남자가 다섯이었다. 그들의 몸 상태를 살펴보니 두 여자 중 하나는 임신한 아낙이고, 다른 하나는 나이 든 노파, 남자 하나는 피랍돼 가던 중에 다리가 부러졌고, 노인이 둘, 어린아이와 병든 환자가 하나로 농사는커녕 자기 집 짓는 일에도 도움이 되지 않을 지경이었다. 어찌 이런 백성들까지 끌려갔다가 왔는지 신기할 정도였다.

홍사석이 조사를 마치고 한양으로 돌아갈 준비를 하던 중에 이만주가 납치해 갔던 백성들을 돌려보냈다. 강계부도 놀랐지만, 병조판서도 치보를 받고 깜짝 놀랐다. 여연 백성들의 귀환 소식에 중신들이 황급히 편전에 들었다.

세종이 물었다.

"어찌 순순히 돌려보냈지?"

병조판서 최사강이 답했다.

"강계절제사가 침구에 동참하지 않은 올량합을 임합라 채리寨里에 보냈더니 때마침 그들 소굴에 내분이 있더랍니다."

"내분이?"

"그렇사옵니다. 부족인이 임합라에게 말하기를, '조선에서 참변을 당하고도 가만히 있겠느냐. 너희 때문에 우리까지 다 죽게 생겼다'면서 임합라를 묶어 강계부로 보내려고 싸움이 벌어졌다는 것이옵니다."

"허…. 생각지도 못했던 일이군…."

"…."

"한데 임합라가 끼었어?"

"그렇사옵니다. 강계절제사가 만난 올량합은 누가 침구에 동참했는지 대략 알고 있었다 하옵니다."

"하면 또 누가 가담했는가?"

"동범찰과 심타납노이옵니다."

"동범찰이 기어코 끼었군. 한데 심타납노는 누구지?"

"이만주 수하 인물이옵니다."

"그렇군…."

세종이 고개를 끄덕이고 다시 물었다.

"해서 어찌 됐소?"

"임합라의 친족들이 강하게 반발해서 묶지는 못했지만 임합라가 몹시 후회를 했다 하옵니다."

"의외로군, 후회를 했다니…."

"그렇사옵니다, 전하. 자기가 생각했던 것보다 일이 크게 벌어지니 감당하기 어려웠던 모양이옵니다."

"이만주가 주도했으니 자기 생각과 다를 수 있지. 하면 피로된 백성들은 다 돌아온 것이오?"

"전하 그게…."

병조판서가 말을 잇지 못하고 머뭇거렸다.

임금이 놀란 눈으로 물었다.

"왜 그러시오? 다 돌아온 게 아니오?"

"임합라가 이만주를 찾아가 설득했는데, 처음에는 이만주가 펄펄 뛰다가 나중에는 다 돌려보낼 수 없다면서 아녀자와 장정 등 14명과 재물을 빼돌리고 63명만[75] 돌려보냈다 하옵니다."

"이런 쳐 죽일 놈이!"

세종의 얼굴이 순식간에 붉게 변했다. 백성들이 돌아왔다는 말에 한껏 들떴는데 남겨진 백성들이 있다는 말을 듣자 속았다는 생각이 들었다. 분노가 치밀어 올랐다. 마소나 재물은 그렇다 쳐도 백성들만이라도 다 돌아왔다면 이만주가 뉘우친 것으로 여기려고 했다. 전쟁만이 능사가 아닌 데다가, 그렇게라도 뉘우치고 있다면 오히려 그들을 다스리기에 좋은 빌미가 될 수도 있기 때문이다. 하지만 그자는 뉘우친 게 아니었다. 세종은 경솔하게 들떴던 자신의 꼴이 우습게 느껴졌다. 이제 용서는 물 건너갔다. 신료들도 허탈한 마음을 숨기지 못했다. 이만주의 본심을 알 때까지 기다려보자고 했던 대신들도 입을 꼭 다물었다. 회의를 끝내고 내전으로 돌아온 세종은 분한 마음에 밤새 잠을 설쳤다.

홍사석이 조사 내용을 정리해 한양으로 출발했다. 사석은 강계부

---

75 조선 조정도 피랍된 백성이 몇 명인지 정확히 파악하지 못해 숫자가 때마다 다르다.

에서 출발할 때부터 몸 상태가 좋지 않았지만, 조정에서 기다리고 있는 것을 알기에 출발을 늦출 수가 없었다.

강계절제사의 만류도 듣지 않았다. 황해도 용천에 이르러 몸을 가눌 수 없는 지경이 됐다. 열이 펄펄 끓고 눈앞이 어질어질했다. 용천 참龍泉站에 당도해서 부장에게 조사 기록을 넘겨주고 쓰러지고 말았다. 부장은 홍사석이 걱정됐지만 지체할 수가 없었다. 뒷일을 부탁하고 한양으로 말을 몰았다.

홍사석의 조사 기록에는 백성들과 마소 등의 피해 상황과 죽거나 다친 군사, 이만주가 주모자라는 증거, 피랍 과정에서 벌어진 잔혹한 만행과 변경을 책임 맡은 장수의 과실 등이 상세히 적혀 있었다. 여연 침구로 죽은 병사와 백성은 모두 53명이었다.

끌려가는 도중에 아낙의 어린 아기가 울면서 보채자 야인들이 아기를 눈 속에 던져 죽였다는 이야기가 있었다. 임금과 신하 모두가 경악하고 치를 떨었다.

변경 장수의 과오도 놀라웠다. 도절제사가 지난봄에 부임한 이래 단 한 번도 관하 지역의 파절목책把截木柵, 초소 방벽을 순찰을 하지 않은 게 밝혀졌다. 신료들이 벌떼같이 일어나 죄를 물어야 한다고 목소리를 높였다. 야인들 때문에 임금과 조정 대신들이 밤낮없이 노심초사했던 것과는 너무나도 동떨어진 태만이었다. 세종은 실망이 컸다. 당장 파직시키되 신임 도절제사가 부임할 때까지만 자리를 지키도록 했다.

정벌을 미룰 수 없게 됐다. 가장 시급한 것은 장수를 임명하는 일이었다. 세종은 회의를 소집하고 누구를 도절제사로 삼는 깃이 좋겠는가 물었다. 신료들은 하나같이 최윤덕을 천거했다. 그러면서 최윤덕이 전장에서 직접 지휘도 해야 하므로 중군中軍 원수元帥를 겸해야 한다고 아뢰었다. 임금도 같은 생각이었다.

만장일치로 최윤덕이 평안도절제사 겸 중군 원수가 됐다. 이어 중군 절제사 이순몽李順蒙, 좌군 절제사 최해산崔海山, 우군 절제사 이각李恪, 조전助戰 지원군 절제사로 이징석李澄石과 김효성 등이 각각 임명됐다.

이날 밤, 세종은 내관에게 오매패烏梅牌[76]를 내주고 최윤덕을 은밀히 들게 했다. 임금이 야밤에 신료를 부르는 것은 흔치 않은 일이다. 그 자체가 비밀이므로 오매패가 궁궐 밖으로 나간 사실을 입 밖에 내서는 안 되고, 본 것과 들은 것을 누설해서도 안 된다. 함부로 입을 열었다가는 참형에 처해질 수도 있다.

내관이 최윤덕을 찾아가 오매패를 건넸다. 매실나무로 만든 둥근 오매패는 반으로 나눠 패의 오른쪽은 임금이, 왼쪽은 신하가 보관한다. 윤덕은 내관이 내민 오매패를 받아 자신이 보관하고 있던 오매패와 맞춰보았다. 빈틈없이 딱 맞았다.

윤덕은 서둘러 의관을 갖추고 궁궐로 향했다.

세종은 침복으로 갈아입지 않고 기다리고 있었다.

최윤덕이 공손히 예를 올렸다.

---

[76] 임금이 신료를 부를 때 징표로 쓰는 매실나무로 만든 패를 가리킨다.

"어서 오시오."

"전하, 늦은 시각이온데 침수寢睡, 잠자리 들지 아니하시고…."

"아직은 늦은 시각이 아니오."

임금이 빙그레 웃으며 말을 이었다.

"경이 중군 원수가 됐으니 서둘러 전권全權을 내려야 해서 불렀소."

"예?"

"하하, 그것이 필요한 게 아니었소?"

"황공하옵니다, 전하…."

"황공할 일이 아니오. 내가 경의 간언을 듣고 비로소 안심이 됐으니까."

"전하…."

"이제 경에게 전권을 내렸으니 정벌을 승리로 이끌도록 하시오. 그리고 부장 이하 대소 군관과 군사 모두를 경의 수하에 두고 명하되 기꺼이 따르는 자에게는 상을 주고, 따르지 않는 자에게는 벌을 주어도 좋소."

"전하…."

최윤덕이 깊숙이 고개를 숙였다.

잠시 후 고개를 들고 말했다.

"하오나 전하…. 정벌 계책은 소신이 무지하와 독단으로 결정할 수 없사옵니다."

"하하, 그게 새삼 무슨 말씀이오? 다만 경이 요청하면 조정에서도 논의할 테니 걱정하지 마시오. 그보다 궁금한 게 하나 있는데, 어떻게 귀신을 속일 생각이시오?"

"예?"

"하하하, 이젠 속 시원히 위계를 말해줘도 되지 않겠소? 아니면 내게도 비밀로 할 셈이오?"

"전하…. 그런 게 아니옵고…."

"하면 말씀해보시오."

"예, 전하…."

최윤덕이 고개 숙여 예를 표하고 말을 시작했다.

"전하, 압록강 건너 여진 마을 백성들은 모두가 체탐꾼(정찰꾼)이옵니다."

"그렇지요."

"소신이 태종 전하 때부터 여러 번 야인을 치러 갔지만 단 한 번도 그들과 맞서 싸우지 못했는데, 그 이유는 우리 군이 압록강 건너 여진 마을로 들어서는 순간 바로 그들 진영에 알려지기 때문이었사옵니다."

"무슨 말인지 이해가 되오."

"여진 군사들이 산속으로 피신하지 못하도록 막았어야 했는데, 계책 없이 진군하다 보니 늘 실패한 것이 아니겠사옵니까."

"그렇지요."

"문제는, 우리가 정탐꾼을 보내 그들의 동태를 알아보려 해도 그곳 지세를 잘 모르는 데다가 말과 의식衣食이 달라 오래 머물 수가 없다는 것이옵니다."

"하니 경은 어찌하려 하오?"

"전하, 때마침 이만주가 우리 백성들을 돌려보냈으니 치하를 해야 하지 않겠사옵니까?"

"치하를?"

세종은 뜻밖이라는 듯이 눈을 크게 떴다.

최윤덕이 머리를 숙이고 말했다.

"그렇사옵니다, 전하."

"우리를 속이고 있는데 상을 내리라는 말이오?"

"전하, 그들을 속이려면 우리가 먼저 속아줘야 하옵니다. 하오니 이만주가 우리 백성 남겨둔 것을 힐문詰問. 트집 잡아 따짐하지 마시고 모두 보내준 것으로 믿는 척하고 상을 내리시옵소서."

"하면?"

"장수를 보내 정벌 의사가 없다는 뜻을 보여서 그들을 안심시키는 것이옵니다."

"그 여우 같은 자가 믿겠소?"

세종이 의심스럽다는 듯이 고개를 갸웃했다.

최윤덕은 뜻을 굽히지 않고 말했다.

"처음부터 믿지는 않을 것이옵니다. 그들이 안심하고 믿을 때까지 계속 장수를 보내야 하옵니다."

"계속 가면 오히려 더 의심하지 않을까?"

"적절한 빌미가 있어야 할 것이옵니다. 하오니 강계절제사도 장수를 보내 치하하고, 소신도 부임하게 되면 평안도절제사 이름으로 치하를 하겠사옵니다. 그 후에 전하께서도 상을 내리면서 의복과 술과 고기를 내리시옵소서. 이만주가 거부하지 못할 것이옵니다. 그렇게 여러 차례 들어가 안심시키면서 적정을 탐지하는 것이옵니다."

"듣고 보니 좋은 계책인 것 같소. 상을 내리겠다고 하면 이만주가 피하지는 못하겠지."

"그렇사옵니다. 여연 침구가 자신의 소행이라는 것을 감추기 위해서라도 거부하지 못할 것이옵니다."

"옳은 말이오. 하면 시간을 끌 게 아니라 서둘러야겠소."

"그렇사옵니다, 전하."

"경이 강계부에 도착하면 굳이 내 명을 기다리지 말고 이만주에게 술과 고기를 보내도록 하시오. 적정을 살피고 위계를 마련하는 일은 모두 경이 알아서 할 일이오."

"황공하옵니다, 전하…."

"하면…. 공격은 언제 하겠소?"

"구체적인 날짜를 아뢸 수는 없사오나 사오월(양력 5~6월)에 숲이 우거지기 시작할 때 치겠사옵니다."

"사오월?"

"그렇사옵니다. 이제까지 야인 정벌은 늘 강물이 얼어붙은 겨울에 단행했사옵니다."

"그래야 농사일도 없고, 강을 건너기도 쉽지 않소?"

"하오나 겨울에 떠나면 승리를 예측하기가 어렵사옵니다."

"어째서?"

"야인 정벌에는 기병騎兵이 있어야 하는데 겨울이면 산천에 말먹이가 없사옵니다. 말 먹일 콩과 건초를 가져가려 해도 지세가 험해서 충분한 양을 조달하지 못하옵니다. 해서 야인들은 우리가 오래 버티지 못한다는 것을 알고 잠시 산속으로 피신했다가 우리 군이 철수하면 내려오는 것입니다."

"무슨 상황인지 이해가 되오."

"그래서 겨울에 야인을 정벌하는 것이 어려운데, 이만주는 어려운 이유가 또 있사옵니다."

"그게 무엇이요?"

"이만주 부족은 파저강 오녀산성 일대에 흩어져 살고 있사옵니다. 문제는 오녀산성이 사방 경계가 좋아서 눈이 녹지 않은 계절에는 들키지 않고 접근하는 것이 거의 불가하다는 것이옵니다."

"시야가 그토록 좋은가?"

"그렇사옵니다. 그들이 산성 위에서 우리 군의 접근을 확인하면 봉화 신호를 올릴 것이고, 사방에 퍼져 있는 마을에서도 모두 봉화를 올리게 되옵니다."

"그 신호를 보면 피신한다는 거로군."

"그렇사옵니다. 우리 군이 이만주 진영에 도착할 때쯤이면 이미 모두 도피한 뒤일 것이옵니다."

"추적하면?"

"그들은 그곳 지형에 익숙하옵니다. 그렇기도 하지만 그들은 이제 막 말에 올라탄 상태이고 우리 군은 100리, 200리 길을 진격해서 지친 상태이니 잘못 추적을 했다가는 함정에 빠질 위험이 있사옵니다."

"그렇군."

"녹음이 우거지기 시작하는 4월이나 5월에는 우리 군이 눈에 띄지 않게 접근해서 공격할 수 있사옵니다."

"알겠소. 6월이나 7월이면 장마가 시작되니 어려울 거고…."

"그렇사옵니다."

"하면 경이 형세를 살핀 후에 치보를 올리도록 하시오. 조정에서 필요한 조치는 내가 하겠소."

"예, 전하…"

"하고 경을 부른 또 다른 이유는…"

"…"

"대신들이 군사 일으키는 것을 꺼려 하고 있는데 알고 있소?"

"알고 있사옵니다."

"경도 그리 생각하시오?"

"전하…"

최윤덕이 무안하다는 듯한 표정을 지었다.

세종이 빙그레 웃으며 말했다.

"황제 주문도 하지 말고 거사도 그만두라고 한 것은 경이었소."

"소신은 그런 것이 아니옵고…"

"하하, 알고 있소. 진정으로 멈추길 원했다면 귀신을 속일 계책도 마련하지 않았겠지."

"황공하옵니다, 전하…"

"대신들은 일의 대체大體는 생각지 않고 제 몸 편하기만을 바라기 때문이오. 난들 군사를 일으켜 싸우는 게 좋아서 이러는 게요? 나라와 백성을 위해 장구한 계책이 필요하니 이러는 게지."

"…"

"우리 백성들이 그토록 많이 죽고 다쳤는데 응징하지 않고 그대로 두면 또다시 침구해 올 것이오. 뉘우칠 자들이 아니니."

"그렇사옵니다."

"해서 묻는 말인데."

"예, 전하."

"군사를 얼마나 모아야겠소?"

세종이 진지한 표정으로 물었다.

"이번 한 번으로 끝내야 하지 않겠사옵니까?"

"그렇지요. 두 번 할 수는 없소."

"하오면 침구한 자들이 누구인지를 밝혀내고 그들의 군비가 어떠한지, 어디에 거처하는지를 확인한 후에야 결정할 수 있을 것이옵니다."

"맞는 말씀이오. 그래야만 출정하는 군사 규모를 말할 수 있겠지. 한데 내가 그걸 알면서도 물은 이유는, 대신들의 속마음이 그러하니 경이 처음부터 대군大軍을 언급하면 안 된다는 것이오."

"무슨 말씀이온지 알겠사옵니다, 전하."

"동원하는 군사 규모는 경의 판단에 따를 것이니 강계부에 도착하면 적정을 살핀 치보를 먼저 올리도록 하시오. 군사 숫자를 언급한 치보가 먼저 올라와서는 아니 되오. 그리하면 야인들과 싸우기 전에 대신들과 먼저 싸움을 벌여야 할 것이오."

"명심하겠사옵니다."

최윤덕이 깊이 고개를 숙였다. 사리에 밝은 임금이었다. 무엇 하나 가볍게 넘기는 법이 없다고 생각했다.

세종이 차를 한 모금 마시고 말을 이었다.

"병사는 얼마나 데리고 갈 작정이오?"

"우선은 50명만 데리고 가서 적정을 살피겠사옵니다. 그래야 그들의 눈에 띄지 않을 것이고, 설사 눈에 띈다 해도 자신들을 정벌하러 온 것이라 여기지 않을 것이옵니다."

"옳은 말씀이오. 그리고…."

"예, 전하…."

"오늘 얘기는 경과 나, 둘만이 나눈 것이니 비밀로 하시오."

"명심하겠사옵니다."

"곧 전별연을 열도록 하겠소."

"황공하옵니다, 전하."

"부디 잘 다녀오시오."

세종은 공손히 물러가는 최윤덕의 모습을 보면서 자신은 복이 많은 임금이라는 생각을 했다.

며칠 후 평안도절제사 최윤덕과 조전절제사 김효성의 출정을 격려하는 전별연이 베풀어졌다. 연회에는 세자와 대군, 종친과 대신이 참석했다. 세종은 두 장수가 막중한 임무를 띠었음을 강조하고 최윤덕에게는 말과 활을, 김효성에게는 말 한 필을 하사했다.

며칠 후 명나라에 들어갔던 진헌사進獻使 김을현金乙玄이 황제가 야인 정벌을 허락하는 칙서를 내렸다고 치계馳啓, 빠른 보고를 보내왔다. 조정은 깜짝 놀랐다.

김을현이 명나라 조정 대신에게 야인 침구를 말했더니 황제도 이미 그 사실을 알고 있더라는 것이다. 게다가 이만주가 조선 백성들을 구했다는 말을 듣고 황제가 치하했으며, 구해낸 백성들을 조선으로 돌려보내라는 명까지 내렸다는 것이다.

조정은 김을현의 치계가 반갑기도 하고 곤란하기도 했다. 반가운 이유는 황제가 야인을 정벌해도 좋다고 칙서를 내려서고, 곤란한 이유는 침구 주모자를 올적합으로 알고 있어서였다.

황제 주문이 다시 도마 위에 올랐다. 주모자를 밝힐 것인지가 쟁점이 됐다. 한쪽에서는 이만주가 옳게 뉘우친 것이 아니니 주모자로 알려야 한다고 했고, 다른 쪽에서는 뉘우친 것으로 볼 수 있으니 정벌 대상에서 빼야 한다고 했다. 논의를 진행할수록 주범으로 알려야 한다는 주장이 힘을 얻었다. 나머지 백성 14명을 보내지 않은 사실 때문이다.

하지만 사실대로 알리는 것만이 능사가 아니었다. 세종은 곰곰이 따져본 끝에 아직은 주범을 밝힐 때가 아니라고 판단하고, 파저강 일대 야인들의 소행으로 주문을 올리도록 명했다.

9

귀신도 속일 계책

"좀 더 찾았는가?"

"여러 마을을 수소문했는데 겨우 한 사람을 더 찾았습니다."

"한 사람…."

도절제사 최윤덕이 실망한 듯 혼잣말을 했다.

"송구하옵니다, 장군님."

"자네라고 어쩌겠나, 할 수 없는 일이지. 한데 길은 알던가?"

"예, 자환(김소소)과 말을 맞춰보니 길이 이어지기는 합니다."

"그나마 다행이군. 하면 어디를 가봤다는가?"

"이만주 채리에 몇 번 갔었답니다."

"다른 곳은 못 가봤고?"

"가는 길에 하룻저녁 머무는 마을이 있기는 한데, 그건 이번 정벌
과는 상관이 없습니다."

"그렇군. 사람이 그렇게도 없나 참…."

최윤덕이 안타까운 듯 탄식하자 대호군 박호문朴好問은 죄스럽다는

표정을 지었다.

"달리 도리가 없습니다, 장군님. 명나라 사신들이 오녀산성으로 갈 때는 중국에서 바로 가니 우리 백성들이 갈 일이 별로 없지요. 자주 다니지 않다 보니 길을 아는 사람이 별로 없습니다."

"그렇지. 한데 먼저 찾아낸 자들에 비하면 어떤가?"

"새로 온 자가 낫습니다."

"그렇군."

"길이 이어지니 그나마 다행이 아니겠습니까?"

"그렇지. 더는 늦출 수 없으니 어쩌겠나. 전하께서 정탐자들 안전을 염려하고 계시니 조심하게. 특히 자환의 신분이 드러나지 않게 말일세."

"알겠습니다. 여진 말을 잘하는 자가 있으니 자환이 앞으로 나서지 않아도 되옵니다."

"그렇다고 방심해서는 아니 되네. 갑옷과 투구를 함부로 벗어서 신분이 드러나는 일이 없도록 주의하고…."

"그런 실수는 없을 것이옵니다."

"무엇보다도 이번에는 길을 익히고 이만주가 전하의 치하를 어찌 받아들이는지 살피는 게 목적이니 욕심내서 일을 망치지 않도록 하게. 그리고, 통문은 보냈는가?"

"어제 아침에 보냈으니까 오늘이나 늦어도 내일까지는 이만주에게 전달이 될 겁니다. 소장은 내일 아침에 날이 밝는 대로 출발하겠습니다."

"그리하게. 준비 잘하고."

박호문이 정중히 예를 올리고 도절제사 막사를 나왔다. 부장 막사에는 호군 박원무와 김자환, 새로 합류한 백성 이갑길 등이 파저강 지도를 펴놓고 지리를 점검하고 있었다. 김자환은 여진에서 돌아온 김소소의 새 이름이다. 소소라고 부를 만큼 작지도 않았고, 야인 땅에서 스스로 돌아왔다는 뜻에서 세종이 새로 내려주었다. 그는 아내와 함께 충청도 태안에 살다가 갑자기 여진 정벌에 나서게 됐다.

사정은 이러했다. 최윤덕은 이만주가 있는 파저강 오녀산성으로 정탐자를 보내야 했지만, 조선군 중에는 이만주 채리에 이르는 길을 아는 병사가 없었다. 평소였다면 여진인들이 앞장섰을 것이나 여연 침구가 있고 나서는 싸움에 휘말릴까 두려워 안내하기를 거부했다. 최윤덕은 강계부에 도착하자마자 그것부터 살폈는데 우려했던 대로 여진들이 난색을 표했다.

이만주를 만날 수 있어야 위계(속임수)를 펼치든 할 것이고, 위계가 성공해야 여진 군사들이 산으로 도피하는 것도 막을 것이나 몇 날 며칠을 고심했지만, 이만주에게 다가갈 방법이 없었다. 묘책이 없다면 오녀산성에 이르는 길부터 찾아야 한다. 일이 어렵게 되고 있어 언제 출병하게 될지 예측할 수 없었다.

사오월에 칠 것이라는 말을 지키기 어렵게 됐다. 최윤덕은 고민 끝에 정벌이 늦어질 것 같다고 밀계를 올렸는데 뜻밖에도 세종이 김자환을 떠올린 것이다. 김자환은 파저강 마을에서 자랐으니 일대 지리에 밝을 것이고 이만주 채리의 위치도 알고 있을 것이었다. 세종은 충청감사에게 김자환이 잘살고 있는지 확인해보고 야인 정벌에 따라나설 생각이 있는지 떠보라고 명을 내렸다. 김자환은 충청감사의 말을 듣자 마치 기다렸다는 듯이 바로 자원했다. 그의 아내가 야인 땅에 홀로 남겨둔 할미를 그리워해서 시도 때도 없이 눈물을 흘리고 있다는 것이다.

김자환은 바로 다음 날 한양으로 출발했다. 나흘 만에 궁궐 앞에 도착해 충청감사가 알려준 대로 금군장에게 자기 이름을 대고 지신 사를 찾았다. 불과 서너 달 만이었는데 지신사는 김자환을 한눈에 알아보지 못했다. 그도 그럴 것이 머리에는 맞지도 않는 작은 사모 紗帽를 쓰고, 허리 품도 쬐고 소매도 짧은 관복 차림으로 나타났으니 웬 광대가 궁궐에 들어왔나 싶었다.

지신사가 껄껄 웃고 말했다.

"어찌 관복을 준비했느냐?"

"이웃에서 빌려 왔사옵니다."

"충청감사가 벼슬을 내릴 것이라고 했더냐?"

"그게 아니오라 금군이 될 거라는 말씀을 들었사옵니다."

"하하, 그랬구나."

김자환은 부끄럽다는 듯이 넙죽 엎드렸다. 지신사는 일어나라 이 르고, 이 복장으로는 안 되겠다 싶어 군복으로 갈아입혀 임금께 데 리고 갔다. 세종이 반갑게 맞았다. 지신사가 김자환이 대궐에서 관복 으로 갈아입은 사정을 아뢰자 낮은 소리로 웃었다. 먼 길 온 것을 따 뜻한 말로 치하하고 정벌에 따라나선 기개를 칭찬하면서 할머니를 다시 만나게 되면 잘 모시고 오라고 격려해주었다.

강계부에 도착한 김자환은 짐을 풀 새도 없이 대호군 박호문, 호군 박원무 등과 함께 자신이 살던 파저강 일대 마을 지도를 그렸다. 거기에는 여진 백성들의 마을뿐 아니라 임합라와 심타납노의 채리도 포함돼 있었다. 하지만 오녀산성에 자리 잡은 이만주 채리에 이르는 길은 그리지 못했다. 김자환은 봄에 농작물을 심거나 가을 추수 때가 되면 일을 돕느라고 주변의 다른 마을을 대부분 돌아다녔다. 덕분에 많은 마을을 알기는 했지만, 하룻길을 가야 하는 이만주 채리는 몇 번 못 가 봤다. 벼락 맞은 천년 고목도 기억나고 마른강도 기억이 났지만 길을 안다고 자신 있게 말하지 못했다. 일이 해결되는 듯싶다가 절반에 그치고 말았다. 보고를 받은 최윤덕도 실망했다. 마음이 조급해진 박호문이 인근 마을을 돌며 수소문한 끝에 이만주 채리에 가봤다는 백성 이갑길을 찾아냈다.

　박호문은 이갑길을 도절제사에게 바로 데려가지 않았다. 그가 지리를 얼마나 아는지 알 수 없어서다. 김자환은 반가운 얼굴로 이갑길을 맞아 지도를 펼쳐 놓고 지리를 설명하기 시작했다. 이갑길은 의심나는 곳은 묻고, 아는 곳에서는 고개를 끄덕였다. 문제가 되는 곳에 이르자 박호문과 박원무가 긴장해서 침을 삼켰다. 오녀산성으로 이어지는 길을 설명하던 김자환이 흐릿한 기억 탓에 떠듬떠듬하자 이갑길이 김자환의 잘못된 기억을 지적하면서 오녀산성에 이르는 길을 새로이 설명했다. 김자환이 맞장구를 쳤다. 마침내 길이 이어지자 박호문의 얼굴이 환하게 밝아졌다. 바로 막사를 나와 도절제사 방으로 향했다.

박호문이 여진으로 출발했다는 치보가 올라왔다. 임금과 삼정승, 육조판서와 참찬, 대언과 도진무, 여진 정벌에 나설 절제사 등이 편전에 모였다. 도절제사 최윤덕과 좌군절제사 최해산 등 강계부에 나가 있는 장수들만 빠졌다. 신료들은 박호문의 정탐이 어떻게 진행될지 긴장돼서 입을 다물었다. 종묘 제사와 군무가 국가 대사라는 말을 새삼 깨닫는 순간이었다. 어쩌면 나라가 오랫동안 분쟁 없이 평화에만 젖어서 더욱 긴장됐던 건지도 모른다.

세종은 겉으로는 표를 내지 않았지만, 속으로는 누구 못지않게 마음을 졸였다. 다른 일을 하다가도 문득 서궤에 놓인 임어를 펼쳐 미진한 일이 없는지 거듭 살폈고, 하루에 몇 차례나 편전 회의를 열기도 했다.

답답한 심정에서 물었다.

"이만주가 도피했을까?"

"전하, 예측하기가 참으로 어렵사옵니다."

"그렇지, 쉽지 않지. 한데 박호문이 미리 통문을 보냈다던데…."

"통문은 누구에게 보냈사옵니까?"

"그야 압록강과 파저강에 거주하는 야인들에게 보내지 않았겠소? 그러면서 이만주에게 전하라 했다 하오."

"하면 이만주가 박호문을 맞이는 하겠사옵니다?"

"맞이야 하겠지만 그다음이 문제지요."

"문제라 하오면…."

"우리가 속아주고 있는 걸 그들이 아느냐 모르느냐."

세종이 말끝을 흐렸다. 속고 속이는 궤도 전쟁. 전쟁이란 원래 그린 것이다. 하시만 우리가 속이고 있는 걸 이만주가 알아채면 최윤덕의 시도는 모두 허사가 된다. 야인들은 모두 산속으로 도피할 것이고, 창검은 빈 진영만 휘젓다 오게 될 것이다. 하면 억울하게 죽은 백성들의 원혼은 누가 달래주고, 조선을 우습게 알고 걸어올 시비는 앞으로 어떻게 견뎌낼 것인가. 생각만 해도 끔찍한 일이다. 세종은 그런 경우는 없을 거라고 주먹을 불끈 쥐었다.

"며칠이나 걸릴까?"

불쑥 던진 질문에 신료들이 머뭇거렸다.

좌대언 김종서가 나섰다.

"그들 모두를 다 확인하고 오는 건 아니지 않사옵니까."

"그걸 어찌 한 번에 다 확인하겠소. 우선은 이만주가 우리말을 믿어주는지, 병사들이 산으로 피신했는지 그걸 먼저 살피고 오겠지."

"하면 늦어도 보름이면 되지 않겠사옵니까."

"보름…."

고개를 끄덕였다.

잠시 후 영의정 황희에게 물었다.

"갑옷 준비는 어찌 돼가오?"

"병조에서 1,500부部를 준비했다 하옵니다."

"1,500…."

세종이 다음 말을 잇지 않자 판중추원사 하경복이 나섰다.

"전하, 1,500부는 너무 많사옵니다. 500부는 줄이시옵소서."

"줄여? 군사를 얼마로 하기에?"

"마병 1,000에 보군 1,000이면 가하지 않겠사옵니까?"

"2,000···."

다른 신료들이 끼어들었다.

"전하, 기습에는 마병이 있어야 하옵니다. 하오니 마병을 2,000으로 늘리시옵소서."

"전하, 마병은 1,000이면 되겠지만 보군은 2,000은 돼야 하옵니다."

"···."

우의정 권진이 마땅치 않다는 듯이 나섰다.

"전하, 지금 군사 숫자를 논하는 것은 합당치 않사옵니다."

"어째서 그렇소?"

"아직은 도절제사가 어디를 치겠다고 알려온 바가 없사옵니다. 어느 곳을 칠지, 그들의 군사 규모가 얼마나 되는지를 알아야 우리 군 숫자도 정할 수 있지 않겠사옵니까? 하오니 훗날로 미루시옵소서."

"우의정 말씀이 옳소."

세종은 군사 숫자를 가늠할 때가 아니라는 말에 동의했다. 하지만 침구를 이끈 자들이 이만주와 임합라, 심타납노라는 것은 이미 밝혀졌고, 도절제사가 또 다른 가담자들을 추적하고 있는 것을 알면서도 1,000, 2,000 병사를 운운하는 신료들이 이해가 되지 않았다. 세종은 야인 정벌을 가벼이 여기는 이들을 근본적으로 깨우쳐야겠다는 생각이 들었다.

"하나만 묻겠소. 경들은 이만주가 여연을 침구할 때 자기 군사가 부족해서 다른 부족들을 끌어들였다고 생각하시오?"

"···."

아무도 답을 하지 않았다. 사실 임금도 답을 바라고 던진 질문이 아니라 생각할 기회를 주려고 던진 질문이었다.

세종이 천천히 고개를 가로저으며 말했다.

"과인은 그리 생각지 않소."

"…."

"이만주가 다른 부족들을 끌어들여 침구한 이유는 병사가 모자라서 그런 것이 아니라 훗날 발각이 나서 문제가 되더라도 자기 혼자 조선을 상대하는 일을 피하려고 한 것이오."

"…."

"과인의 말이 틀리오?"

신료들은 아무 말도 할 수 없었다. 임금의 말이 옳았다. 그들은 큰 침구를 할 때면 늘 함께 저지르고, 함께 저항하는 태도를 보여왔다. 발뺌을 해도 같이하고 대항을 해도 같이해온 것이다.

"그들의 채리에는 더 많은 군사가 있을 것이오. 아무려면 자기네 채리를 팽개쳐두고 병사들을 모두 끌고 나와 여연을 침구했겠소? 혹시라도 그렇게 생각했다면 큰 오산이오. 그들은 그렇게 어리석지가 않소."

"…."

"병법에 따르면 적의 숫자에 다섯 배로 공격해야 승리를 장담할 수 있다고 했소. 이만주가 500 군사를 거느리고 있다면 2,500 군사가 출정해야 하고, 심타납노가 300 군사를 거느리고 있다면 1,500 군사가 출정해야 하오. 하니 1,000, 2,000 군사를 동원한다는 게 가당키나 하오?"

"합당하신 말씀이시옵니다."

"다시 생각해야 할 것이오. 동원하는 군사 숫자는 전적으로 도절제사의 판단에 따르도록 하겠소. 하니 도절제사의 치보가 올라오면 그때 다시 논하기로 하오."

"그리하겠사옵니다, 전하…."

신료들은 한마디도 반박할 수 없었다. 자신들은 발병發兵에 따른 수고와 소란만 염두에 둔 게 사실이었다.

세종이 화두를 돌렸다.

병조판서 최사강에게 물었다.

"국경 마을 갑옷은 어떻소?"

"평안도, 함길도의 큰 마을에는 500부, 그보다 작은 마을은 200~300부씩 가지고 있사옵니다."

"정비가 됐는가?"

"정비는 해두었사옵니다. 하오면 모두 강계부로 모으리까?"

"아니요, 갑옷은 병사가 자기 마을에서부터 착용하고 나설 것이니 한곳으로 모으지 마시오. 게다가 지금은 출병하는 군사가 얼마가 되는지도 모르니…."

"명대로 따르겠사옵니다."

"하고…."

세종이 좌중을 둘러보고 말했다.

"강을 건널 때 배가 낫겠소, 부교가 낫겠소? 경들은 어찌 생각하시오?"

영의정 황희가 말했다.

"강을 건너기는 부교가 편하옵니다, 전하."

"그래요?"

세종이 갸우뚱하자 중군절제사 이순몽이 거들었다.

"전하, 준비하는 데 어려운 점은 있사오나 일시에 건너려면 부교를 해야 하옵니다."

"한데 부교를 만드느라고 백성들이 부산을 떨면 야인들 귀에 들어가지 않겠소? 무엇보다 그 점이 염려되는데?"

"전하, 군사가 건널 배를 모아도 야인들이 눈치를 챌 것이옵니다. 몇천 군사가 건널 배를 하루아침에 모을 수는 없지 않사옵니까?"

"배가 작은가?"

"여연에는 큰 배가 없사옵니다. 군사가 일시에 건너려면 많은 배를 며칠 전부터 모아야 하는데 오히려 그렇게 하면 야인들이 경계할 것이옵니다. 하옵고, 백성들을 부리면 반드시 그들 귀에 들어갈 것이니 군사를 써서 부교를 만들되, 그것도 미리 만들지 말고 임박해서 만드시옵소서."

"임박해서?"

임금이 미심쩍은 표정을 보이자 판중추원사 하경복이 답했다.

"전하, 얼음이 풀리면 그들은 농사에 힘쓸 것이옵니다. 하오니 지금부터 나설 게 아니라 농삿일로 그들의 경계가 느슨해질 때를 기다렸다가 강계부에 나가 있는 절제사 최해산에게 별도로 부교 설치를 준비시키면 가할 것이옵니다."

예조판서 신상이 거들었다.

"전하, 판원사의 의견이 옳습니다. 일찍이 소신이 여연 수령에게 듣기로, 강에서 반나절 거리에 칡과 갈대가 많은 산이 있다고 하옵니다. 하오니 때에 맞춰 절제사 최해산을 은밀히 그 산으로 보내 며칠 머물게 하면서 칡과 갈대를 넉넉히 베어놓았다가 일시에 설치하면 될 것이옵니다."

"일시에…. 부교를 놓는 데는 얼마나 걸리겠소?"

"재료를 부족하지 않게 마련해서 강 가까운 곳까지 옮겨 놓고 서둘러 놓으면 이틀이나 사흘이면 가하옵니다."

"물이 많지 않은 곳이 있는가?"

"있사옵니다. 지금은 물이 얕은 곳이 있으니 절제사에게 부교 놓을 곳을 미리 찾아보라 해서 칡과 갈대를 옮겨 놓으면 되옵니다."

"비만 안 오면 되겠군."

"큰비는 6월(양력 7월)은 돼야 올 것입니다."

"알겠소. 하면 부교로 하고 지신사는 지금 의논한 대로 절제사에게 교지를 내리도록 하시오. 문제가 또 있는데…."

"예, 전하…."

"경원부에서 올라온 치보를 보니 맹가첩목아가 이만주와 함께 여연을 침구하고도 숨죽이고 있다가 명나라 사신을 따라 경사로 갔다 하지 않소?"

병조판서 최사강이 나섰다.

"전하, 소신도 그 소식을 듣고 많이 놀랐사옵니다."

"한데 왜 갑자기 경사에 들어갔을까?"

"여연 침구에 가담하지 않은 것처럼 명나라를 속이려고 따라간 것이 아니겠사옵니까? 그것 말고는 갑자기 경사에 들어갈 이유가 없사옵니다."

"아무래도 그렇게 봐야겠지?"

"사신이 속은 것이옵니다."

"과인이 보기에도 그게 맞는 것 같소. 한데…. 문제는 그의 동생 범찰이 지금 오음회에 남아 있다는 게 아니오?"

"…."

"우리 군사가 파저로 치고 들어가면 범찰이 후미를 쳐오지 않을까?"

임금이 좌중을 둘러봤다.

신료들이 답했다.

"하오면 함경도절제사에게 사정을 알려주고 군사를 보내 대비토록 하라고 교지를 내리시옵소서."

"대비를 하셔야 하옵니다, 전하. 그자는 소란을 일으키고도 남을 자이옵니다."

"하오나 전하, 그것은 파저 출정˙ 때 함께하셔도 충분할 듯하옵니다. 지금부터 군사를 이동시키면 오히려 동북 야인들이 동요할 것이옵니다."

"판원사 말이 옳습니다, 전하. 여연이 침구를 당했는데 경원에서 군사 움직임을 보이면 그들이 수상쩍게 생각하지 않겠사옵니까? 하오니 파저 출병에 맞춰 군사를 움직이시옵소서."

"듣고 보니 그 말이 옳소. 하면 굳이 지금부터 군사를 움직이지 말고 파저 출병에 맞춰 방비할 수 있도록 계책을 논의해보시오."

"명대로 따르겠사옵니다."

"그건 그런데…."

세종이 말을 멈추고 뭔가를 골똘히 생각했다.

신료들은 긴장해서 다음 말을 기다렸다.

"사실 그보다 더 큰 문제가 있소…. 우리가 사오월에 파저를 치면 맹가첩목아가 경사에서 돌아올 때와 시기가 겹친다는 거요. 해서 최악의 경우에는 그자가 우리 군의 퇴로를 막을 수도 있다는 거지…."

미처 생각지 못했던 일이었다. 대신들은 모두가 놀라워서 순간적으로 멍했다. 동맹가첩목아가 경사로 들어갔다는 말을 듣고 교활한 수작을 벌이고 있다고만 생각했을 뿐 그가 돌아올 시기를 따져보거나 퇴로가 막힐 수도 있다는 생각은 하지 못했다. 설명을 듣고 나서야 그런 놀라운 일이 실제로 벌어질 수 있음을 깨달은 것이다.

하지만 세종은 동맹가첩목아가 경사에 들어갔다는 치보를 받자 깜짝 놀라 날짜 계산부터 해봤다. 오음회에서 경사까지 갔다 오는 데는 보통 네댓 달이 걸린다. 떠난 지 한 달이 넘었다니 돌아올 때는 파저 정벌 시기와 겹칠 수 있다. 우리 군이 이만주를 치려고 출병한 사실을 알면 절대로 그냥 지나칠 자가 아니다. 경원부에서 미리 알아내지 못했다면 큰 낭패를 볼 뻔했다고 놀란 가슴을 쓸어내렸다.

세종이 물었다.

"시기가 겹치지 않겠소?"

영의정 황희가 넙죽 엎드렸다.

"혜안이시옵니다, 전하. 말씀을 듣고 보니 충분히 시기가 겹칠 수 있는데 소신들은 미처 거기까지 생각지 못했사옵니다."

"허허, 지금 알았으니 됐지 않소."

"황공하옵니다, 전하. 하온데 맹가첩목아가 군사를 얼마나 데리고 갔는지는 아직 알시 못하고 있지 않사옵니까?"

"많이 데리고 가지는 않았겠지. 하나 우리 군이 이만주 정벌에 나선 것을 알게 되면 주변 야인들에게 도움을 청하지 않겠소? 그럴 곳은 얼마든지 있지 않소?"

아니라고 말을 할 수가 없었다. 신료들은 임금의 반박을 듣고 나니 속이 뜨끔했다.

세종이 말을 이었다.

"들어보시오. 만일 그자의 귀향이 우리의 정벌과 시기가 겹치지 않으면 염려할 필요가 없소. 하지만 만에 하나라도 시기가 같게 되면 벌어질 일은 둘 중 하나요."

"…"

"첫째는 맹가첩목아가 우리 군이 정벌에 나선 것을 모르고 그냥 지나가거나 알면서도 모른 척하고 지나쳐서 우리와 싸우지 않게 되는 경우이고, 둘째는 이만주가 공격당하는 것을 알고 군사를 동원해서 우리와 싸우려는 경우인데…"

"…"

"경들은 그가 싸움에 나설 것으로 보시오? 안 나설 것으로 보시오?"

섣부르게 답할 내용이 아니었다. 생각할 틈이 필요했다.

잠시 침묵이 이어지다가 예조판서 신상이 나섰다.

"도울 것이옵니다, 전하. 그들이 서로 인척 관계에 있기도 하지만 맹가첩목아가 오음회로 이주하기 전까지 이만주의 도움으로 살지 않았사옵니까? 하오니 어찌 돕지 않을 수 있겠사옵니까?"

"그렇지."

"게다가 여연 침구를 함께했는데 어찌 모른 척 그냥 지나칠 수가 있겠사옵니까."

"그냥 지나치기는 어렵겠지. 하면 다른 대신들 생각은 어떠시오?"

좌대언 김종서가 답했다.

"전하, 소신 생각도 그렇사옵니다. 그자는 반드시 도울 것이옵니다."

"반드시? 이유가 무엇이요?"

"그건 황제 관직을 받은 자가 다른 관직자를 구해주는 모양이 아니옵니까? 하오니 맹가첩목아가 황제에게 충정을 보일 훌륭한 명분이 되는 것이옵니다."

"그렇소. 바로 그거요."

세종이 기다렸다는 듯이 공감을 표하고 말했다.

"과인의 생각도 그렇소. 하니 그자에게는 일석이조가 되겠지. 명분도 세우고 이만주도 구하고…."

"그렇사옵니다, 전하…."

"그래서 하는 말인데…."

세종이 말을 끊고 잠시 뜸을 들였다.

"만일 맹가첩목아가 이만주를 도우면 모른 척하고 그자를 포함해서 이끌고 온 자들을 모조리 베어버리시오."

"예?"

깜짝 놀랐다. 자신들이 익히 아는 임금의 명이 아니었다. 단지 군사 부리는 것을 명하려는가 했는데 모두 죽이라는 말을 들으니 충격일 수밖에 없었다. 짧지 않은 세월 십오 년 동안 임금에게서 많은 명을 받았지만, 이토록 충격적인 하명은 들어본 적이 없었다. 모두가 멍해서 입을 다물지 못했다.

세종이 무거운 목소리를 냈다.

"동맹가첩목아가 됐든 누가 됐든, 혹여 그 무리 속에 낯익은 자가 섞여 있다 해도 모두 베어버리시오!"

"..."

"경원부 침구부터 오늘날까지 그자가 벌인 만행에는 죽음 외의 관용은 필요 없소. 이미 베풀 만큼 베풀었소."

세종의 표정에 흔들림이 없었다. 냉혹함마저 느껴졌다. 하지만 그럴 만하지 않은가. 그자는 용케도 지금까지 죽음을 면해온 것이다. 그동안 얼마나 많은 백성들이 부모 형제, 남편과 아내, 자식들을 잃고 피눈물을 흘렸던가. 그것은 오로지 관용을 베푼 덕에 벌어진 일들이었다. 이제는 이만주가 됐든 동맹가첩목아가 됐든 용서하고 살려둬야 할 이유가 사라진 것이다.

한마디를 더 했다.

"황제 관직을 받은 자를 처단하는 건 오히려 다른 오랑캐들에게도 좋은 본보기가 될 것이오."

"..."

신료들은 임금의 말뜻을 알아듣고 고개를 숙였다. 황제 관직을 받은 자를 처단하는 것이 좋은 본보기가 되리라는 건 감히 생각지도 못했던 말이었다. 하지만 분명히 맞았다. 황제 관직을 받았다 해도 죄 없는 백성을 죽이고 도적질을 했다면 대가를 치러야 하고, 그런 신분을 가진 자에게 죽음의 단죄가 내려지면 그 소문은 더욱 멀리 퍼져나갈 것이다.

신료들은 임금의 속을 따라잡기가 어려웠다. 비록 나이는 젊으나 성군聖君인가 하면 명군明君이고, 명군인가 하면 강군剛君이었다. 신료들은 한동안 고개를 들지 못했다.

세종은 동맹가첩목아와 경원부 대책을 좀 더 구체적으로 논의해보라 명을 내리고 회의를 마쳤다.

여연 지역에 야인들이 산속으로 도피했다는 소문이 돌았다. 몇몇 야인 마을에 사람들이 눈에 띄게 줄어든 데다가 농사 준비를 해야 할 시기가 다가오는데도 움직임이 없다는 것이다. 소문이 조정에 전달되자 일부 신료들은 이때다 싶어 다음 겨울로 정벌 시기를 늦추자고 아뢰었다.

세종은 흔들릴 생각이 없었다. 이미 최윤덕으로부터 불순한 자들이 국경 지역에서 그런 소문을 내고 있다는 첩정을 받았다. 그런 데다가 소문 내용을 곰곰이 따져보면 그것은 국경 가까운 곳의 정황이지, 파저강 깊숙이 오녀산성에 거주하는 이만주의 정황은 아니다. 소문만으로 국가 대사를 결정할 수는 없다. 그들의 상황이 어떤지 직접 눈으로 확인하고, 정확한 실상을 알아내 그에 따른 계책을 세워야 한다. 만에 하나 이만주가 은신처로 도피했다 해도 이번에는 포기하지 않을 것이다.

박호문 일행이 압록강변 소보리 나루터에 닿았다. 갑옷 입은 장수 셋에 군졸이 열 명, 통역인 하나, 왕래 중에 먹을 식량과 이만주에게 내릴 술, 과일 등을 노새 다섯 마리에 나눠 싣고, 길이 험해서 노새마다 짐꾼을 붙였다. 많은 인원은 아니었지만 모두 한 번에 건널 만큼 큰 배가 없어 몇 척에 나눠 타고 강을 건넜다. 예상보다 시간이 지체됐다.

장수 세 명 속에는 김자환도 있었다. 병졸 복장으로는 쉽게 신분이 드러날 수 있어서 일부러 갑옷을 입었고, 함께 지리를 의논하던 이갑길과 먼저 선발된 백성 둘은 병졸 옷을 입었다. 파저강 지리를 아는 백성 한 사람이 아쉬운 상황이어서 조금이라도 안다 하는 자는 모두 끌고 나섰다. 별다른 이상이 없다면 정탐을 다녀오는데 넉넉 잡아 닷새면 될 것이다.

조선 백성들이 농작물을 심는 땅도 지나고 여진 마을로 이어지는 길도 지났다. 많지 않은 여진인이 다니면서 자연스럽게 만들어진 길이다 보니 어떤 곳은 희미하게 길의 흔적이 남아 있다가도 큰 나무들이 가로막고 돌과 바위가 나오면 바로 사라졌다. 다행히도 아직은 나무가 무성하지 않은 계절이라 멀리 앞은 내다볼 수 있었다.

강을 따라가다가 길이 없어지면 산을 돌고, 언덕을 내려가다가 또 다른 산에 막히면 다시 산자락을 돌았다. 이 길이 맞을까 싶을 때쯤이면 다시 강이 나와서 그야말로 이름 없는 산과 물길을 이정표 삼아 아는 자들만이 다닐 수 있는 길이었다.

아침 해가 중천에 가까울 즈음 맨 먼저 임합라 채리로 이어지는 계곡 입구에 닿았다. 김자환의 표정이 시무룩해졌다. 길이 있는 건지 없는 건지 모호했지만, 계곡을 따라 반 시진(한 시간)만 들어가면 할미가 있는 마을이다. 김자환은 자신이 도망 나온 후로 마을에 어떤 일이 생겼을지 궁금해서 가슴이 답답했다. 할미는 건강히 계실까. 아내가 밥을 먹다가도 울컥해서 눈물 흘리는 것을 볼 때마다 할미 말을 듣지 말고 들쳐서 업고 나왔어야 했다고 수도 없이 후회했다. 지금이라도 달려가고 싶은 마음이 굴뚝같았다. 멀리 계곡을 바라보다가 코끝이 찡해서 자기도 모르게 눈시울을 적셨다.

풀이 죽은 김자환을 보고 박호문이 말했다.

"며칠만 기다리거라. 네 맘이야 누군들 모르겠느냐."

"…."

"너는 출정하면 이 마을로 오게 될 것이다."

"하오면 우리 마을에는 어느 장군님이 오시옵니까?"

"허허…. 네 맘은 알겠다만 그걸 어찌 말하겠느냐. 하지만 누가 오든 너를 배려할 것이니 염려치 말거라."

"고맙습니다, 장군님…."

"다음은 누구 마을이냐?"

"여기서 십 리를 더 가면 임합라 아버지 채리가 나옵니다."

"아버지 채리라고? 지도를 그릴 때는 그런 말을 하지 않았느냐?"

"예, 장군님…."

김자환은 머쓱해서 고개를 숙였다.

"똑바로 말해보거라."

"예, 그게…. 임합라 채리와 아버지 채리가 가까이 있어서 제가 하나로 그렸사옵니다. 지도 표시가 굉장히 복잡해져서요."

"그랬구나. 지금이라도 얘기해서 다행이다."

"죄송하옵니다."

"한데 어찌해서 부자가 나눠 살고 있느냐?"

"예…. 원래는 임합라가 아버지와 함께 살았는데 부족이 늘어 채리가 좁아지니까 몇 해 전에 이곳으로 나와 따로 살게 된 것이옵니다. 여기서 멀지가 않습니다."

"하면 그곳에도 군사가 많으냐?"

"임합라보다 더 많사옵니다."

"여연 침구 때 임합라 군사가 많았다고 했는데 아버지 군사도 끌고 왔겠구나?"

"당연히 그랬을 것이옵니다. 평소에 군사를 몰고 다닐 때도 아버지 수하와 자기 수하를 구분하지 않고 데리고 다녔습니다. 임합라가 따로 살기는 해도 아버지의 부장이니까요."

"그렇구나."

박호문은 알아야 할 사실이 많다는 것을 깨달았다. 평소 여진 지역에 들어가 형세를 살필 일이 없다 보니 그런 사정을 속속들이 알 기회가 없었다. 정벌에 실패하지 않으려면 여진 정세를 정확히 알아야 한다. 호문은 말을 타고 가는 중에도 무엇을 확인해야 할지 끊임없이 생각했다. 그러면서 이따금 길이 애매해지면 말을 멈추고 지도에 표시하도록 일렀다. 정벌 전까지 여러 번 오게 되겠지만, 때가 되면 지리를 아는 병사들이 여러 방면으로 나뉠 것이므로 확실히 해둘 필요가 있었다.

임합라 아버지의 채리를 지나 점심때가 되자 시간을 절약하기 위해 조리하지 않는 음식으로 배를 채우고 다시 출발했다. 이정표로 삼을 만한 것들을 살펴가며 심타납노 채리로 이어지는 길도 지나고, 서산에 해가 질 무렵이 돼 강가 평평한 땅에 자리를 잡고 첫날 행군을 마쳤다. 날이 어두워지기 전에 지도를 정리해야 했다. 그래도 쉬지 않고 온 덕에 하룻길치고는 꽤 많이 왔다.

다음 날 새벽, 어스름 속에서 아침 식사를 마치고 길을 분간할 수 있을 만큼 날이 밝아오자 다시 출발했다. 해가 지기 전에 이만주 채리에 도착할 예정이다. 그래야 병사와 백성들이 산으로 피신했는지 살필 수 있을 것이다. 길을 서둘러 가는 중에도 간간이 행군을 멈춰 지도 표시를 했고, 그때마다 박호문은 주변 지세를 꼼꼼히 살폈다.

사방을 둘러보다가 문득 이상한 점을 발견했다. 오는 내내 멀거나 가깝거나, 산자락과 강변 어디에도 보이는 집이 한 채도 없었다. 이 상하게 여기고 김자환에게 물으니 그들은 도적들의 눈을 피해 사는 까닭에 산언덕을 넘거나 산을 돌아가야 마을이 보일 거라고 했다. 이 말뜻은 마을로 들어서기 전에는 그들이 산으로 피했는지, 아니면 남아 있는지 확인할 길이 없다는 의미였다. 호문은 여러 대신이 여진 정벌이 어렵다고 말한 이유를 실감할 수 있었다.

이른 점심을 먹고 두 시진(네 시간)쯤 왔을 때, 이갑길이 손으로 가리키며 저 앞에 보이는 산언덕이 마지막 언덕이라고 알려주었다. 모두가 반가워했다. 쉬는 둥 마는 둥 강행해서 지치기도 했고 다른 한편으로는 이만주의 채리가 궁금하기도 했다. 해는 기울고 있었지만 어두워지려면 아직 여유가 있다. 앞서 언덕을 오르던 이갑길이 문득 말을 세우고 박호문과 박원무에게 앞길을 내주었다. 산인덕을 넘자 박호문이 먼저 감탄을 터뜨렸다.

"아! 저게 오녀산성이군."

"말로만 들었는데도 한눈에 알아보겠습니다."

"하늘의 조화야. 어찌 저렇게 솟을 수가 있는가."

"천혜의 요새라는 말이 딱 맞습니다."

"정말 그렇네."

두 사람이 대화하던 중에 나머지 사람들도 언덕을 넘어와 우뚝 솟은 산성 모습이 신기해서 한마디씩 했다. 고구려의 수도를 지키던 천혜의 요새 오녀산성. 구릉지 중간에 병풍처럼 바위벽이 불쑥 솟아올라 산성 정상이 평평한 모양을 하고 있는데 바위벽 높이는 600~700척(200미터쯤)은 족히 되고, 남북으로 길게는 250보步. 300~400미터[77], 동서 폭은 대략 50보나 100보 내외가 된다. 동서남북 사방이 깎아지른 절벽이고, 그중 동쪽과 남쪽은 파저강 깊은 물에 닿아 있다.

천혜의 요새라 하는 이유는, 북쪽에서 흘러오는 파저강이 산성을 초승달 모양으로 감싸고 흐르다 서쪽으로 빠져나가 오직 서북쪽에서만 산성에 오를 수 있는데, 그나마도 경사가 심해 바로 올라갈 수 없고 수십 번의 굽이를 따라가야 가능하다. 화포나 화살은 산성 정상까지 닿지 않아 공격이 불가능하고, 산성 위에는 병사 수십 명이 숙식하며 동서남북 몇십 리를 내다보면서 외적의 침입을 감시하고 있어 은밀히 접근하기도 어렵다. 싸움으로는 함락시킬 수 없다. 유일한 방

---

[77] 양발을 내딛는 것을 1보라고 한다.

법이 있다면 산성에 오르는 길목을 막고 한 달이고 두 달이고 먹을 것이 떨어지기를 기다리는 것이지만 오녀산성 역사에 그런 전투는 없었다. 고구려는 내분으로 인해 망한 것이지 산성이 함락돼 망한 것이 아니었다. 그런 이유로 천혜의 요새라고 부른 것이다. 최윤덕은 병사들의 이동이 훤히 내려다보이는 눈 덮인 겨울을 피해, 녹음이 짙어지는 사오월에 어스름을 틈타 움직이면 군사들의 접근이 드러나지 않을 것이라고 계산한 것이다.

이만주 병사들이 마을로 들어서는 길목을 지켰다. 박호문이 온다는 것을 알고 미리 나와 있던 것이다. 여진 장수가 일행의 신분을 확인하고 길을 인도했다. 밭작물을 심었던 듯한 경작지가 군데군데 널려 있고, 멀리 오녀산성 아래로 아스라이 마을이 보였다. 박호문이 마을에 백성들이 있는지 확인하려는 중에 안내하던 장수가 마을이 아닌 다른 방향으로 가고 있는 것을 알았다. 마을로 가려면 곧장 앞 방향으로 가면 될 것 같은데 왼쪽 길로 들어선 것이다.

박호문이 뒤따라오던 이갑길을 불렀다.

"이게 마을로 가는 길이냐?"

"소인이 보기에는 아닌 것 같사옵니다. 마을로 가려면 저 방향으로 가야 하는데 좀 이상합니다."

"하면 어디로 가는 것이란 말이냐?"

"소인도 모르겠사옵니다. 사신들은 항상 마을 쪽으로 갔는데…"

이갑길이 고개를 갸웃했다.

여진 통역인이 박호문과 이갑길의 대화를 엿듣고 앞서가던 자기 장수에게 다가가 뭐라고 말했다.

장수가 문득 말을 세우고 얼굴을 찡그리며 말했다.

"우리는 마을로 가지 않소. 우리 천호가 계신 영채로 갈 것이오."

"영채? 영채가 따로 있는가?"

"그렇소."

안내자는 퉁명스럽게 답하고 말 머리를 돌렸다.

황당했다. 군사가 머무는 영채는 반드시 그래야만 할 이유가 없는 한 적군에게는 보여주지 않는 게 원칙이다. 모든 병장기가 노출되고 군사 규모와 사기가 드러나서다. 전쟁 때라면 상대방 영채를 염탐하기 위해 첩자를 보내기까지 한다. 그럼에도 보여주려 한다면 병영의 위용을 거짓으로 꾸며 상대를 속이려는 의도가 있거나 흉측한 계략을 숨기고 있는 경우다.

박원무가 다가와 소곤대듯이 말했다.

"장군, 뭔가 이상하지 않습니까. 영채로 간다니 말입니다."

"자네 생각도 그런가?"

"그렇습니다. 적에게 자기 영채를 보여준다는 말은 금시초문입니다. 전쟁 중에 협상하는 것도 아닌데…"

"그렇지. 하면 이유는 둘 중에 하나겠지."

"예?"

"우리가 흉한 꼴을 당하거나 아니면 마을이 텅 비었거나."

"허…"

박원무가 놀란 표정을 지었다. 흉한 꼴이란 영채로 끌고 가서 인질을 삼거나 아니면 죽이는 것을 의미했다. 박원무의 당혹해하는 표정을 보고 박호문이 빙그레 웃고 말했다.

"그렇다고 겁먹을 것까지는 없네. 흉한 계략을 꾸미고 있다면 우리 백성을 돌려보내지도 않았겠지."

"하면…."

"마을이 비어 있는 게 아닌가 하는 생각이 드네. 확인을 했으면 좋겠는데 이자들이 영채로 인도하고 있으니…."

박호문이 말을 멈추고 김자환에게 가까이 오라고 손짓을 했다. 김자환은 무슨 일인가 해서 다가오자 낮은 목소리로 말했다.

"이만주 영채에 너를 아는 자가 있겠느냐?"

"글쎄요. 여기는 저를 아는 사람이 없을 것 같사옵니다. 와본 지도 오래됐고, 우리 마을과는 거리가 멀어서 거래도 없었사옵니다."

"잘됐구나. 하면 영채에 도착해서는 너는 나를 따라다니거라."

"예? 장군님을요?"

"뭘 그리 놀라느냐. 네가 장수 갑옷을 입고 있으니 당연히 나를 따라야지. 영채에 도착해서 별일이 없으면 나는 이만주 막사로 들어가게 될 테니 그때 너도 따라 들어오거라."

"아…."

"그렇게 넋 빠진 얼굴을 할 때가 아니다."

"예…. 장군님…."

"너는 내가 이만주와 대화할 때 그의 부장들이 무슨 말을 하는지 들어보는 것이야. 그자들은 네가 여진 말을 안다는 생각을 못 하고 있을 테니 경솔하게 말할 것이고, 그 말을 잘 들어보면 이만주의 속셈이 뭔지 알 수도 있을 것이다. 절대로 여진 말을 아는 것처럼 행동해서는 안 된다. 이유는 알고 있지?"

"알고 있사옵니다."

김자환은 진중한 표정으로 대답했다.

박호문이 박원무에게 말했다.

"지금 갑길에게 조용히 전하게. 우리가 흉한 꼴을 당하지 않는다면 자네와 나, 자환, 통역인은 이만주 막사로 들어가게 될 걸세. 하면 해 질 녘에 마을 쪽에서 저녁밥 짓는 연기가 피어오르는지 확인해보라 이르게."

"예, 장군…."

박원무가 대답하고 슬금슬금 뒤로 빠져 이갑길에게 다가갔다. 뒤를 따르던 수행원들도 일행이 마을로 가지 않는 것을 이상하게 생각하고 있었다. 박원무는 행여나 이들이 동요할 것을 염려해서 별일 없을 것이라 안심시키고 이갑길에게 박호문의 말을 전했다.

마을 길을 벗어나 산자락을 돌자 목책을 두른 영채가 나타났다. 안쪽으로 이렇게 넓은 땅이 있을 거라고 상상하기 어려웠다. 이런 사정을 모른 채 군사를 이끌고 무작정 마을로 쳐들어갔다가는 불시에 허리 공격을 당하기에 안성맞춤인 위치였다. 박호문은 그런 사정을 깨닫자 영채로 들어서게 된 것이 다행이라는 생각이 들었다.

영채 입구에는 병사 여럿이 지키고 있었다. 이만주가 호들갑을 떨며 일행을 맞았다. 부장으로 보이는 자들이 칼과 창으로 무장하고 험한 표정으로 이만주 뒤에 늘어섰다. 박호문은 눈길조차 주지 않고 이만주에게 성큼 다가갔다. 통역인이 옆에 바싹 붙었다.

이만주가 먼저 말했다.

"어서 오시오, 장군."

"반갑소. 대호군 박호문이라 하오."

"통문을 보낸 분이시구려."

"그렇소. 우리 전하께서 치하를 전하라 하셨소."

"하하하."

이만주가 호탕하게 웃었다. 옆에 늘어섰던 부장들도 여진인 통역의 말을 듣고 킥킥거리고 웃었다. 박호문은 웃음에 담긴 의미를 알기에 언짢았지만 내색하지 않았다. 느긋한 표정으로 이만주와 부장들의 행동을 살폈다. '임금의 치하'라는 말을 들어서 그랬는지 부장들이 조금 전까지 보였던 적의가 풀어진 듯 보였다. 인사를 주고받는 것이 끝나자 이만주는 수행원들을 쉴 곳으로 안내하라 이르고 네 사람과 함께 막사로 들어갔다.

이만주가 먼저 말했다.

"먼 길 오느라 수고하셨소."

"수고랄 게 뭐 있겠소. 천호가 우리 조선을 위해 애썼으니 이 정도야 당연하오."

"하하, 조선 임금은 참으로 명군이시오. 내가 올적합을 물리치고 조선 백성을 구했다고 하니 이렇게 바로 장군을 보내셨소이다."

"이를 말이오. 전하께서 천호를 치하한다는 말씀을 전하라 하셨소. 한데 소장은 매우 섭섭했소이다."

"아니 그게 무슨 말씀이오?"

"모르시겠소? 어찌해서 여진인이 한 사람도 길 안내를 하지 않는 것이오? 천호께서 시키셨소?"

박호문이 능청스럽게 시치미를 떼고 물었다.

"그럴 리가 있겠소. 장군께서는 어디서 출발하셨소?"

"여연에서 출발했소이다."

"허허, 그곳은 내 부족들이 사는 땅이 아니오. 동맹가첩목아의 부족들이 사는 곳이니 나를 원망하는 것은 적절치 않소이다."

"그래도 과거에는 가리지 않고 안내를 하지 않았소? 천호를 치하하러 오는 길인데도 안내를 거부하다니 말이오."

"하하하, 동맹가첩목아에게 잘 전하겠소. 하니 오해를 푸시오."

"꼭 전해주시오."

깊이 추궁하지 않았다. 더 따지면 대답이 궁해질 것이다.

화제를 돌렸다.

"올적합과 싸우느라 병사들이 많이 다치지 않았소?"

"병사들이?"

이만주가 여진 통역인의 말을 듣고 흠칫했다. 바로 답을 못하다가 수하에게 다친 병사가 얼마냐고 묻자 부장 하나가 불쑥 나서서 많이 다쳤다고 했다. 박호문은 나오는 비웃음을 겨우 참았다. 어찌 자기 군사가 몇 명이나 다쳤는지도 몰라 '많이'라고 답을 할 수가 있는가. 수만 군사도 아니고 기껏해야 몇백 군사를 거느리고 있지 않은가. 하지만 모르는 게 당연할 것이다. 싸우지 않았으니 다친 병사가 없고, 다친 병사가 없으니 그런 질문이 나올 줄 몰랐던 거다.

박호문은 잘 치료해주라고 두리뭉실하게 말해서 자신이 던진 질문을 스스로 얼버무렸다. 말을 가려서 해야겠다는 생각이 들었다. 올적합에게서 우리 백성 77명[78]을 되찾았다고 했는데, 젊고 건강한 백성과 소와 말들은 빼고 나머지를 돌려보냈다. 뻔뻔스럽게 모두 돌려보낸 척하고 있지만 지금도 어딘가에 숨겨놓고 있는 거다. 하니 행여나 말이 꼬이기라도 하면 서로 칼을 빼 드는 일이 생길지도 모른다.

이만주도 불편한 대화가 이어지는 것을 원치 않았다. 자신의 대답이 궁색해질 수도 있다는 것을 깨닫고 화제를 돌려 몇 마디를 더하다가 갑자기 술상이 왜 이리 늦느냐고 호통을 치고 눈을 부라렸다. 그러자 박호문이 생각났다는 듯이 말했다.

"내가 급히 오느라고 우선 술과 과일을 조금 가져왔는데, 도절제사와 우리 전하께서도 내리실 것이오."

"하하하, 전하께서도요?"

"그렇소."

"그러면 장군이 올 때마다 길 안내를 하라고 일러두겠소."

이만주가 흡족해서 말했다.

박호문은 예상치 못한 말에 손사래를 쳤다.

"아니, 그럴 필요 없소. 길을 다 알았소이다."

더는 여진인의 안내는 필요 없다. 길을 완전히 알았다고 할 수는 없지만, 여진인이 끼게 되면 오히려 정탐에 방해가 될 것이다. 이만주가 다시 제안했으나 박호문이 극구 사양했다.

잠시 후 술과 고기가 들어왔다. 명분은 박호문 일행의 노고를 위

---

78 명나라 사신 장동아는 77명이 납치됐다는 사실을 알고 모두 돌려보내라 했으나 이만주가 젊고 건강한 남녀 14명은 돌려보내지 않았다는 기록이 있다. 기록마다 숫자가 정확지 않다.

로하는 술자리였지만 이반주가 호기를 부리며 대접만 한 술잔을 연거푸 비웠다. 박호문은 짐짓 술이 몸에 익지 않은 체했다. 그럴수록 이만주는 호탕하게 웃었고, 부장들도 따라 웃었다. 분위기가 무르익었다. 박호문의 역관과 이만주의 역관은 두 사람 대화를 통역하기에 바빴다. 이만주는 받지도 않은 조선 임금의 하사품에 감격해서 몇 번이나 거듭해서 말했다. 박호문은 이만주의 속이 궁금했다. 진실로 하사품에 들떠서 저러는 건가, 아니면 조선 임금이 속아줘서 기쁜 건가. 껄껄거리는 그의 속내를 알아채기 어려웠다.

이만주는 경사에 들어가 황제와 만난 얘기를 자랑 삼아 했다. 그러면서 수하들을 데리고 가서 기죽지 않고 황궁 안팎을 휘젓고 다녔다는 둥, 황실에서 자신을 귀빈으로 여겨 대접이 훌륭했다는 둥 하다가 느닷없는 사냥 얘기를 섞기도 하면서 쉬지 않고 떠들었다. 박호문은 적당히 맞장구치고 웃어주었다.

김자환은 자기 앞에 앉은 부장 둘의 말에 집중하려 했지만 제대로 알아들은 게 없었다. 처음에는 부장들이 이만주의 눈치를 보느라고 말을 아끼고 소곤거려서 그랬고, 나중에는 술에 취해 말이 많아지기는 했어도 김자환이 말을 알아듣는 것처럼 몸을 기울일 수 없어서 그랬다.

날이 어두워졌다. 얘기가 그칠 것 같지 않자 박호문이 쉬기를 청해 자리가 끝났다. 이만주가 아쉬워했다. 일행은 여진 병사의 안내로 각자의 막사로 들어갔다. 이만주와 가까운 곳에 위치한 막사에는 박호문이 들어가고, 박원무와 김자환은 그 옆 막사에 들었다. 병사들은 조금 떨어진 큰 막사에, 짐꾼들은 그 옆 막사에 머물렀다. 여진 병사

들이 출입문 가까운 곳과 주변을 지키고 있어서 일행들이 묵고 있는
이웃 막사에는 갈 수 있어도 그들의 시선을 벗어나는 곳은 갈 수 없
었다.

박원무와 김자환이 박호문의 막사에 들어왔다.

박호문이 나지막한 목소리로 물었다.

"들은 게 좀 있더냐?"

"죄송합니다, 장군님. 자기네끼리만 얘기를 해서 제대로 들은 게
없었는데 딱 하나가 마음에 걸립니다."

"그래, 뭐냐?"

"제 앞에 앉았던 부장 둘이 술에 취해서 속았다, 아니다 하면서
서로 자기 말이 맞다고 하는 얘기를 들은 것 같사옵니다."

"같다는 건 또 뭐냐?"

"솔깃해서 좀 들으려고 했는데 이만주 목소리가 너무 크고 술자리
도 시끌시끌해서 자세히 듣기가 어려웠사옵니다."

"시끄럽기는 했지. 한데 속았다는 말은 들었다는 거지?"

"예, 속았다, 아니다."

"자기들 꾀에 넘어갔는지 안 넘어갔는지 그 얘길 한 것 같구나."

"그렇게 보입니다."

"…"

의미가 있다는 듯이 고개를 끄덕였다.

이어 박원무에게 물었다.

"갑길은 연기를 봤다고 하던가?"

"못 보았답니다."

"어째서?"

"소피를 본다고 여러 차례 막사에서 나왔는데 그때마다 병사들이 지키고 서서 멀리 못 가게 막았답니다. 연기가 피어오르는 걸 보려면 막사 옆에 있는 언덕을 오르거나 산자락을 돌아야 하는데 꽁꽁 막으니 볼 수가 없었던 게죠."

"허…."

"한데 아까 이만주의 행동을 보면 경계심을 푼 것처럼 보이지 않았습니까?"

"그러기는 했지만, 그것으로 가늠할 수는 없지. 지금 영채 안쪽으로 병사들이 있는지 없는지도 살필 수 없지 않나…."

"하긴 그렇습니다. 아무래도 저들이 다른 동정을 살피지 못하게 막고 있는 것 같습니다."

"나도 그렇게 생각하네. 하니 이렇게 해서는 알 수 없겠어. 도절제사 어른은 길을 알아내고 이만주 동태를 살피는 것으로 족하다고 했지만, 백성들이 피신을 했는지 살필 수 있으면 살펴야 하지 않겠나."

"하면 어찌하시겠습니까?"

"우리는 내일 심타납노 채리로 갈 걸세."

"가도 되겠습니까?"

"안 될 게 뭐가 있나. 내가 이만주에게 얘기했더니 자기 부장을 시켜 길 안내를 해주겠다고 해서 굳이 말리지 않았지."

"아…."

"하니 심타납노 채리까지는 이만주의 부장이 안내할 걸세. 그렇게 되면 심타납노 채리에서 하루를 묵고 다음 날 여연으로 출발하게 될 텐데, 그때 자네와 자환은 바로 여연으로 가지 말고 심타납노 병사와 백성들이 피신했는지 확인해보도록 하게. 나는 갑길과 가겠네."

"하면 하루를 묵을 수도 있겠습니다?"

"당연히 그래야지. 위험하게 훤한 대낮에 확인할 수는 없지 않은가. 은밀히 몸을 숨기고 있다가 저녁에 해가 저물면 확인하게."

"알겠습니다."

박호문이 김자환을 보고 말했다.

"너는 심타납노 채리와 임합라 채리로 이어지는 길까지 잘 알고 있지 않느냐."

"그렇습니다."

"여연으로 이어지는 길도 알고…."

"예, 장군님…. 그런데요…."

김자환이 우물쭈물하고 말을 잇지 못했다.

"그래, 말해보거라."

"임합라 채리도 같이 확인해도 되겠사옵니까…."

"허허, 그렇지 않아도 그 말을 하려 했다. 하루를 더 줄 테니 마저 확인하거라. 다만 할미를 보겠다고 마을로 내려가서는 안 된다. 낮에는 몸을 숨기고 있다가 해가 지면 움직여야 한다. 알겠느냐?"

"알겠습니다, 장군님…."

"하고, 박 장군…."

"예."

"심타납노 채리든 임합라 채리든 마을로 내려가서는 안 되네. 해질 무렵에 마을에서 연기가 피어오르는지, 혹시나 등불 켜지는 집이 있는지 그것만 확인하면 될 것이니 말일세."

"명심하겠습니다."

박원무와 김자환은 막사를 나왔다. 김자환은 할미 마을을 살필 수 있게 됐다는 생각에 마음이 설렜다. 별일을 당하지 않고 잘 계신지, 피신을 떠났는지 조바심이 나서 밤늦도록 잠을 이룰 수가 없었다.

다음 날 아침 일찍 길을 나섰다. 이만주의 부장이 병사 몇을 이끌고 심타납노 채리까지 길을 안내했다. 채리에 도착하자 부장은 심타납노에게 박호문 일행이 조선 임금의 치하를 전하러 이만주를 만나고 오는 길이라고 설명하고 돌아갔다. 심타납노는 이미 통문으로 알고 있어 일행을 낯설지 않게 맞았다. 호문은 이만주 때와 마찬가지로 여연 침구에 대해 깊은 질문은 하지 않았다. 다만 임금의 치하를 전하고 올적합의 동향만 물었다. 심타납노는 술과 안주를 내오면서 이만주와 비슷한 태도를 보였다. 직감적으로 이들이 말을 맞췄다는 생각이 들었다. 하루를 묵고 다음 날 아침에 영채에서 십 리쯤 나왔을 때 박호문은 박원무와 김자환, 병사 둘과 필요한 물품을 남겨두고 여연으로 출발했다.

박호문이 한양에 도착했다. 임금과 신료들은 여진 정탐 결과를 초조하게 기다리던 중이었다. 대신들은 긴장한 얼굴로 편전에 들었다.

임금이 용상에 앉자 박호문이 숙배를 올리고 아뢰었다.

"전하, 소신 박호문 이만주와 심타납노 채리에 다녀왔사옵니다."

"하면 이만주를 직접 보았느냐?"

"보았사옵니다. 전하의 하사품이 내려올 것이라 하니 그 말에 들떠서 몇 번이나 되물었사옵니다."

"경계하는 눈초리는 없었느냐?"

"없었사옵니다. 그의 부장들도 그랬사옵니다."

"백성들은? 피신했더냐?"

"황공하옵게도 그건 알 수가 없었사옵니다. 기회를 틈타 살피려 했는데 병사들이 막았사옵니다."

"…."

순간 세종의 표정이 굳었다. 병사들이 동정을 살피지 못하게 막았다면 이유는 자명했다. 변경 가까운 마을에서나 피신했을 것이라 여겼는데 그게 아니었다. 반갑게 맞이했다는 것도 모두 거짓이다. 신료들도 상황을 이해하고 한숨을 내쉬었다.

"심타납노도 그랬더냐?"

"그렇사옵니다."

"…."

"도절제사 대감께서 무리하게 덤벼 일을 그르치지 말라고 명을 내린 까닭에 오녀산성에 이르는 길과 이만주의 태도만 살피고 돌아왔사옵니다."

"하면 길은 잘 알았느냐?"

"예, 전하. 산세가 험한 곳과 군사가 머물 수 있는 평탄한 곳, 물길과 부락 등을 모두 확인했사옵니다."

"수고했다. 피신을 했는지도 확인했으면 좋았을 걸 그랬구나…."

세종이 아쉽다는 표정을 짓자 박호문이 말했다.

"전하, 며칠만 기다려보시옵소서. 호군 박원무와 김자환을 그곳에 남겨두었으니 살피고 돌아올 것이옵니다."

"박원무와 김자환을?"

"그렇사옵니다."

"자환은 지리를 알더냐?"

"예, 임합라와 심타납노 지리를 잘 알고 있었사옵니다."

"그렇구나…. 하면 돌아오는 데 얼마나 걸리겠느냐?"

"두 군데를 살피니까 이틀가량 늦어질 것이옵니다."

"이틀…."

"…."

"기다려보마. 하고 도절제사에게서 다른 말은 없었느냐?"

"토벌 계책은 박원무와 김자환이 돌아오면 바로 올리겠다고 했사옵니다."

"그렇구나…."

고개를 끄덕했다. 피신한 게 거의 확실하지만 그래도 박원무의 염탐 결과까지 확인하고 계책을 올리는 게 타당했다. 박호문에게 몇 가지를 더 물은 후에 노고를 치하하고 물러가 쉬도록 했다. 신료들은 이만주 백성들의 피신을 기정사실로 받아들였다. 실망해서 고개를 떨구고 아무 말도 하지 않았다.

세종이 말했다.

"참으로 어이없는 것이 말이요…. 도절제사가 겨우 병사 50명을 데리고 갔는데, 이만주가 어떻게 우리 의중을 알고 백성들을 피신시켰을까? 경들은 이해가 되오?"

영의정이 답했다.

"전하···. 소신 생각에는 최윤덕의 군사 때문이 아니라 다른 이유로 피신했을 거라 여겨지옵니다."

"다른 이유라니요?"

"한양에는 귀화 여진인들이 많사옵니다. 그중에는 잡역부로 궁궐을 출입하는 자들도 있사옵니다. 하오니 언제라도 조정 분위기는 새어 나갈 수 있지 않겠사옵니까?"

"···."

"지금도 시전 거리에 가면 여진 토벌이 있을 거라고 소곤거리는 백성들이 적지 않사옵니다. 하오니 어찌 그 소문이 이만주에게 들어가지 않겠사옵니까?"

"조정에서 그런 말을 낸 적은 없지 않소?"

"말을 낸 적은 없사오나 백성들이 그렇게 느끼고 있는 것이옵니다. 해서 소문이 무서운 것이 아니겠사옵니까?"

"그럴 수도 있겠군···. 한데 말이요···."

"예, 전하···."

"소문이 그토록 빨리 전달되는 것도 놀랍지 않소? 파발마를 타고 달리는 것도 아닐 텐데 어찌 그리 빨리 전달될 수가 있지?"

"귀화인 중에는 약초를 캐거나 사냥하는 자들이 있는데 그들은 일반 백성들과 걸음걸이가 다르다고 하옵니다. 발 빠른 자들이라면 열흘 안으로 한양 소식을 이만주에게 전할 수 있을 것이옵니다."

"대단하군···. 하면 그자들을 찾아낼 방법은 없을까?"

"약초 캐는 귀화인은 많사옵니다, 전하."

"…"

세종이 용상 팔걸이를 톡톡거렸다. 임어에 사목事目. 일할 목록을 적어놓고 빠진 것이 없는지 수시로 살폈지만 간자를 대처하는 항목은 처음부터 없었다. 분명 실수였다. 하지만 이미 벌어진 일이 아닌가. 어찌해야 할지 고민하던 중에 문득 옛이야기가 떠올랐다. 정신이 번쩍 들었다. 개국 초에 고황제가 조선을 염탐하려고 사신 탈환불화를 보냈을 때 그자를 역이용한 일이었다.

무릎을 탁 쳤다.

'그래, 반간계야!'

세종이 빙그레 웃음을 흘렸다. 신료들은 임금의 표정을 보고 무슨 일인가 해서 눈을 크게 떴다.

"그렇다면 말이요…"

"…"

"위계를 쓰면 어떻겠소? 소문이 그토록 빠르다니, 한양에 있는 간자들에게 정벌을 포기한 것처럼 보여주고 그것이 이만주에게 전달되게 하는 것이오."

"예?"

"반간계로…"

"반간계라 하시오면?"

"과인이 온수현(온양의 옛 이름)으로 온천 행차를 떠나겠소. 개국 초에 태조대왕께서 그러셨던 것처럼…"

"아! 그 일이요…"

영의정 황희가 바로 알아듣고 놀라서 감탄을 토했다. 그건 단순한 온천 행차가 아니라 지혜와 꾀가 담겨 있던 나라를 구한 반간계였다. 놀란 얼굴로 신상에게 물었다.

"판서, 기억이 안 나시오? 탈환불화?"

"아! 탈환불화!"

신상이 퍼뜩 알아들었다. 어찌 그 이름을 잊겠는가. 그자가 조선을 염탐하러 왔을 때 이들은 혈기 넘치는 20대 초중반의 신진 관료들이었다. 고황제가 조선을 넘보지 않겠다고 칙서를 내렸을 때, 뒤늦게 용간 전쟁의 전모를 알게 된 신료들은 정안대군 방원과 병조판서 윤소종의 지혜와 용기에 탄복해서 입에 침이 마르게 칭송했었다. 두 대신도 그랬다.

두 사람은 문득 지난날의 감회에 젖어 세종을 바라보았다. 대체 이 젊은 임금의 속은 어디까지인지 헤아리기가 어려웠다.

영의정이 떨리는 목소리로 아뢰었다.

"전하, 전하께서 세상에 나오기 전의 일이온데 어찌 그 일을 알고 계시옵니까…."

"놀랍사옵니다, 전하…. 소신도 태조대왕께서 온천 여행을 떠난 사실을 기억하옵니다…."

신상이 거들었다. 나머지 신료들은 무슨 얘기인지 영문을 몰라 했다. 영의정이 간단히 상황을 설명하자 모두 고개를 끄덕였다.

세종이 빙그레 웃으며 말했다.

"과인은 아바마마께 들었소. 해서 비빈과 종친, 대신들을 대동하고 성대하게 출발해서 정벌 의사가 없는 것처럼 꾸미려 하는데 어떻소?"

"전하…."

더 할 말이 없었다. 성대하게 벌일수록 소문은 크게 날 것이고, 전쟁을 하느냐 마느냐의 중요한 시기이니만큼 빠르게 전달될 것이다. 정벌을 앞두고 임금의 온천 행차란 있을 수 없는 일이다. 어찌 속지 않을 수 있겠는가. 임금의 계책이 놀라울 뿐이었다.

"한양에 남아 있는 장수들까지 따라나서게 하고, 가는 길에 큰 고을에 도착하면 백성들을 불러 잔치를 벌이시오. 온수현에서는 귀화인들까지 모두 불러 양로연養老宴을 베풀면 더 좋을 거요."

세종은 위계의 그림이 떠올랐다.

신료들도 한마디씩 거들었다.

"온수현 백성들은 궁궐에서 벌이는 양로연을 자기들에게도 베풀어 주셨다고 성은에 감격해할 것이옵니다."

"하옵고, 연로한 부녀자들은 중전마마께서 양로연을 베풀 수 있도록 따로 자리를 마련하겠사옵니다."

영의정 황희가 물었다.

"하오면 언제 행차하시겠사옵니까?"

"여유가 없지 않소? 이만주가 온천행 소식을 들어도 몇 번이고 확인해야 움직일 테니 빠를수록 좋겠지."

"하나 박원무는 보시고 행차를 하셔야 하지 않겠사옵니까?"

"그렇지. 도절제사의 계책을 들어야 하니 박원무가 오면 확인하고 출발토록 하시오."

"기간은 얼마로 하시겠사옵니까? 소신 생각에는 도절제사가 출병할 때까지는 온수현에 머무르시는 게 맞지 않을까 하옵니다."

"맞소, 도절제사 기별이 올 때까지 머무르는 것으로 하오."

"하면 우선은 한 달 기준으로 준비하겠사옵니다."

"그렇게 하시오. 하고…. 이번 행차는 본의本義가 새어 나가면 일을 망칠 것이니 새어 나가지 않도록 주의하오."

"알겠사옵니다, 전하."

신료들은 충심으로 가득 차서 굵은 목소리로 답했다.

임금이 온수현으로 행차한다는 소문이 순식간에 궁궐 안에 퍼졌다. 말이 나간 지 얼마 되지도 않아 작은 소란이 일었다. 종친, 대신은 말할 것도 없고 왕후와 후궁들까지 모두 간다고 하니 궁녀들도 서로 따라가겠다고 나선 것이다. 평소 같았으면 감히 생각할 수도 없는 일이었다. 소란이 그치지 않자 제조상궁提調尙宮, 우두머리 상궁이 호통을 쳤다. 꾸지람만 받고 따라가지도 못하게 된 어린 궁녀들이 섭섭해서 눈물을 흘렸다. 결국 왕후 귀에까지 들어갔다. 제조상궁을 불러 함께 가지 못하는 궁녀들에게 휴가를 주라 해서 겨우 잠잠해졌다.

왕후의 말을 전해 들은 세종은 그저 웃기만 했다. 은근히 바랐던 일이기도 했다. 입단속을 하자고 제안한 것이 임금 자신이어서 왕후에게 온천행의 본의를 말해줄 수는 없었다. 다만 온수현에서 양로연을 열 것이며, 중궁도 따로 부녀자들에게 연을 베풀어야 한다는 것만 말해주었다. 왕후는 갑작스러운 온천행과 양로연이 의아하기는 했지만, 이유는 묻지 않았다.

호조판서가 아뢰었다.

"전하, 어가를 따르는 각관과 군사들의 말에 먹일 콩을 강무 기준으로 산정해도 되겠사옵니까?"

"당연히 그래야 하지 않겠소?"

"하오면 풍년 기준으로는 5,300석을 옮겨야 하는데 그리하면 수송에 큰 어려움이 있사오니 흉년 기준에 따라 4,000석을 옮기게 하옵소서."

"부족하면?"

"일단 그리했다가 부족하면 추가로 보충을 하겠사옵니다."

"좋소. 하면 어디로 옮길 것이오? 모두 온수현(온양)까지 옮길 필요는 없을 것 같은데?"

"내려갈 때와 환궁할 때를 고려해서 일단 천안으로 옮기겠사옵니다. 그리로 옮겨 놓고 필요에 따라서 나눠 쓰면 되옵니다."

"좋은 방법이오. 하고 곡식도 넉넉히 준비하도록 하시오."

"명대로 따르겠사옵니다, 전하."

사람 먹을 쌀은 몇백 섬이지만 말 먹일 콩은 몇천 석이나 되다 보니 일이 커졌다. 느닷없이 우마차가 동원되고 창름에서 곡식이 끝도 없이 실려 나오자 백성들은 드디어 전쟁을 하는가 했다. 곧바로 이유가 밝혀지기는 했는데, 임금의 온천 행차 때문이라는 것이 알려지자 모두가 깜짝 놀랐다.

이해할 수 없는 일이었다. 전쟁이 있을 거라 해서 나라가 어수선한데 어찌 태평하게 온천 행차를 떠난단 말인가. 사람들은 모이기만 하면 수군거렸다. 목소리 큰 백성은 임금을 보필하는 대신들이 제정신이 아니라고 분통을 터뜨렸고, 아녀자들은 임금이 병환이 있으시다

더니 그예 병이 중해지셨나 해서 걱정하기도 했다.

온천행의 본의를 모르는 신료들도 의아하기는 마찬가지였다. 불과 하루 이틀 전까지도 없던 얘기였는데, 갑자기 곡식을 실은 우마차가 끝도 없이 도성을 빠져나가자 나라 망할 일이 아니냐고 심란해했다.

고사庫使, 왕실 재산 관리관 박흔朴昕이 황급히 상소문을 올렸다. 언제 전 쟁이 일어날지 모르는 긴장된 시국에 임금이 도성을 비워가며 온천 행차를 떠나는 것은 적절치 않다는 것이었다. 그러면서 지금이라도 멈추지 않으면 종묘사직에 죄를 짓게 될 것이라고 눈물로 호소했다. 세종과 중신들은 이런 상소가 올라오기를 기다리고 있었다. 고개를 끄덕이면서도 답을 내리지는 않았다. 그대로 둬야 의혹이 더 커질 것 이고, 그래야 더 크게 심란해할 것이다. 오직 간자들이 똑똑히 보고, 떠도는 소문을 빠짐없이 듣기만 바랄 뿐이었다.

박원무가 한양에 도착했다. 세종은 이제나 하고 기다리고 있었다. 야인들이 피신을 떠나지 않았다는 희망적인 소식을 듣고 싶어서 그 랬던 건 아니었다. 피신은 이미 기정사실로 받아들이고 있다. 그를 기다린 이유는 최윤덕의 계책이 무엇인지 궁금해서였다.

계책은 희망적일 수도 있고, 비관적일 수도 있다. 하지만 어떤 경 우든 정벌을 포기하는 일은 없을 것이다. 종묘에 출정을 고하는 제 사도 올렸다. 비록 간자들의 눈을 피해 약식으로 올리기는 했지만, 조상님들께 출정까지 고한 마당에 이제 와서 포기한다면 꼴이 얼마 나 우스운가. 아니, 우습기만 하겠는가? 이만주가 알면 박장대소를 터뜨릴 것이다.

박원무가 숙배를 올렸다.

세종이 물었다.

"야인들이 피신을 했더냐?"

"모두를 확인한 것은 아니지만 임합라와 심타납노 채리는 피신을
했사옵니다."

"네가 직접 보았느냐?"

"그렇사옵니다. 소신이 직접 보았사옵니다."

"…."

세종이 말없이 고개를 끄덕였다. 당혹해하는 기색은 없었다. 신료
들도 덤덤하게 받아들였다.

"하면 도절제사는 무어라 하더냐?"

"계책을 바꿀 필요가 없다는 말씀을 올리라 했사옵니다."

"그래?"

모두가 깜짝 놀랐다. 야인들의 피신을 확인하고도 계책을 바꿀 필
요가 없다는 게 말이 되는가.

세종이 놀란 눈으로 물었다.

"이유가 무엇이냐?"

"도절제사 말로는 그들이 지금 피신한 건 계산을 잘못하고 있는
것이라 했사옵니다."

"그게 무슨 뜻이냐?"

"야인들은 우리가 당장 쳐들어갈 것으로 알고 피신했지만, 사오월
에 친다면 앞으로 몇 달 후이니 너무 일찍 피신한 꼴이라는 것이옵
니다."

"너무 일찍…."

"그렇사옵니다. 그동안 그들에게 식량도 떨어질 것이고, 우리 쪽에서 정벌할 의사를 드러내지 않으면 반드시 동요할 것이라 했사옵니다."

"하지만 식량을 가지고 가서 계속 피신할 수도 있지 않느냐?"

"도절제사는 다르게 생각하는 듯하옵니다."

"그래?"

세종이 의아해하자 예조판서 신상이 나섰다.

"사오월이면 저들도 농사를 지어야 하옵니다. 도절제사의 말대로 우리 쪽에서 정벌 의사를 드러내지 않으면 식량이 아니라 농사 때문에라도 은신처에서 나올 가능성이 충분히 있사옵니다."

"그렇사옵니다, 전하. 자세한 건 도절제사의 밀계를 보시옵소서."

"그렇지, 밀계…."

세종이 서둘러 밀계를 받아 펼쳤다. 전장을 잘 아는 최윤덕이니 섣부른 계책을 내지는 않았을 것이다. 아니나 다를까 읽어 내려갈수록 고개가 절로 끄덕여졌다. 몇 번을 되풀이 읽고 신료들에게 건넸다.

계책은 모두 다섯 가지였고, 내용은 대략 이러했다.

첫째, 사오월이면 야인들이 농사일을 시작해야 하므로 계속 숨어 있기가 어렵다. 그들은 강물이 얼어 있을 때 토벌대가 올 것이라 예상하고 피신했으나 강물이 녹고 우리가 토벌 징후를 드러내지 않으면 산에서 내려올 것이다.

둘째, 야인들이 산에서 내려오지 않을 것에 대비해서 그들의 은신처를 추적하고 있다. 이미 찾아낸 곳도 있으며, 은신처를 모두 찾게 되년 그들이 내려오지 않는다 해도 토벌에 착수할 수 있다.

셋째, 그동안 여연을 침구한 야인들을 추적해 모두 7개 부족을 확인했다. 애초에 1만 군사를 예상했으나 동맹가첩목아의 역습에 대비하고 예비 병력도 두어야 하므로 5,000 군사를 늘려 1만 5,000 군사가 필요하다.

넷째, 4월을 넘기면 언제든지 큰비가 올 수 있어서 그 기한을 넘기지 않겠다. 그때까지 그들이 채리로 내려오지 않으면 날짜를 정해 은신처를 토벌하겠다.

다섯째, 병사는 토벌에 임박해서 징발할 것이며, 먼 도道의 군사를 동원하면 바로 싸움에 임하기 어려우니 가까운 평안도 병사를 먼저 동원하겠다 등의 내용이었다.

대신들이 밀계 읽기를 마쳤다. 모두 고개를 끄덕였다.

영의정 황희가 말했다.

"전하, 도절제사의 계책이 참으로 훌륭하옵니다."

"과인도 그리 생각하오. 도절제사가 그들이 은신처에서 내려오기를 끈기 있게 기다리고 있는 것이 참으로 현명하오."

"아무래도 은신처를 공격하는 것보다 채리를 공격하는 편이 훨씬 수월하지 않겠사옵니까? 은신처는 모두 산에 있어 공격하기가 까다롭사옵니다."

"맞소. 하니 저들을 내려오게 해야지…."

병조판서 최사강이 거들었다.

"그렇사옵니다, 전하, 하온데 온수현 행차 소식이 온 장안에 퍼졌으니 염탐꾼이 이미 이만주에게 가고 있을지도 모르옵니다."

"허허, 그러기를 바랄 뿐이지. 하고 참으로 신중히 해야 할 것이 병사 징발인데 말이오…."

"예, 전하…."

"평안도 군사를 이용하겠다고 한 것도 현명한 결정이오. 임박해서 징발해도 바로 출정할 수 있으니 말이오."

"적에게 노출을 줄일 방법이기도 하옵니다."

"그렇소. 모든 게 잘됐으니 지신사는 도절제사에게 계책대로 진행하라 이르고, 온수현 행차의 진의도 함께 적어서 보내도록 하시오."

"명대로 따르겠사옵니다, 전하."

"온천행 준비는 어찌 됐소?"

"모두 갖춰놓았사옵니다."

"하면 내일 당장 출발하오."

"알겠사옵니다."

신료들은 홀가분한 마음으로 편전을 나왔다. 최윤덕의 토벌 계책도 흡족했고, 임금의 온천행 계책도 감탄스러웠다. 야인들의 피신 소식을 처음 들었을 때의 좌절감은 씻은 듯이 사라졌다.

궁궐 앞에 행렬이 길게 늘어섰다. 종친과 의정부, 육조, 대간과 무신인 도진무와 오위절제사 등도 보였다. 오늘은 흥인문까지 전송하는 것이 아니라 온수현까지 간다. 신료들은 홀가분한 나들이에 마음이 들떠 모두 껄껄 웃고 떠들었다. 잠시 후 임금의 대가와 왕비의 연輦, 가마이 광화문을 나오고 후궁과 궁인들도 뒤따라 나왔다. 행차는 더할 나위 없이 호화로웠다. 임금 행차를 알리는 울긋불긋한 깃발 속에 말에 올라탄 궁녀들의 옷자락까지 팔랑거려 화려함을 더했다. 백성들은 후궁과 궁인들까지 교자轎子나 말을 타고 따르는 광경을 신기한 눈으로 바라봤다. 이렇게까지 경사스러운 나들이는 본 적이 없었다. 임금과 중신들이 의도한 풍경 그대로였다.

웅성거리는 사람들 사이에 대화가 있었다.

"저기 전하 대가 옆에 말을 탄 사람이 누구신가?"

"보자…. 세자 저하 같은데?"

세자 저하라는 말에 백성들의 시선이 쏠렸다.

"맞아, 세자 저하시네."

"그래? 그러면 궁궐에는 전하도 안 계시고 세자 저하도 안 계신 게 아닌가? 대체 어쩌려고 그러지?"

"정말 소문대로 야인 정벌을 그만두는 건가?"

"글쎄…. 아무래도 그런 것 같은데…. 전쟁을 앞두고 궁궐도 비워 놓고 온천 행차를 할 리는 없지 않은가…."

"허! 저기 도진무하고 절제사 어른도 보이는데?"

"나도 봤네. 장군들까지 온수현에 간다니 야인 정벌을 정말 그만두는 모양일세…."

백성 하나가 문득 끼어들었다.

"허허, 아직들 못 들었나 보군?"

"뭘 말인가?"

"한양에 병사 징발을 그만둔다는 걸세."

"정말인가?"

"정말이다 뿐인가, 어가가 한양을 빠져나가면 바로 방문榜文이 붙을 걸세. 두고 보게나."

"허… 변경 백성만 불쌍하게 됐구먼…."

우쭐과 탄식이 뒤섞인 백성들의 대화는 계속 이어졌다. 나라 걱정을 하면서 전쟁을 하지 않게 된 것을 다행으로 여기는 백성도 있었고, 말없이 귀만 쫑긋 세우는 백성도 있었다.

어가가 한강을 건넜다. 임금이 낙생역樂生驛[79]에서 하루를 묵는다는 말을 전해 들은 광주廣州[80] 백성들은 마을 어귀 언덕, 산자락 그늘진 곳에 자리를 잡고 행차가 나타나기를 기다렸다. 나뭇가지마다 봄기운이 오르는 듯했고, 하늘도 쾌청해서 구경하는 사람들까지 마음이 들떴다.

행차는 신시(3~5시)가 돼서야 낙생에 도착했다. 길가에서 행차를 바라보던 백성들은 임금이 어가에서 내리자 무릎을 꿇고 절했다. 용안을 보았다고 기뻐하는 사이에 임금이 악차로 들어가자 시선이 왕실 여인들로 향했다. 하늘거리는 걸음걸이, 부드러운 몸짓 하나하나가 모두 신비스럽게 보였다. 잠시 후 그들마저 모두 시야에서 사라졌지만, 한동안 멍해서 자리를 뜨지 못했다.

낙생역에서 하루를 묵고 다음 날 아침 일찍 다시 출발했다. 행차가 수원 지경에 도착했을 때, 세종은 중궁과 후궁들에게 매사냥 구경을 허락했다. 평소라면 있을 수 없는 일이었지만 왕실 봄나들이를

---

79 조선 시대에 지금의 경기도 성남시 분당구 지역에 설치했던 역참을 가리킨다.

80 지금의 경기도 성남은 광주부廣州府 관하였다.

더 크게 소문나게 할 요량으로 영의정이 제안한 계책이었다. 비빈은 말할 것도 없고, 수발을 드는 궁녀들까지 언덕에 늘어서 화려한 옷자락을 펄럭이자 올려다보던 백성들은 또다시 감탄하고 신기해했다. 매사냥이 끝나고 집으로 돌아간 후에도 낮 동안 보았던 광경을 떠올리며 늦게까지 입에 담았다.

진위振威, 평택시, 직산稷山, 천안시에서 매사냥을 구경하고 나흘 만에 온정에 도착했다. 세종은 겉으로는 평온한 척했지만, 마음은 한 가지를 벗어나지 못했다. 저녁 식사를 마치자 영의정과 판서들을 불렀다.

중신들이 걱정스러운 얼굴로 행궁에 들었다.

"전하, 먼 길에 피곤하시지 않사옵니까."

"쉬엄쉬엄 왔는데 피곤할 리가 있소. 경들은 어떠시오?"

"소신들은 괜찮사옵니다."

"다행이오. 한데 쉬지도 못하게 경들을 부른 이유는⋯."

"예, 전하⋯."

"내려오는 동안에는 어쩔 수 없었지만 이제 온수현에 도착했으니 의논을 해야겠소. 지체할 시간이 없소."

"그렇사옵니다, 전하."

"어찌 진행하는 것이 좋겠소?"

영의정 황희가 답했다.

"전하, 소신 생각에는 우선 온수현 백성들에게 쌀과 콩을 내리시는 것이 어떨까 하옵니다."

"좋은 생각이오만 쌀과 콩을 내려도 이유가 있어야 할 게 아니오?

이유도 없이 나눠주면 혐의쩍게 생각할 텐데?"

"행차가 온수현에 오래 머물면 백성들이 동원돼서 피해를 볼 수 있으니 그것을 보상한다 하오면 어떻겠사옵니까?"

"그거 좋소. 한데 온수현에 귀화인들이 많이 살기는 하오?"

"온수현보다는 천안에 거주하는 자가 더 많지만, 전하께서 성은을 베푸시면 소문은 이웃 마을까지 빠르게 퍼질 것이옵니다."

"하면 다른 고을은 하지 말고?"

우의정 권진이 나섰다.

"전하, 온수현 가까이에는 천안과 신창뿐 아니라 공주, 아산 등도 있사옵니다. 다른 마을까지 하자면 너무 많사오니 온수현으로 한정하시옵소서."

"온수현만…. 하면 이곳 백성이 얼마나 되는가?"

"호수로는 340여 호이고 백성은 1,500명가량 되옵니다."

"적지가 않군. 그 정도면 다른 마을로 넓히는 것도 어렵겠소. 하면 온수현 호마다 콩과 쌀을 내리도록 하고 이유를 충분히 밝혀서 멀리 소문이 나도록 하시오."

"명대로 따르겠사옵니다."

세종이 예조판서 신상에게 물었다.

"양로연 준비는 어찌 돼가오?"

"충청감사와 온수현감에게 준비를 시켰사옵니다. 하온데 그보다 먼저 아뢸 말씀이 있사옵니다."

"말씀해보시오."

"한양에서 양로연을 베풀 때는 80세를 기준으로 했사옵니다."

"그렇시."

"이곳 사정이 어떤지 확인해보니 온수현에는 70세를 넘긴 노인까지 포함해도 연을 베풀기에는 숫자가 부족할 듯하옵니다."

"하면?"

"노인이 있는 집은 노인들을 부르고, 없는 집은 가장을 한 사람씩 부르는 건 어떨까 하옵니다."

"허…. 일리가 있소. 그리하면 몇이나 되오?"

"그리해서 조사를 시켰더니 나이 든 부녀 노인까지 합해 400명이 조금 안 된다 하옵니다."

"한자리에 모이면 큰 잔치가 되겠소?"

"하오나 중궁마마께서 부녀자들만으로 따로 자리를 만들어야 하지 않겠사옵니까."

"그래야겠지."

"그리하면 전하께서 베푸는 자리에는 300가량 되옵니다."

"알겠소. 그리하도록 하시오."

"하옵고 잔치에 흥을 돋우기 위해서 인근 고을에서 여기女妓, 춤·노래 하는 관비를 모두 불러오라 했사옵니다."

"좋은 생각이오. 노인들이 흥겨워하겠지…. 하고…."

"예, 전하."

"이제 거사까지 날짜가 얼마 안 남았소."

"그러하옵니다."

"지금쯤 황제 주문 올리는 것을 어찌 생각하오?"

"적절하옵니다. 지금 올리면 5월 초쯤 경사에 닿을 테니 야인들이 알게 된다 해도 손을 쓸 수 없을 것이고, 그때는 이미 도절제사도 출병을 했을 것이옵니다."

"그렇소. 그때는 야인들이 알게 된다 해도 문제 될 게 없지. 하면 지신사는 경들의 의견을 모아 주문을 올리도록 하시오."

"하오면 이만주와 임합라, 심타납노가 주범인 증거를 낱낱이 밝히겠사옵니다."

"그렇게 하시오."

세종이 고개를 끄덕였다.

다음 날 아침, 온수현 육방색리六房色吏. 육방 관원들이 온 동네를 돌며 곡식을 받으러 관아로 모이라고 소리치고 다녔다. 백성들은 잘못 들었나 해서 쫓아 나와 다시 물었다. 사정을 알게 되자 서둘러 관아로 몰려갔다. 호방이 일일이 신분을 확인하고 집집마다 벼 두 섬과 콩 한 섬씩 나눠주었다. 백성들이 좋아라 했다. 닷새째 되는 날에는 의지할 데 없는 환과고독鰥寡孤獨[81]과 빈곤한 자들에게 특별히 벼와 콩을 더 내렸다. 행차를 호종한 군사들과 수행원들에게도 술과 음식을 내려 노고를 치하했다.

온수현에 연회가 벌어졌다[82]. 애초 계획은 양로연이었지만, 노인들 숫자가 적어 농사일하는 백성들까지 포함해 연회로 바꾸었다. 궁

---

81 아내나 남편이 없는 늙은 백성, 돌봐주는 부모가 없는 어린 백성, 봉양하는 자식이 없는 늙은 백성 등 의지할 데 없는 어려운 백성을 말한다.

82 세종 15년(1433년) 4월에 세종이 온수현 백성 380명에게 술과 음식으로 잔치를 베풀었다.

궐에서 양로연을 베풀면 노인들에게 잔을 올릴 때마다 악공들이 풍악을 울렸지만, 마련이 어려워 생략했다. 대신 인근 천안 둥지에서 모아온 여기들이 악기 소리에 맞춰 춤을 추었다. 노인들은 춤을 보면서 음식을 배불리 먹고 술을 마시는 것만으로도 더할 나위 없이 좋았다.

해가 질 무렵이 돼 연회가 끝났다. 임금은 거동이 어려워서 참석하지 못한 노인들과 부득이한 사정으로 참석하지 못한 백성들에게도 술과 고기를 내리도록 했다. 모두가 임금의 지극한 모습에 감읍해서 목이 메었다. 연회 소식은 이웃 마을까지 빠르게 퍼져나갔다.

임금이 온수현에 도착한 이후로 한양에서 빈번히 파발마가 왔다. 세종은 그때마다 최윤덕의 치보가 있는지를 제일 먼저 물었다. 온천 행차 초기에는 소식이 없다 해도 별로 표시를 내지 않았으나 머문 지 한 달이 다 돼가자 은근히 조바심을 드러냈다.

한날 문득 지신사에게 치보가 없었느냐고 물었다. 세종은 머뭇대는 지신사를 보자 무안했다. 소식이 있다면 지신사가 누구에게 제일 먼저 알리겠는가. 당연한 질문으로 경솔함만 드러냈다는 것을 알았다. 느긋하게 행차를 즐기는 것처럼 보이려 했지만, 속마음까지 감추지는 못했다.

서궤 위에 펼쳐놓은 책을 덮고 명했다.

"거둥 준비를 해라. 온수현을 돌아볼 것이다."

수고스럽게 일하는 백성들 모습을 보면 심란한 마음이 가라앉을까 했다. 어가 대신 말을 타고 행궁을 나섰다. 날이 포근했다. 이런 날씨면 이만주가 이미 은신처에서 내려오지 않았겠나 하는 의문이 들었다. 그런데 어째서 아직까지 소식이 없는가. 이만주에게 온천행 소식이 들어가지 않은 건가. 아니면 온천행의 본의가 드러났나? 그것도 아니면 그자가 다른 계략을 부리고 있는 건가?

답도 없는 질문으로 복잡하게 생각하던 중 멀리서 말달리는 소리가 들려왔다. 행궁에서 나온 호군이었다.

세종이 말을 멈추고 지켜봤다.

호군은 성급히 말에서 내려 예를 갖추고 아뢰었다.

"전하, 한양에서 의정부 참찬 이맹균李孟畇이 당도했사옵니다."

흠칫했다. 파발마가 아니라 참찬이 왔다면 뭔가 심상치 않은 일이 있다는 의미였다. 서둘러 행궁으로 말을 몰았다. 대소신료가 모두 임금을 기다리고 있었다.

참찬을 보자 바로 물었다.

"무슨 일인가?"

"전하, 이만주가 은신처에서 내려왔다 하옵니다."

"허! 그래?"

"도절제사가 그들의 동태를 살폈는데, 채리에 자리를 잡은 것이 확실해서 4월 19일에 치겠다 하옵니다."

"19일? 오늘이…."

"오늘이 18일이오니 내일이옵니다."

"그렇군. 하면 징발은 마쳤는가?"

"예, 전하. 평안도에서 정군 1만을 징발하고, 황해도에서 마군 5,000을 징발했다 하옵니다."

"마군을 황해도에서…. 잘했군…."

"그렇사옵니다, 전하. 마군은 바로 싸움에 임할 수 있어서 그리한 것으로 알고 있사옵니다. 도절제사의 치보를 보시옵소서."

세종이 치보를 펼쳐 황급히 읽어 내려갔다.

표정이 밝았다.

"중군절제사 이순몽이 2,500을 거느리고 이만주에게 가는군."

"그렇사옵니다. 이만주는 거느리고 있는 병사 숫자도 많고 몹시 거칠다고 하옵니다."

"그렇지…. 최윤덕이 임합라와 심타납노를 맡고."

"그러하옵니다. 최윤덕 장군이 2,500 군사를 이끌고 가서 동맹가 첩목아가 돌아오는 길목에 일부 병사들을 매복시켜놓고 주력군은 임합라와 심타납노 채리를 친다 하옵니다."

"일리가 있다. 임합라와 심타납노가 침구의 주범이니…."

"그렇사옵니다. 하오면 주범 셋 중에 이순몽 장군이 이만주를 맡고, 최윤덕 장군이 임합라와 심타납노를 맡는 것이옵니다."

"그렇군…."

세종이 고개를 끄덕였다. 치보를 신료들에게 넘겼다. 정벌 계책에는 최윤덕과 이순몽 외에 좌군절제사 최해산이 2,000여 군사를 이끌고 거여車餘로 가고, 우군절제사 이각은 1,700을 거느리고 마천馬遷으로, 조전절제사 이징석은 3,000여를 거느리고 올라兀剌 지역으로, 김효성은 1,800 군사로 임합라 부모의 채리로, 홍사석은 1,100 군사로 팔리수八里水를 치는 것으로 돼 있었다.

신료들도 치보 읽기를 마쳤다.

세종이 물었다.

"경들 생각은 어떻소?"

"전하, 도절제사의 용병에 빈틈이 없사옵니다."

"그러하옵니다, 전하. 무엇보다도 임합라 아버지의 채리를 김효성 장군이 친다는 것이 그렇사옵니다."

"과인도 왜 그렇게 했는지 얼핏 이해가 되지 않았는데, 곰곰이 생각해보니 절묘한 용병이오."

"그렇사옵니다. 임합라 채리와 아버지 채리가 가까이 붙어 있다니 최윤덕 장군과 김효성 장군이 동시에 쳐야 하지만, 거리가 떨어진 심타납노 채리는 상황만 전달되지 않게 막으면 임합라를 친 후에 나중에 칠 수가 있사옵니다."

"그렇소. 바로 보았소."

세종이 흐뭇한 얼굴을 했다.

신료들도 최윤덕의 판단이 옳다고 한마디씩 거들었다.

영의정 황희가 넌지시 웃으며 나섰다.

"전하…"

"말씀해보시오."

"최윤덕 장군의 용병술은 참으로 훌륭하옵니다. 하온데 내일 출정한다고 하니 날짜를 거슬러 올라가보면 한양에서 온천 행차를 준비한다고 소란을 만든 것이 이만주 귀에 들어간 게 아닌가 하옵니다."

"허! 그렇소?"

"날짜가 그리 맞아떨어지옵니다, 전하."

"생각해보니 그런 것도 같소."

임금의 말에 다른 신료들이 끼어들었다.

"맞사옵니다, 전하. 이만주가 행차 소식을 듣고 며칠은 머뭇거렸을 테고, 도절제사도 은신처에서 내려온 그들을 며칠은 지켜봤을 테니 말이옵니다."

"하오니 귀신을 속일 계책은 바로 온천행이었사옵니다."

"허허, 그렇소?"

세종과 신료들이 모두 웃었다.

영의정 황희가 말했다.

"전하, 이제 결과를 기다리는 것 외에 다른 일은 없사옵니다. 도성을 비운 지 너무 오래됐사오니 서둘러 환궁하시옵소서…."

"그래야 할 것 같소. 언제 하면 좋겠소?"

"내일 하루를 준비하고 모레 출행을 하시면 어떨까 하옵니다."

"알겠소. 그리하시오."

홀가분했다. 아직 승전보를 받은 건 아니었지만 왠지 마음속에 티끌만 한 염려도 남아 있지 않았다. 경솔하게 이래도 되는가 싶어 마음을 가다듬으려 했지만, 최윤덕에 대한 믿음이 앞을 가렸다. 이제 편한 마음으로 환궁한다 해도 정성을 쏟지 못한 아쉬움은 없었다. 회의를 끝내고 나서 대신들에게 선온을 한 병씩 내리라고 명했다.

어가 행렬이 온수현을 출발했다. 행차는 직산 수헐원愁歇院[83]에 들

---

83 우리말 '시름새'를 한자로 바꾼 것으로 근심과 수심을 덜어내고 편히 쉰다는 뜻인데, 세종이 그 뜻을 생각하고 들렀던 것으로 보인다.

454

러 잠시 쉬었다가 장호원에서 하루를 묵고, 수원부를 거쳐 낙생역에 도착해 또 하루를 묵었다.

다음 날 아침, 대가는 태종과 원경왕후가 묻혀 있는 헌릉獻陵으로 향했다. 장례를 치르던 그날처럼 눈물이 나도록 날이 좋았다. 세종은 아버지께 꼭 드리고 싶은 말씀이 있었다.

능 앞에 도착해 고개를 숙였다.

연화방에서 들었던 훈사가 떠올랐다.

군사는 한 번 일으키면 십 년 비축이 날아가고, 전쟁을 한 번 치르면 누대의 공력이 소진된다. 전쟁을 가벼이 생각해서는 안 된다. 군주가 판단을 잘못하면 백성들이 목숨을 잃고, 백성들이 목숨을 잃으면 종묘사직도 지킬 수 없다….

정벌을 생각했을 때 처음 떠올린 아버지의 말이었다. 그리고 어느 때부터인가 한순간도 마음속에서 떠나본 적이 없는 말이었다. 나라와 백성, 그리고 아버지의 얼굴이 스쳤다.

봄 아지랑이 속에서 아버지가 물었다.

세종이 고개를 가로저었다.

'아니옵니다. 소자 백성과 사직을 반드시 지킬 것이옵니다….'

이유도 없이 눈물이 났다.

두 무릎을 꿇고 술잔을 올렸다.

10

승전보

중군 원수 최윤덕이 제장諸將, 여러 장수을 모아놓고 군령을 내렸다.

"우리는 불의한 야인들의 죄를 묻기 위해 정벌에 나섰다. 하니 모든 장수와 병사는 적들의 항변[84]에 휘둘리지 말고 오직 주장主將, 우두머리 장수의 명에 따라 싸움에 임하라. 전장에서는 각角과 금고의 신호에 따라 움직일 것이며, 명을 어기고 깃발 신호에도 움직이지 않는 자, 북소리를 듣고도 나아가지 않는 자, 위기에 처한 장수를 구원하지 않는 자, 군정을 누설하는 자, 요망한 말로 사람들을 의혹케 하는 자 등은 모두 군법에 따라 죄를 물을 것이다."

"…"

"또 적의 마을을 칠 때는 노인과 아녀자, 어린 남녀는 해치지 말 것이며, 장정이라 해도 항복하면 죽이지 말라. 소, 말, 닭, 개 등도 죽

---

84 야인들이 '이웃 나라 간에 화목하게 지내라'라는 황제 칙서를 핑계로 항변할 것에 대비해 휘둘리지 말라고 한 것이다.

여서는 아니 되며, 야인들의 집에 불을 지르지 말라. 주장의 명을 어기고 적의 재물과 보화를 약탈하는 자는 모두 참형에 처한다!"

엄중한 목소리로 이어진 군령에는 강을 건널 때 지킬 규칙이나 행군 시에 지켜야 할 주의사항, 자기 소속을 잃고 헤매는 자와 소란스럽게 떠드는 자에 대한 처벌, 아군이나 말이 죽었을 때 시신은 거둬 오고 말은 묻을 것이며, 각 군의 연락관을 한 사람씩 남겨 도절제사의 명을 전한다는 것 등 경한 것과 중한 것이 모두 담겨 있었다.

각자의 출정지로 떠나기에 앞서 장수들이 최윤덕의 막사에 모여 마지막 회의를 열었다.

장수들의 표정은 사뭇 엄숙했다.

중군 원수의 정벌 방책을 다짐받는 질문이 나왔다.

"그들이 다시 은신처로 피신했으면 어찌하오리까?"

"이미 말했듯이 그럴 수 있소. 하니 제장은 적들이 도피했는지를 먼저 살펴야 할 것이오."

"하면 정탐을 오늘 보내야겠습니다?"

"그래야 할 것이오. 강을 건넘과 동시에 정탐을 보내 적들이 피신했는지 확인하고, 만일 피신했다면 미리 확인해둔 은신처로 피신한 것이 맞는지도 확인해야 하오."

"그 말씀은 우리가 알고 있는 은신처 외에 다른 곳으로 피신했을 가능성도 있다는 것입니까?"

"지금으로서는 그럴 가능성이 거의 없소. 설사 그들이 피신했다 해도 불과 하루 이틀 상관인데 그 많은 사람을 이끌고 새로운 곳을 찾아가는 게 가능하겠소? 또 그들은 우리가 자신들의 은신처를 확인했다는 사실을 모르고 있소. 해서 다른 곳으로 피신했을 가능성은 없지만 그래도 확인하고 치는 것이 이치에 맞소."

"알겠습니다, 장군. 한데 오늘 강을 건넌다 해도 먼 곳은 하루를 더 주어야 하지 않겠습니까."

"그렇소. 오늘 강을 건너고 내일 정벌하는 것을 원칙으로 하되, 부득이한 곳은 하루를 더 주겠소. 더 늦는 건 아니 되오. 정벌 시점은 반드시 지켜져야 하오."

"그리하겠습니다."

모두 굳게 승리를 다짐하며 자리에서 일어났다. 제장은 군사를 이끌고 각자의 지역으로 출발했다.

최윤덕은 기병과 보군 2,500명을 이끌고 시번동구時蕃洞口. 압록강변 마을에서 압록강을 건넜다. 소보리에서 강을 건너는 것이 서북면의 임합라 채리와 더 가까웠으나 동맹가첩목아가 친동생 동범찰과 합세해 역공격해 올 것에 대비해 병사를 배치하느라고 일부러 반대쪽인 동북면 방향으로 거슬러 올라갔다.

이제는 경사에서 돌아오던 동맹가첩목아가 조선군의 출병 사실을 안다 해도 다른 부족에게 도움을 청할 시간적 여유가 없다. 유일한 방법이 있다면 동생 동범찰에게 알려 군사를 출동시키는 길뿐이다. 최윤덕은 돌아갈 판세를 머릿속에 훤히 그리고 있었다.

해가 서산에 걸렸을 즈음 숙영지에 도착했다. 서둘러 임합라 채리로 정탐병을 보내고 숙영 준비에 들어갔다. 빽빽하게 늘어선 나무와 덤불을 방호벽으로 삼기도 하고 훤히 열린 공간에는 목책을 둘렀다. 숙영지 전체에 30보 간격으로 초병을 세웠다.

저녁 식사가 끝나자 어둠이 내렸다. 경계를 서는 초병을 제외하고 모든 병사가 막사에 들었다. 별 하나 없는 칠흑같이 어두운 밤이었다. 너무 어두워서 30보 옆의 초병 모습을 구분하기가 어려웠다.

나무숲과 덤불 앞에서 경계를 서고 있던 병사가 문득 나뭇가지 스치는 소리를 들었다. 어둠 속에서 들리는 수상한 소리는 공포였다. 무언지도 모르고, 어느 곳을 향해야 할지도 모른 채 몸을 낮추고 창을 앞으로 내밀었다. 상대가 동작을 멈췄다. 숨을 죽였다. 누가 먼저 실체를 드러낼지 인내심을 겨루는 긴장된 순간이었다. 꽤 오래 기다렸다고 생각했는데도 아무런 움직임이 없자 잘못 들은 건가 해서 고개를 갸웃했다. 순간 덤불을 스치는 소리가 다시 들려왔다.

장창을 꼬나쥐고 어둠을 향해 소리쳤다.

"누구냐!"

외침에 놀란 상대가 덤불 사이에서 빠르게 움직였다. 이웃 초병들이 뛰어와 덤불 쪽을 향해 장창을 들이밀었다. 놀라웠다. 하나가 아니었다. 영채 입구를 지키고 있던 장수와 병사들이 상황을 깨닫고 장창과 검을 뽑아 들고 바깥쪽으로 뛰어 나갔다. 다급하게 움직이는 병사들 소리가 가까워오자 위기를 느낀 상대가 영채 안으로 뛰어들었다. 병사들이 촘촘히 에워싸 사로잡았다.

어수선한 소리에 최윤덕이 나왔다.

군막 앞에 화붕火棚. 장작불이 피워지고 상대의 실체가 드러났다. 어미 노루 두 마리에 다 자란 새끼 노루 두 마리였다. 어미 노루의 키가 사람 가슴 높이로 크다 보니 적병으로 오인하기에 충분했다. 공포에 젖었던 병사들은 식은땀을 흘리며 안도의 숨을 내쉬었다.

"노루니 다행이지, 야인들이었다면 꼼짝없이 당했네."

"야인들은 밤눈이 밝다지 않은가."

"일부러 밤에 돌아다닌다는데?"

"허…. 그런가? 난 아무것도 보이지 않는데…."

사방에서 술렁거렸다. 병사들의 두려움이 진정될 기미가 보이지 않았다. 두껍게 깔린 어둠이 공포감을 더했다.

그때였다.

"하하하."

그토록 크고 호탕한 웃음소리는 들어본 적이 없었다. 병사들은 어둠을 깰 듯한 대장군 최윤덕의 웃음소리에 깜짝 놀랐다. 모두의 시선이 대장군을 향했다. 윤덕은 화봉 앞에 묶여 있는 노루를 내려다보고 다시 한번 호탕하게 웃고 나서 하늘을 우러러 양팔을 벌렸다.

"하늘이시여, 천지신명이시여…."

"…."

두 팔을 흔들어가며 주문을 외듯 혼잣말로 중얼거렸다. 대장군의 이상한 행동에 부장들과 병사들이 놀란 눈을 했다.

잠시 후 주문을 마친 윤덕이 하늘을 가리키며 말했다.

"하늘이 우리를 돕고 있다!"

"무슨 말씀이시옵니까? 장군님?

"하하하, 들어봐라. 노루는 여진 야인들이 숭배하는 동물이 아니냐? 그 동물이 스스로 우리 영채 안으로 뛰어들어 사로잡혔으니 하늘의 계시가 무엇이겠느냐?"

"아…."

"무슨 뜻인지 알겠느냐?"

"야인들이 무릎을 꿇을 것이옵니다."

"그렇다. 승리는 우리 것이다."

윤덕은 자신의 말을 뒷받침하려는 듯이 주周나라 무왕의 고사(옛 이야기)[85]를 큰 소리로 말했다. 모두가 탄복해서 고개를 끄덕였다. 국경 가까이에 살고 있는 평안도 군사들은 여진들이 사슴과 노루를 자기 부족의 영물로 여기고 있는 사실을 잘 알고 있었다. 대장군의 비유는 의심의 여지가 없었다. 여기저기서 긴장을 푼 웃음소리가 들렸다.

소란이 끝났다. 화붕이 꺼지고 모두 군막으로 돌아갔다. 병사들은 편히 잠들었다.

임합라는 조선군이 징발됐다는 보고를 받고 올 것이 왔구나 싶었다. 병사를 보내 조선군 숫자가 얼마나 되는지, 강을 건너는지 살피도록 했다. 한나절이면 확인될 일이었건만 하루해가 다가도록 깜깜무소식이었다. 정탐꾼은 최윤덕이 동북면으로 거슬러 올라가 시번동구에서 강을 건넌 사실을 몰랐다. 늘 지켜보던 곳에서 조선군이 나타나

---

85 주나라 무왕이 상나라를 정벌하려고 하수를 건널 때, 상나라를 상징하는 흰 물고기가 배 위로 뛰어올라 상나라의 패배를 예측했던 고사를 가리킨다. 상나라는 그 전쟁에서 패해 망했다.

기를 기다렸으니 보일 리가 없었다.

오후 늦게야 조선군이 보이지 않는다는 연락을 받고 임합라는 징발 첩보가 사실인지 다시 한번 확인했다. 첩정을 가져온 자는 자기 눈으로 똑똑히 보았다고 했다. 한 마을도 아니고 여러 마을이었다는 것이다. 그렇다면 어디로 갔단 말인가. 공포감이 밀려왔다. 임합라는 느닷없이 조선군이 나타나 목에 칼을 들이미는 끔찍한 광경이 자꾸 떠올랐다. 전전긍긍하다가 안 되겠다 싶어 장수와 병사 절반은 채리에 남겨두고, 자신은 심복들과 나머지 병사들을 이끌고 은신처로 피신했다.

임합라 채리로 정탐을 나갔던 최윤덕의 병사들이 새벽녘에 돌아왔다. 정탐병들은 채리에 병사들이 주둔하고 있는 것을 확인했고, 은신처에서도 보았다고 보고했다. 최윤덕이 예상했던 바였다. 국경에서 멀지 않으니 조선군의 출병 소식을 들은 게 분명했다. 병사를 둘로 나눴다면 임합라는 겁을 먹고 은신처로 도피했을 것이다.

동맹가첩목아의 급습에 대비해 군사 600명을 어허강(훈강의 지류)가에 남겨두고, 다시 군사를 둘로 나눠 임합라 채리와 심타납노 채리를 향해 출발토록 했다. 최윤덕은 임합라 채리로 향했다. 날이 훤히 밝을 무렵에 채리 부근에 도착해 군사를 멈췄다. 공격 신호가 떨어지기 전까지는 병장기 소리도 내지 말고 일체 함구하라고 군령을 내렸다. 무기를 점검하고 공격 방법을 다시 한번 확인했다. 준비가 끝났다. 잠시 후 첨병이 돌아와 채리에 특이한 동향이 없다고 보고했다. 별렀던 복수의 기회가 왔다.

임합라 군은 조선군이 반 마장[86] 안으로 들어왔을 때에야 기습을 알아챘다. 놀란 초병이 황급히 비상을 걸었다. 최윤덕은 적의 채리에서 들려오는 날카로운 징 소리를 듣고 적들이 눈치챘음을 알았다.

머뭇거림 없이 칼을 빼 들고 외쳤다.

"기병들은 나를 따르라!"

적들이 싸울 채비를 갖추기 전에 기병들이 먼저 제압해야 한다. 최윤덕과 기병들이 먼저 튀어 나감과 동시에 뿔각 소리와 북소리가 요란하게 울렸다. 보군들이 함성을 지르며 벌떼같이 채리로 몰려갔다.

임합라 군은 허둥댔다. 조선군이 강을 건넜다는 소식을 듣지 못해 방비를 갖추지 못하고 있었고, 당황해서 일사불란하게 움직이지도 못했다. 급한 대로 열을 지어 활을 쏘았으나 화살을 맞고 말에서 떨어지는 조선 기병은 한 사람도 없었다. 채리 안으로 공격해 들어갔다. 기병들이 창과 칼을 휘두르며 불을 뿜어대자 어렵게 모양을 갖추고 있던 수비 대열이 무너졌다. 여진 장수들의 외침 소리와 아우성이 허공을 날았다. 잠시 후 기병의 뒤를 이어 보군까지 들이닥치자 조선군의 숫자가 배로 늘어났다. 중과부적이었다.

전의를 잃은 군사는 오합지졸이다. 저항하는 야인들의 숫자가 줄었다. 눈치 빠른 자들은 슬금슬금 빠져나가 말을 타고 도망가고, 말을 구하지 못한 자들은 산언덕을 향해 죽어라 달렸다. 그럴 상황조차 되지 않은 자들은 버티다가 죽거나 무기를 버리고 땅바닥에 엎드려 살려달라고 애원했다. 마침내 싸움이 끝났다. 채리를 점령하는 데

---

86 한 마장은 5리(2킬로미터)가 안 되는 거리를 말한다. 반 마장은 1킬로미터 내의 거리다.

는 불과 두 시진(네 시간)도 설리지 않았다.

여진 병사들이 모두 사라지자 김자환과 이갑길은 서둘러 할미가 있는 집으로 뛰었다. 이갑길은 그동안 김자환과 함께 지내며 사정 얘기를 들어서 할미를 찾아야 한다는 것을 알고 있었다.

김자환이 마당에 들어서기 무섭게 외쳤다.

"할미!"

인기척이 없었다. 황급히 할미 방문을 열었다. 사람은 없고 방 한가운데에 옷이 가지런히 개켜 있었다. 너무나 가지런해서 이상한 생각이 들었다. 성큼 들어가 옷을 펼쳤다. 자신과 아내, 조카의 옷이었다. 할미의 따뜻한 손길이 느껴졌다. 눈물이 핑 돌았다. 왜 이렇게 가지런히 접어놓았을까. 할미는 어디로 갔을까. 뭉클해서 옷을 가슴에 품고 방을 나왔다. 자기가 아내와 거처하던 방문을 열었다. 어둑한 방에 인기척이 없었다. 여기도 없나 싶었는데 궤짝 옆 좁은 틈에 익숙지 않은 뭔가가 보였다. 조심스럽게 들어가 살폈다. 사람이 무릎 사이에 머리를 묻고 죽은 것처럼 앉아 있었다. 사람인가 싶도록 작았지만 한눈에 알아볼 수 있었다.

"할미!"

두 손으로 얼굴을 추켜세웠다. 삶과 죽음의 경계에 서 있던 얼굴이었다. 눈물이 주르륵 흘렀다. 와락 껴안았다.

할미는 꿈인지 생시인지 구분을 하지 못했다. 초점 없는 눈으로 소소의 얼굴을 바라봤다. '그래, 이렇게 생긴 아이였지….' 소소가 돌아온다면 깨끗한 옷으로 갈아입으라고 하고 자신은 이대로 죽을 거라 생각했었다.

다음 날 아침, 팔리수를 쳤던 홍사석이 임합라 채리에 합류했다. 팔리수 야인들은 은신처로 도피하지 않았다. 홍사석의 급습이 성공해 적군 21명을 죽이고 28명에게 부상을 입혔으며 남녀 31명을 생포했다. 아군 피해는 화살에 맞은 군사 셋뿐이었다.

최윤덕은 노고를 치하하고 홍사석 군과 합세해 임합라의 은신처로 향했다. 병사들을 좌우군과 중앙군으로 나눠 산 위는 좌군이 맡고, 산 아래는 우군이, 중앙군은 일대 수색을 맡았다.

산 위 은신처에 숨어 있던 임합라는 조선군이 당도한 것을 알고 놀랐다. 병사 몇 명이 탐색을 해오는 것도 아니고 몇천이 산을 에워싸듯 하자 은신처가 발각 난 사실을 그제야 깨달았다. 그나마도 산 위쪽에 진을 치고 있으니 방어가 가능할 것이라 생각하고 병사들을 독려했다. 끝까지 버틸 것이다.

최윤덕은 좌군을 맡아 군사를 다시 셋으로 나눴다. 주력군은 정면으로 공격해 올라가고 양군은 산 뒤편으로 돌아가 공격하기 좋은 곳을 택해 각각 오르도록 했다. 임합라 군은 뒤쪽 군사는 의식하지 못한 채 정면의 주력군을 향해 필사적으로 활을 쏘아댔다. 병사들은 이런 때를 대비해 목 방패를 가져왔다. 병사들은 큰 나무 뒤로 피하기도 하고 방패로 막아가면서 한 발 한 발 전진했다.

임합라는 조선군에게 해를 입히지 못하자 초조했다. 병사들을 향해 싸우라고 소리를 치던 중에 갑자기 반대편에서 함성이 들려왔다. 눈앞의 군사에 몰두하느라고 의식을 못 하고 있었는데 반대편 쪽에서도 조선군이 올라왔다. 점점 커지는 조선군의 함성에 눈앞이 캄캄했다. 퍼뜩 정신을 차리고 심복 부장을 데리고 뒤로 물러섰다. 그리고는 슬그머니 길도 없는 나무숲 쪽을 향해 도망쳐 내려갔다. 잠시후 두목이 사라진 것을 알게 된 병사들은 자신들만 남았다는 생각에 싸울 기력을 잃었다. 목숨이 붙어 있는 자들은 넘어지고 구르면서 조선군을 피해 산 아래로 도망쳤다.

마침내 임합라의 은신처마저 조선군에 함락됐다.

중군 원수 최윤덕의 승전보가 올라왔다.

"신 최윤덕은 이달 19일에 2,500 군사를 이끌고 임합라와 심타납노의 채리를 쳐서 사살한 적은 98명이고, 사로잡은 자가 62명이며, 노획한 말은 25필, 소가 27마리이고, 노획한 병장기는…."

이어서 중군절제사 이순몽, 좌군절제사 최해산, 우군절제사 이각, 조전절제사 이징석, 상호군 홍사석의 승전보도 이어졌다. 조선군은 모두 4명이 죽었고 부상당한 병사는 25명이며, 야인들은 전체 183명이 죽고 35명이 부상을 당했으며 162명을 생포했다. 말과 소를 되찾고 노획한 창과 칼 등 병장기는 헤아릴 수도 없었다. 대단한 전과戰果였다. 야인들은 병장기를 모두 빼앗겼으니 가까운 시일 내에 전쟁을 다시 일으키기 어려울 것이었다.

세종은 아군의 피해도 있었지만, 정벌 결과가 만족스러웠다. 도절제사 최윤덕의 병술이 빛을 발한 것이라 생각했다.

대소신료를 모두 소집해 편전 회의를 열었다.

"도절제사 최윤덕이 거사를 훌륭히 치러냈소. 과인의 치하를 전하도록 하오. 하고 죽은 병사들은 후하게 장례를 치러주고, 남아 있는 처자에게는 쌀과 베를 내려 위로하시오."

"명대로 따르겠사옵니다."

"사로잡은 자들 중에 피랍되어 끌려간 자가 있는지 확인하고, 고향으로 돌아가기를 원하는 자들은 모두 돌려보내도록 하시오. 그동안 모두 수고하시었소."

이어서 변방 장수들에게 교지를 내렸다.

"이번 일은 야인들이 오래전부터 조선의 은혜를 입었는데도 불구하고 배은망덕하게 국경을 넘어와 우리 백성들을 죽이고 재물을 약탈하는 죄를 범해 벌한 것이다. 과인이 전쟁을 좋아해 그런 것이 아니라 부득이하게 거행한 것이니, 지금이라도 저들이 허물을 뉘우치고 진심으로 함께 살기를 원하면 과거와 같이 대우할 것이라 전하라."

세종은 끝날 전쟁이 아니라는 것을 알았다. 토죄討罪, 죄를 물음는 했지만, 원수가 될 생각은 없었다.

동맹가첩목아는 토벌 시기에 경사에서 돌아왔으나 조선군이 출정한 사실을 모른 채 오음회로 돌아갔다. 세종은 동맹가첩목아에게 대신을 보내 그동안 저지른 죄를 용서하겠으니 우리 백성들과 화목하게 살아야 할 것이라고 효유曉諭, 타이름했다.[87]

---

87 동맹가첩목아는 양목답올과 불화를 겪다가 이듬해 양목답올에 의해 살해됐다.

KI신서 13050
소설로 읽는 세종의 여진 정벌기
파저

1판 1쇄 인쇄 2024년 9월 11일
1판 1쇄 발행 2024년 10월 7일

지은이 오규원
펴낸이 김영곤
펴낸곳 (주)북이십일 21세기북스

인문기획팀 팀장 양으녕 **책임편집** 노재은 **마케팅** 김주현
디자인 푸른나무디자인
출판마케팅팀 한충희 남정한 나은경 최명열 정유진 한경화 백다희
영업팀 변유경 김영남 강경남 황성진 김도연 권채영 전연우 최유성
제작팀 이영민 권경민

출판등록 2000년 5월 6일 제406-2003-061호
주소 (10881) 경기도 파주시 회동길 201(문발동)
대표전화 031-955-2100 **팩스** 031-955-2151 **이메일** book21@book21.co.kr

ⓒ 오규원, 2024

ISBN 979-11-7117-828-5 (03810)

(주)북이십일 경계를 허무는 콘텐츠 리더

21세기북스 채널에서 도서 정보와 다양한 영상자료, 이벤트를 만나세요!

페이스북 facebook.com/jiinpill21   **포스트** post.naver.com/21c_editors
인스타그램 instagram.com/jiinpill21   **홈페이지** www.book21.com
유튜브 youtube.com/book21pub

당신의 일상을 빛내줄 탐나는 탐구 생활 〈탐탐〉
21세기북스 채널에서 취미생활자들을 위한 유익한 정보를 만나보세요!